1984

ジョージ・オーウェル

田内志文＝訳

角川文庫
22562

Nineteen Eight-Four

by George Orwell

1949

目次

第一部

1

四月のよく晴れた、寒い日だった。時計は十三時を告げていた。ウィンストン・スミスは嫌な風を防ごうと胸元に顎《あご》をうずめ、ヴィクトリー・マンションのガラス張りのドアから中に滑り込んだ。急いでドアを閉めはしたものの、渦を巻く砂埃《すなぼこり》が一緒に入ってきてしまうのは、どうしようもない。

エントランス・ホールは茹《ゆ》でキャベツと古いカーペットのにおいがした。片側の壁に、屋内に飾るには大きすぎるカラー刷りのポスターが貼られていた。ポスターには幅一メートルを超える巨大な顔だけが印刷されていた。四十五歳くらいだろうか、濃い口ひげをたくわえ、いかめしくはあるが端整な顔立ちである。ウィンストンは、階段に足を向けた。エレベーターには何も期待できない。最高に調子がいいときでさえ滅多《めった》に動いてなどくれないし、そのうえ今は日中の電力供給が断たれている。〈憎悪《ヘイト・》週間《ウィーク》〉に先立つ節約運動の一環である。部屋は七つ上の階にある。三十九歳で、右足首の上に静脈《じょうみゃく》瘤《りゅう》性《せい》潰瘍《かいよう》を抱えたウィンストンは、途中で何度かひと息つきながらゆっくりのぼっていった。踊り場に出るたびに、エレベーターの向かいの壁から、例の巨大な顔のポスターがじっと見つめてくる。こちらが動くと視線が追いかけてくるよう入念に仕組まれた絵があるが、このポスターもそれであった。絵の下には「ビッグ・ブラザーが見ている」と、太字のコピーが書かれている。

部屋に入ると、銑鉄《せんてつ》の生産に関する数字を、よく通る声がずらずらと読み上げていた。声は、右側の壁に取り付けられた、曇った鏡のような長方形の金属板から流れてきていた。ウィンストンがスイッチをひねると声はやや小さくなったが、何を言っているかはまだちゃんと聞き取れた。この装置（テレスクリーンと呼ばれている）は、ボリュームを下げられはしても、完全に切ってしまうことはできないのだ。彼は窓辺に歩み寄った。小柄で華奢《きゃしゃ》な体つきだが、党の制服であるブルーのツナギのせいで、その貧弱さがいっそう際立って見えた。髪は見事なブロンドで、生まれつき顔の血色がよかったが、粗悪な石鹸《せっけん》と切れ味の悪いカミソリ、そしてようやく終わったばかりの冬の寒さのせいで、肌は荒れてしまっていた。

閉め切った窓ごしに眺めても、外の世界は寒々として見えた。路上では小さなつむじ風が砂埃やちぎれた紙をぐるぐると巻き上げ、太陽が照って空は目が痛いほどの青さだというのに、あちこちに貼られた例のポスターを除けば、あらゆるものが色を失ってしまったかのようだった。見晴らしのいい街角があれば、必ずそこからあの黒い口ひげの顔が見下ろしている。真向かいに立つ建物にも、一枚貼られていた。黒い瞳《ひとみ》がウィンストンの瞳の奥底を見つめており、そこに「ビッグ・ブラザーが見ている」とコピーが書かれているのだ。隅のちぎれた別のポスターが風に吹かれて気まぐれにはためき、そのたびに、一語だけ「イングソック」と書かれた言葉が見え隠れしていた。遥《はる》か遠くでは一機のヘリコプターが屋根をかすめながら家々の間を飛んでおり、ときにアオバエのように宙に止まったかと思うと、またすぐに弧を描いて飛び去っていった。窓から人々のようすを嗅《か》ぎ回る、警察のパトロールだ。だが、パトロールは大した問題ではない。唯一の問題、それは思想警察なのである。

ウィンストンの背後ではまだ、銑鉄《せんてつ》と第九次三年計画の早期達成についてしゃべり続ける声がテレスクリーンから流れていた。テレスクリーンは、受信と発信を同時に行う。ウィンストンが何か物音を発すれば、それがきわめて小さい囁《ささや》き声でもないかぎり、なんでも拾われてしまう。それどころか、例の金属板の捕捉範囲内にいると、音声のみならず姿までも捉《とら》えられてしまうのである。無論、いつ見られており、いつ見られていないのかを知る術《すべ》などありはしない。どのくらいの頻度で、そしてどのようなシステムで思想警察が個人個人の回線に接続してくるのかは、勘に頼るしかない。全員が常時監視されている可能性すら、じゅうぶんにありえるのだ。いずれにせよ、彼らは自由自在に個人の回線に接続できるのである。あらゆる物音が聞かれ、暗闇の中でもないかぎりはあらゆる動作が細かく監視されていると想定して人は暮らすしかなく、事実、そのように暮らすのは習慣からもはや本能となっていた。

ウィンストンは、テレスクリーンに背を向け続けていた。そのほうが安全だからなのだが、彼もよく知っているとおり、背中からすらも何かしら伝わってしまうものだ。一キロ先、薄汚れた大地に、彼の職場である〈真実省〉の白く巨大な塔がそびえ立っていた。これが、と彼はぼんやりとした嫌悪を感じながら胸の中で言った——これがロンドン、オセアニアで三番目の人口を誇る地域、〈エアストリップ・ワン〉の首都なのだ。彼はロンドンがずっとそんなだったかどうかを思い出せないかと、少年時代の記憶を呼び起こそうとした。側壁を垂木で補強され、窓は段ボールで、屋根はトタンで修繕され、ぐらぐらであちらこちらにだらりと傾いた塀に庭を囲まれた一九世紀の家並みは、昔からずっとこんなだったろうか？　石膏《せっこう》の粉塵《ふんじん》が渦となって舞い上がり、瓦礫《がれき》の山にぱらぱらとヤナギソウが生えた被爆地はどうだったろう？　爆弾でさらに広範囲が吹き飛ばされた跡に鶏小屋のような木造住宅が集まってできた、薄汚い居留地の数々はどんなだったろう？　だがその努力も虚《むな》しく、何も思い出すことはできなかった。まばゆく照らされた絵のような場面が次々と、背景もなく、脈絡もほとんどないまま現れてくる以外、少年時代の記憶は何も残っていないのである。

〈真実省《ミニストリー・オブ・トゥルース》〉——ニュースピーク＊では〈ミニトゥルー〉と呼ばれる——は、視

＊原注　ニュースピークはオセアニアの公用語である。構造や語源に関する説明は、付録を参照のこと。

界にある他のどんなものともまったく違っていた。白く輝くコンクリートで作られた巨大なピラミッド型の建造物で、何層にもテラスが重なりながら、上空三百メートルにまでそびえ立っているのである。ウィンストンが立っている場所からも、その白い表面に優雅な字で書かれた党の三つのスローガンを、なんとか読むことができた。

戦争は平和なり
自由は隷属なり
無知は力なり

話によると〈真実省〉の地上部分には三千の部屋があり、地下にはそれに呼応する分室があるという。ロンドンには、これと似たような外観と大きさの建造物が、他に三つあった。周囲の建物をすべて圧倒するほどの巨大さであるため、ヴィクトリー・マンションの屋上に立つと四つすべてが一望できる。この四つの建物は、政府の全機能を分割した四つの省の拠点だった。〈真実省〉は報道、エンターテインメント、教育、そして芸術を統括する。〈平和省《ミニストリー・オブ・ピース》〉は戦争を司《つかさど》る。〈愛情省《ミニストリー・オブ・ラヴ》〉は法と秩序を維持する。〈豊穣省《ミニストリー・オブ・プレンティ》〉は経済にまつわる業務を担う。ニュースピークではそれぞれ、〈ミニトゥルー〉〈ミニパックス〉〈ミニラヴ〉〈ミニプレンティ〉と呼称される。

〈愛情省〉は、真に恐ろしい省であった。建物には、窓がまったく付いていない。ウィンストンは〈愛情省〉に足を踏み入れたことはおろか、半キロメーター以内に入ったことすらなかった。公務以外で立ち入るのは不可能な場所であり、その公務の場合でも、絡まり合う有刺鉄線や鉄扉、そして見えないように配置されたマシンガンが作る迷宮を抜けていかなくてはならないのである。外側の障壁へと続く道という道にも、黒い制服をまといゴリラのような顔をした衛兵たちが、ジョイント式の警棒を手にしてうろつき回っていた。

ウィンストンが、いきなり振り返った。物静かな楽天家の顔を作っていた。テレスクリーンと向き合うときには、この顔を貼り付けておくのが賢明である。部屋を突っ切り、こぢんまりとしたキッチンに入る。こんな日中に仕事を切り上げてきたせいで、省の食堂のランチを食べそこねてしまったが、キッチンに行っても翌日の朝食用に取ってある厚切りの黒パンひときれ以外、何もないのは分かっていた。棚から、〈ヴィクトリー・ジン〉とだけ書かれた白いラベルが貼られた、透明な液体が入った瓶を取り出す。瓶からは、まるで中国の焼酒のような、吐き気を催す油臭さが漂っていた。ウィンストンはティーカップがあふれかけるほどなみなみとそれを注ぐと、来たるべき衝撃への覚悟を固めてから、薬でも飲むように、一気に飲み干した。

　その顔がまたたく間にまっ赤になり、両目から涙が流れだした。この液体は硝酸のような味がするだけでなく、飲み込むとまるでゴムの棍棒《こんぼう》で後頭部を殴られたかのような衝撃に襲われるのである。だがしかし、次の瞬間には燃えるような胃の熱さが治まり、世界がさっきまでよりもずっと陽気に見えてくるのだった。ウィンストンは、〈ヴィクトリー・シガレット〉と書かれたしわくちゃの箱から煙草を一本取り出したが、うっかり縦にして、中身の葉をすべて床に落としてしまった。次の一本を、今度は無事に取り出す。彼はリビング・ルームに戻り、テレスクリーンの左に置かれた小さなテーブルに着いた。そして引き出しからペン軸を一本とインクのボトル、それから赤い背表紙と大理石模様の表紙が付いた、何も書かれていない分厚い四折判の本を取り出した。

　理由は分からないが、このリビングのテレスクリーンは通常とは異なる位置にあった。普通ならば部屋全体を捕捉できるよう奥の壁に設置されるのだが、窓の対面にあたる長い壁に取り付けられているのだ。その片側には、今ウィンストンが座っている浅いくぼみ《アルコーヴ》があるのだが、これはマンションが建てられる際、おそらく書棚の置き場として作られたものだろう。このアルコーヴに座ってしっかりと身を退《ひ》いていれば、とりあえず視覚的には、テレスクリーンの捕捉範囲外にいることができる。無論物音は聞かれてしまうだろうが、ここに留《とど》まっていさえすれば、姿を見られることはないのである。彼が今まさに着手しかけていることに行き着いた理由のひとつは、この珍しい間取りであった。

だが、今引き出しから取り出した本もまた、その理由のひとつであった。際立って美しい本である。古びてやや黄ばんではいるものの、滑らかなクリーム色の紙は、少なくともここ四十年間には作られなかった類《たぐい》のものである。だが彼はこの本が、それよりも遥かに古いものであると察しがついた。この街のとあるスラム街（どこのスラム街かは憶《おぼ》えていない）にある薄汚い小さながらくた屋のショー・ウインドウに転がっているのを見たとたん、なんとしても手に入れなくてはという圧倒的な欲望に駆られたのである。党員は一般店への立ち入り（「自由市場における取引」と呼ばれている）は控えるべしとされているが、たとえば靴紐《くつひも》や剃刀《かみそり》の刃など、他の経路での入手が不可能なものがあれこれとあるため、この規則は厳守されているわけではない。彼は通りの左右を急いで確認してから店内に滑り込み、二ドル五十セントで本を手に入れた。その時には、これといった目的があって手に入れたくなったわけではなかった。うしろめたさを覚えながら、ブリーフケースに本を入れて持ち帰った。何も書かれていないとはいえ、所持しているのが見つかれば面倒なことになる。

彼が着手しかけているのは、日記の執筆であった。違法というわけではないが（もはやあらゆる法が存在していないので、何をしようと違法ではない）、もしこんなことが発覚してしまえば、死刑か、もしくは最低でも二十五年間の強制労働収容所送りに処されるのは、まず確実である。ウィンストンはペン軸にニブをはめると、舐《な》めて油分を取り除いた。それでも彼が人目を忍び、少々苦労してまでこれを手に入れたのは、この美しきクリーム色の紙は、インク・ペンシルなどで書き散らされるのではなく本物のニブで書かれるべきだという、単純な想いゆえだった。その実、彼は手書きには不慣れである。ごく短いメモを別にすればすべて口述筆記機《スピークライト》に吹き込むのが普通なのだが、無論そんなものを日記をつけるのに使用することなどできはしない。彼はペンをインクにひたすと、しばし躊躇《ちゅうちょ》した。体の奥底に震えが走った。この紙に印を付けてしまえば、もう後戻りはできないのである。小さくぎくしゃくとした文字で、彼は書いた。

一九八四年四月四日。

椅子の背にもたれる。圧倒的な無力感に襲われていた。そもそも、今が一九八四年であるという確証がないのである。自分が三十九歳であるのにはおおむね確信があるし、一九四四年か一九四五年に生まれたのは確かなはずだから、今はそのくらいに違いない。だがしかし近ごろでは、一、二年の誤差で日付を特定することなど絶対に不可能なのだ。

とつぜん、いったい自分は誰のためにこの日記を書こうとしているのだろうか、という疑問が沸き起こった。未来のためだろうか、これから生まれてくる者たちのためだろうか。彼の心は、ページ上の不確かな日付の周りをさまよったが、やがて〈二重思考《ダブルシンク》〉というニュースピークの単語に衝突し、動きを止めた。自分がしようとしていることの重大さを、初めて痛感した。未来との意思のやり取りなど、どうしたらできるというのだろう？　そんなことは、本質的に不可能なのだ。未来が現在と似ているために誰も聞く耳を持ってはくれないか、現在と違っているために彼の苦境など無意味なものになってしまうか、そのどちらかなのである。

しばらくの間、彼は虚《うつ》ろに紙を見つめたまま座り続けていた。テレスクリーンは、やかましい軍隊音楽に変わっていた。自分を表現する力を失っただけではなく、もともと何を言おうとしていたのかすら忘れてしまったかのようで、奇妙な気持ちがした。ここ数週間、ずっとこの瞬間のために準備を重ねてきたというのに、よもや勇気以外に何かが必要になるなどとは、ちらりとも思わなかった。実際に書くのは簡単なはずだ。文字通り何年にもわたって片時も休むことなく頭の中を駆け回っていた独白を紙上に写すだけなのである。しかしこの瞬間、その独白すらも干上がってしまったかに思えた。そのうえ静脈瘤性潰瘍が、耐え難いほどむず痒《がゆ》く疼《うず》きはじめている。しかし、搔《か》くのは気が進まなかった。搔けばいつも決まって炎症を起こすからである。時間は刻々と過ぎていった。目の前に置かれたページの空白、足首の上に感じる痒み、やかましく鳴り響く音楽、そしてジンを飲んだことによる微酔のほかには、何も意識にありはしなかった。

突如、彼は強烈なパニックに陥り、何を書いているのか自分でも判然としないまま、ペンを走らせはじめた。最初は大文字を使うのを、そしてついにはピリオドを打つことすらも忘れながら、彼は小さい子供じみた手書き文字を、ページのいたるところにぎごちなくちりばめていったのである。

一九八四年四月四日。昨夜はいくつか映画を。すべて戦争映画。そのうちとても面白いものがひとつあり、地中海のどこかで避難民を満載した船が爆撃されるもの。観客は、巨大な太った男が追っ手のヘリコプターから泳いで逃げようとする場面で大喜び。まずはイルカのように水中でもがき、次にヘリコプターの照準器が男を捉《とら》え、次に男は穴だらけになって周りの海がピンクに染まり、いきなりその穴から水が入ってきたみたいに男はみるみる沈んでいった。男が沈んだときには観客たちが叫びながら大笑いした。次の場面は、子供たちで満員の救命ボートとその上空でホバリングするヘリコプター。ユダヤ人らしき中年の女が三歳ぐらいの男の子を抱いて舳《へ》先《さき》に座っていた。男の子は恐ろしさに叫びながら、女の中に潜り込もうとしているように女の胸に顔を埋《うず》めていて、女は男の子を両腕で抱きしめ自分も怖くて青ざめているというのに男の子をなだめていた。まるで自分の腕が男の子を銃弾から守ることができると言わんばかりにずっと必死に男の子の全身をくるもうとしていた。それからヘリコプターがボートに二十キロ爆弾を落とし恐ろしい閃光《せんこう》が走りボートは木端《こっぱ》微塵《みじん》になった。続けて子供たちの腕が上へ上へ上へと舞い上がる見事な場面がありきっとヘリコプターの機首に取り付けられたカメラがそれを追ったに違いなく党員席から割れんばかりの拍手が起こったがプロレ席の女がとつぜん騒ぎだして子供たちの前でこんなものを見せてはいけない子供たちの前では間違っていると叫んでついには警察が彼女を連れ出して行ったが女の身に何か起こるとは思わないプロレが何を言おうと誰も気にするものかいかにもプロレらしい反応になど誰も——

ウィンストンは手の震えのせいもあり、書くのを中断した。なぜこんな下らないことを書く気になったのか、皆目見当もつかない。しかし面白いのは、ペンを走らせていると、胸の中にまったく無関係な記憶がくっきりと蘇《よみがえ》り、書き留めておかねばという気持ちにすらなってきたことであった。そしてようやく彼は、今日帰宅して日記を書き始めようととつぜん決意したのは、この別のできごとのせいだと確信したのだった。

　このできごとは、その日の朝に〈真実省〉で起きた。あのようにひどく漠然としたことを、できごとと呼べれば、の話だが。

　時刻はそろそろ十一時というころ。ウィンストンの働く記録局では〈二分間ヘイト〉に備えるべく、人々が自分のブースから椅子を引っ張り出し、テレスクリーンと向き合うようホールの中央に並べていた。ウィンストンが中ほどの列あたりに場所を取ろうとしていると、見覚えはあるものの話したことのない人物がふたり、いきなりホールに入ってきた。ひとりは、よく廊下ですれ違う娘である。名前は分からないが、〈創作局〉で働いているのは知っている。推測するに――娘が油まみれの手にスパナを持っているのを、何度か見たことがあった――小説著述機の整備士か何かなのだろう。目鼻立ちのくっきりした二十七歳ぐらいの娘で、豊かな黒髪とそばかす、そしてアスリートのように機敏な身のこなしの持ち主である。ツナギの腰には〈反性交青年連盟〉の象徴である細い真紅のサッシュが幾重にもぐるぐると巻かれ、いい尻《しり》の形がちょうど引き立つくらいに引き締めてあった。ウィンストンは、最初にひと目見た瞬間から、娘が嫌いだった。理由は分かっている。ホッケー場や冷水浴や共同ハイキングが好きで何ごとにつけても潔癖そうな雰囲気をまとっているからである。彼はほぼすべての女性が嫌いだったが、特に若くて愛らしい女は嫌いであった。誰よりも偏屈な党の信奉者となり、スローガンを鵜吞《うの》みにし、スパイ気取りで非正統派を嗅《か》ぎ分けるのは、いつも決まって女、それも若い女たちなのである。しかし目の前にいるこの娘は、多くの女たちよりもいっそう危険な印象を彼に与えた。以前廊下ですれ違ったとき、彼女はまっすぐに突き刺すような横目で彼をちらりと見やり、刹那《せつな》、彼をどす黒い恐怖で満たしたのだった。もしやこの娘は思想警察ではないのかという思いすら、彼の脳裏をよぎった。そんなことがあるとは考えにくかった。しかしそれでも彼は娘がどこか自分の近くにいると、恐怖が、そして敵意が混ざった奇妙な不安を覚えずにはいられないのである。

もうひとりのほうはオブライエンという名の男だった。〈党中軸《インナー・パーティ》〉の一員で、ウィンストンには職務の内容すらも想像がつかないほどに重要な役職を持つ天上人である。〈党中軸〉の制服である黒いツナギが近づいてくるのを見て、椅子の周りに集まっていた人々が一瞬ぴたりと静まり返った。オブライエンは太い首と、下卑さとひょうきんさ、そして残忍さが同居した顔を持つ、大柄で逞《たくま》しい男だった。恐ろしい容姿ではあったが、その物腰にはある種の魅力を感じさせた。彼には鼻の上で眼鏡を直す癖があったが、その仕草は不思議と人に警戒心を解かせた――言葉で説明こそできないが、妙に品があるのだ。このようなものの見かたをする者がまだいるかはともかく、あたかも一八世紀の貴族が嗅ぎ煙草入れを人に差し出すような仕草なのである。ウィンストンはここ十数年の間に、オブライエンの姿をおそらく十数回見かけていた。彼に深く惹《ひ》かれるのを感じたが、それはオブライエンの洗練された振る舞いと賞金稼ぎのボクサーのような肉体のギャップに興味をそそられたからだけではない。それよりも、オブライエンは政治的に完璧《かんぺき》な正統派ではないという秘めた確信――いや、もしかしたら確信ではなく単なる希望かもしれない――のせいであった。オブライエンの顔には、それが抗し難く表れているかに見えるのだ。いや、彼の顔に書かれているのは非正統性などですらなく、ただの知性なのかもしれない。ともあれ、もしどうにかテレスクリーンをごまかしてふたりきりになれたなら、話ができる人物なのではないかと思わせる風貌《ふうぼう》の持ち主なのである。しかしウィンストンがその推測の真偽を確かめようとしたことなど、ちらりともなかった。実際、確かめる手段など皆無なのである。そのときオブライエンが腕時計に目をやると、そろそろ十一時になるのを確認した。〈二分間ヘイト〉が終わるまで記録局に居座ろうと決めたのが、ありありと見て取れた。彼はウィンストンと同じ列の、ふたつ離れた椅子にかけた。間には、ウィンストンとは隣同士のブースで働く、薄茶色い髪の小柄な女がいた。あの黒髪の娘は、彼のすぐ後ろの席だ。

次の瞬間、油を切らしたまま動く巨大機械が立てる恐ろしい、何かを轢《ひ》き潰《つぶ》すかのような音が、ホールの奥にある大型のテレスクリーンから唐突に流れだした。人を苛《いら》立《だ》たせ、うなじの毛を逆立たせるような騒音。〈ヘイト〉の始まりだ。

いつもどおり〈人民の敵〉、エマニュエル・ゴールドスタインの顔がスクリーンに現れた。集まった人々が、静かに毒づくのが聞こえた。小柄な薄茶色い髪の女が、恐怖と嫌悪が入り混じった金切り声をあげた。ゴールドスタインは裏切者、脱党者である。ずっと以前には（どのくらい以前かは誰もろくに憶《おぼ》えていないが）党の指導者のひとりとしてビッグ・ブラザーとほぼ対等の立場にあったのだが、やがて反革命運動に関わり死刑宣告を受けたものの、謎に包まれた脱出劇の末に忽然《こつぜん》と姿を消してしまっていた。〈二分間ヘイト〉のプログラムは日によってさまざまだったが、ゴールドスタインが主要人物でないものはひとつとしてなかった。彼は第一級反逆者であり、党の純潔を汚した最初の人物であった。それ以降に起きた、党に反する犯罪、あらゆる背信行為、破壊工作、異端思想、逸脱行為は、どれもこれも彼の教えから直接生じたものばかりだ。彼はまだどこかで生き延びており、陰謀を企てているのである。おそらくは海を渡ったいずこかの地で、金を出してくれる異国の支援者の庇護《ひご》を得ているのかもしれない。もしくは——ときおり流れる噂によれば——このオセアニアのどこかで隠れ家に潜んでいるのかもしれない。

ウィンストンの横隔膜が引きつった。ゴールドスタインの顔を見るたび、痛いほどに数多《あまた》の感情が入り乱れてしまうのだ。痩《や》せこけたユダヤ人のような顔、毛羽立ち光輪のように見える白髪、そして小さなヤギひげ――いかにも切れ者そうな顔だが、どこか心根の卑しさを漂わせ、先端あたりに眼鏡を乗せた長細い鼻は、寄る年波から生じる愚鈍さを醸し出している。羊と似た顔で、声にもまた羊めいた響きがあった。ゴールドスタインはいつもどおり、党の原理に対して敵意剝《む》き出しの攻撃を加えていた――子供でも見抜くことができるほど、あまりにも仰々しく、そしてねじ曲がった攻撃だが、もしや自分よりも分別に欠ける人々ならば術中にはまってしまうのではないかという警戒心で人を満たすくらいの説得力はじゅうぶんにある。彼はビッグ・ブラザーを罵《ののし》り、即刻ユーラシアと平和条約を締結するよう要求し、言論の自由、報道の自由、集会の自由、思想の自由を唱道し、革命は裏切られたとヒステリックに叫んでいる――そのすべてを、党の演説家たちが習慣的に用いる早口の多音節話法をもじっておちょくりながら、そのうえニュースピークも織り交ぜながらやってみせる。それも、党員たちが日常生活で使うよりも大量のニュースピークを、である。その間、ゴールドスタインが上辺ばかりの戯言《ざれごと》で次々と批判する現実に対して疑念を抱いたりするものが誰ひとり出たりすることがないよう、テレスクリーンに映っている彼の頭のうしろでは、ユーラシア軍の隊列が延々と行進を続けていた――アジア人のように無表情な顔をした屈強そうな男たちの列が次から次へとスクリーンに現れては消えていき、またそっくりな男たちがそこに現れるのである。兵士たちのブーツが規則正しく地面を踏む鈍い音が、羊の鳴き声のようなゴールドスタインの声の伴奏を作り上げているのだった。

〈ヘイト〉が始まり三十秒としないうちに、ホールに集まった半数の人々が、抑えきれない怒号をあげはじめた。スクリーンに映る自己満足を浮かべた羊顔も、背後に見えるユーラシア軍の恐ろしいほどの力も、とても我慢できるようなものではない。そのうえ、ゴールドスタインを見るだけで、いや、この男のことを考えるだけで、恐怖と憤怒が勝手に込み上げてくるのだ。彼はユーラシアやイーストアジアよりも普遍的な、憎悪《ヘイト》の的であった。というのも、オセアニアはこの二国どちらかと戦争をしている間、おおむね他の一国とは平和なのである。だが不思議なのは、ゴールドスタインは誰からも憎悪され、軽蔑《けいべつ》されているというのに、そして毎日数えきれないほどに演壇で、テレスクリーンで、新聞各紙で、書物の中で、彼の理論が拒絶され、叩《たた》き潰され、嘲笑《ちょうしょう》され、哀れな虚言にすぎないとして衆目の前で晒《さら》され続けているのに——それでも彼の影響力が衰えるようすが微塵《みじん》もないということだ。いつでも新たなカモが、彼にたぶらかされるのを待っているのである。彼の指示のもとに行われるスパイや破壊工作員の活動が思想警察に暴かれない日は、一日たりともありはしない。彼は巨大な影の軍隊——国家転覆に献身する陰謀家たちの地下組織である——の司令官なのだ。組織は〈ブラザー連合〉という名称と目されている。それに、一冊の恐ろしい本の噂も囁《ささや》かれていた。ゴールドスタインが著者となってあらゆる異端をまとめた概説書で、そこかしこで秘密裏に配布されているというのである。タイトルはない。人々はその本の話をすることがあれば、ただ単に例の本と呼んだ。だがこの手の話は、曖昧《あいまい》な噂話を通してしか人々の耳に入らなかった。一般党員にとっては〈ブラザー連合〉も例の本も、避けられるものなら口にせずに済ませるべき話題だった。

二分目に突入すると、〈ヘイト〉はもはや狂乱状態にまで高まった。スクリーンから流れてくる腹の立つ羊のような声を掻《か》き消してやろうと、人々は自分の席で飛び跳ね、声をかぎりに叫んでいた。薄茶色の髪の女は顔面を鮮やかなピンクに染め、水揚げされた魚さながらにパクパクと口を開いたり閉じたりしていた。オブライエンの重苦しい顔ですら紅潮している。彼は背筋をぴんと伸ばして椅子にかけていた。押し寄せてくる波に立ち向かおうとでもいうかのようにその胸が隆起し、震えている。ウィンストンの背後で、黒い髪の女が「クズめ！　クズめ！　クズめ！」と叫びだし、いきなりずっしりと重いニュースピークの辞書を持ち上げ、スクリーン目がけて投げつけた。辞書はゴールドスタインの鼻っ面にぶつかり跳ね返ったが、声は淡々と流れ続けた。刹那、ウィンストンは我に返ると、自分が人々とともに叫びながら乱暴に椅子の横木を蹴《け》っているのに気がついた。〈二分間ヘイト〉の恐ろしいところは、役を演じなくてはいけないことではなく、周囲との同調を避けるのが不可能なことだ。どんな演技をしようとも例外なく、ものの三十秒と経たないうちにそんなものは不必要になってしまう。恐怖と復讐心《ふくしゅうしん》のおぞましき憤激が起こり、殺し、拷問し、大鎚《おおづち》で顔面を叩き潰してやりたいと願う衝動が電流のようにその場にいる全員を貫き、本人の意思などお構いなしに、顔を歪《ゆが》めて叫びたてる異様な者へと変貌《へんぼう》させる。だがそうした人々の感じる怒りはガスバーナーの炎のように標的から標的へとうつろいかねない、抽象的で行き先を持たない感情なのだ。ウィンストンの憎悪もそれと同じく、ゴールドスタインにはまったく向かわず、むしろビッグ・ブラザーや党、そして〈思想警察〉に向かうのだった。そんな須臾《しゅゆ》が訪れると、彼の心はスクリーンに映る孤独で嘲《あざけ》りの的となっている異端者、偽りに満ちた世界にただひとり存在する真実と正気の守護者へと傾いていく。だというのにすぐ次の瞬間には周囲の人々とひとつになり、ゴールドスタインについて聞いた話は何もかも真実なのだという気になっているのである。そうした瞬間にはいつもビッグ・ブラザーに対して密《ひそ》かに抱く嫌悪が崇敬へと変異し、その姿が見上げるほどに巨大に感じられ、無敵で恐れを知らぬ庇護者となって、大挙するアジア人たちの前に巨岩のごとく立ちはだかっているように思えてくる。そしてゴールドスタインは、孤独かつ無力であり存在そのものすら疑わしいというのに、あたかも声の力のみで文明の基盤を崩壊させてしまうことができる邪悪な魔法使いのように見えてくるのである。

　ときには、自発的に憎悪の矛先を好きなところに切り替えることもできた。ウィンストンはだしぬけに、悪夢の中で顔面を枕から無理やり引き剥《は》がすかのような激しい力を込め、憎悪の的をスクリーンの顔から背後に座るあの黒髪の娘に変えた。鮮烈で美しい幻覚がいくつも脳裏をよぎる。この女が死ぬまでゴムの棍棒《こんぼう》で殴り続けてやる。裸にひん剥いて杭《くい》に縛り付けて雨あられと矢を放ち、聖セバスティアヌスのようにしてやる。力ずくで辱め、絶頂の瞬間に女の喉笛《のどぶえ》をかっさばいてやる。そのうえウィンストンは、自分がなぜ彼女に憎悪を抱いているのか以前よりはっきりと分かっていた。彼女が若く愛らしいのに性を放棄しているから憎いのだ。彼女と寝たいのに絶対に叶《かな》わないから憎いのだ。腕を回せと自分を誘っているかのような魅力的でしなやかな腰に、純潔の挑戦的象徴である醜悪な真紅のサッシュが巻かれているだけだから憎いのだ。

〈ヘイト〉は最高潮に達していた。ゴールドスタインの声は本物の羊の声となり、ほんの刹那《せつな》、顔まで羊のそれに変わってしまった。すると今度はその羊顔がユーラシア兵の体軀《たいく》に溶け込んでいった。そして巨大で恐ろしい姿態となり、サブマシンガンに掃射の轟音《ごうおん》をたてさせながら前進を続け、あたかも画面から飛び出してくるかにすら見えたものだから、前列の席にいる何人かは椅子にかけたまま後ずさろうと身悶《みもだ》えしたほどであった。しかしまさしくその瞬間、全員が大きく安堵《あんど》のため息を漏らした。

黒髪と黒い口ひげを生やし、満ちあふれる力とミステリアスな静穏を漂わせた、テレスクリーンを覆い尽くしてしまいそうなほどに大きなビッグ・ブラザーの顔の中に、敵兵の姿が溶けてしまったからである。ビッグ・ブラザーが何を言っているのかは、誰にも聞こえなかった。それは、ほんの短い激励の言葉であった。戦いの争乱の中で叫ばれる、誰にも聞き取れこそしないもののその言葉が放たれたという事実が自信を回復させてくれるような、そんなたぐいの言葉だった。次にビッグ・ブラザーの顔がふたたびゆっくりと消え、そこに太字の大文字で書かれた党のスローガンが三つくっきりと表示された。

戦争は平和なり
自由は隷属なり
無知は力なり

しかしビッグ・ブラザーの顔は、さらに数秒間にわたり映り続けているかに感じられた。まるで人々の眼球に与えた衝撃が、すぐには消えないほどに鮮烈だったかのようである。小柄な薄茶色い髪の女は、前に置かれた椅子の背の先までぱっと身を乗り出した。そして、震える声で「救済者さま！」とも聞こえるつぶやきを漏らし、画面に向けて両腕を差し伸べた。そして今度は両手に顔を埋《うず》めた。祈りの言葉を口にしているのが、はっきりと分かった。

そのとき、人々が一斉に低く、ゆっくりと、そして規則正しく「B・B！……B・B！……B・B！」と唱和しはじめた。非常にゆっくりと、最初のBと次のBとの間に長い間を入れながら、何度も何度も繰り返す——重苦しいざわめきのようなその唱和はどこか妙に野蛮であり、素足を踏み鳴らしたりトムトムを叩いたりする音がうしろから聞こえてくるようだった。およそ三十秒にわたり、人々は唱和し続けた。抑えきれない感情の渦に飲まれると人はよくこうして同じ唱和を繰り返すものだが、まさにそれであった。ビッグ・ブラザーの叡智《えいち》と威厳への讃歌《さんか》という意味合いもありはしたものの、それよりも、リズミカルな音を利用して意識を打ち消す自己催眠の行為だった。ウィンストンは、どんどんはらわたが冷え切っていくようだった。〈二分間ヘイト〉では周囲の狂乱に同調してしまう自分がどうしても止められないのだが、この「B・B！……B・B！」という野蛮人たちのような唱和を聞くと、いつも恐ろしくてたまらなくなってしまうのだ。無論、彼も人々と一緒に唱和していた。そうしないわけにはいかなかった。己の感情を隠し、表情を偽り、人々と同じ行動を取るのは、本能的な反応なのである。だが、ほんの数秒間、うっかり本心が両目に出てしまったのではないかと思える刹那が存在した。そしてまさにその刹那に、重要な意味を持つできごとが起こったのである——もし、本当に起きたのであれば、の話だが。つかの間、ウィンストンはオブライエンの目を見た。オブライエンは立ち上がっていた。眼鏡をはずし、彼の名刺代わりともいえる仕草で、また鼻にかけ直そうとしているところだった。だが、ほんの一瞬ふたりの目が合い、その瞬間、ウィンストンは悟ったのだ——そう、悟ったのだ！——オブライエンは自分と同じことを考えているのだと。誤解の余地なきメッセージが伝わっていた。あたかもふたりの心が開け放たれ、それぞれの思考が両目を通して相手の中へと流れ込んでいくかのようだった。「私は味方だよ」オブライエンは、まるでそう言っていた。「君の気持ちが、私には手に取るように分かるんだ。軽蔑《けいべつ》も、憎悪も、嫌悪も、何もかもね。だが、心配はいらない。私は君の味方なのだから！」その途端、知性の光は消え去り、オブライエンは人々と同じ、胸裏の見透かせぬ顔つきになっていたのであった。

すべては一瞬のうちに終わり、ウィンストンにはすでに、今のできごとが事実だったのかどうかすらもあやふやになっていた。続きなど、何もありはしなかった。だが、おかげで自分以外にも党の敵対者がいるのだという信念と、いや、希望とともに生き続けることだけはできる。もしかすると、地下組織の遠大な陰謀について囁かれている噂は、結局のところ本当なのかもしれない——もしかすると、本当に〈ブラザー連合〉は存在するかもしれないのだ！　逮捕と自白、そして処刑が途切れることなく続いている中で、〈ブラザー連合〉はただの神話ではないと確信することなど不可能であった。ウィンストンは、信じる日もあれば、信じない日もあった。証拠など何ひとつとしてなく、意味があるのかないのか分かりもしないものがちらりちらりと見えるのみ。たとえばふと耳に飛び込んできた会話の断片だとか、トイレの壁にうっすらと残る走り書きだとか、そんなものである——一度は、ふと出くわした赤の他人同士が見せる、まるで挨拶《あいさつ》とも見て取れるかのような小さな手の動きも目に留まったことがある。すべては推測に過ぎず、何もかも彼の想像だというのも、大いにありえた。彼はふたたびオブライエンを見やることもなく、自分のブースに引き返した。彼と交わした刹那の接触をさらに深追いしてみようという思いは、ほとんど胸をよぎらなかった。たとえどのように追えばいいのかを知っていたとしても、そんなのは危険極まりない。一秒、二秒、ふたりは曖昧《あいまい》な視線を交わし合ったが、それで終わりなのである。だが孤独のうちに囚《とら》われて生きるしかない者にしてみれば、たったそれだけのことでも、記憶に焼き付くのであった。

ウィンストンは己を鼓舞し、背筋を伸ばして椅子にかけ直した。げっぷをひとつする。胃の腑《ふ》からジンが込み上げてきていた。

もう一度、日記を見つめた。ぼんやり物思いに耽《ふけ》りながら座っている間にも、まるで自動筆記のように自分が執筆し続けていたのに彼は気がついた。もはやさっきまでのような、縮こまってぎくしゃくとした筆跡ではない。手にしたペンは滑らかな紙面を官能的に滑り、大きく整然とした字をそこに残していたのである——

ビッグ・ブラザーを打倒せよ
ビッグ・ブラザーを打倒せよ
ビッグ・ブラザーを打倒せよ
ビッグ・ブラザーを打倒せよ

何度も何度もそう繰り返し、ページの半分を埋め尽くしていたのだった。

ウィンストンは、どうしようもない狼狽《ろうばい》の疼《うず》きを感じた。だが、そもそも日記をつけ始めるという行為に比べればそのような言葉を書いたところで大した危険でもないのだから、狼狽するなど馬鹿馬鹿しい話だ。それでもほんの一瞬、彼は書き潰《つぶ》してしまったページを引き裂き、この企てをすべて放り出してしまいたい衝動に駆られたのだった。

だが、放り出しはしなかった。無駄だと分かっていたからである。「ビッグ・ブラザーを打倒せよ」と書こうが書かずにやめておこうが、違いなど何もありはしない。

日記を続けようが続けまいが、違いなど何もありはしない。いずれにせよ思想警察は彼を捕らえるだろう。彼は罪を犯したのだ――紙にペンを触れさせることすらなかったとしても、それでも犯したのだ――あらゆる罪を内包する根源的な罪を。連中はその罪を〈思想犯罪〉と呼ぶ。そして〈思想犯罪〉は永遠に隠し通せるものではない。しばらくは巧みに逃れ、仮に数年間もうまく逃げおおせたとしても、いつか連中は必ず捕らえにくるのである。

決まって夜だった――逮捕は必ず夜に行われるのだ。とつぜん眠りを妨げられ、肩を摑《つか》んだ乱暴な手に揺さぶられ、ぎらつく光を両目に当てられ、ベッドの周囲を険しい顔にぐるりと囲まれているのである。たいていの場合は裁判も行われず、逮捕が発表されることもない。みな例外なく夜のうちに、あっさりと消えてしまうのだ。名前は登記簿から抹消され、過去にしてきたことの記録はひとつ残らず消去され、存在していた事実が否定され、やがて忘却されるのだ。排除され、消滅させられるのだ。これは一般的に「蒸発」という言葉で呼ばれている。

瞬時、彼はある種の狂乱に襲われた。そして慌てふためいたような乱雑な殴り書きを始めた。

連中は私を撃つだろうが知ったことか連中はこの後頭部を撃つだろうが知ったこと

かビッグ・ブラザーを打倒せよ連中はいつだって後頭部を撃つ知ったことかビッグ・ブラザーを打倒せよ――

彼はかすかな羞恥心《しゅうちしん》を覚えて椅子の背にもたれ、ペンを置いた。次の瞬間、猛烈な動揺に襲われた。ドアをノックする音が聞こえたからだ。早い！　ウィンストンは、何者かが一度のノックで諦《あきら》めて立ち去ってくれるのではないかと虚《むな》しい希望を抱きながら、ハツカネズミのようにじっと座っていた。だがその希望を粉砕し、ノックが再び響きわたった。もたもたするのがいちばんまずい。彼の心臓は太鼓のように激しく打ち続けていたが、長年の習慣のおかげで、顔のほうはおそらく無表情を保ってくれているはずだ。彼は椅子から立ち、重い足取りでドアに向かった。

2

ドアノブに手をかけた瞬間、ウィンストンは日記帳が開きっぱなしのままテーブルに置いてあるのに気がついた。部屋の反対側からでも読めてしまいそうなほどに大きな字で、一面に「ビッグ・ブラザーを打倒せよ」と書かれている。信じがたいほどの愚行である。だがウィンストンは、たとえ取り乱していようともインクが乾かないうちに日記帳を閉じクリーム色の紙を汚してしまうのは嫌だと自分が思っているのを、明確に自覚した。

息を吸い込み、ドアを開けた。その途端に、温かな安堵《あんど》の波が彼の全身を流れていった。ドアの外には顔色の悪い、薄い髪と皺《しわ》の刻まれた顔の女がひとり、立っていたのである。

「ああ、同志」女が陰鬱《いんうつ》な、情けないような声で言った。「ご帰宅の音が聞こえた気がしたものだから。どうかうちにいらして、キッチンの流し台を見ていただければと思うのだけれど、ご面倒かしら？　詰まってしまって――」

同じ階に住む住人の妻、ミセス・パーソンズである（「ミセス」という言葉を党はいささか嫌っているのだが——万人を「同志」と呼ぶように推奨されているのである——一部の女性に対して本能的にこの言葉を使う者もいた）。三十歳かそこらのはずだが、ずっと老けて見えた。顔に刻まれた皺に、埃《ほこり》が溜《た》まっているかのような印象を人に抱かせる。ウィンストンは彼女のあとに付いて、廊下を歩いていった。こうした素人修理は、ほぼ毎日の厄介事だ。〈ヴィクトリー・マンション〉は一九三〇年かそこらに建造された古い建物で、今や崩壊しかけている。天井や壁からはひっきりなしに漆喰《しっくい》の破片が剝《は》がれ落ちてくるし、水道管は凍結が起こるたびに破裂するし、雪が降れば必ず屋根が水漏れを起こすし、暖房設備は節約のために完全停止されるとき以外だろうと、いつも半分の蒸気しか回してくれはしない。自力で行えるようなものは別として修理には、窓ガラス一枚の修理ですら平気で二年も滞らせるような、薄情な委員会の承認を受けなくてはいけないのである。

「トムが在宅していれば、もちろんお手を煩わせたりはしないのだけれど」ミセス・パーソンズは、奥歯に物が挟まったように言った。

パーソンズ家の部屋はウィンストン宅よりも広く、また別の意味で薄汚れていた。何もかもがぼろぼろで、まるでついさっき獰猛《どうもう》な巨大獣か何かに襲われ踏み荒らされたかのようなありさまだ。使い古されたスポーツ用品——ホッケー・スティック、ボクシング・グローブ、破れたフットボール、裏返しのままの汗が染みたショートパンツ――が床じゅうに散らばり、テーブルの上には汚れた皿や端が折れた筆記帳がごちゃごちゃと放置されている。壁には〈青年団〉や〈スパイ団〉の真紅の旗、そしてビッグ・ブラザーの等身大ポスターが貼られていた。建物のどこに行っても変わらず漂う茹《ゆ》でキャベツ臭は相変わらずだが、それを射《い》貫《ぬ》くようにして、今この場にいない誰か――理由はどうにも説明しがたいが、ひと嗅《か》ぎすれば分かるのである――の汗臭さが強烈に鼻を突いた。別の部屋では誰かが櫛《くし》と一枚のトイレット・ペーパーを笛代わりにして、テレスクリーンから流れてくる軍隊行進曲に合わせて吹き鳴らそうとしていた。

「子供たちよ」ミセス・パーソンズは、少々不安げな目でドアをちらりと見た。「今日はずっと家から出ないのよ。それにもちろん――」

　彼女は、言いかけたことを途中でやめてしまう癖があった。キッチンの流し台には、キャベツよりもひどい悪臭を放つ緑色の汚水が、今にもあふれ出しそうなほど溜まっていた。ウィンストンはかがみ込むと、パイプのアングル・ジョイントを調べてみた。両手を使うのは嫌だったし、かがみ込むと決まって咳《せ》き込んでしまうものだから、それも嫌だった。ミセス・パーソンズは心細そうに見守っていた。

「トムが留守でなきゃあ、もちろんさっさと直してくれるのだけど」彼女が言った。

「あの人、そういう作業がとても好きだから。手作業が本当に得意な人なのよ、本当に」

パーソンズは、ウィンストンと同じく〈真実省〉で働いている。肥満のきらいこそあるものの、周囲が呆気《あっけ》に取られるほどに思慮の浅い活発な男で、愚かしいほどの情熱の塊だ――思想警察などよりもいっそう党の安定に貢献している、疑問などさらさら抱くことのない献身的な下働きのひとりであった。三十五歳になって渋々ながら〈青年団〉を退団させられたばかりだが、〈青年団〉へと格上げされる前には法定年齢を一年過ぎているというのにしぶとく〈スパイ団〉に居座っていたほどである。省においては知性を求められない下級職に就いているが、一方ではスポーツ委員会をはじめ、共同ハイキングや自発的デモ、貯蓄運動、そして奉仕活動全般の組織に関わるありとあらゆる委員会の中心的人物である。彼はパイプをふかしながら静かなプライドを漂わせ、この四年〈コミュニティ・センター〉には毎晩欠かさず顔を出しているのだと、いつでも人に語って聞かせた。その過酷な人生を物語る無意識の証拠ともいえるむせかえるような汗のにおいは、彼の行くところどこにでも付いて回り、やがて帰ってからもその場に漂い続けるのである。

「スパナはあるかい？」ウィンストンはアングル・ジョイントのナットをいじり回しながら言った。

「スパナ」ミセス・パーソンズは、急に弱気な声になった。「どうかしら、本当に分からないわ。ひょっとしたら子供たちが――」

けたたましいブーツの足音と、またしても櫛を吹く音が聞こえ、子供たちがリビングに駆け込んできた。ミセス・パーソンズがスパナを持ってくる。ウィンストンは水を出すと、いかにも嫌そうな顔をしながら、水道管に詰まっていた毛髪の塊を取り除いた。蛇口から流れる冷水で指をできるだけ綺麗《きれい》に洗い、またさっきの部屋に戻る。

「手を挙げろ！」獰猛な叫び声がした。

テーブルの向こうから、精悍《せいかん》で猛々《たけだけ》しい顔つきをした九歳の少年が飛び出してきて、おもちゃの自動拳銃《けんじゅう》でウィンストンを威嚇した。二歳くらい年下の妹も、木の端切れを使って同じポーズを取っていた。どちらも〈スパイ団〉の制服である青いショートパンツとグレーのシャツ、そして赤いネッカチーフ姿だ。ウィンストンは両手を挙げたが、少年が強烈な敵意を剝《む》き出しにしているのを見て、ひょっとしたらただのお遊びなどではないのではないかと不安であった。

「裏切者め！」少年が叫んだ。「お前は思想犯だ！　ユーラシアのスパイだ！　撃ち殺してやる、蒸発させてやる、岩塩坑送りにしてやる！」

ふたりはいきなり、「裏切者！」とか「思想犯！」とか叫びながら、彼の周りを飛び跳ねだした。少女のほうは、兄の一挙手一投足をまねている。あっという間に人喰《ひとく》い虎へと成長する子虎たちが跳ねているようで、どこか薄ら恐ろしかった。少年のまなざしには、狡猾《こうかつ》な凶暴性のようなものと、ウィンストンを殴るか蹴《け》るかしてやりたいという隠しもしない欲求と、自分はもうそれができるくらいには体が大きくなりかけているのだという自信が浮かんでいた。手中の拳銃が本物でなくてよかったと、ウィンストンは胸の中でつぶやいた。

　ミセス・パーソンズは不安げにウィンストンから子供たちに視線を彷徨《さまよ》わせ、またウィンストンを見つめた。明るいリビングで見てみると、本当に彼女の皺に埃が溜まっているのに気づき、ウィンストンは不思議と目を奪われた。

「本当にうるさい子たちで」彼女が言った。「絞首刑を見に行けないものだからって、がっかりしてしまっているのよ。私は忙しくて連れていってあげられないし、トムは仕事のおかげで間に合わないし」

「なんで首吊《くびつ》り見物に行けないのさ？」少年が、大声で怒鳴った。

「首吊り見たい！　首吊り見たい！」少女は、飛び跳ね続けながら声をあげた。

　戦争犯罪で囚《とら》われているユーラシア人たちが夕方に公園で絞首刑に処されることになっているのを、ウィンストンは思い出した。処刑は一ヶ月に一度行われ、人気の見世物になっている。子供たちはみんな、いつだってそれが見たくて騒ぎ立てるのだ。

　彼はミセス・パーソンズにいとまを乞《こ》い、玄関に歩きだした。だが廊下に出て六歩も進まないうちに、何かが彼の後頭部に強烈な苦痛をともなう一撃を浴びせたのだった。

まるで灼熱《しゃくねつ》の電線でも突き刺さったかのようだった。慌てて振り向くと、パチンコをポケットにしまおうとしている息子を、ミセス・パーソンズが玄関の中に引きずり戻すところだった。

「ゴールドスタインめ！」ドアが閉まる瞬間、少年が怒鳴るのが聞こえた。だがウィンストンをもっとも強烈におののかせたのは、ミセス・パーソンズの灰色の顔に浮かんだ、どうしようもない恐怖なのであった。

自室に戻った彼は急ぎ足でテレスクリーンの前を通り過ぎ、まだ首をさすりながら、またテーブルに着いた。テレスクリーンの音楽は止まっていた。代わりにきびきびとした軍人らしい声が冷厳な調子で、つい最近アイスランドとフェロー諸島の間に投《とう》錨《びょう》した〈浮遊要塞《ようさい》〉の装備に関する解説を読み上げていた。

ウィンストンは、胸の中で言った。あんな子供たちがいたのでは、哀れなミセス・パーソンズは恐怖に満ちた人生を強いられるに違いない。あと一年か、それとも二年か、あの子たちは母親に非正統派である兆しがないかと、夜も昼も目を光らせ続けるだろう。今や、ほとんどが恐ろしい子供たちばかりだ。中でも最悪なのは〈スパイ団〉のような集団によって、子供たちがみな人の言うことなど聞かない小さな野蛮人へと、組織的に変えられてしまったこと、そして、それにも拘《かかわ》らず党による精神鍛錬に対する反逆心のようなものがまったく生まれないことだ。むしろ子供たちは逆に、党や、党に関係するすべてに心酔している。歌も、行進も、横断幕も、ハイキングも、ダミーのライフルを使った訓練も、スローガンを叫ぶことも、ビッグ・ブラザーの崇拝も——何もかも子供たちにとっては、栄光あるゲームなのである。子供たちの凶暴性はすべて外に向けられる。国家の敵へと、外国人へと、裏切者へと、破壊工作員へと、思想犯へと。三十歳を超えた大人たちが自分の子供に怯《おび》えるのは、ごく普通の話だと言っても過言ではない。そして、これは無理からぬ話だった。耳をそばだてた小さなスパイたち——通常、「英雄児童」という表現が使われる——が不適切発言を聞きつけて思想警察に両親を訴えたという記事が〈タイムズ〉紙に躍ることなく過ぎる週など、ほぼ皆無なのである。

パチンコの弾が残した疼《うず》きは、もう消えていた。他にも日記に書くようなことが何かあっただろうかと思いながら、ぼんやりとペンを手に取った。ふと、またオブライエンのことを考えはじめていた。

何年か前のことだ——どのくらいだったろう？　七年前だったはずだ——彼はまっ暗な部屋を歩いている夢を見た。すると、そばにかけていた誰かが、彼の通り過ぎざまに声をかけてきた。「暗闇なきところで会おうじゃないか」ひどく静かな、ほとんど何気ない言葉だった——命令とは違う、単なる挨拶《あいさつ》だった。ウィンストンは足を止めず、歩き続けた。面白いのは、夢の中でその言葉が大した印象も与えなかったことだった。だんだんと意味を持ち始めたように感じたのは、後になってからの話である。オブライエンを初めて見たのはこの夢の前だったのか、それとも後だったのか、憶《おぼ》えていなかった。そして、その声がオブライエンのものだと気づいたのがいつだったのかも思い出せなかった。だが、いずれにせよそう分かったのだ。暗闇の中から話しかけてきたのは、確かにオブライエンだったのである。

ウィンストンには確信を抱くことができなかった——今朝ああしてちらりと視線を交わしたというのに、それでも確信を得るのは不可能だった——オブライエンは、果たして味方と敵どちらなのだろうか？ そんなことは大した問題ではないようにすら思えた。彼らの間には、愛情やら党派心やらなどより重要な、理解による結びつきがあった。「暗闇なきところで会おうじゃないか」と彼は言った。ウィンストンにはその意味が分からず、それが何らかの形で実現するように感じただけだった。

テレスクリーンから流れていた声が止まった。トランペットの澄み渡る美しい音色が、淀《よど》んで悪臭を放つ大気に漂った。耳障りな声が続く。

「速報です！ 速報をお伝えします！ たった今、マラバル前線より緊急入電がありました。南インドにおいて我が軍が輝かしい勝利を収めたとのことです。ただ今お伝えしているこの戦果により終戦が大いに近づきましたことを、軍部から与えられた権限により申し上げます。速報をお伝えします——」

よからぬ報《しら》せが来るぞ、とウィンストンは身構えた。そしてまさしく予想通り、凄《すさ》まじい数の死者と捕虜を出したユーラシア軍壊滅についての凄惨《せいさん》な解説に続き、翌週以降はチョコレートの配給が三十グラムから二十グラムに減らされるという声明が発表されたのである。

ウィンストンは、またげっぷをした。ジンは落ち込んだ気分だけを残し、そろそろ体から抜けようとしていた。テレスクリーンは――勝利を祝うためか、それとも失われたチョコレートの記憶を消し去るためか――大音量で、国歌『オセアニア、汝《なんじ》の祖国』を流しはじめた。本来は、立ち上がって姿勢を正さなくてはいけない。だが今の居場所ならば、見つかりはしない。

『オセアニア、汝の祖国』が、軽やかな音楽に変わった。ウィンストンはテレスクリーンに背中を向けたまま、窓辺に歩み寄った。相変わらずの寒さと青空である。どこか遠くで、鈍い轟音《ごうおん》をたててロケット弾が爆発した。現在、そのようなロケット弾が週に二十発から三十発、ロンドンに落ちてくるのである。

下の路上では破れたポスターを風がはためかせ、「イングソック」の文字が見え隠れしていた。イングソック。イングソックの聖なる原理。ニュースピーク、二重思考《ダブルシンク》、過去の変異性。彼はまるで、怪物の世界に彷徨い込んで自ら怪物となって道に迷い、海底に広がる森の中をうろつき回っている気持ちだった。孤独であった。過去は死に、未来は想像すらできはしない。命ある人間がたとえひとりでも己の味方である確証など、どこにあるというのだろう？　そして、党の支配は永遠ではないと知る術《すべ》などあるのだろうか？　まるで彼に答えるかのように、真実省の白い壁面に書かれた三つのスローガンが、また彼の眼前に蘇《よみがえ》ってきた。

戦争は平和なり
自由は隷属なり
無知は力なり

ポケットから、二十五セント硬貨を取り出した。そこにも、くっきりとした小さな字で同じスローガンが、そして硬貨の裏側にはビッグ・ブラザーの顔が刻まれていた。硬貨の表面からですら、その両目が追いかけてくる。硬貨、切手、本の表紙、旗、ポスター、煙草の箱――そこかしこから追いかけてくる。ふたつの目が常に人々を見つめ、声がまとわりついてくるのである。眠っていようが起きていようが、働いていようが食事をしていようが、家にいようが外にいようが、風呂《ふろ》にいようがベッドにいようが同じこと――逃げ道などないのである。頭蓋《ずがい》内の数立方センチメーター以外、自分のものなどひとつとしてありはしない。

太陽はもう傾き、光を映すことのなくなった〈真実省〉の無数の窓は、まるで要塞の銃眼のように恐ろしげに見えた。巨大なピラミッド型の建物を目の前にして、彼はおののいた。あまりに強すぎて、打ち倒すことなどとてもできはしない。ロケット弾千発を撃ち込んだところで、破壊などできないだろう。いったい誰のために日記を書いているのか、彼はもう一度考えてみた。未来のためだろうか、過去のためだろうか——想像でしかない時代のためだろうか。そして自分の目の前に待ち受けているのは死ではなく、消滅なのだ。日記は灰にされ、彼自身は蒸発させられるのだ。思想警察だけが彼の書いたものを読み、それからその存在を消し去り、記憶を消去してしまうのだ。自分の痕跡《こんせき》すらも——たった一枚の紙に書き散らされた匿名の言葉すらも——形にして残すことができないというのに、いったいどうやって未来になど訴えかけられるというのだろう？

　テレスクリーンが十四時を告げた。十分後には出かけなくては。十四時半までに仕事に戻らなくてはならないのだ。

　不思議にも、時報のチャイムが彼に新たな気力でも授けたかのようだった。彼は、誰に聞かれることもない真実を語る孤独な亡霊である。しかし語り続けている限り、たとえ人知れずではあろうとも、声が止むことは決してないのだ。人類の遺産を後に託すというのは、誰かに声を聞いてもらうことではなく、正気を保ち続けることによって成し遂げられるものなのだ。彼はテーブルに戻ってペン先をインクに浸し、書きはじめた。

未来へ、もしくは過去へ、思想が自由な時代へ、人がそれぞれ誰とも異なり孤独に生きていない時代へ——真実が存在し、人がしたことが、なかったことにされない時代へ。

個のなき時代から、孤独の時代から、ビッグ・ブラザーの時代から、二重思想の時代から——挨拶を送るとしよう！

お前はもう死んでいるのだ、と彼は声を出さずに言った。自分の思考をしっかりまとめられるようになってくると、ようやく自分が決定的な第一歩を踏み出したのだという気持ちになった。あらゆる行為の結果というものは、行為そのものの中に含まれているものである。彼は、ペンを走らせた。

思想犯罪が死を伴うのではない。思考犯罪が死そのものなのだ。

己を死人だと思ってみると、できるだけ長く命を繋《つな》ぎ続けることが重要に思えてきた。右手の指が二本、インク染みで汚れている。まさしくこういうものが、隠したいはずの自分の正体を周囲に気づかせてしまうのだ。省内にいる詮索《せんさく》好きの狂信者（たとえば、あの薄茶色い髪の小柄な女や、〈創作局〉にいる黒髪の娘など、あんな感じの女だろう）が、いったいあの男はランチ休憩の間になぜものを書いたりしているのか、なぜ時代遅れのペンなど使ったのだろうか、いったい何を書いていたのか、といぶかりはじめ——そして、関係筋にほのめかすのである。彼はバスルームに行くと、ざらついた黒褐色の石鹸《せっけん》でインクを入念に洗い落とした。紙やすりのように肌を削るこの石鹸ならば、インクを落とすのにぴったりだ。

日記帳を引き出しにしまう。隠そうとしたところで意味などありはしないが、何はともあれ、誰かに見つかったかどうかくらいはこれで確認できるだろう。ページの端に沿わせるように髪を一本置いておくような、見え透いた真似はしない。彼は他と見分けのつく白っぽい埃《ほこり》を指先でひとつまみ取ると、日記帳を動かしたら振り落とされるよう、表紙のすみにそっと乗せた。

3

ウィンストンは、母の夢を見ていた。思うに、母が忽然《こつぜん》と消えてしまったとき、確か自分は十歳か十一歳だったはずだ。背が高く、彫像のような威厳を漂わせた物静かな女性で、ゆったりとした物腰と、目を瞠《みは》るほどに見事な金髪の持ち主であった。父の姿はさらにおぼろで、色黒でやせ細り、いつも小綺麗《こぎれい》な暗色の服を着て（ウィンストンは特に、ひどくうすっぺらな父の靴底をよく憶《おぼ》えていた）、眼鏡をかけていたのを記憶しているくらいだった。ふたりとも、五〇年代に行われた第一次大粛清《グレート・パージ》のひとつに、飲み込まれてしまったに違いない。

その母が今はどこか遥《はる》か眼下、まだ幼い妹を腕に抱いて座っていた。妹は小さくてひ弱な赤ん坊で、いつも声を立てたりせず大きな目で周囲を観察している姿を憶えているくらいで、他はまったく忘れてしまっていた。ふたりとも、彼を見上げていた。地下深く――井戸の底や、ひどく深い墓穴のようなところである――にいるのだが、ただでさえウィンストンのずっと下方だというのに、その場所はさらに下へと沈んでいくのであった。母と妹は沈みゆく船の社交室で、徐々に暗さを増していく水の向こうから彼を見上げていた。社交室にはまだ空気があり、ふたりには彼が、彼にはふたりが見えていたが、そうしている間にも母と妹は緑色をした水の底へとどんどん沈み続けており、今にもその姿がとこしえに視界から消えてしまうかに思われた。ウィンストンは外の光と空気の中にいたが、彼がそうして上にいるからこそ、ふたりが死に吸い込まれようとしているのである。彼はそれを理解していたし、ふたりも理解していた。顔に、分かっていると書いてあった。ふたりの表情にも心の中にも彼への非難は微塵《みじん》もなかった。あるのはただ、彼を生かすには自分たちが死ぬしかない、これは避けようのない天のことわりの一部なのだ、という覚悟のみであった。

何が起きたのかは思い出せなかったが、彼は夢の中で、母と妹の命は自分の命のために何らかの形で犠牲になったのだと分かっていた。たとえば、いかにも夢らしい情景でありながらも本人の知的生活の続きであり、目覚めてもなおそこで目にしたできごとや観念が新たなもの、意味のあるものに思えるような夢があるものだが、これもまさしくそんな夢であった。今不意にウィンストンを襲ったのは、三十年近く前に起きた母親の死は、今ではありえぬほどに悲劇的で悲しい死であったという事実であった。悲劇とは太古のものであり、まだプライバシーや愛や友情が存在した時代のものであり、家族が理由など知る必要もないままに互いを支え合っていた時代のものなのだ、と彼は悟った。母の記憶が彼の心を引き裂くのは、彼がまだ若くあまりにうぬぼれが強かったせいで愛情を返さずにいたというのに母が彼を愛しながら死んでしまったから、そしてまた――彼は母がどのようにこれを成し遂げたのか記憶してはいないのだが――母が胸に秘めた決して変わらぬ誠心という観念に身を捧《ささ》げたからであった。今や、そんなことは起こり得ない、と彼は考えた。今日《こんにち》あるのは恐怖、憎悪、苦痛であり、感情の尊厳だとか、深淵《しんえん》な、もしくは複雑な悲しみなどといったものは存在しないのである。彼はそのすべてを、深さ数百尋《ひろ》の緑色をした海中でいまだ沈み続けながら自分を見上げていた母と妹の大きなまなこの中に見たような気がしたのであった。はたと気づけば彼は短く弾力のある芝に覆われた野原に立っていた。舂《うすづ》く陽光が大地を黄金色に染める、夏の逢魔《おうま》が時である。目の前の情景は幾度となく夢に現れていたので、彼にはそれが現実世界のものなのかどうか、確信を抱くことができなかった。目が覚めている間、彼はそれを〈黄金郷〉と呼んだ。そこは人ひとりが通れるだけの細い小道が曲がりくねって続き、そこかしこにモグラ塚がある、ウサギに食い荒らされた古い牧草地だった。野原の向こう端に立つ無残な生け垣では、そよ風に吹かれた楡《にれ》の太枝がごくかすかにそよいでおり、生い茂った葉が大きな塊となって女の髪のように揺れ動いていた。見えこそしないものの、どこかそばにはゆっくりと流れる澄みきった小川があり、柳の木々の下の淀《よど》みでウグイたちが泳いでいるのだった。

野原の向こうから、あの黒髪の娘が彼のほうに向かってきた。そしてひと息とも見えるほどの素早さで引き剝《は》がすように服を脱ぎ、蔑《さげす》むかのように脇に投げ捨てた。彼女の肢体は白く艶《つや》やかだったが、彼はまったく情欲を掻《か》き立てられなかった。むしろ、ほとんど見もしなかった。その刹那《せつな》に彼を圧倒していたのは、服を投げ捨てた彼女の仕草に対する感嘆であった。その優雅さと奔放さは文化全体を、思想体系全体を壊滅させてしまうかに感じられた。鮮やかな腕のひと振りで、ビッグ・ブラザーも党も思想警察も無へと薙《な》ぎ払ってしまうことができるかのようだった。これもまた、太古の時代の仕草であった。ウィンストンは「シェイクスピア」と言葉を漏らしながら目を覚ました。

テレスクリーンから耳をつんざくような警笛が響き渡り、途切れることなく三十秒にわたって鳴り続けた。七時十五分、オフィスの内勤職員たちの起床時間である。ウィンストンはベッドから体を引き剝がし——裸であった。これは、〈党外核《アウター・パーティ》〉の党員たちは衣料品用クーポンを年に三千点しかもらえないというのに、パジャマだけでも六百点が必要となるからである——椅子の座面に投げ出してある薄汚れたタンクトップとショートパンツを摑《つか》み取った。あと三分で〈合同体操〉が始まってしまう。次の瞬間、彼は猛烈な咳《せき》の発作に襲われて体をくの字に曲げた。目覚めてすぐは、ほぼ毎回これに見舞われるのである。肺の空気を残らず吐き出してしまった彼は、仰向《あおむ》けに転がって何度も大きく喘《あえ》ぎ、ようやく呼吸を取り戻した。激しく咳き込んだせいで静脈が膨れ上がり、静脈瘤性潰瘍が疼《うず》きだしていた。

「三十代から四十代のグループ！」耳に突き刺さるような女の甲高い声が響いた。「三十代から四十代のグループ！　所定の位置につきなさい。三十代から四十代！」

ウィンストンは跳ね起き、テレスクリーンの前に直立した。画面にはすでに、体操着にスニーカー姿の、痩《や》せてはいるが筋肉質な女が映っていた。まだ若者と言っていい。

「腕を曲げて、伸ばしますよ！」女が大声で号令した。「私に合わせて。一、二、三、四！　一、二、三、四！　さあ同志の皆さん、もっと元気よく！　一、二、三、四！　一、二、三、四！――」

咳き込んだ苦痛もウィンストンの心から夢が植え付けたあの情景をすっかり消し去ってしまったわけではなく、リズミカルに体を動かしているうちに、いくらかそれが蘇《よみがえ》ってきた。〈合同体操〉の間は、そのほうが無難だと思っている。険しいながらも楽しんでいるような表情を顔に貼り付け、機械的に両腕を前後に揺り動かしながら、彼は幼いころのぼんやりとした記憶へと遡《さかのぼ》ろうとあがいてみた。だが、それはとてつもなく困難なことであった。五〇年代後半より昔のことは、何もかもがぼやけてしまっている。参照できる外部の記録がなければ、己が歩んできた人生の輪郭すらも形を失っていくものなのだ。おそらくは起こりもしなかったはずの大事なできごとをいくつも思い出したり、事件の細部は憶えているというのに雰囲気を思い出すことができなかったり、何があったかさっぱり分からない長い空白があちこちにあったりするのである。当時は、すべてが違っていた。国々の名も、地図上に描かれたその形すらも違っていたのだ。例えば〈エアストリップ・ワン〉は、当時別の名で呼ばれていた。イングランドだかブリテンだか、そんな呼びかたをされていたのだが、ロンドンについては、昔からずっとロンドンと呼ばれているはずだという確信が彼にはあった。

　ウィンストンは、母国が戦争をしていない時代をはっきりと憶えてはいなかったが、少年時代にはかなり長きにわたり平和な時期があったのは確かだった。というのもまだ幼かったころ、空襲に誰もが驚愕《きょうがく》していたのを憶えているからである。おそらくあれは、コルチェスターに原爆が投下されたときではなかったろうか。空襲そのものは憶えていなかったが、自分の手をきつく握りしめる父親の手ははっきりと憶えていた。ふたりは急いで地下のどこかへと深く、深く、深く、足音を響かせながらぐるぐると螺旋《らせん》階段を降り続けていた。やがて両脚がくたくたになってしまった彼がべそをかきはじめたものだから、進むのをやめて休まなくてはいけなくなってしまった。母は夢見るようなゆっくりとした足取りで、ふたりのずっとあとからついてきていた。腕には、まだ赤ん坊の妹を抱きかかえていた——いや、それともただ丸めた毛布を運んでいただけだったのだろうか。当時すでに妹が生まれていたのかどうか、ウィンストンはよく分からなかった。ようやくがやがやとうるさい人だかりのある場所に出ると、彼はきっと地下鉄駅だと思った。

石畳の地面にはそこかしこに人が座り込んでいるかと思えば、何層も重ねて作られた金属製の寝台に身を寄せ合うようにして座っている人々もいる。ウィンストンと両親は地面に座る場所を見つけた。そばでは老人と老婦人が並んで寝台に腰掛けていた。老人のほうは仕立ての良いダーク・スーツを着て、あみだにかぶった黒い帽子からまっ白い髪が覗《のぞ》いていた。顔を赤くして、両目いっぱいに涙を浮かべている。老人は、ジンのにおいをさせていた。汗の代わりにジンを分泌させているかのようで、両目から流れる涙を純粋なジンと思い込んでしまう者すらいそうだった。しかし、わずかに酔ってはいたが、彼は純然たる、そして耐え難いほどの悲哀に苦悶《くもん》しているのだった。ウィンストンは子供心に、何かひどいことが、何か許しがたく取り返しのつかないことが起きたばかりなのだと理解した。そして、何が起きたかを知っているような気がした。老人が愛する誰か、おそらくは幼い孫娘が殺されてしまったのだ。数分ごとに、老人は繰り返し続けていた。

「連中なんぞ信用しちゃいけなかったんだ。そう言ったろう、お前や？　信用した結果がこのざまさ。だからずっと言ってたんだよ。あんなくずども、信用しちゃいけなかったんだよ」

だが今となっては、どのくずを信用すべきでなかったのか、ウィンストンには思いだせなかった。

その当時から戦火は文字通り絶えることがなかったが、厳密に言えば、ずっと同じ戦争が続いていたわけではない。少年時代の何ヶ月か、当のロンドンでも乱雑な市街戦が起きたものだが、彼もそのいくつかを鮮明に憶《おぼ》えていた。だがしかし、その期間すべての歴史を辿《たど》ったり、どの時点で誰と誰が戦っていたのかをつまびらかにしたりするのは、完全に不可能であった。文字化された記録でも口伝でも、現在成り立っている世界の構図以外にはひとことたりとも触れられていないからである。たとえば今この瞬間、一九八四年には（今が本当に一九八四年なのだとしたら）、オセアニアはユーラシアとは戦争状態にあり、イースタシアとは同盟関係を結んでいる。公的にも私的にも、いずれかの時期にこの三大国が現在とは違う形の情勢にあったと発言されたことは、一度たりともなかった。しかしウィンストンもよく知っているとおり、つい四年前までオセアニアはイースタシアと戦争状態にあり、ユーラシアとは同盟関係にあったのである。だがそれは、彼の記憶が十分にコントロールされていないがゆえに偶然手に入った、隠蔽《いんぺい》すべき情報のほんの一部なのだった。公式には、同盟国の変更など断じて起こっていない。現在オセアニアはユーラシアと戦争状態にあり、結果、オセアニアはずっとユーラシアと戦争状態だったということになるわけだ。目下の敵はいつでも絶対悪の象徴となり、過去だろうが未来だろうが協約を結ぶなどとんでもない話なのである。

ここが恐ろしいところだ、と彼は苦痛をこらえて両肩を後ろに引きながら、一万回は考えたことをまた考えた（両手を腰に当てて上半身を回すこの運動は、背中の筋肉によく効くとされている）——それがすべて現実になってしまうかもしれないのが、恐ろしいところだ。仮に党が過去に手を突っ込み、あれこれのできごとをすべてなかったと言ってしまえるのだとしたら——間違いなくそれは、ただの拷問や死などを超える恐怖である。

党は、ユーラシアと同盟関係にあったことなど一度もないと言っている。しかしウィンストン・スミスは、ほんの四年前にオセアニアがユーラシアと同盟関係にあったのを知っている。だが、その知識はいったいどこに存在しているのだろうか？　いずれにせよ、遠くない未来に消去されてしまうに違いない彼の意識の中にしか存在していないのである。そして、党が押し付けてくる嘘を誰もが受け入れるのであれば——あらゆる記録が同じ内容しか伝えないのであれば——その嘘が歴史となり、真実となってしまうのだ。「過去を支配する者は未来を支配する。今を支配する者は過去を支配する」と、党のスローガンは言う。そして、過去が改変できる性質を持つものであろうとも、改変などしたこともないというのだ。現在真実とされているものごとは、悠久の昔に始まり悠久の未来にいたるまで、変わらず真実であるというわけである。話は、実に単純であった。己の記憶に延々と勝利を収め続けるだけでいいのだ。党はこれを「現実制御」と呼んでいる。ニュースピークでいう〈二重思考《ダブルシンク》〉である。

「休め！」かすかに声音を和らげ、女指導員が大声で号令を発した。

ウィンストンは両腕を体のわきにおろし、胸いっぱいにゆっくり息を吸い込んだ。心が〈二重思考〉の迷宮へと彷徨《さまよ》い込んでいく。知りつつも知らずにいること、入念に練り上げた嘘をつきつつもまったき真実を意識の中に保つこと、相反するふたつの意見を持ちそれらが矛盾すると知りながらどちらも信じること、論理に反する論理を用いること、道徳を正しきものと主張しつつも道徳を否定すること、民主主義は不可能であると信じつつ党を民主主義の守護者であると信じること、いかなるものであろうと忘れるべきことは忘れ、必要なときにはそれを記憶に呼び戻し、それからすぐにまた忘れること、そして何よりも、この同じプロセスをプロセスそのものにも適用すること――これこそが、このうえなく繊細なところであった。意識的に無意識を生み出し、それからもう一度、たった今行ったばかりの催眠行為を無意識のものに変えるのである。〈二重思考〉という言葉を理解するのにすら、〈二重思考〉を使わなくてはいけないのだ。

女指導員が、ふたたび大声を出した。「さあ、ではつま先に指が着くかやってみましょう！」と熱っぽく語りかけてくる。「腰を思い切り曲げてください、同志のみなさん。一、二！　一、二！――」

ウィンストンはこの体操が嫌でたまらなかった。かかとから尻《しり》にかけて電撃のような痛みが走り、あの咳の発作につながることもしょっちゅうなのである。もの思いに耽《ふけ》っていた間に感じた半ば心地よいような感覚は、消えてしまった。過去は単に改変されたのではなく、厳然と破壊されてしまったのだ。自分の記憶以外、なんの記録も存在してはいないのならば、もっとも明白な事実ですら立証などできないのではないだろうか？　ビッグ・ブラザーの名を初めて耳にしたのが何年のことだったか、彼は思い出そうとしてみた。六〇年代のいつかに違いないとは思うが、確信を持つことなど不可能である。無論、党の歴史を見ればビッグ・ブラザーは、党の黎明期《れいめいき》からずっと、革命の指導者および守護者として描かれている。彼の功績はじわりじわりと過去に向けて後押しされ、夢のような三〇年代や四〇年代の世界――資本家たちが妙な円筒形の帽子をかぶり、光り輝く見事な自動車や、側面がガラス張りになった馬車に乗ってロンドン市街を走っていた時代である――にまで達していた。どこまでが真実でどこからがでっちあげなのか、知る術《すべ》はない。いったい党が作られた日付すらも、ウィンストンは憶えてはいなかった。一九六〇年以前にイングソックという言葉を耳にしたことがあるとはとても思えなかったが、同じ意味を持つ〈オールドスピーク〉の言葉——「英国社会主義《イングリッシュ・ソーシャリズム》」という言葉である——がそれ以前から広まっていた可能性はある。何もかも、霧の中に溶け込んでしまっていた。無論ときとして、明確な嘘を見つけることもある。たとえば、党の歴史書が主張するように、党が飛行機を発明したなどというのは真実ではない。まだほんの小さな子供だったころに、彼は飛行機を知っていたのである。しかし、何も証明することはできない。証拠など、ひとつとしてありはしないのだ。ウィンストンは人生でたった一度だけ、歴史的事実が捏造《ねつぞう》されたことを示す疑いようのない文書的証拠を手にしたことがあった。そして、あのときに——

「スミス！」テレスクリーンから怒声が響き渡った。「六〇七九号、スミス・W！　そう、あなたです！　もっと低く腰をかがめなさい！　もっと行けるはずよ。手抜きをしないで。さあ、もっと低く！　そう、その調子ですよ、同志。さあ、体を起こして楽な姿勢で、私を見てください。全員です」

とつぜん、ウィンストンの全身から熱い汗がどっと噴き出した。顔は完全な真顔のまま固まっていた。絶対に狼狽《ろうばい》を顔に出してはいけない！　絶対に敵対心を顔に出してはいけない！　視線の揺らぎたったひとつで、心の中を曝《さら》け出してしまうこともあるのだ。立ったまま見ている彼の目の前で、女指導員は両腕を頭上に振りかぶり、それから——優雅とは言い難いものの、目を瞠《みは》るほどにてきぱきとした無駄のない動きで——身をかがめ、指の第一関節までをつま先の下に押し込んでみせた。
「さあ、同志の皆さん！　皆さんも、こうしてごらんなさい。もう一度、私を見てくださいよ。私は三十九歳で、子供が四人います。さあ、こっちを見て」彼女がまた前屈をした。「ほら、両膝《りょうひざ》が曲がっていないでしょう。やろうと思えば、皆さんにもできるんです」体を起こしながら、女指導員が言葉を続けた。「四十五歳以下であれば、どなたでもつま先に触れることができるのですよ。私たちの全員が、前線で戦う特権を与えられるわけじゃありませんが、それでも体を鍛えておくことはできるはずです。マラバル前線にいる兵士たちのことを思い出して！　そして〈浮遊要塞〉の水兵たちを！　どんな苦難を彼らが耐え忍んでいるのかを、考えてみるのです。さあ、もう一度やってみましょう。いいですよ、同志のみなさん、さっきよりずっといいです」指導員の女は、ウィンストンが必死に腰をかがめ、ここ数年で初めて膝《ひざ》を曲げずにつま先に触れるのに成功するのを見ながら、鼓舞するように声をかけた。

4

テレスクリーンのそばであろうとも、一日の仕事の始まりにはついつい漏らさずにはいられない大きな無意識の溜息《ためいき》をつきながら、ウィンストンは口述筆記機《スピークライト》を引き寄せてマウスピースの埃《ほこり》を払い、眼鏡をかけた。そして、すでにデスクの右手にある気送管から飛び出していた小さな円筒形の書類四枚を広げてまとめ、クリップで留めた。

ブースの壁には、穴が三つ開いていた。口述筆記機の右側には筆記されたメッセージを送る小さな気送管の穴が、左には新聞用の大きな穴が、そしてウィンストンからも楽々手が届く側壁には金網で保護された大きな長方形の穴がある。この最後の穴は、紙くずを捨てるためのものだ。これと同じような無数の穴が建物のいたるところに開いていた。各部屋ばかりではなく、すべての廊下にまで短い間隔で開けられているのである。どのような理由からかは分からないが、この穴は「メモリー・ホール」という愛称で呼ばれていた。誰かが破棄すべきだと思った書類から床に落ちていた紙くずに至るまで、手近なメモリー・ホールの蓋《ふた》を上げて放り込むのが、ごく当たり前になっていた。すると紙くずは温風にのってぐるぐると旋回し、建物の奥のどこかにひっそりと作られた巨大焼却炉へと運ばれていくのである。

ウィンストンは、さっき広げた四枚の紙に目を通した。どの紙にもほんの一行か二行、省の内部通信で使われる簡略用語——厳密には〈ニュースピーク〉とは違うが、おおむね〈ニュースピーク〉の単語から成り立っている——で指示が書かれていた。文面は下記のとおりである——

タイムズ　84・3・17　bb　演説　誤報　アフリカ関連　要訂正
タイムズ　83・12・19　3yp　83　第四・四半期　誤植　要照合最新情報
タイムズ　84・2・14　〈ミニプレンティ〉誤引用　チョコレート　要訂正
タイムズ　83・12・3　bb　偉勲報　倍加不良《ダブルプラスアングッド》　言及　否在人物《アンパーソン》　全面改訂
ファイル化前　要上検

かすかな満足感を覚えつつ、ウィンストンは四つめの指示書を脇に置いた。込み入った責任重大な仕事だから、最後に回したほうがいい。他の三つはどれも——ふたつめはきっとずらりと並んだ数列を掻《か》き分けていく退屈な仕事になるだろうが——いつもどおりの仕事である。

ウィンストンはテレスクリーンの「バック・ナンバー」をダイヤルし、必要な〈タイムズ〉紙の既刊号を請求した。ほんの数分もすれば、するりと気送管から出てくるはずだ。彼が受け取った指示書はどれも、何らかの理由によって改変――公式の言い回しを使うなら、訂正――する必要がある記事やニュースのたぐいに関するものであった。たとえば三月十七日の〈タイムズ〉紙によると、ビッグ・ブラザーは前日に行った演説において南インド前線に当面の動きはないが、ユーラシア軍は間もなく北アフリカにおいて攻勢に出るであろうと予見した。しかし実際のところ、ユーラシア軍最高司令部は南インドにおいて攻勢をかけ、北アフリカには手出しをしなかったのである。そのためビッグ・ブラザーの演説の一部を、実際の顚末《てんまつ》どおりに予見した形に書き直す必要が生じたのだった。また、十二月十九日の〈タイムズ〉紙は、第九次三年改革の第六・四半期にも当たる一九八三年の第四・四半期における、各種消費財の産出量に関する公式予測を掲載していた。しかし本日号に実際の産出量が掲載され、どの項目を見ても予測が大々的に誤っていたことが明らかになったのである。ウィンストンの仕事は、新たな数値と合致するよう元の数値を訂正することだった。三つめの指示書は、ほんの数分もあれば正すことのできる、非常に単純な間違いに関するものだった。この二月に〈豊穣省〉は、一九八四年内にチョコレートの配給を減らすことはないとの誓約（公式表現では「絶対的誓約」である）を発表したばかりだ。だというのに実際は、ウィンストンも知っているとおり、チョコレートの配給はこの週末に三十グラムから二十グラムへと減らされることになっている。ということは、当初の誓約を、四月内のいずれかの時期に配給量の削減が必要になるであろうという計画と入れ替えればいいわけである。

ウィンストンはすぐに指示どおりの仕事を片付けると、口述筆記機で作った訂正記事をそれぞれ当該の〈タイムズ〉紙にクリップで留め、気送管に押し込んだ。それからできるだけ何も考えていないような素振りで元の指示書と自分で書いたメモ書きを丸めると、すべてを灰に変えてしまう炎が待ち受けるメモリー・ホールに放り込んだのだった。気送管の先に広がる姿なき迷宮で何が起きているのか詳細は知らなかったが、大まかには理解していた。〈タイムズ〉紙のいずれかの号で必要になった訂正がすべて終了し、原稿が揃って突き合わせが行われると、即座に対象の号が改めて発行され、元の号は廃棄される。そして代わりに、改訂版がファイル化されるのである。延々と続けられるこの改訂作業は新聞のみならず、書籍、定期刊行物、パンフレット、ポスター、リーフレット、映画、サウンドトラック、漫画、写真などなど、政治的およびイデオロギー的意義を持ちえる文献や書類のすべてが網羅されている。来る日も来る日もほとんど毎分欠かすことなく、過去が改変されていくのだ。こうして党の発するすべての予見は文書化された証拠によって正しかったと証明され、目下の必要性と矛盾するあらゆる報道、あらゆる論説は、完全に記録から抹消されるのである。すべての歴史は、必要なだけ何度だろうと根こそぎ取られ、重ね書きがされる、パリンプセスト*と変わらない。ひとたびこれがなされてしまえば、改竄《かいざん》が行われたことを証明することなど、断じて不可能である。記録局でもっとも大きな部署はウィンストンが働く部署よりも遥《はる》かに大きく、改訂版の登場により廃棄されるべき書籍、新聞、その他文書などを探し出しひとつ残らず回収することだけを仕事とする人々で構成されている。政治的な勢力図の変化や、ビッグ・ブラザーが発表した予見の誤りを承《う》けて十数回は改訂されていてもおかしくない〈タイムズ〉紙が、オリジナル版の発行日が付いたファイルに保管されており、それと食い違うようなものは、一部たりとも存在しないのである。本も同じように何度も何度も回収とリライトがなされ、改訂が加えられたことになど一切触れられないまま再発行される。ウィンストンが受け取り、処理するやいなやすぐに処分するあの指示書の数々にすら、捏造《ねつぞう》を行うようになどとは書かれてもいないし、ほのめかしすらされていない。いつでも、精確さを上げるべく、誤字脱字、誤植、誤引用を正すよう指示が記されているだけなのである。

だが〈豊穣省〉の数字を再調整しながら、こいつは捏造とすらいえないと、ウィン

＊訳注　元の文章などを消し、上書きがなされた羊皮紙のこと。羊皮紙が高価であったため、この手法が取られた。Ｘ線などを用いて消去された文書を調査した結果、重要な古文書などが見つかることもある。

ストンは胸の中で言った。こんなことは、たわごとを別のたわごとに置き換えるだけの話に過ぎないのだ。処理を任される素材のほとんどは現実世界のものごととは何の関連もありはしない。見え透いた嘘にあるような関連すらありはしないのだ。統計にしても改訂版のそれと同様、元のものがすでにでっちあげなのである。多くの場合、こうした改訂は自分の頭で考えて行うべしとされていた。たとえば〈豊穣省〉は、今四半期のブーツ産出量は一億四千五百万足と予見していた。実際の産出量は六千二百万足であった。だがウィンストンは、産出量がノルマを上回ったという毎度の主張ができるよう、産出量の予見を五千七百万足にまで下げたのである。とはいえ六千二百万足というのも五千七百万足と、はては一億四千五百万足と変わらず真実とかけ離れた数字である。ブーツなど一足たりとも生産されていない可能性も大いにありえるのだ。さらにありえるのは、どれだけ産出されたかなど誰も知らないし、気にしてすらいない可能性である。人が知っているのは、どの四半期においても書類上は天文学的な数のブーツが作られるというのに、オセアニアではおそらく総人口の半分が裸足《はだし》で過ごしているということだった。これは、ものごとの大小を問わずどんなたぐいの記録でも同じであった。すべては、最終的に年月日すらあやふやになってしまった影の世界へと、消え去っていってしまう。ウィンストンは、ホールの奥に目をやった。向かいにある同じようなブースでは小柄で几帳面《きちょうめん》そうな、黒々と無精髭《ぶしょうひげ》を生やしたティロットソンという男が折りたたんだ新聞紙を膝《ひざ》の上に載せ、口述筆記機のマウスピースぎりぎりに口を近づけ、一心不乱に働いていた。自分が話している内容をテレスクリーンとの間だけの秘密にしてやろうという雰囲気を醸し出している。彼が顔を上げた瞬間、その眼鏡がウィンストンに向かって敵意の光をぎらりと放った。

　ウィンストンはティロットソンのことなどほとんど知らないし、どんな仕事を任されているのかもさっぱり分からない。記録局の人々は、そう軽々しく自分の仕事を人に話したりしないのである。細長く窓のひとつもないホールにはブースが二列並んでおり、書類をめくる音や口述筆記機に語りかける小さな声が、いつ果てるとも知れず続いていた。急ぎ足で廊下から出入りしたり、〈二分間ヘイト〉で興奮して暴れたりする局員たちをウィンストンは毎日目にしていたが、名前すら知らない局員も十数人はいた。そしてとなりのブースではあの薄茶色い髪の小柄な女が来る日も来る日も、蒸発して存在すらなかったことにされた人々の名前を新聞から探し出しては削除するだけの仕事に骨を折っているのを彼は知っていた。ある意味、彼女にぴったりの仕事だ。なにせ彼女自身の夫も数年前に蒸発させられていたのだ。いくつか離れたブースでは、おとなしくて手際の悪い、ぼんやりとしたアンプルフォースという人物——耳にかかる長髪と、脚韻と韻律を巧みに操る驚異的才能の持ち主である——が、イデオロギー的には問題視されるものの、何らかの理由からアンソロジーには残すべきと判断された詩の改竄版――決定版と呼ばれている――の制作に従事している。そして、五十人かそこらの局員がいるとはいえこのホールは、巨大で複雑な記録局の中では下位部門、ひとつの細胞にしかすぎなかった。この向こうにも、上にも下にも、想像を絶するほど多種多様な仕事に従事する局員たちの集団がいる。補助編集者や印刷技術の専門家、そのうえ写真偽造用の精密機器を揃えたスタジオまである。巨大な印刷所までいくつかあるのだ。テレスクリーン・プログラムの制作局では、撮影技術者、プロデューサー、そして声帯模写の能力で選びぬかれた役者グループが仕事をしている。回収すべき書籍や定期刊行物のリスト作成だけを行う文献調査員たちも大勢いた。改訂済文書を保管しておく広大な保管庫も、オリジナル版を抹消するための秘密焼却炉もある。そしてどこかに、名前こそまったく知られてはいないものの、全局の作業をまとめあげている中枢部があり、この文書は保存する、この文書は改竄する、その他は抹消の必要あり、といったように政策方針を策定していた。

　要するに記録局も結局は、過去の再構築ではなくオセアニア市民に新聞、映画、教科書、テレスクリーン・プログラム、演劇、小説を――彫像からスローガンに至るまで、抒情詩《じょじょうし》から生物学の論文に至るまで、そして子供向けの綴《つづ》り方教本からニュースピーク辞書に至るまで、あらゆる種類の情報、教材、娯楽を――提供することを主業務とする〈真実省〉の一部門でしかないのである。そして〈真実省〉はこのように党からの千差万別な要求に応じるだけでなく、労働者階級《プロレタリアート》の低俗な需要も満たすべく、まったく同じ別工程をこなさなくてはいけなかった。労働者階級のための文学、音楽、演劇、娯楽全般の提供を専門とする別の局が、ひととおり揃っていたのである。ここでは、スポーツと犯罪と占星術の他にはほぼ何も書かれていないごみのような新聞や、劣情を煽《あお》る三文小説や、露骨な性描写ばかりの映画や、一から十まで作詩機《ヴァーシフィケイター》と呼ばれる特殊な万華鏡を用いた機械の力で作られた感傷的な歌などが制作されていた。さらにはニュースピークで「ポルノ課」と称した小部門すら存在しており、ここで制作された低俗極まるポルノ作品は封印を施された小包の形で発送され、この仕事を担当している者を除けば党員ですら断じて閲覧を許されなかった。

　ウィンストンが作業している間に三通の指示書が気送管から出てきたが、どれも簡単な内容だったので、〈二分間ヘイト〉で作業を中断してしまう前に、彼はすべて片付けてしまった。そして〈ヘイト〉終了後に自分のブースに戻ってくると棚からニュースピーク辞書を取り出し、口述筆記機を横にどかし、眼鏡をふき、その朝の大仕事に取り掛かったのだった。

　ウィンストンにとって人生最大の喜びは、仕事だ。たいていは退屈な仕事の繰り返しばかりなのだが、ときには数学の問題に没頭するのと同じように我を忘れてしまうような、複雑で入り組んだ仕事がくることもあるのだ。イングソックの原理に対する自分の知識と、党が自分に何を言わせたがっているかという洞察の他にはなんの導きもない、繊細極まる捏造作業である。ウィンストンは、このようなことに長《た》けていた。ときには、すべてニュースピークで書かれた〈タイムズ〉紙の社説の修正を任されることもある。さっき横にどけておいた指示書を広げた。そこには、次のように記されていた。

タイムズ　83・12・3　bb　偉勲報　倍加不良《ダブルプラスアングッド》　言及　否在人物《アンパーソン》　全面改訂
ファイル化前　要上検

オールドスピーク（要するに標準的な英語である）に言い換えるなら、次のようになる。

一九八三年十二月三日刊〈タイムズ〉紙に掲載されたビッグ・ブラザーの偉勲報道に関する記事には著しい不具合があり、存在しない人物複数名への言及が含まれている。全面的なリライトのうえ、ファイルに加える前に原稿を上層部に提出のこと。

ウィンストンは、問題の記事に目を通してみた。見たところビッグ・ブラザーの偉勲報道は主に、浮遊要塞の水兵たちに煙草をはじめとする慰問品の供給を行う、FFCCという名の組織の働きに対する礼賛を狙ったようである。党中軸の著名人であるウィザーズ同志という人物が特に名指しを受け、〈第二級殊勲賞〉を授与されたと書かれている。

三ヶ月後、FFCCはなんの説明もないままいきなり解散した。現在、ウィザーズと仲間たちは屈辱の失脚をさせられたわけだが、報道でもテレスクリーンでも、その件についてはまったく触れていなかった。政治犯が裁判にかけられたり公に糾弾されたりすることは通常ないので、これは意外な話ではない。己の犯した罪について卑劣な自白をしたり、後に処刑されたりする反逆者や思想犯を含む何千人という人々を巻き込む大粛清は、数年に一度しか行われない大見世物だった。党の怒りを買った人々はいきなり姿を消し、二度と音沙汰《おとさた》がなくなるほうが日常的である。彼らの身に何が起きたのかを示す、どんな小さな手がかりも残りはしない。死んですらいないケースも存在するだろう。ひとり、またひとりと姿を消してしまったウィンストンの知己は、両親を数に入れなくても、おそらく三十人になる。

ウィンストンは、クリップでそっと鼻をなでた。通路を挟んだブースでは相変わらず、ティロットソン同志が隠しごとでもするかのように、口述筆記機に覆いかぶさっていた。一瞬だけ彼が顔を上げると、またしても眼鏡が敵意の光を放った。もしやティロットソン同志は自分と同じ仕事に従事しているのだろうか、とウィンストンは胸の中で言った。じゅうぶんにありえる話だ。このように繊細な仕事、とてもひとりの人間の手だけに委《ゆだ》ねられるものではない。一方、委員会に任せてしまうのは、捏造《ねつぞう》行為が行われていることを公然と認めてしまうのも同然である。ビッグ・ブラザーが実際に行った発言に対し、十数人の人々がそれぞれの改訂版を書いていると見るのが妥当であろう。そして、やがて党中軸の最高位にいるブレインが改訂版のどれかひとつを選び、再編集し、他の情報との相互参照という複雑な作業に着手する。それが済むと改訂版は恒久記録に加えられ、真実となるのだ。

ウィザーズがなぜ失脚させられたのか、ウィンストンは知らなかった。もしかしたら、汚職か無能のせいかもしれない。もしかしたら、人気を集めすぎた手下をビッグ・ブラザーが排除したがったのかもしれない。もしかしたら、ウィザーズか近しい者が、異端思想の持ち主として疑われていたのかもしれない。いや、もしかしたら――これがもっともありえそうなのだが――統治のメカニズムには粛清や蒸発が必要不可欠だから、というだけでそのような事態が起きたのかもしれない。唯一の手がかりは「言及　否在人物」という言葉の中にあるのだが、これはウィザーズがすでにこの世にはいないことを示している。だからといって、逮捕された人々が必ずしもこれと同じ目に遭うわけではない。釈放され、数年の自由を許されてから処刑されることもあるのだ。ごく稀《まれ》にではあるが、てっきりずっと昔に死んだものと思われていたはずの人物がとある公判の場に亡霊のように現れ、自らの証言によって何百人という人々を罪に巻き込み、今度は永遠に姿を消すこともある。だがウィザーズはすでに、〈否在人物〉である。存在していないのだ。一度たりとも存在していなかったのだ。ビッグ・ブラザーが行った演説の意図をひっくり返すだけでは駄目だ、とウィンストンは判断した。元の主題とはまったく無関係なものを取り上げるほうがいい。

　演説内容を、普段どおり反逆者や思想犯の糾弾へと変えることもできるが、これは少々露骨すぎる。かといって前線での勝利や、第九次三年計画における過剰生産の成功をでっちあげれば、記録があまりにも複雑化しすぎてしまう。必要なのは、純然たる作り話だ。ふと、まるでこんな場合のためにあつらえてあったかのように、オグルヴィ同志なる人物のイメージが彼の心にぱっと浮かんだ。近ごろ戦場で、英雄的な最期を遂げた男である。ときおりビッグ・ブラザーは偉勲報道において、ごく平凡な一般党員を称《たた》え、彼の生と死を模範とすべき一例として礼賛する。今日は、オグルヴィ同志を礼賛するときだ。確かに、オグルヴィ同志という人物はどこにもいないが、数行の記事と写真が何枚かありさえすれば、すぐにでも彼を実在させられるだろう。

　ウィンストンはしばし考えてから口述筆記機を引き寄せると、いつものビッグ・ブラザーらしい口調で口述を始めた。軍人風であると同時に学者風でもあり、質問を提示してはすぐにそれに答えるという話術のおかげで（たとえば「同志よ、この事実からどのような教訓が得られるだろうか？　その教訓とは――これはイングソックの基本原理のひとつにも数えられるのであるが――つまり……」のような感じである）、容易に模倣できるのだ。

　オグルヴィ同志は三歳にして、太鼓、サブマシンガン、ヘリコプターの模型を除き、すべてのおもちゃを拒絶した。六歳になると――一年早かったが特例となる規則の緩和を受け――彼は〈スパイ団〉に入団し、九歳で部隊長となった。十一歳で、犯罪的傾向ありと思《おぼ》しき会話を耳にし、自らの叔父《おじ》を思想警察に告発した。十七歳で、〈反性交青年連盟〉の地域委員となった。十九歳で手榴弾《しゆりゆうだん》を考案して〈平和省〉がこれを採用し、最初の試用において一撃でユーラシア人捕虜三十一名を吹き飛ばした。そして二十三歳、作戦行動中に戦死した。重要な公文書を運んでインド洋上空を飛行中に敵ジェット機隊に追尾され、自らのマシンガンを重りにしてヘリコプターから海に飛び込んだのである――羨望《せんぼう》の念を禁じえない最期ではないか、とビッグ・ブラザーが言う。そして彼の純粋さとひたむきさについて、さらに言い添える。彼は徹底した禁酒家、禁煙家であり、毎日ジムで一時間汗を流す他には娯楽をたしなまず、結婚と家族の世話は一日二十四時間を職務に捧《ささ》げる妨げにしかならないという信念のもと独身の誓いを立てた。イングソックの原理のほかに会話の種など何もなく、ユーラシアの敵を打倒すること、スパイ、破壊工作員、思想犯、反逆者をひとり残らず追い詰めること以外、人生の目的も持たなかった。

オグルヴィに〈殊勲賞〉を授与すべきか否か、ウィンストンは自問した。そして結局、不要な相互参照をしなくてはならなくなることを理由に、授与しないことに決めたのだった。

もう一度、向かいのブースに居る競合相手を盗み見る。虫の知らせが、ティロットソンも自分と同じ作業に没頭しているに違いないと告げていた。最終的に誰の原稿が採用されるのかは知るよしもないが、ウィンストンは、間違いなく自分の原稿になるだろうという確固たる自信を感じた。ほんの一時間前には想像の中にすら存在しなかったオグルヴィ同志は、今や実在しているのだ。死者は創造することができるのに生者は創造できないのだと思うと、彼は妙な気分に打たれた。現在には一度たりとも存在しないままに今や過去の存在となったオグルヴィ同志は、捏造行為が忘却されるやいなや、カール大帝やジュリアス・シーザーと同様、正真正銘、同じ証拠とともに、存在することになるのである。

5

地下深くにある天井の低い食堂では、ランチに並ぶ人の列がじわじわと進んでいた。食堂はすでに人でごったがえしており、何も聞こえないほどの喧騒《けんそう》だった。カウンターのグリルからはシチューの湯気がもうもうと立ち上って金属質のにおいを放っていたが、ヴィクトリー・ジンの嫌なにおいを掻《か》き消すことはできていなかった。奥の壁には小さなバーがあり――というよりもただの壁に開いた穴なのだが――十セント出せば大グラスのジンが買えるのだ。

「やあ、ちょうど探してたやつがいるじゃないか」ウィンストンの背後から声が聞こえた。

振り向いてみる。調査局で働く友人、サイムが立っていた。おそらく「友人」というのは、正確な言葉ではないだろう。今日び人は友人ではなく、同志を持つものだからだ。だが、中には他の人々よりも楽しく付き合える同志がいるものである。サイムは言語学者で、ニュースピークの専門家だ。現在、ニュースピーク辞典第十一版の編《へん》纂《さん》に従事している巨大な研究者チームの一員である。小柄な彼はウィンストンよりも背が低く、黒髪で、悲哀と嘲《あざけ》りが同居する突き出た両目は、会話のさなかにも人の顔をじろじろと探るかのようだった。

「ひょっとしてカミソリの刃を持ってないかと思ってさ」彼が言った。

「一枚もないさ！」ウィンストンは、後ろめたさのようなものを感じ、慌てて答えた。

「あちこち探し回ってみたんだけどね。もうどこにもありゃしないよ」

誰も彼もが、カミソリの替刃のことを訊《き》いて回っていた。実を言うとウィンストンは、密《ひそ》かに新品の替刃を二枚持っている。ここ数ヶ月というもの、替刃不足が続いていた。党のショップではいつでも、生活必需品が何かしら欠品していた。ときにはボタンが、ときには修繕に必要な毛糸が、ときには靴ひもが欠品してしまうのだが、今はカミソリの替刃がなくなってしまっている。自由市場でこそこそと探し回り、それで見つからなければ諦《あきら》めるしかない。

「もう六週間も同じ刃を使ってるんだよ」と、ウィンストンは続けて適当に答えてみせた。

列がまたじわりと進んだ。立ち止まって、またサイムのほうを振り向く。それぞれカウンターの端に積んである油じみた金属のトレイを一枚ずつ取った。

「昨日の捕虜の絞首刑、見物に行ったかい？」サイムが訊《たず》ねた。

「仕事をしてたよ」ウィンストンは興味なげに答えた。「まあ、そのうちニュースで流れるさ」

「そんなの、とても見たなんて言えやしないよ」サイムが言った。

あざけるようなその目が、ウィンストンの顔をじろじろと眺め回した。「知っているぞ」とでも言っているような目である。「お見通しなんだよ。捕虜どもを見に来なかった理由なんて、よく分かっているんだ」サイムは知的な意味において、毒々しいほどの正統派だ。ヘリコプターによる敵の村落への攻撃についても、思想犯の裁判や自白についても、〈愛情省〉の地下で行われる処刑についても、見ている側が不快感を覚えるほど満足げな顔で語ってみせる。彼と話をするときにはおおむね、いかにしてそうした話題から遠ざけ、可能であれば、彼がいかにも専門家らしい話しぶりで面白く語ることができる、ニュースピークの専門知識に誘導するかが問題なのだ。探るような大きく黒い目を避けるため、ウィンストンはかすかに顔をそむけた。

「いい首吊《くびつ》りだったよ」サイムが、思い出すような顔で言った。「両足を縛ったりすると、僕としては台無しさ。ばたばたさせてもがくのがいいんだからね。それに何よりも、最期に舌を突き出すのが最高だよ、青くなって——そりゃもうまっ青になってさ。僕はそういうところがたまらないんだ」

「次の人、どうぞ！」おたまを持った白いエプロンのプロレが声をはりあげた。

ウィンストンとサイムは自分たちのトレイをグリルの下に押し込んだ。それぞれに、次々とランチの定食が落ちてくる――ピンクがかった灰色をしたシチューが入った金属の皿、パンの厚切りが一枚、角切りのチーズがひとつ、ミルク抜きのヴィクトリー・コーヒーがつがれたマグ、そして人工甘味料《サッカリン》のタブレットがひとつ。「テレスクリーンの下のテーブルが空いてるぞ」サイムが言った。「途中でジンを買っていくとしよう」

　取っ手のない陶器のマグにつがれて、ジンが出てきた。ふたりはごった返した食堂を突っ切り、金属の天板が張られたテーブルにトレイをおろした。テーブルの片隅には誰かがシチューをこぼしたままになっており、まるで吐瀉物《としゃぶつ》のように汚らしく見えた。ウィンストンはジンのマグを手に取り、しばし動きを止めてから決意を固めると、油っこい味の中身を思い切って飲んだ。目をしばたたかせて涙を振り払った途端、自分が空腹だったのを自覚した。スプーンでシチューをすくい、次々と胃袋に流し込んでいく。薄くて味もしないシチューの中には、おそらく肉でできていると思われる、四角くピンク色をしたスポンジのような何かが入っている。ふたりは黙々と、シチューの金属皿を空にしていった。ウィンストンのやや左後方のテーブルでは誰かがまくしたてていた。食堂を包み込む喧騒を突き抜けてくる、アヒルの鳴き声のような耳障りな早口である。

「辞書の作業はどうなんだ？」ウィンストンは、その声に負けじと大声で訊ねた。

「ゆっくりしたものさ」サイムが答えた。「僕は形容詞を任されてるんだ。とにかく刺激的な仕事だよ」

ニュースピークの話になった途端、彼は顔を輝かせた。シチューの皿を脇に押しやって華奢《きゃしゃ》な手で厚切りパンを、もう片方の手でチーズを取ると、大声を出さなくても話ができるようテーブルの上に身を乗り出してきた。

「第十一版は決定版だよ」彼が口を開いた。「ニュースピークは僕たちの手で最終形になろうとしているんだ——誰も他の言語を話さなくなったときの形にだよ。僕たちの仕事が成就すれば、君みたいな人々はもう一度頭から学び直さなくちゃいけなくなるよ。たぶん君は、僕たちの主な仕事は新たな言葉の発明だと思っているだろう。でも、ぜんぜん違うんだよ！ 僕たちは、言葉を破壊しているんだ——毎日毎日膨大な数の、何百という数の単語をだよ。僕たちはこの言語を限界まで切り詰めようとしているのさ。第十一版には、二〇五〇年までに死語になるであろう単語は、ひとつたりとも収録されないよ」

彼はがっつくようにパンをむさぼり、ふた口飲み下すと、衒学者《げんがくしゃ》の情熱のようなものを顔に浮かべて言葉を続けた。痩《や》せた色黒の顔は活《い》き活《い》きとし、両目からはあざけりの色が消え失《う》せ、まるで夢見るように輝いている。

「言葉の破壊というのは、実に美しいものだよ。膨大な無駄があるのは言うまでもなく動詞と形容詞だが、削除してしまっていい名詞だって、何百と存在しているんだ。同義語だけじゃない。反義語だってそうだよ。とある単語の逆の意味でしかない単語なんか、あったってしょうがないだろう？　ひとつの単語は、それ自体が逆の意味も含んでいるものさ。たとえば〝良い〟という単語だ。せっかく〝良い〟という言葉があるのに、〝悪〟という言葉など必要かい？　〝否良い〟でじゅうぶんじゃないか――いや、〝悪〟と違ってこちらはまさしく正反対になるわけだから、このほうがいいくらいだよ。それだけじゃない。〝良い〟の程度を強めたいとしても、〝素晴らしい〟とか〝見事な〟だとか、そんな有象無象の使いものにならん言葉など、あるだけ無駄というものじゃないか？　〝加良い〟で意味はカバーできるし、さらに程度を強めたければ〝倍加良い〟とすればいいわけだからね。無論、そうした言葉はすでに使われているとも。しかしニュースピークの最終形では、他の言葉が何も存在しなくなるわけさ。最終的に善悪はたった六語でまかなえてしまう――いや、実際にはたった一語でさ。これがどれほど美しいことか分かるかい、ウィンストン？　もちろん、元はB・Bのアイデアだよ」後で思い出したように、彼が付け足した。

ビッグ・ブラザーの名を聞いて、ウィンストンの顔に興醒《きょうざ》めしたような表情がさっとよぎった。ほんの一瞬ではあったが、サイムは相手が興味を失ったのをすぐさま感じ取った。

「君はニュースピークが持つ真価を分かっていないんだな、ウィンストン」ほとんど悲しげに、彼は言った。「ニュースピークで書いている間ですら、君はまだオールドスピークで思考している。君がときどき〈タイムズ〉に書いてるものなら、僕もいくつか読んだことがある。悪くはないと思うが、どれもこれも翻訳さ。心の中で君は曖《あい》昧《まい》さも、無用のニュアンスも何もかもひっくるめて、オールドスピークに執着したいと思っているんだ。言葉の破壊に宿った美しさを分かっちゃいないんだよ。年々ボキャブラリーが減少し続けている言語は世界でニュースピークだけだと、君は知っているかい？」

もちろんウィンストンも、そんなことは知っていた。共感しているように見えてくれと願いつつ笑みを浮かべたが、声に本音が滲《にじ》んでしまいそうで口は開けなかった。サイムは黒っぽいパンをもうひと口かじって少しだけ噛《か》んでから、また先を続けた。

「ニュースピークの目的は総じて、思考の範囲を狭めることにあるというのが分からないか？　最終的には思想を表現する言葉がなくなるわけだから、従って〈思想犯罪〉を犯すのも文字通り不可能になる。必要となりえる概念はどれもこれも、たった一語で表現されるようになるんだ。意味がきっちりと限定され、従属的な意味はすべて抹消され、忘れ去られてね。第十一版ではすでに、その目標から遠くないところに我々は到達しているんだよ。でもこのプロセスは、君や僕の死後もずっと続いていくことになるだろう。年々言葉の数は減っていき、意識の範囲も延々と縮小し続けていくんだ。無論今ですら、〈思想犯罪〉など犯す理由も正当性もありはしない。単なる自己鍛錬と、現実制御の問題でしかないのだからね。だが最終的には、そんな必要すらなくなるだろう。ニュースピークが完璧《かんぺき》になったとき、革命は完了するんだ。ニュースピークはイングソックで、イングソックはニュースピークなのさ」彼は底の読めない充足感のようなものを顔に浮かべ、言葉を続けた。「ウィンストン、一度でも考えてみたことがあるかい？　どれだけ遅くとも二〇五〇年までには、僕たちが今しているような会話を理解できる人間は、ひとり残らず死んでしまっているんだってことをさ」

「いや――」ウィンストンは訝《いぶか》しげに口を開いたが、すぐに言葉を切った。

口先まで「プロレは別だよ」という言葉が出かかっていたのだが、その発言の何かが非正統派的に聞こえるのではという恐れを完全に払拭《ふっしょく》することができなかったからだ。しかしサイムは、ウィンストンが何を言わんとしているかお見通しであった。

「プロレどもは人間じゃない」彼は、さらりと言ってのけた。「二〇五〇年までには――いや、もっと早いかもしれんが――オールドスピークに関する正しい知識は消滅するだろうよ。過去の文学は、すべて破壊されるんだ。チョーサーも、シェイクスピアも、ミルトンも、バイロンも――ニュースピーク版でしか存在しなくなるわけだよ。

単に別の何かに変わるんじゃなく、元の作品とは相反する別の何かに変えられるのさ。党の文学すら変わることになるんだよ。スローガンさえ変わるだろうな。自由という概念が消え去ったというのに『自由は隷属なり』なんてスローガン、ありえないだろう？　思想の風土そのものががらっと変わってしまうのさ。実際、今僕たちが理解しているような思想は、存在しなくなるだろう。正統とは、考えないことを——考える必要がないという意味だ。正統とは、無意識のことなんだよ」

　とつぜんウィンストンは、強烈な確信に襲われた。そのうちサイムは蒸発させられる。あまりにも知能が高すぎるのだ。ものごとをはっきりと見抜き、率直にものを言いすぎる。党は、その手の輩《やから》を好みはしない。いずれ、彼は消えるだろう。彼の顔に、ありありとそう書いてある。

　ウィンストンは、パンとチーズを平らげた。マグを手に取ろうと、椅子にかけたままやや横を向く。左のテーブルではまだ耳障りな声をしたさっきの男が、一心不乱にまくしたてていた。おそらくは彼の秘書と思《おぼ》しき若い女性がウィンストンに背を向けて座り、男の話に熱心に耳を傾けながら、身を乗り出すようにして一言一句に相槌《あいづち》を打っているようであった。ときおり、「おっしゃるとおりです。私もそう思います」と答える若く無知な女の声が、ウィンストンにも聞こえた。だが女が喋《しゃべ》っていようとも、男の声は一瞬たりとも止まなかった。ウィンストンは男の顔に見覚えがあったが、

〈創作局〉で何か重要なポストにある人物だということしか知らなかった。三十歳くらいで、太い首とよく動く大きな口の持ち主である。頭を軽くのけぞらせているが、座っている角度のせいで眼鏡が光を反射しており、ウィンストンには目ではなくふたつの白い円盤にしか見えなかった。いささかそら恐ろしいのは、男の口からとめどなく湧き出てくる音声から、単語ひとつとしてはっきりと聞き分けられないことだった。ただ、ひとつだけ「ゴールドスタイン主義の完全なる、そして究極的な廃絶」という言葉が聞こえた。ものすごい早口で飛び出したその言葉は、まるでぎっしりと一本に凝縮された活字の列のようであった。あとはただ、アヒルがわめくような雑音にしか聞こえなかった。しかし、男が何を言っているかは聞き取れないまでも、どんな性質の話をしているのかは疑いようもなかった。ゴールドスタインを糾弾し、思想犯や破壊工作員に対するより厳格な処罰を訴えているのかもしれないし、ユーラシア軍の残虐非道を罵《ののし》っているのかもしれないし、ビッグ・ブラザーかマラバル前線の英雄たち――どちらにせよ同じことだ――を褒め称《たた》えているのかもしれない。何はともあれ、一言たりとも例外なく正統であり、純然たるイングソックであるのは間違いない。ものすごい速さで口を動かしている両目を持たぬその顔を見ていると、ウィンストンは、これは本物の人間ではなく人形か何かなのではないかと、妙な気持ちになってきた。男の頭脳ではなく、咽頭《いんとう》が喋っているのだ。彼から出てくる言葉は確かに単語単語から成り立ってはいるが、真の意味で発言と呼べるしろものではない。アヒルの鳴き声と同じ、無意識に発せられる騒音なのである。

サイムはしばし黙り込んだままスプーンの柄を使い、テーブル上にこぼれたシチューにあれこれと模様を描いていた。隣のテーブルでまくしたてる早口の声は、周囲の喧騒《けんそう》にも拘《かかわ》らずありありと聞こえてきていた。

「ニュースピークに、こんな単語があってね」サイムが口を開いた。「君が知っているかどうかは分からないが、『アヒル語り』っていう、アヒルみたいにガーガーわめきたてるっていう言葉があるんだよ。矛盾するふたつの意味を持つ面白い言葉があるが、これもそんな言葉のひとつさ。敵に対して使えば悪口になるし、自分と同意見の者に対して使えば称賛になるんだ」

サイムは間違いなく蒸発させられるだろう、とウィンストンはふたたび思った。そう思うと悲しみのような感情すら覚えたが、サイムが自分を軽蔑《けいべつ》しているうえに少々嫌悪しているのも、何かもっともな理由さえあれば間違いなく自分を思想犯として告発するであろうことも、よく理解していた。サイムにはどこか、微妙におかしなところがある。思慮深さとか、超然とした精神とか、愛嬌《あいきょう》になる愚かしさとか、何かそうしたものが欠落しているのである。彼を非正統派とは言えない。イングソックの原理を信奉しているし、ビッグ・ブラザーを崇拝しているし、勝利に歓喜し、異端を憎悪している。本心からというだけでなく、飽くなき情熱のようなものに突き動かされ、ただの党員は近づくことすらできないような最新の情報を手に入れ、正統派然としているのだ。しかし彼はいつでも、妙にいかがわしい空気を漂わせてもいた。言わないでいいほうがいいことを言ったり、本を読みすぎたり、画家や音楽家たちがたむろする〈栗の木カフェ〉にしょっちゅう通ったりしているのである。〈栗の木カフェ〉に足繁く通うことを禁じる法律などないし、暗黙の掟《おきて》すらありはしないが、それでもそこはなんとなく不吉な店だった。往年の名誉を剝奪《はくだつ》された党の旧指導者たちが、ついに粛清されるまでよくここに集まっていたのである。話によると何年前か、何十年前か、ゴールドスタイン自身もときおり店に現れていた。サイムの運命を予見するなど、たやすいことなのだ。だがそれでも、サイムがもしほんの三秒間だろうとウィンストンが胸にどんな考えを秘めているのかを摑《つか》んだならば、すぐさま思想警察に突き出すであろうことは間違いのない事実だ。同じことがあれば誰だってそうするかもしれないが、サイムは桁外《けたはず》れである。情熱だけでは足りない。正統とは無意識のものなのだ。

サイムが顔を上げた。「パーソンズが来たぞ」

その口調には、さらに「あのクズ野郎が」とでも言い足すような響きがこもっていた。確かに、食堂の人混みを縫うようにして、ウィンストンと同じヴィクトリー・マンションに住むパーソンズが近づいてくるのが見えた――ずんぐりとした、金髪とカエルのような顔を持つ中背の男だ。まだ三十五歳だというのにもう首と腰の周りにはたんまり贅肉《ぜいにく》が付いていたが、身のこなしはきびきびとして少年のようである。全体的にはやたら大きく育ってしまった少年といった印象なのだが、おかげで制服のツナギを着ているにもかかわらず、どうしても〈スパイ団〉の青い半ズボンとグレーのシャツ、そして赤いネッカチーフ姿を連想せずにはいられなかった。彼の姿を思い描くと誰であろうと決まって、くぼんだ膝《ひざ》と、まくりあげた袖《そで》から覗《のぞ》く丸々とした腕を想像するのである。事実パーソンズは、共同ハイキングをはじめ体を動かすような活動があると、ここぞとばかりに半ズボンにはきかえるのだった。彼はふたりに「やあ、やあ！」と楽しげに声をかけ、強烈な汗のにおいを漂わせながらテーブルに着いた。赤みがかった顔じゅうに、玉のような汗が浮かんでいる。超人的発汗力の持ち主である。〈コミュニティ・センター〉でも、彼が卓球をしていたときにはラケットの柄が湿っているのですぐに分かった。サイムは長々と言葉が並んだ細長い紙切れを取り出し、指にインク・ペンシルを挟みながらじっと調べていた。

「見ろよ、ランチ休憩に仕事してるぜ」パーソンズがウィンストンをこづいた。「熱心じゃないか？　その紙はいったいなんなんだい？　たぶん俺のおつむには、ちと難しいやつだろうな。そうそうスミス、なんでわざわざここに来たかっていうとだな。俺に寄付金を渡し忘れているからだよ」

「どの寄付金の話だい？」ウィンストンは、無意識のうちに手持ちの金を確かめた。給料の約四分の一は自発的な寄付のために取っておかなくてはいけないのだが、なにせ寄付の数がやたらと多いので、すべて憶《おぼ》えておくのは困難なのである。

「〈ヘイト・ウィーク〉用の寄付金さ。ほら、世帯別の基金さ。うちの地区は俺が出納係でね。壮大な出しものをやるために、全力を上げてるところなんだよ。言っておくが、もし我がヴィクトリー・マンションが街で最大ののぼりを用意できなかったとしても、俺のせいじゃないぞ。さあ、寄付は二ドル出すってことだったな」

ウィンストンがよれよれになって汚れた紙幣を二枚取り出して渡すと、パーソンズは小さいメモ帳に、いかにも読み書きができない者らしくぎくしゃくとした手書き文字で記帳した。

「ところでウィンストン」彼が言った。「なんでもうちの悪ガキが、昨日パチンコであんたを襲ったそうじゃないか。たんまり叱っておいたよ。もう一度やったらパチンコを取り上げるぞ、って言ってやったとも」

「たぶん処刑見物に行けなくて、ちょっとご機嫌斜めだったんだろうさ」ウィンストンは答えた。

「ああ、そうとも――なにはともあれ、心根は正しいってことだよな？　ふたりともたちの悪いいたずらっ子だが、そりゃもう熱いやつらでさ！　頭の中は〈スパイ団〉

と、それからもちろん戦争のことでいっぱいなんだよ。こないだの土曜日、うちの娘っ子が隊のハイキングでバーカムステッドのほうに行ったんだが、何したと思う？　一緒に行動してたふたりの女の子を言いくるめてハイキングから抜け出してさ、午後じゅうずっと妙な男を尾行してたんだよ。二時間ずっと尾《つ》け回して森を抜けて、アマーシャムに到着したところで、パトロールに男を引き渡したってわけだ」

「どうしてそんなことを？」ウィンストンはいささか呆気《あっけ》にとられた。得意げな顔をして、パーソンズが続ける。

「娘は、男が敵のスパイかなんかに違いないと思ったんだ——たとえばパラシュートとかで降りてきたんじゃないかってさ。でも、重要なのはここなんだよ。そもそも娘がその男に目を付けたのは、どうしてだと思う？　変な靴を履いてるのに気づいたからさ——あんな靴を履いてるやつなんて見たことがなかったって言うんだよ。だから外国人なんじゃないかって思ったわけさ。七歳のガキんちょにしちゃあ、なかなか頭が切れるだろう？」

「その男はどうなったんだい？」ウィンストンが訊ねた。

「ああ、もちろんそりゃあ分からんな。だが、どうなってたって驚きゃしないね、仮に——」パーソンズはライフルを構えるまねをして、発砲音のように舌を鳴らしてみせた。

「これでよし、と」サイムが紙切れを見つめたまま、上の空で言った。

「そりゃあ、万が一ってこともあるからな」ウィンストンは、おとなしくうなずいた。

「まあ俺が言いたいのは、今は戦時中なんだってことさ」パーソンズが言った。

　そのとおりだと言わんばかりに、彼らのすぐ頭上に設置されたテレスクリーンからラッパの音が鳴り響いた。だが、今回は戦勝の報告ではなく、単に豊穣省からの発表だった。

「同志諸君！」若々しい大声が聞こえた。「同志諸君、ご静聴願います！　素晴らしいニュースをお届けいたします。我々は生産力の戦争に勝利を収めました！　全消費財の産出量に関する最終報告には、生活水準がこの一年で最低でも二十パーセント上昇したことが示されています。オセアニアの国内各地においてこの朝、気持ちを抑えられない人々によるデモが発生いたしました。工場やオフィスから街へと労働者たちが繰り出し、賢明なるリーダーシップにより新たなる幸福な暮らしを与えて下さった、ビッグ・ブラザーへの感謝を記したのぼりを掲げて通りを練り歩いたのです。では、最終的な統計の一部をご紹介します。食料品は――」

「我々の新たなる幸福な暮らし」という言葉が何度か繰り返された。近ごろ豊穣省は、好んでこのフレーズを使うのだ。ラッパの音を聞いて顔を上げたパーソンズは、椅子にかけたまま完全に引き込まれたように口を開き、啓発された愚者の面持ちで耳をそばだてていた。聞こえてくる数字の意味は分からなくとも、その数字が何らかの形で自分の中に満足を生み出していることは理解していた。彼が、灰になった煙草が半分ほど詰まった、薄汚れた大きなパイプを引っぱり出した。一週間に百グラムしかない煙草の配給では、いっぱいまで煙草の葉を詰めることなどほとんど不可能に近いのである。ウィンストンはよくよく気をつけて水平に保ちながら、ヴィクトリー・シガレットを吸っていた。次の配給は明日《あした》まで始まらず、残りの煙草は四本しかない。とりあえず彼は食堂の喧騒《けんそう》には耳をふさぎ、テレスクリーンから聞こえてくる声に耳を傾けた。どうやら、チョコレートの配給を週に二十グラムまで増やしたことで、ビッグ・ブラザーへの感謝を表すデモまで行われていたらしい。しかしつい昨日――ウィンストンは記憶を呼び起こした――配給量を週に二十グラムまで削減するという発表があったばかりのはずだ。あれからたった二十四時間だというのに、民衆がそんな発表を素直に受け入れるなど、ありえるのだろうか？　それがありえるのだ、誰もが受け入れたのである。パーソンズは動物並みの浅はかさで、すんなり受け入れてしまった。となりのテーブルにいる目を持たぬ男は狂信的に、情熱的に、先週の配給は三十グラムだったなどと言い出す輩《やから》がいれば追い詰め、告発し、蒸発させてやるのだという猛々《たけだけ》しい欲望を燃やしながら受け入れた。サイムもまた――二重思考《ダブルシンク》を絡めたより複雑な経緯で、これを受け入れていた。となると、もしや記憶を持っているのは自分ただひとりなのだろうか？

目覚ましい統計は、テレスクリーンから流れ続けていた。昨年と比較して、食料も、衣服も、住居も、家具も、調理器具も、燃料も、船舶も、ヘリコプターも、書籍も、乳児も増加している——病気、犯罪、精神疾患を除外した、あらゆるものが増加しているというのである。一年ごとに、そして一分ごとに万人が、そして万物が急激に進歩しているのだ。ウィンストンは、サイムがさっきしていたように自分のスプーンを手に取ると、テーブルにこぼれた薄い肉汁を長く伸ばし、模様を描いてみた。怒りを胸に、人生の物質的な側面に思いを巡らせてみる。ずっとこんなことが行われていたのだろうか？　食料はずっとこんな味だったのだろうか？　彼は食堂の中を見回した。天井が低く、人でごった返し、無数の人々がぶつかるせいで壁は垢《あか》にまみれて汚れている。ぼろぼろになった金属のテーブルと椅子はどれも、座ればとなりと肘《ひじ》が触れ合うほど近くに置かれている。スプーンは曲がり、トレイは凹《へこ》み、白いマグカップの品質は最悪だ。どこを見ても表面は油でぬめり、ひび割れというひび割れには汚れが詰まっていた。質の悪いジン、不味《まず》いコーヒー、金属臭のシチュー、汚れた服、すべてが混ざり合ったすっぱいにおいが漂っている。胃の中にも肌にも抗議の念が、自分に権利があるものを騙《だま》し取られたのだという感情が、染み付いていた。確かに、今持っているものと大きく違う記憶が何かあるわけではない。はっきりと思い出すことのできる過去にはどれも、十分な食料がなく、人々の靴下や下着はどれもこれも穴だらけで、家具はひとつ残らずぼろぼろでがたついており、部屋は暖房が効かず、地下鉄は満員で、家々は今にも崩壊しそうで、パンは黒ずんでいて、紅茶は滅多に手に入らず、コーヒーはひどい味がして、煙草はいつも不足していた——安価でいつでも簡単に手に入るものといえば、合成ジンだけである。そして当然、肉体が老いるに従いさらにこれはこたえるようになっていくわけだが、不便さと不潔さと不足や、果てしなく続くかに思える冬の寒さや、ねばつく靴下や、決してまともに動いてくれないエレベーターや、刺すように冷たい水や、ざらつく石鹸《せっけん》や、すぐばらばらになってしまう煙草や、奇妙で危険な味のする食べものなどといったものに胸のむかつきを覚えるというのなら、それらは万物が持つ自然の摂理などでは断じてないという徴《しるし》なのではないだろうか？　何もかも昔はこうじゃなかったのだという先祖の記憶のようなものを人が持っていないとしたら、耐え難く感じるはずなどないのではなかろうか？

ウィンストンは、また食堂を見回した。ほとんど全員が醜かった。制服である青いツナギから着替えたとしても、やはり醜いことだろう。食堂の奥でひとりテーブルに着き、妙にカブトムシを思い起こさせる小柄な男がコーヒーを飲みながら、小さな目に疑念を浮かべて左右にきょろきょろと視線を走らせていた。ウィンストンは、胸の中で言った。周りなど見たりしなければ、党が理想像として掲げたような肉体を持つ者たち――ブロンドの髪を持ち活力をみなぎらせ、日焼けしたのんきな人々。背が高く逞《たくま》しい青年と、豊満な乳房の乙女である――が実際に存在しており、むしろ主流なのだと信じることなど、なんとたやすい話であることか。だが実際には彼が見る限り、〈エアストリップ・ワン〉に住む人々のほとんどは小柄で、色黒で、容姿もひどいものなのだ。あのようなカブトムシ・タイプの人間がいかにして各省に増殖しているのかは、実に不思議であった。かなり若いうちから太りだし、短足で、せかせかと素早く動き回り、何を考えているか分からない丸々とした顔に極めて小さい目をつけた、ずんぐりした小男たち。党の支配下で最も成功しえるのは、どうやらこのタイプらしい。

ふたたびラッパの音がして豊穣省からの発表が終わり、安っぽい音楽が流れはじめた。パーソンズは数字の爆撃に漠然とした熱狂を掻《か》き立てられ、口からパイプを離した。

「今年の豊穣省は、本当にいい仕事をしたな」彼が分かったような顔で首を振ってみせた。「ところでスミス、俺に分けてもらえるようなカミソリの替刃の余分なんて、持ってないだろうな?」

「一枚もないよ」ウィンストンは答えた。「僕だって、同じ刃をもう六週間も使ってるんだから」

「ああ、なるほど――なに、ちょっと訊《き》いてみただけだよ」

「悪いね」ウィンストンは言った。

豊穣省の発表でしばらく静かになっていたとなりのテーブルのアヒル声が、またさっきのようにやかましくがなりたてはじめた。ウィンストンはなぜか突然、自分がミセス・パーソンズのことを考えているのに気がついた。あの薄い髪と、顔に刻まれた埃《ほこり》の溜《た》まった皺《しわ》。子供たちは二年としないうちに、彼女を思想警察に告発するだろう。ミセス・パーソンズは蒸発させられるのだ。サイムも蒸発させられる。ウィンストンも蒸発させられる。オブライエンも蒸発させられる。だがパーソンズが蒸発させられることは、断じてない。両目を持たぬアヒル声の化けものも蒸発させられることはない。省内のあちこちで通路をせかせかと歩き回るカブトムシのような男たちもそうだ——連中もまず蒸発させられはしない。そして〈創作局〉で働くあの黒髪の娘もそうだ——彼女もまた、蒸発させられはしない。ウィンストンは、誰が生き延び誰が消されるかを、本能的に知っているかのような気分だった。とはいえ、生き延びるには何が必要なのかは、簡単に分かりそうもなかった。

その瞬間、まるで乱暴に引きずられるようにして、彼は空想から呼び戻された。となりのテーブルにいる女がすこしだけ顔を振り向かせ、彼を見ている。例の黒髪の娘である。横目で見ているだけなのだが、そのまなざしは妙なきつさを帯びていた。彼と目が合った瞬間、女がさっと目をそらした。

　ウィンストンの背筋から、汗が噴き出した。おぞましい恐怖の苦痛が全身を貫く。その感覚は一瞬で消え去ったが、胸にこびりつくような不安感を後に残していった。あの女は、なぜ自分を見ていたのだろう？　なぜずっと後を追い回してくるのだろう？　彼が来たときにはもう彼女がテーブルにいたのか、それともあとから来たのか、あいにくもう思い出せなかった。だがとにかく昨日の〈二分間ヘイト〉では、何の必要もなかったというのに、あの女は彼の真後ろに席を取ったのである。彼女の真の目的が、ウィンストンがちゃんと大声で叫んでいるかを確かめるべく聞き耳を立てることであっても、なんの不思議もない。

　前に考えたことが、また脳裏に蘇《よみがえ》ってきた。おそらく彼女は、思想警察の一員ではない。だがスパイのように目を光らせる一般人こそ、何よりも危険なのである。どのくらい彼女に見られていたのかは分からないが――おそらく五分くらいではないだろうか――その間ずっと表情を隠し通せなかったということも、ありえる話だ。公共の場やテレスクリーンの範囲内で気ままに思いを彷徨《さまよ》わせるなど、あまりにも危険な話である。ほんのちょっとしたことで、正体を見抜かれてしまいかねない。緊張した顔のひくつきや、無意識に出てしまう不安げな表情や、ぶつぶつとひとりごとを言ってしまう癖――異常性を感じさせ、何か隠していると人に悟らせてしまうようなものは、すべて隠し通さなくてはならない。なにせ不適切な表情を顔に浮かべること（たとえば戦争報告を聞いて疑うような顔をしてみせるなど）自体が、処罰されるべき罪なのである。ニュースピークでは、それを示す言葉まであった。〈表情罪〉という言葉である。

　娘はまた、ウィンストンに背を向けていた。もしかしたら彼のことを尾《つ》けてなどおらず、二日連続でこうも近くにいるのは単なる偶然なのかもしれない。彼は火の消えた煙草をそっとテーブルのふちに置いた。仕事が終わったら続きを吸うとしよう。もっとも、それまで煙草の葉をこぼさないようにしなくては。隣席の誰かが思想警察のスパイだというのも大いにありえる話だし、三日以内に自分が愛情省の地下送りにされるのだって大いにありえる話だが、煙草の吸いさしを無駄にするわけにはいかない。サイムは手元の紙切れを折りたたみ、ポケットにしまった。パーソンズがまた口を開いた。

「よう、前に言ったっけな」パイプをくわえたまま、彼がおかしげに笑ってみせた。

「市場で売り子をしてるばあさんがB・Bのポスターでソーセージを包もうとしてたからって、うちの悪ガキどもがスカートに火をつけたときの話さ。ばあさんの背後から忍び寄って、マッチひと箱つかって燃やしたんだよ。きっと大やけどをしたこったろうな。まったくひどいガキどもだろう？　だけど、本当に熱心なやつらだよ！　今の〈スパイ団〉がやってる最高の訓練の成果ってやつさ――俺のころだって、そこまでやっちゃいなかったとも。〈スパイ団〉が団員たちに配った最新の道具、いったいなんだと思う？ 鍵穴《かぎあな》に差し込んで使う盗聴器さ！ こないだの晩に、娘っ子がうちに持ち帰ってきてな――居間のドアで試してみたら、ただ耳を鍵穴にくっつけるよりも二倍は聞こえるって言うじゃないか。いや、もちろんただのおもちゃだとも。それでもちゃんとした考えを学ばせるにはいいだろう、ええ？」

そのとき、耳をつんざくような警笛がテレスクリーンから流れた。仕事に戻る合図だ。三人はぱっと立ち上がり、エレベーターに押し寄せていく人混みに加わった。ウィンストンの吸いさしから、煙草の葉がすっかりこぼれてしまった。

6

ウィンストンは日記を書いていた。

あれは三年前だ。暗い夜で、大きな鉄道駅のそばにある細い路地だった。彼女は壁に開いた戸口で、ほとんど光ってすらいない街灯の下に立っていた。顔は若々しく、やたらと厚化粧だった。僕を惹《ひ》きつけたのはその化粧だった。仮面のような白さと、鮮やかな赤い唇だった。女性党員は化粧などまずしない。路地には他に人影はなく、テレスクリーンもなかった。彼女が二ドルだといった。僕は――

それ以上書き進めることなど、できないような気がした。繰り返し現れる幻を締め出そうと、彼はまぶたを閉じると指を押し付けた。声を限りに下卑た言葉を叫んでしまいたいという、どうしようもない衝動を感じる。いや、壁に頭を打ち付けたり、テーブルを蹴《け》り倒したり、インク瓶を窓の外に投げ捨てたり――自分を苦しめている記憶を消し去ってくれそうなことであれば、暴力的だろうと、騒々しかろうと、苦痛を伴おうと、どんなことでもしてしまいたかった。

最大の敵は自分の神経組織なのだ、と彼は胸の中で言った。心の緊張は、いつ目に見える身体的な症状に変わってもおかしくはない。何週間か前に通りで行き違った男を、ウィンストンは思い出した。ごく普通の男だった。党員で、三十五歳から四十歳、背が高く痩《や》せており、ブリーフケースを持っていた。数メートルの距離まで近づくと、男の顔の左側がいきなり痙攣《けいれん》を起こしたように歪《ゆが》んだ。すれ違いざまにも、また男は顔を歪めた。それは単なる引きつりか、震えか、カメラのシャッターを切るようなほんの一瞬の変化だったが、習慣的なものであるのは明白だった。そのときに考えたことが胸に蘇った。あの哀れな男は、もう終わりだ。そして恐ろしいのは、あの顔面の動きがほぼ間違いなく無意識のものであることだった。何よりも身の毛がよだつほど危ないのは、寝言である。ウィンストンが知るかぎり、寝言を防ぐ方法などひとつもありはしない。

彼は息を吸い込み、また日記を書きはじめた。

僕は彼女と戸口をくぐり、裏庭を突っ切り地下のキッチンに入った。壁際にはベッドが置かれ、テーブルには灯《あか》りをかなり落としたランプが載っていた。女は——

ウィンストンは強烈な苛立《いらだ》ちを覚えた。唾《つば》を吐いてしまいたいほどだった。地下のキッチンにいる女と同時に、妻キャサリンのことが頭に浮かんだのである。ウィンストンは結婚している――確かに結婚していたのだ。彼の知るかぎり妻はまだ死んでいないのだから、おそらくはまだ結婚しているのだろう。彼はまたしても、地下キッチンにむんと立ち込める暖かな空気を吸い込んだ。虫と汚れた衣服とひどい安物の香水が入り混じったにおいだが、それでもそそられる。というのも、女党員は断じて香水などつけないし、使う姿が想像さえできないのだ。香水を使うのは、プロレだけだ。彼の胸の中で、そのにおいは姦淫《かんいん》と切り離すことができないほどに混ざり合った。

その女と過ごしたひとときは、彼にとって二年かそこらぶりの情事であった。無論、娼婦《しょうふ》と交わることは禁止されていたが、ときには思い切って破ってみようかという気にもなるような規則だった。危険な行為ではあれ、生死に関わるようなことではないのだ。売春婦といる現場で捕まれば五年の強制労働収容所行きになるが、他に余罪がなければそれ以上の罰を喰《く》らうことはない。それに、現行犯で逮捕されないよう気をつけてさえいれば、簡単なのである。貧民たちの居住区には、いつでも体を売る女たちがあふれているのだ。ジンのボトル一本で自分を売る女までいた。プロレはジンを飲むことを禁じられているからだ。党も完全に抑制することができない本能のはけ口として、売春の奨励に傾いている気配すらあった。人目を忍んで、愉悦を伴わず、ひどい貧困に苦しむ浅ましい階級の女を相手にしているかぎり、ただの淫蕩《いんとう》は大した問題ではない。許されざる罪とは、党員間の乱交であった。だが——大粛清では被告たちが口をそろえて自白する犯罪のひとつがこれなのだが——そんなことが実際に起きているとは想像すらつかなかった。

党の目的は、ただ統御できない忠誠関係を男女が構築するのを防ぐことだけではない。公にされていない真の目的は、性的行為からあらゆる快楽を除去してしまうことなのである。夫婦間であろうとなかろうと、愛情は性的興奮ほどに敵視されてはいなかった。党員同士によるすべての結婚はそのために選ばれた委員会の承認を得なければならず、そして——原則は一度たりとも明言されていなかったが——もし対象となる男女が肉体的に惹かれ合っている印象を与えてしまうと、絶対に承認は受けられなかった。彼らにとって結婚の目的とはただひとつ、党に仕える子供たちを作ることだけなのである。性交は浣腸《かんちょう》と同じく、いささかの嫌悪感をともなうつまらぬ行為とみなすべき、というわけだ。これもまた明確に言葉にこそされることはなかったが、どの党員にも間接的に、幼少期から刷り込まれるのだった。さらには、男女を問わず完全に禁欲すべきと主張する、〈反性交青年連盟〉のような組織すら存在した。子供はすべて人工授精（アーティフィシアル・インセミネーション、ニュースピークではアートセムと言われる）で作られ、公共施設で育てられるべきだという。こんなことが本気で言われているわけでないのはウィンストンも承知していたが、とにかくすべて党のイデオロギーと全般的に適合していた。党は性的本能を抹殺しようとしており、もし抹殺できなくとも、歪め、汚そうとしていた。彼にはなぜそんなことになっているのか分からなかったが、そうなるのが自然のように感じられた。そして女性に関してのみ言うのであれば、党の努力はおおむね奏功していたのである。

ふたたび、キャサリンのことを考えた。離れ離れになって九年、十年——いや、十一年にもなるだろうか。めったに彼女を思い出さないというのは、妙な話である。結婚していたことを何日もずっと忘れていても、なんとも思わないのだ。一緒にいたのは、ほんの十五ヶ月であった。党は離婚を許してはいないが、子供がいない夫婦には別居することを推奨している。

キャサリンはすらりと背の高い金髪の娘で、綺麗《きれい》に背筋を伸ばし、立ち居振る舞いは実に美しかった。くっきりとした精悍《せいかん》な顔立ちで、その裏はもぬけの殻なのだと知らぬ人であれば高貴にすら思うほどであった。彼女と結婚して早々に、ウィンストンは確信した。ともすれば、他の人々よりも彼女のほうを近しく知っているからそう感じるだけなのかもしれなかったが、この女は今までに出会ってきた誰よりも愚かで、品のない、虚《うつ》ろな心の持ち主なのだと悟ったのだ。党のスローガンで言われていることしか自分の頭で考えられず、党から与えられるものであれば、それがどんな戯言《たわごと》だろうと、鵜呑《うの》みにしないものなどひとつとして、まさしくひとつとして、ありはしなかった。ウィンストンは胸の中で、彼女に「人間録音機」とあだ名をつけた。それでもたったひとつのことに満足できてさえいれば、彼女との暮らしにも耐えられたはずだった——それは、セックスである。

彼が手を触れたとたん、彼女は身悶《みもだ》えし、体をこわばらせてしまうかのようだった。彼女を抱きしめると、まるで節くれだった木偶《でく》でも抱いている気持ちになった。妙なことだが、彼女が自ら彼を抱き寄せているときでさえ、あらん限りの力で押し返されているように彼は感じた。彼女の筋肉のこわばりが、そんな印象を彼に持たせた。彼女はまぶたを閉じ、抗《あらが》うでも応じるでもなく、ただ身を差し出した。ウィンストンはひどい気まずさを覚え、しばらくすると、恐ろしさを感じるようになった。だがそんな気持ちになろうとも、仮に禁欲生活に合意できさえすれば、彼女との暮らしに耐えることもできたろう。しかしなんとも意外なことに、この合意を拒んだのはキャサリンのほうだった。できることなら子供を作らなくてはいけない、というのである。そのようなわけでこの猿芝居はほぼ確実に週一回、どうしても無理であるときを除いて行われ続けたのだった。朝、彼女のほうから、今夜はやらなくちゃいけない、どうしても忘れてはならないことがあると念を押されることすらあった。キャサリンはこの行為に、ふたつの名を付けていた。ひとつは「赤ちゃん作り」で、もうひとつは「党への義務」（そう、本当にこんな呼びかたをしたのだ）。すぐに彼は、予定の日が訪れるたびにはっきりとした恐怖を感じるようになった。しかし幸運にも子供はできず、最後には彼女も諦《あきら》めることに同意し、それからまもなくふたりは別居を始めたのである。

　ウィンストンは押し殺したため息をもらした。ふたたびペンを手に取り、日記を書きはじめた――

　女はベッドに身を投げ出すと、すぐさまなんの前戯もないまま、想像しえるかぎりもっとも下品な、もっともおぞましい仕草でスカートをめくり上げた。僕は――

　薄暗いランプの灯りの中に立つ自分の姿を思い描いた。虫と安物の香水の鼻をつくにおい。そしてこんなときだというのに、彼の胸の中では敗北感と苛立ちが、党の催眠力によってとこしえに凍りついたキャサリンの白い肢体の記憶と混ざり合っていた。どうしていつも、こんなことになってしまうのだろう？　なぜ数年ごとに汚らわしい取っ組み合いをするのではなく、自分だけの女を手に入れられないのだろう？　だが本物の情交を持つなど、考えることすらできなかった。女党員は誰もみな似たりよったりだ。貞操観念が、党への忠誠心と同じくらい根深く植え付けられている。早期に行う入念な刷り込み、スポーツや冷水浴、学校や〈スパイ団〉や〈青年団〉がわめきたてるたわごと、講義やパレードや軍歌やスローガンや軍学、そうしたものにより、生まれ持った感情が彼女たちから追い出されてしまうのである。彼の理性はきっと例外があるはずだと告げていたが、心は信じてなどいなかった。彼女たちはみな、党がこうあるべきと示すとおりの堅物なのだ。そして彼が望んでいるのは――愛されること以上に望んでいるのは――人生でたった一度でも、この純潔の壁を崩壊させることなのだった。満足のいくセックスは反逆である。欲望を抱くのは思想犯罪である。キャサリンを目覚めさせようとし、それを達成したとすれば、たとえ彼女が妻であろうと性的な誘惑行為のように受け取られただろう。

しかし、続きを書いてしまわなくてはいけない。ウィンストンはまたペンを走らせた。

僕はランプを明るくした。その灯りの中に見えた彼女は――

暗闇に目が慣れた後では、灯油ランプの薄明かりですらひどく明るく感じられた。彼は初めて、ちゃんと女を見た。彼女に向かい一歩を踏み出し、情欲と恐怖で胸をいっぱいにして足を止める。ここに来ることでどれほどの危険に身を晒《さら》したのか、痛いほど分かっていた。外に出たところでパトロール隊に捕まっても、まったくおかしくないのだ。となれば、今この瞬間にも、ドアの外で待ち構えているかもしれない。たとえ、ここにきた目的を果たすことなく立ち去ったとしても――！

書いてしまわなくては、告白してしまわなくてはいけない。ランプの灯りの中にいきなり見えたのは、年老いた女であった。顔に塗りたくった化粧はあまりにも分厚く、段ボールの仮面のようにひび割れでも起こしそうだった。髪には白いものが混ざっていたが、本当にぞっとさせられるのは、小さく開いた口の中に洞窟《どうくつ》のような暗黒しか見えないことであった。彼女には一本も歯がなかったのである。

ウィンストンは先を急ぐかのように、殴り書きのような字を書いていった。

灯りの中に見えたのは、かなり歳の行った女だった。最低でも五十歳だろう。それでも僕は躊躇《ちゅうちょ》せず、行為に及んだのだった。

彼はもう一度、両のまぶたに指を押し当てた。書いてしまっても、何も変わらなかった。このセラピーには効果がなかったのだ。声をかぎりに下品な言葉を叫び散らしたいという強烈な衝動は、まったく収まらないのだった。

7

「希望があるとするならば」ウィンストンはペンを走らせた。「それはプロレたちの中にある」

希望があるのならば、プロレたちの中に違いない。それはオセアニアの総人口の八十五パーセントを占める、人々から見向きもされぬ群衆の中にのみ、党を倒す力が生み出される可能性があるからだ。党を内部から転覆させるのは不可能だ。党の敵は、もし仮にそんなものが存在するとしても、手を結ぶすべも、互いを確認するすべもありはしない。あの伝説的な〈ブラザー連合〉が存在したとしても――確かに存在しているようだが――そのメンバーたちが二、三人より多く集まるとは考えにくかった。反逆といってもせいぜい目を見つめ合い、声を落とし、ひとことふたこと囁《ささや》きを交わす程度なのである。しかし、もしプロレたちが己の力に気づきさえしたならば、陰謀を企《たくら》む必要などありはしない。ただ立ち上がり、蠅を追い払うウマのように身を震わすだけでいいのだ。その気にさえなれば、明日の朝にでも党を粉砕できるだろう。遅かれ早かれ、そんなことになるに違いないのだが。だというのに――！

彼は、いつだったか人混みの街路を歩いていたときに、少し先にある路地からわっと声があがったことを思い出した。何百人という女性たちがあげる、怒濤《どとう》のような叫びである。憤怒と絶望の身も凍るような大絶叫は鐘の音のように「ウオーオオオー！」と響き渡った。ウィンストンは胸を躍らせた。始まったのだ！　そう思った。暴動だ！　プロレたちがついに解き放たれたのだ！　ウィンストンがその場に着いてみると、二、三百人の女性たちが、あたかも沈みゆく船に乗り込んだ悲運の乗客たちみたいに群れをなして市場の露店に群がっていた。だがその瞬間、場を包んでいた絶望感が消え去り、個人同士の言い争いがいきなり始まった。どうやら露店のひとつは片手鍋《なべ》を売っているようだった。みすぼらしく薄っぺらい鍋ではあるが、鍋類はどれもこれも、手に入れるのがとてもむずかしい。そんな店頭に突如、鍋が並んだのである。うまく鍋を手に入れた女は他の女たちにぶつかられたり、押されたりしながら、なんとか鍋を手に抜け出そうとしている一方、残った女たちの群れは露店を取り囲み、えこひいきをするな、まだどこかに鍋を隠し持っているだろう、と店主に罵声《ばせい》を浴びせていた。そこに、新たな絶叫が響き渡った。太った女がふたり——片方は髪を振り乱している——ひとつの鍋をつかみ、相手の手からもぎ取ろうとしていた。ふたりはしばらく綱引きをしていたが、いきなり鍋の柄が取れてしまった。ウィンストンはむかつきを覚えながら、ふたりを眺めていた。だがそれでもほんの刹那《せつな》のこととはいえ、たった数百人の喉《のど》から放たれたあの叫び声には、なんと恐ろしいほどの力が宿っていたことだろうか！　彼女たちが重要なことについてあんな叫びを断じてあげようとしないのは、いったいどんな理由からなのだろう？

　ウィンストンはペンを走らせた。

　彼らは目覚めないかぎり絶対に反逆などできないし、反逆してからでないと目覚めることができないのだ。

　これではまるで、党の指南書のひとつを丸写ししたようじゃないか、と彼は胸の中で言った。党は無論のこと、プロレたちを隷属から解放したと謳《うた》っている。革命前は資本家たちによりひどく虐げられ、腹をすかせながら酷使され、女は炭鉱の強制労働に行かされ（実際にはいまだに炭鉱で働いているのだが）、子供たちは六歳になると工場に売り飛ばされたのである。しかし党は同時に二重思考《ダブルシンク》の原理に則《のっと》り、プロレはいくつかの簡単なルールを用いて服従させなければならない、生まれながらの劣等種なのだと説いていた。実際には、プロレについて知っている者はごく少数だった。大して知る必要もありはしない。働き、繁殖し続けている限り、他に彼らが何をしていようが構わないのである。プロレたちはアルゼンチンの平原に放牧された家畜のように、自分たちに自然と思える生活様式に、祖先たちのような暮らしかたに回帰していた。生を受け、貧民街で育ち、十二歳で働きはじめ、美貌《びぼう》と性欲に満ちた刹那の花盛りを過ぎ、二十歳で結婚し、三十歳で中年期を迎え、ほとんどの者は六十歳で死んでいく。重い肉体労働、家庭と子供たちの世話、隣人との些細《ささい》な諍《いさか》い、映画、フットボール、ビール、そしてとりわけギャンブルで、彼らの頭はいっぱいだ。彼らをコントロールすることなど、朝飯前なのである。思想警察のエージェントが常時数人ほどプロレに紛れ込み、でまかせの噂を流布し危険になりえると判断した幾人かをマークし、消す。党のイデオロギーで彼らを洗脳しようとは、試みすらしなかった。プロレが強い政治的感情を持つのは好ましいことではない。必要なのは、必要とあらば労働時間の延長や配給量の削減も彼らに受け入れさせる、原始的な愛国心のみなのである。そして彼らが不満を抱いたにしても——ときおり実際に抱くのだが——その不満に行き先などありはしなかった。全体像を知らぬプロレは、どうでもいいような苛立《いらだ》ちの種にしか目が向かないからである。大いなる悪が気づかれることなど、まずありはしない。プロレの大多数は、自宅にテレスクリーンすらないのだ。市民警察が彼らに介入することも、ほとんどありはしない。ロンドンではありとあらゆる犯罪が横行しており、泥棒、盗賊、売春婦、麻薬売人、そしてありとあらゆる不法な手段で金儲《かねもう》けをする者たちが住む、社会と隔絶された小世界のようになっている。だが、すべてはプロレたち自身の中で起きているがゆえに、どうでもいいことであった。道徳的問題についても、彼らは祖先たちと同じ規範に則ることを許されていた。党が掲げる性的な禁欲主義も彼らには適用されていない。誰と寝ようが罰せられず、離婚も許可されている。さらに言うならば、プロレたちが求め、欲するようであれば、宗教的崇拝さえも許されているのだ。彼らは嫌疑の対象ですらない。党のスローガンにもあるとおり、「プロレと動物は自由なり」なのである。

ウィンストンは手を伸ばして、静脈瘤性潰瘍を注意深く掻《か》いた。また疼《うず》き出したのだ。気づけばいつも、革命前の人生はどんなだったかを知ることは不可能なのだと考えずにはいられなくなっている。ウィンストンは引き出しを開け、ミセス・パーソンズから借りた子供向けの歴史の教科書を取り出し、その一節を日記に書き写しはじめた。

古《いにしえ》の時代（教科書にはそう書いてあった）、栄光の革命が起きる以前、ロンドンは現在の私たちが知るような、美しい都市ではありませんでした。ほとんど誰もじゅうぶんな食料を手にすることもできず、数え切れないほどの貧しい人々が靴をはくことも、屋根の下で眠ることもできない、暗く、汚く、みすぼらしい街だったのです。みなさんと変わらない歳の子供たちはひどい雇い主のもとで一日に十二時間働かされ、仕事が進まなければ鞭《むち》で打たれ、かちかちに固くなったパンの皮と水しか食べさせてもらえなかったのです。しかしそうした恐ろしい貧しさの中にいくつか大きく美しい屋敷があり、三十人の召使いたちに世話を焼かせる裕福な人々が住んでいました。こうした豊かな人々は、資本家と呼ばれていました。まるまると太って醜い姿をした邪悪な顔の、ちょうどとなりのページの写真に写っているような人々です。フロック・コートという名前の丈が長い黒のコートを着て、シルクハットと呼ばれるストーブの煙突のような形をした、つやつやの奇妙な帽子をかぶっていました。これは資本家たちの制服で、他の人たちは着ることを決して許されませんでした。資本家たちは世界のすべてのものを手に入れ、すべての人々を奴隷にしていたのです。土地も、家も、工場も、お金も、何もかもです。歯向かう者がいれば牢屋《ろうや》に入れるか、仕事を取り上げて餓え死にさせてしまいました。普通の人が資本家に話しかけるときにはこびるようにおじぎをし、いちいち帽子を脱いで「サー」と呼ばなくてはなりませんでした。すべての資本家たちの頭領は国王と呼ばれ、そして——

あれこれ書き並べられているが、残りは読むまでもなく分かっていた。ローン生地の袖《そで》が付いた法衣の司教、アーミンの毛皮のローブをまとった裁判官、さらし台と足かせ、踏み車、九尾《きゅうび》の鞭、ロンドン市長の晩餐会《ばんさんかい》、そして教皇のつま先にキスをする風習などがずらずらと書かれているのだろう。子供向けの教科書では触れられないだろうが、「初夜権」などと呼ばれるものもあった。すべての資本家には自分の工場で働くどの女性とでも寝る権利があるとする法である。

こうした記述がどこまで偽りなのか、見分ける方法などあるだろうか？　平均的な人々は革命前より現在のほうがいい暮らしをしているというのも、真実なのかもしれない。それを否定する唯一の証拠は、生まれながらにして抱いてきた無言の抗議、要するに、今自分はこれほどまでに耐え難い境遇を生きているのだから以前はきっとこんなではなかったに違いないという直感のみである。現代生活が持つ真の特徴とは、その冷酷さや不安定さにではなく、陰鬱《いんうつ》さ、薄汚さ、倦怠《けんたい》感にあるだけなのではないかと、ウィンストンはふと思い至った。自分を見つめてみれば、人生はテレスクリーンから流れてくる嘘だけではなく、党が成就させようとしている理想とすらも、まったく似通っていない。人生の大部分は党員にとってさえ主義主張とは無縁で、政治とも関係のないものだった。退屈な仕事に骨を折り、地下鉄の席を求めて人と争い、擦り切れた靴下をつくろい、サッカリンのタブレットを人にたかり、煙草の吸いさしを蓄える日々を送っていたのである。党が掲げた理想は巨大で、恐ろしく、輝かしいものだった――鋼鉄とコンクリートの世界、怪物のような機械とおぞましい武器の世界――戦死と狂信者が一糸乱れず足並みを揃えて前進し、誰もが同じ思想を持ち、同じスローガンを叫び、休むことなく働き、戦い、勝利し、迫害する国家——三億の人々がみな同じ顔を持つことであった。しかし現実の街は朽ち果てかけて薄汚く、栄養失調の人々が穴の開いた靴をはいた足を引きずりながら、キャベツとひどい便所の悪臭が染み付いた、つぎはぎだらけの一九世紀の家々の中をうろつき回っているのである。まるで、広大で荒れ果てたロンドンの幻が見えるかのようであった。その幻に、詰まった排水管を直そうと無駄骨を折り続ける、顔に皺《しわ》が刻まれ髪の薄くなったミセス・パーソンズが混ざり合う。

また手を伸ばして足首を掻いた。テレスクリーンは昼も夜もなく、現在の人は五十年前の人々よりも豊富な食料と豊富な衣服に恵まれ、よい家を持ち、良質の娯楽を楽しんでいる——寿命はより長く、労働時間はより短く、体はより大きく、より健康的で、より強く、より幸福で、より知性的で、より上質な教育を受けているということを証明する統計を、やかましく流して耳を責めたて続ける。証明や反証の余地など、どのひとことをとってもありはしない。たとえば党の主張によれば、現在は成人したプロレの四十パーセントが読み書きできるのに対し、革命以前には十五パーセントにしか過ぎなかった。また、現在では乳児の死亡率が千人中たった百六十人であるのに対し、革命以前は三百人だった——そんな調子で続くのだ。まるでふたつの未知数を持つひとつの方程式である。人がなんの疑問も持たずに受け入れるようなものごとに至るまで、歴史書に書かれたことが文字通り何から何まで純然たる作り話であるというのも、じゅうぶんにありえる話である。ウィンストンが見る限り、「初夜権」などという法など存在しなかったのかもしれないし、資本家などという人種も、シルクハットなる装束も、実在しなかったのかもしれない。

すべては霧の中に消えていた。過去は消去され、消去されたことは忘却され、嘘が真実となったのだ。人生でたった一度だけ――そのできごとのあとに、というのが重要なのだが――ウィンストンは捏造《ねつぞう》が行われているという疑いようのない、確固たる証拠を手に入れたことがあった。その証拠を彼は三十秒間、指先に挟んでいた。確か一九七三年だったはずだ――とにかく、彼とキャサリンが別居したのと同時期の話だ。だが実際に関係する時期は、さらに七、八年前だった。

ことの真の始まりは六〇年代半ば、革命当初からの指導者たちが完全に一掃されてしまった、あの大粛清のころである。一九七〇年にはビッグ・ブラザーその人を除き、誰ひとりとして残ってはいなかった。それまでに他の者たちはみな、反逆者や反革命論者として摘発されていたのである。ゴールドスタインは逃亡して誰も知らない場所に身を隠していた。残りは煙のように消えてしまった者もわずかにいたが、大多数は公開裁判にかけられ罪を自白したのちに処刑されてしまったのだった。生存者の中に、ジョーンズ、アーロンソン、ラザフォードという三人の男たちがいた。この三人が逮捕されたのは、確か一九六五年だったはずだ。よくあるように一年かそこらの間ぱったりと行方をくらませ、誰にも生死が分からなくなったのだが、いきなり引きずり出されてきて、例に漏れず自ら罪人となったのだった。敵と密《ひそ》かに通じていたこと（当時も、敵はユーラシアであった）、公金横領を働いたこと、人望あるたくさんの党員たちを殺《あや》めてきたこと、革命が勃発《ぼっぱつ》するはるか以前から続いていたビッグ・ブラザーの主導に対する陰謀を企てたこと、自らの破壊活動によって何十万という人々の命を奪ったことを、自白したのである。こうした自白を終えると三人は恩赦を与えられ、復党を許され、実際には閑職ではあるものの、いかにも要職らしく聞こえるポストを与えられた。そして三人とも〈タイムズ〉紙に、自らが犯した背信の原因を分析し償いを誓う、長く惨めな手記を寄せたのだった。

彼らが釈放されてほどなくして、ウィンストンは三人が〈栗の木カフェ〉にいるのを目撃した。目の端で彼らを捉《とら》えたときに覚えた、あの戦慄《せんりつ》を帯びた魅惑のような感覚は忘れられない。三人は彼よりも遥《はる》かに年上で、旧世界の遺物であり、党が英雄的な存在だった時代から生き残る最後の偉人たちだった。当時の地下闘争や内戦で染み付いた魔力が、まだうっすらと彼らに染み付いていた。なぜ知っているのか、いつ知ったのか、記憶はすでにおぼろであったが、ウィンストンはビッグ・ブラザーを知る何年も前から三人の名を知っているような気がした。だが同時に彼らは、間違いなく

一、二年のうちに抹殺される運命を辿《たど》る無法者であり、敵であり、不可触民だった。ひとたび思想警察の手に落ちてしまえば、最後まで逃げ切る者など断じていはしない。彼らは墓穴に送り返されるのを待つ屍《しかばね》であった。

　彼らのすぐ隣のテーブルはどれも空席になっていた。このような連中のそばにいるところを見られることすら、賢明とはいえないのである。三人はカフェの名物であるクローヴ風味のジンが注がれたグラスを目の前に置き、無言で座っていた。三人のうち、ウィンストンにもっとも強烈な印象を与えた風貌《ふうぼう》の持ち主は、ラザフォードであった。かつてのラザフォードは革命前と革命下において、辛辣《しんらつ》な風刺画で世論を燃え上がらせる一助となった、有名な風刺画家だった。今でもごくたまにではあるが、彼の風刺画が〈タイムズ〉紙に掲載されることがある。どれもこれも彼の早期の作風を模倣したもので、妙に生彩と説得力を欠いたものばかりであった。どの作品も過去のテーマ――貧民街の安アパート、飢えた子供たち、市街戦、シルクハット姿の資本家たち（バリケードのてっぺんですら、資本家たちはシルクハットを取る気がないようである）――を描いた焼き直しであり、まるで過去に戻ろうとする終わりなき、そして希望なきあがきのようだった。脂ぎったたてがみのような白髪頭と、縫い合わせた袋のような顔にいかにも黒人らしい分厚い唇を持つ、怪物じみた男だった。かつてはとてつもなく屈強だったに違いないが、今やその巨体はたるみ、腰は曲がり、あちらこちらに脂肪が付き、四方八方に向けてずり落ちてしまいそうであった。土砂崩れを起こした山のごとく今にも崩壊しそうなありさまだったのである。

あまり人けのない、十五時のことだった。そんな時間になぜあのカフェに行ったのか、今やウィンストンにも思い出せなかった。店にはほとんど客がいなかった。テレスクリーンからは耳障りな音楽が漏れてきていた。三人はほとんど身じろぎもせず、無言のまま隅の席にかけていた。注文されたわけでもなかったが、ウェイターがジンのおかわりを運んできた。となりのテーブルにはチェス盤がひとつ置かれており、駒も並べられていたが、誰も手を付けなかった。と、そのときおよそ三十秒ほどであろうか、テレスクリーン上で何かが起こった。かかっていた曲が変わり、まったく違う曲調のものが流れはじめたのだ。流れだしたのは——なんとも説明しがたい曲であった。奇妙で、耳障りで、けたたましく、人をおちょくるような曲調だった。ウィンストンは胸の中で、黄色い音楽と名付けた。そのとき、テレスクリーンから歌声が流れはじめた。

大きな栗の木の下で
あたしとあなたは裏切り合った
あいつらはあっちでごろり、あたしたちはこっちでごろり

大きな栗の木の下で

三人は、ぴくりとも動かなかった。だがウィンストンがもう一度ラザフォードのぼろぼろの顔を見ると、両目いっぱいに涙を浮かべていた。そのとき彼は――体の奥底が震えに襲われ、しかし何に震えているのかも分からないままに――アーロンソンとラザフォードの鼻がそろって折れているのに気づいたのだった。

それからほどなく、三人は再逮捕された。どうやら釈放されたとたん、新たな陰謀に関与したらしかった。二度目の裁判において彼らはまた過去の罪をひととおり告白し、さらに新たな犯罪もつぶさに自白した。三人は処刑され、その運命は後世への見せしめとして党史に刻まれることになった。それからおよそ五年後の一九七三年、気送管から自分の机に飛び出してきたばかりの書類をひとつひとつ開いていたウィンストンは、他の書類の中に紛れ込んだまま忘れ去られていたとしか思えない、一枚の紙に気づいた。平らに伸ばしてみた瞬間、彼はその紙が持つ重大な意味を悟った。それは、約十年前の〈タイムズ〉紙の紙面を半分に破り取ったもので――ページの上半分だったため、日付も確認できた――ニューヨークで開かれた党の式典に出席した代表団の写真が掲載されていた。集団のまん中でひときわ目立っていたのは、ジョーンズ、アーロンソン、ラザフォードである。見間違うはずなどありはしない。なにせ、写真の下に付けられたキャプションの中に、彼らの名前まで書いてあったのだ。問題は二度行われた裁判の両方で、三人が口をそろえ、その当日はユーラシアの地にいたと自供していることだった。カナダにある秘密飛行場からシベリアのどこかにある集合地点に飛んでユーラシア軍参謀本部の面々と会談を持ち、重要な軍事機密を彼らに渡したというのである。偶然にもその日が夏至だったため、ウィンストンははっきりと日付を記憶していた。だが全容は、他にも数え切れないほどの媒体に記録されているに違いない。考えられる可能性はただひとつ。自供がどれも嘘だということである。

無論、これ自体は新発見ではなかった。当時でさえウィンストンは、粛清で一掃された連中が告発されたとおりの罪を犯したなどとは、ちらりとも思っていなかった。だがしかし、これは動かぬ証拠だった。ありえない地層から出土して地質学的な学説を覆してしまう骨の化石にも似た、葬り去られた過去の断片である。何らかの方法で世界に向けて公表し、この紙が意味するところを知らしめようものなら、党を原子のレベルにまで吹き飛ばすのに十分な力を持っているのだ。彼はそのまま仕事を続けていった。何が写っているか、どんな意味を持つ写真かを理解するやいなや、他の紙でくるんで隠してしまった。広げたときには幸いにも、テレスクリーンからは逆さまに見える角度だった。

メモ帳を膝《ひざ》に置き、テレスクリーンから可能な限り遠ざかるよう椅子をうしろにずらした。無表情を保つのは難しくないし、がんばれば呼吸も抑えられる。だが心臓の鼓動を抑えることはできないし、テレスクリーンはそれを察知するほどに精密なのである。彼は、よもや何か不測の事態――たとえばとつぜん机に隙間風が吹き付けてくるなど――が起きて自分の発見をあらわにしてしまうのではないかと怯《おび》えながら、十分経ったかと思うまで時間をやり過ごした。そして包みを開くことなく、他のごみくずと一緒に写真をメモリー・ホールに落としたのだった。おそらくものの一分もすれば、すっかり灰になってしまうだろう。

　十年――いや、十一年前のことだ。今のウィンストンなら、たぶん写真を取っておくだろう。あの写真も、そこに記録されていたできごとも、もはやただの記憶でしかないというのに、あれを指先に持っていたという事実が今もなお重要な意味を持っているかに思えるのは、不思議な話である。彼は胸の中でいぶかった。今は存在しない一片の証拠がかつて存在したことにより、過去に対する党の支配力が弱まるものだろうか？

　しかし今、仮に灰の中から蘇《よみがえ》らせることができたとしても、証拠になどならないのではないだろうか。彼が写真を発見したときには、もうオセアニアはユーラシアと戦争状態にはなかったし、死んだ三人が祖国を売り渡した相手はイースタシアの諜報員《ちようほういん》だったに違いないのだ。あれ以来、罪状はさらに増やされた——ふたつだったか、三つだったか、彼にはいくつなのか思い出せなかった。元々の事実や日付がなんの重要性も持たなくなるまで、供述に何度も何度も変更が加えられた可能性が非常に高い。過去はただ変化するのではなく、絶え間なく変化を続けるのだ。彼を悪夢のように苦しめる最大の原因は、この壮大な偽装がなぜ行われているのかが、はっきりと理解できないことであった。過去を改竄《かいざん》する直接的な利点は明確だが、根本的な動機は謎に包まれているのだ。彼はまたペンを手に取り、書きはじめた。

「方法」は分かる。「理由」が分からない。

今までに何度もそうしてきたように、彼は自分が狂者なのではないかと考えた。もしかすると狂者は、たったひとりの少数派かもしれない。かつて地球が太陽の周りを回っていると信じるのは狂気の証《あかし》とされたが、今は、過去を変えられぬものと信じるのがそれなのだ。こんなことを信じるのは自分ひとりなのかもしれず、もし実際にひとりであれば、狂者ということになる。だが自分を狂者だと考えてみたところで、彼は大してうろたえもしなかった。恐ろしいのは、自分も間違っているかもしれないという思いであった。

彼は子供向けの歴史の教科書を手に取り、口絵になっているビッグ・ブラザーの肖像画を見つめた。人に催眠術をかけるかのようなその両目が、彼の目をじっと覗《のぞ》いている。何か強大な力がのしかかってくるようであった――頭蓋《ずがい》を貫通して脳を叩《たた》きつけ、信念を投げ出すほどの恐怖を与え、五感から得る証拠など否定しろと、あわや丸め込まれてしまいそうなほどである。最後には、党が二足す二は五であると宣言し、それを信じなくてはいけなくなる。遅かれ早かれそんな主張がなされるのは、避けられないことであった。党という立場が持つ必然性が、それを求めるのだ。経験の正当性のみならず、外に広がる現実の存在そのものまで、党の哲学によって暗黙のうちに否定される。異端の中の異端は、正義なのだ。そして恐ろしいのは、党と逆の考えを持つために殺されることではなく、彼らのほうが正しいかもしれないことだった。突き詰めて考えれば、二足す二は四なのだと、どう確認できるというのだろう？　重力が作用していることは？　過去が不変であるということは？　過去も外的世界も心の中にしか存在しないのだとしたら、そして心そのものはコントロール可能なのだとしたら、どうなるだろうか？

いや、駄目だ！　とつぜん、勇気がおのずと沸き起こってきた。特にこれといった脈絡もなく、オブライエンの顔が胸に浮かんできた。前よりも強い確信とともに、オブライエンは自分の味方なのだと感じた。日記はオブライエンのために――いや、オブライエンに宛てて書いているのだ。誰に読まれることもない、しかし特定の誰かに向けて書かれ、その事実により息吹を得る、果てしない手紙のようなものなのである。党は、耳目から得た証拠を排除するように命じた。これは党にとっては究極の、そしてもっとも本質的な命令である。自分に敵対する巨大な権力を思うと気が滅入《めい》った。議論しようとしても、党の知識人にたやすく論破されてしまうだろう。微妙な議論など理解できはしないし、答えるなどとても無理である。しかしそれでも、正しいのは自分なのだ！　党が間違っていて、自分が正しいのだ。この明白なこと、馬鹿げたこと、そして真実は守らなくては。自明の理こそ真実であり、決して手放してはいけないのだ！　不変の法則を持つ、実体のある世界は存在する。石は固く、水は冷たく、支えられていないものは地球の中心に向かって落下する。オブライエンに語りかけるような気持ちで、そして重要な原理を説くような思いで、彼はペンを走らせた。

　自由というのは、二足す二は四だといえる自由だ。それが認められるなら、他の自由はすべておのずと付いてくる。

8

どこか路地の奥から、コーヒーをローストする——ヴィクトリー・コーヒーではない、本物のコーヒーである——においが通りまで漂ってきていた。ウィンストンは、知らず知らず立ち止まった。おそらくは二秒ほどだろうか、彼は半ば忘れかけた少年期の世界へと戻っていた。いきなり乱暴にドアが閉まる音がして、コーヒーのにおいが物音のようにぶつりと遮断された。

何キロも敷石の歩道を歩いてきたせいで、足首の潰瘍《かいよう》がうずきだしていた。〈コミュニティ・センター〉の夕べに顔を出さないのは、この三週間で二度目だ。出席回数が入念にチェックされているのが間違いない以上、これは軽率な行為である。原則として党員に自由時間はなく、ベッド以外では、決してひとりになってはいけない。仕事、食事、睡眠を除き、誰もが共同レクリエーションに参加すべしとされているのだ。孤独を楽しむような雰囲気をにおわせる行いは、たとえそれがひとりで出かける散歩程度であれ、常に少々の危険をともなった。ニュースピークには、これを言い表す言葉もあった。「自己生活《オウンライフ》」という、個人主義と奇行癖を意味する言葉である。しかし今宵《こよい》は省舎を出てみると、爽《さわ》やかな四月の空気にすっかり誘われてしまったのだ。その年初めてみるほどに温かな青い空のもと、センターでの長く騒々しい夕べが、退屈でうんざりするようなゲームが、講義が、ジンでごまかす鬱陶《うっとう》しい同志愛が、ふと耐え難いものに思えてきたのである。彼は衝動的にバス停に背を向け、ロンドンの迷宮へと彷徨《さまよ》い込んでいった。まず南に向かい、次に東に向かい、また北へと進んで見知らぬ街路で迷い、どの方向に進んでいようとも構わないような気分になっていた。

「希望があるとするならば」ウィンストンは日記にそう書いた。「それはプロレたちの中にある」と。その言葉が——神秘的な真理と呆《あき》れるほどの愚かしさを物語る宣言が——何度も脳裏に蘇った。彼は、茶色く淀《よど》んだ見知らぬ貧民街のどこかにいた。かつてセント・パンクラス駅だった場所の北東あたりである。歩いているのは丸石の敷かれた通りで、両側には小さな二階建ての家々が並んでいた。ぼろぼろになった戸口が道幅ぎりぎりに連なっており、不思議とネズミ穴を思い起こさせた。丸石の敷かれたあちこちに、汚い水たまりができていた。戸口の内外に、そして通りの両側に枝分かれしている何本もの細い路地の先に、驚くほど大勢の人々が群がっていた——年頃の娘たちは雑に口紅を塗り、若者たちはその娘たちを追いかけ、十年後に娘たちがどうなるかを教えてくれる太った女たちがよたよたと歩き、腰の曲がった老人たちが扁《へん》平足《ぺいそく》を引きずりながら歩き、水たまりで遊ぶぼろをまとった裸足《はだし》の子供たちは、母親に怒鳴りつけられ散り散りに逃げていく。通り沿いの窓のおそらく四分の一は割れ、板でふさがれていた。人々のほとんどは、ウィンストンになど目もくれなかった。ほんの何人かが警戒心と好奇心の入り混じったまなざしを向けてきただけであった。エプロンの上で煉瓦《れんが》色《いろ》の腕を組んだ怪物じみた大女がふたり、戸口の外で話をしていた。近づいていくウィンストンの耳に、話の一部が聞こえてきた。

「『そうでしょうとも』って言ってやったのよ。『まったくおっしゃるとおり』ってね。『だけど、あんたが私の立場なら、きっと私と同じことをしたはずだわよ。とやかく言うのは簡単さ』って言い返したのよ。『でもあんたには、私みたいな面倒なんてありゃしないんだから』ってさ」

「まったくよ」もうひとりがうなずいた。「まったくだわ。そのとおりよ」

ふたりの甲高い声が、だしぬけに止んだ。ふたりは目の前を通り過ぎていくウィンストンを、敵意の込もった静寂とともに見つめていた。だがさらにいえばそれは敵意ではなかった。見慣れない獣が通り過ぎていくのを見て感じる警戒心や、瞬間的な身のこわばりのようなものにすぎなかった。このような路地では、党の青いツナギ姿などめったに見かけはしない。実際、何か明確な用事でもないかぎり、このような場所で人目につくのは賢明とはいえなかった。うっかりパトロールに出くわせば、引き止められてしまうだろう。「同志、身分証を拝見できますか？　ここには何をしに？

退勤は何時でしたか？　いつもこの道を通ってご帰宅を？」——などなど、根掘り葉掘り訊《き》かれるのだ。いつもとは違う道を通って帰宅してはいけない、という規則があるわけではない。だが思想警察に知られれば、目を付けられるだけの理由にはじゅうぶんなりえるのだ。

　突如、路地全体がざわめきはじめた。そこかしこから、大声の警告が聞こえてくる。人々はウサギのように戸口に駆け込んでいった。ウィンストンの少し先にある戸口から若い女がひとり飛び出してくると、水たまりで遊んでいた小さな子どもを摑《つか》み上げてエプロンでくるみ、また戸口に飛び込んでいった。一瞬の早業であった。それと同時に、コンサーティーナのような黒服を着た男が横道から飛び出し、興奮したように上空を指差しながら、ウィンストンのほうに走ってきた。

「蒸気爆弾《スチーマー》だ！」男が叫んだ。「危ないよ、旦那《だんな》！　頭の上で爆発するぞ！　早く伏せるんだ！」

　由来こそ不明だが、スチーマーというのは、プロレたちがロケット弾に付けたニックネームである。ウィンストンは、ぱっとうつ伏せになった。プロレがこの手の警告をする場合、はずれることはほとんどない。ロケット弾は音速よりも速く飛んでくるはずだというのに、プロレたちは飛来する数秒前にそれを察知する直感めいた何かを持っているかのようである。ウィンストンは後頭部で両手を組んだ。歩道を揺るがす轟音《ごうおん》が響きわたり、何か小さなものがぱらぱらと背中に降りかかってくる。ウィンストンは立ち上がりざま、自分がすぐそばで割れた窓の破片にすっかり覆われているのに気がついた。

ふたたび歩きだす。爆弾は、路地の二百メートル先に立つ家々まで吹き飛ばしてしまっていた。空には黒い噴煙が垂れ込めており、地上にもうもうと舞い上がった漆喰《しっくい》の粉塵《ふんじん》の中、瓦礫《がれき》の周りはすでに黒山の人だかりだった。前方の歩道に小さな漆喰の山ができており、そのまん中に鮮やかな赤い筋が見えた。近づいてみると、それは手首のところですっぱりと切断された人間の手であった。血まみれの切断面を除いて手はまっ白になっており、漆喰で作られた鋳造の手のように見える。

彼はそれを溝の中に蹴《け》り落とすと、人混みを避けるために右の路地に折れた。ものの数分で爆撃を受けた区域を抜けると、むさくるしくごみごみとした街の日常が、まるで何ごともなかったかのように続いていた。もう二十時になろうとしていたが、プロレたちが行きつけにしている飲み屋（彼らは「パブ」と呼んでいる）はどこも、もうひとりも入れないほどの盛況であった。手《て》垢《あか》で汚れたスイング・ドアは延々と開閉を続け、そのたびに小便とおがくずとサワー・ビールのにおいが漂ってくる。突き出した建物の前面の陰に三人の男たちが身を寄せ合うようにして立っていた。まん中の男がたたんだ新聞紙を持っており、他のふたりが彼の背後からそれを覗《のぞ》き込んでいる。

表情が見えるところまで近づきもしないうちから、三人が熱狂しているのが、全身の輪郭からウィンストンにも伝わってきた。彼らが何か重大なニュースを読んでいるのは明白である。あと数歩のところまで近づくと、三人がぱっと身を離し、ふたりが猛烈な言い争いをはじめた。一瞬、殴り合いでも始まるのではないかと思えるほどの剣幕であった。

「俺の話が聞こえないってのか？　七で終わる番号はもう十四ヶ月以上も当たってないって言ってるんだよ！」

「いや、当たったろ！」

「いいや、当たってないね！　家に帰りゃ、ここ二年以上の分をまとめた紙があるんだからな。時計みたいにきっちり書いてあるんだぞ。もう一度言うが、七で終わる当選番号なんざ――」

「いいや、末尾七もあったね！　なんなら番号を教えてやろうか。下三桁《けた》は四〇七さ。宝くじだよ――二月の二週目だ」

「二月だなんて、寝言ぬかすんじゃねえ！　俺はちゃあんと全部書いてあるんだからな。いいか、そんな番号は――」

「おい、もうよせよ！」三人目が口を挟んだ。

彼らがしているのは、宝くじの話だった。ウィンストンは三十メートルほど離れてから振り返ってみた。男たちはまだ顔をまっ赤にして言い合いを続けていた。宝くじは――そして、毎週支払われる巨額の当選金は――プロレが重大な関心を寄せる公的行事だった。宝くじを、唯一とはいわないまでも最大の生き甲斐《がい》とするプロレは、おそらく数百万人にものぼる。宝くじは彼らの喜びであり、道楽であり、鎮静剤であり、知的刺激なのである。ことが宝くじとなると、ほとんど読み書きができない人々ですら複雑な計算をし、驚異的な記憶力を発揮する。必勝術や予想、幸運のお守りなどを売り、それだけで生計を立てている人々も大勢いた。ウィンストンは、豊穣省が管理するこの宝くじの運営とは無関係だったが、賞金の大部分は架空のものだということは知っていた（党員ならば誰でも知っている話である）。実際には少額の賞金しか支払われず、実在しない人物が高額賞金の当選者になった。オセアニアでは実質的な地域間コミュニケーションが皆無なので、このような操作も難しくはない。

　しかし希望があるとするならば、それはプロレたちの中にあるのだ。この確信を捨ててはいけない。言葉にすると、もっともなことに聞こえる。そして歩道ですれ違う人々を見ると、それは確信に変わった。彼が入った路地は下り坂だった。前にこのあたりに来たことがあるのではないか、そう遠くないところに大通りがあったはずではないか、という気がしていた。路地のどこか先のほうから、騒がしく怒鳴り合う声が聞こえていた。路地は急カーブして階段に突き当たり、これをおりていくと一段低い裏通りになっていた。しなびた野菜を売る屋台がいくつか、通りに並んでいた。その瞬間、ウィンストンは自分がいる場所を思い出した。裏通りは目抜き通りへと続き、次の曲がり角を折れれば五分と歩かないうちに、あのがらくた屋がある。今彼が日記帳にしているまっさらな本を買った、あの店だ。そして、さほど遠くない小さな文房具店で、ペン軸とボトル入りのインクを買ったのである。

　階段の上で、彼はしばし立ち止まった。裏通りを挟んだ反対側には、薄汚れた小さなパブが一軒あった。窓は霜で覆われているように見えるが、実際にはびっしりと埃《ほこり》まみれなのだった。かなり歳をとった老人がひとり——腰が曲がってはいるものの元気で、エビのように前に突き出した白いひげをはやしている——スイング・ドアを開け、パブに入っていった。そのようすを眺めながらウィンストンはふと、あの老人は最低でも八十歳にはなっているはずだが、革命が起きた当時にはすでに中年だったのではないかと思い至った。あの老人や、彼と同じようなわずかばかりの人々は、消滅した資本主義の世界と今を結ぶ現存する最後のリンクなのだ。党そのものの内部にも、革命以前に思想が形成されていた者など大して残っていないのである。古い世代は五〇年代と六〇年代の大粛清でほとんど消され、わずかばかりの生き残りも、怯《おび》えるあまりとっくの昔に完全なる知的降伏をしてしまっていた。世紀初頭の状況を忠実に話して聞かせてくれる者が誰かまだ生きているとするならば、プロレを除いて他にいまい。刹那《せつな》、日記に書き写した歴史の教科書の一文が胸に蘇《よみがえ》り、ウィンストンは狂気の衝動に鷲掴《わしづか》みにされた。あのパブに入り、なんとかして老人と知り合い、質問してみてはどうだろう。こんなふうに訊いてみるのだ。「少年時代のお話を聞かせて頂けませんか？　当時はどんなだったのでしょう？　社会は今よりもましだったのですか？　それともひどかったのでしょうか？」

怖気《おじけ》づく暇を自分に与えないよう彼は急いで階段をおり、細い裏通りを渡った。こんなのは言うまでもなく狂気の沙汰《さた》だ。他のことと同様、プロレに話しかけたり彼らが行きつけとするパブに出入りしたりしてはならぬという明確な規則こそありはしないが、人目をひかずにすむはずなどない、あまりにも異様な行為である。もしパトロールが現れたら、いきなり目眩《めまい》に襲われたのだと言い訳をしてもいいだろうが、連中が信じるとは考えにくい。ドアを押し開けると、胸の悪くなるようなサワー・ビールの悪臭が思い切り顔に吹き付けてきた。足を踏み入れた瞬間、店内のざわめきが半減した。自分の着ている青いツナギに集まる全員の視線を、背中に感じる。奥で行われていたダーツも、三十秒ほど止まる。彼が追いかけてきたあの老人はバー・カウンターに立っており、バーテンダーと何やら言い合いになっていた。大柄で屈強そうな、太い腕をした鷲鼻《わしばな》の若いバーテンダーである。グラスを手にした客の一団がふたりを取り囲むように立ち、そのようすを見物していた。

「わしはちゃんと行儀よく頼んだろうが、ええ？」老人は肩をいからせ、喧嘩《けんか》腰《ごし》で言った。「まさかこのゴミみたいな店のどこを探しても、パイント・グラスがひとつもないってんじゃないだろうな？」

「だから、そのパイントってのは、なんなんですかね？」バーテンダーは指先をカウンターにかけ、ぐいと身を乗り出した。

「おいおい、聞いたかね！　自分をバーテンだと言うのに、パイントがなんだか知らないんだとさ！　いいか、パイントってのは一クオートの半分で、四クオートは一ガロンだ。次はＡＢＣでも教えてやらんとな」

「聞いたことないね」バーテンダーは無愛想に答えた。「一リットルか、それとも半リットルか――うちで出すのはそんだけさ。目の前の棚にグラスが並んでるだろ」

「わしはパイントで欲しいんだよ」老人は食い下がった。「一パイント量るのなんざ、わけもないだろう。わしらの若いころにゃあ、リットルなんてわけの分からんものはなかったもんだよ」

「爺《じい》さんが若いころにゃあ、みんな木の上で暮らしてたんだものな」バーテンダーは、客たちを見回した。

どっと大きな笑い声が起こり、ウィンストンが入ってきた瞬間の緊張感が消え去った。白ひげをはやした老人は、さっと顔を赤く染めた。そしてぶつぶつとひとりごちながら振り向いた瞬間、ウィンストンと鉢合わせした。ウィンストンは、老人の腕にそっと手をかけた。

「一杯おごらせてもらえませんか？」彼は口を開いた。

「あんたは紳士だな」老人が、また肩をいからせた。ウィンストンの青いツナギには、どうやら気づいていないらしい。「パイントだ！」老人は、挑むようにバーテンダーに怒鳴った。「ウォロップを一パイントだぞ！」

バーテンダーはカウンターの下に置いてあるバケツで分厚いグラスをふたつゆすいでから、黒褐色のビールを半リットルずつ注いだ。ビールは、プロレのパブで飲むことのできる唯一の酒だ。手に入れようと思えばジンが簡単に手に入るものの、プロレたちはジンを飲んではいけないとされていたのである。ダーツが再開してにぎやかになり、カウンターに集まった人々も宝くじの話をはじめた。刹那、誰もがウィンストンがいるのを忘れていた。窓ぎわにモミ材のテーブルがひとつ置かれており、誰かに聞かれる心配をせず老人と話ができそうだ。危険極まりない行為だが、ともあれ店内にテレスクリーンがないのは、入店してすぐに確かめてあった。

「一パイントくらい、量ってくれりゃあいいものを」グラスを前にして腰掛けながら、老人がぼやいた。「半リットルなんぞで足りるものか。飲んだ気にならんよ。だけど一リットルじゃ多すぎさ。しょんべん袋が休む間もなくなっちまう。金だって余計にかかるしな」

「お若いころから、大きな変化をあれこれご覧になってきたんでしょうね」ウィンストンは、探りを入れてみた。

「昔のほうがビールは美味《うま》かったな」老人がようやく話に乗ってきた。「それに安かったよ！ 若いころにゃあ、軽口《マイルド》のビールは一パイントで四ペンスだったよ。わしらはウォロップと呼んでたんだがな。当たり前だが、戦争になる前の話さ」

「どの戦争です？」

「全部の戦争だとも」老人は答えをぼかした。グラスを手に取り、また肩をいからせる。「あんたの健康に乾杯だ！」

鋭く尖《とが》った喉仏《のどぼとけ》が驚異的な速さで痩《や》せこけた首を上下し、ビールがすっかり消えた。ウィンストンはカウンターに行き、新たに半リットルのグラスをふたつ持ち帰ってきた。老人はどうやら、一リットルでは多すぎると話したことなどすっかり忘れてしまったようであった。

「あなたは僕よりも、ずいぶん年上です」ウィンストンは口を開いた。「僕が生まれる前に、もうすっかり大人になられていたはずです。昔、つまり革命前に世界がどんなだったか、きっと憶《おぼ》えておいででしょう。僕の世代は、当時のことをよく知らないんですよ。本で読むことしかできませんし、本に書かれているのが真実とはかぎらないわけですからね。だから、あなたのお話を聞きたいわけですよ。歴史の本によると、革命前の世界は、今とはまったく違っていたんだそうです。最悪の圧政が、不正が、貧困がはびこり、想像を絶するほどのひどさだったとね。このロンドンでは、生涯じゅうぶんな食事にありつけない人が大勢いたのだとか。その半数は、ブーツすらはけなかったというんです。一日に十二時間働き、教育は九歳までしか受けられず、ひと部屋に十人もの人々が暮らしていたそうです。一方、ごくひと握りの人々、ほんの数千人ほどの人々は――資本家、と呼ばれていたらしいですが――富も権力も持っていました。手に入れられるものならなんでも手に入れたのだとか。豪華な屋敷に住んで召使いを三十人も雇い、自動車や四頭立ての馬車に乗り、シャンパンを飲み、トップハットをかぶり――」

　その瞬間、老人がぱっと顔を輝かせた。

「トップハットとはな！　あんたの口からそんな話を聞くなんて、こいつは愉快だ。なんだか知らんが、私もつい昨日、ひょいとそいつを思い出したんだよ。トップハットなんて長らく見かけんなと思ってたところさ。すっかり廃れちまったんだよ。最後にあれをかぶったのは、義理の妹の葬式だったな。あれは確か……ああ、日にちまでは思い出せんが、五十年は昔のはずだよ。無論、葬式だから借りてきただけだったんだがな」

「トップハットの話は、まあいいんです」ウィンストンは、しびれを切らして口を出した。「重要なのは、その資本家たちが――そして彼らに寄生していた法律家や聖職者のような連中が――地上の覇者だったという部分です。何もかもが、連中のために存在していたのだという部分です。あなたがたが――庶民、そして労働者が――連中の奴隷だったという部分です。資本家は、人々を好きなように弄《もてあそ》びました。家畜のように、カナダに売り払うことすらできました。そうしたければ、あなたの娘さんと寝ることだってできました。人を言いなりにして、九尾の鞭で打つことだってそうです。すれ違うときには帽子を取らねばならなかったといいます。どの資本家も従僕の一団を連れ歩いて――」

　老人が、また顔を輝かせた。

「従僕とな！　ずいぶん久しぶりにそんな言葉を聞いたもんだ。従僕か！　昔を思い出しちまったよ、いやはや。そういやあ、ずいぶん大昔の話だが……日曜になるとたまにハイド・パークに出かけていったもんだよ、いろんな連中が演説をしてたもんでな。救世軍、カトリック、ユダヤ人、インド人……どんなやつらだっていたもんさ。でだ、名前は思い出せんのだが、そん中にものすごい演説家がいてな。あいつらを糞《くそ》味噌《みそ》に叩《たた》いてたもんさ。『従僕ども！』なんて言ってな。『ブルジョアジーの従僕ども！　支配層の金魚の糞《ふん》』ってさ。寄生虫……なんて呼びかたもしてたっけな。あとはハイエナか……ああそうとも、確かにハイエナ呼ばわりしてたよ。もちろん、そいつが言ってたのは労働党《ろうどうとう》のことだぞ」

どうも話が嚙《か》み合っていないように、ウィンストンは感じた。

「僕が本当に知りたいのは」と口を挟む。「当時に比べて今のほうが自由だとお感じになるか、ということです。昔よりも人間らしく扱われているのか、ということです。昔は金持ち、上流階級の連中が――」

「貴族院か」老人は、かつてを懐かしむように話を遮った。

「そうおっしゃるなら、貴族院でかまいませんよ。僕が訊《き》きたいのは、自分が金持ちで庶民が貧乏だからというだけの理由で、連中が庶民を劣等者扱いしたかどうかなんです。たとえばですよ、連中と道で出くわしたら『サー』と呼んで帽子を取らなくてはいけなかったというのは、本当なんでしょうか？」

老人は、深く考え込むような顔をした。そして、四分の一ほどビールを飲んでから口を開いた。

「本当だとも。連中はわしらに、挨拶《あいさつ》するときには帽子に手をかけさせようとしたもんさ。それが尊敬の証《あかし》なんだってな。わしはそんなはずがあるかと思ってたが、それでもしょっちゅうそうしたよ。ほら、そうしなけりゃならんってこともあったからな」

「それと――歴史の本で読んだ話でしかないんですが――上流階級の人々や召使いた

ちが庶民を側溝に突き落とすのは、日常茶飯事だったんですか？」

「わしも一度、突き落とされたことがあるとも。昨日のことみたいに憶えてるよ。ボートレースがあった夜のことでな――ボートレースの夜は、いつも騒がしかったもんなんだ――わしはシャフツベリー・アベニューで、ひとりの若造とぶつかっちまったのさ。立派な身なりの紳士だったよ……ドレス・シャツにトップハット、それから黒い外套《がいとう》を着てたな。あっちにふらふらこっちにふらふらしながら歩道を歩いてたところに、わしがうっかりぶつかっちまったわけだよ。そしたらそいつが『ちゃんと前を見て歩け』と言うじゃないか。わしは『この歩道を自分が買ったもんだとでも思ってんのかい？』と言ってやったね。すると『生意気言うなら、その頭をねじ切ってやるぞ』なんて言うじゃないか。だからわしは『飲みすぎだぜ、旦那《だんな》。今すぐお巡りに引き渡してやるからな』と言ったのさ。そうしたらあんた、やつがわしの胸に手を当てて突き飛ばしやがったもんだから、バスの下敷きになっちまうところだったよ。まああの頃はわしも青かったし、一発喰《く》らわしてやろうと思ったんだが――」

ウィンストンは徒労感に襲われた。この老人の思い出は、細々としたつまらぬことを集めたごみの山にすぎないのだ。日がな一日質問し続けたところで、まともな情報など聞き出せはしないだろう。党が作り上げた歴史も、捉《とら》えようによっては真実といえるのかもしれない。いや、純然たる真実の可能性すらある。彼は、最後のひと押しをしてみた。

「僕の質問が分かりづらかったのかもしれません。僕が言いたいのは、こういうことですよ。あなたはずいぶんと長生きをしていらっしゃるし、人生の半分は革命以前に過ごしておいでだ。たとえばですが、一九二五年には、もう大人になっていらしたはずです。さあ、思い出してみてください、一九二五年の社会は今よりもよかったのか、それとも悪かったのか。もし生きる時代を選べるのなら、当時と今、どちらを選びます？」

老人は瞑想《めいそう》するような顔でダーツ・ボードを見つめた。さっきの一杯よりもゆっくりとビールを飲み干す。そして口を開くと、ビールが気持ちを落ち着かせたかのように、寛仁な哲学者の雰囲気を漂わせていたのだった。

「何を言わせたいかは分かってるとも。また若返りたいと言わせたいんだろう。質問すりゃあ、ほとんどの連中は若返りたいって答えるだろうさ。若いころなら、健康も体力もあるからな。わしの歳になりゃあ、健康なんてもんとはまず無縁さ。なんだか足は痛んでつらいし、膀胱《ぼうこう》なんざ言うことも聞いちゃくれん。おかげでひと晩に六回も七回もベッドから追い出される始末さ。だがな、老いぼれることにゃあ馬鹿でかい得もあるよ。若いころの悩みなんて、なくなっちまうんだからね。女と付き合う面倒もまったくなくなるし、こいつは最高だよ。聞いて驚け、わしはもう三十年も女などおらん。おらんどころか、欲しいとも思わんのさ」

ウィンストンは窓枠に背中を預けた。これ以上続けたところで、意味などありはしない。彼がビールのおかわりを買いに行こうとすると老人がやおら立ち上がり、部屋のとなりから悪臭を漂わせている便所へと、足を引きずりながら急いで向かっていった。二杯目の半リットルがさっそく効いているのだ。ウィンストンは空のグラスを見つめながらぼんやり座っていたが、自分でも気づかないうちに、足の向くままふたたび表の通りに出ていた。ウィンストンは思った。どれだけ悠長に考えてもこれから二十年以内には、「革命前の暮らしは今よりもよかったか？」という重要な、そしてシンプルな質問は、永遠に答えられないものになってしまうだろう。だがそんな質問は事実上、今ですら答えられないのだ。なにせ散り散りになった旧世界の生存者たちには、ひとつの時代を別の時代と比較する力がないのである。役にも立たないようなこと——職場の同僚との諍《いさか》いや、なくした自転車の空気入れを探し回ったことや、ずっと昔に死んだ姉が見せた表情や、七十年前の強風の朝に埃《ほこり》を舞い上げたつむじ風などである——は、いくらでも思い出すというのに、重要な事実はすべて視界の外なのである。彼らは蟻のようなものだ、小さいものは見えても大きなものが見えない蟻のようなものなのだ。そして記憶がおぼろになり、文字で残された記録が改竄《かいざん》されると——それが現実に起きてしまうと、人の生活は良くなったとする党の主張を受け入れざるをえなくなってしまう。なぜなら事実かどうかを吟味するための基準が存在せず、今後存在することも一切ないからである。

と、彼の中で脈々と続いていた思考がぷつりと途切れた。足を止め、見上げる。彼が立っているのは、人家の中に薄暗い小さな店がぽつりぽつりと何軒か混ざった狭い通りだった。すぐ頭上には、かつては金色に輝いていたのが色あせたかに見える金属の球が、三つぶらさがっていた。彼は、この場所に見覚えがある気がした。もちろんあるはずだ！　立っているのは、あの日記帳を買ったがらくた屋の前だったのである。

恐怖の疼《うず》きが全身をつらぬいた。あんなものを買ったのは申し分ないほど軽率な行為だったし、もうこの場所には二度と近づくまいと誓ったではないか。なのに足の向く先を気分に任せたとたん、知らず知らずここに連れてこられてしまった。まさしくこんな自殺的ともいえる衝動から我が身を守るために、あの日記を書き始めたはずだというのに。そんなことを考えながらも、すでに二十一時になろうかというのにまだ店が開いているのにウィンストンは気づいた。歩道に突っ立っているより店の中にいるほうが怪しまれまいと思い、彼は入口をくぐった。仮に尋問などされても、カミソリの刃を買おうと思ったのだと、それらしい言い訳もできる。

店主はちょうど、清潔とはいえないが親しみある香りを漂わせる吊《つ》り下げ式のオイル・ランプに火を点《とも》したところだった。店主はおそらく六十代だろうか、華奢《きゃしゃ》で腰は曲がり、人の良さそうな長い鼻を持ち、温厚な眼差《まなざ》しは分厚い眼鏡で歪《ゆが》んで見えた。頭はほとんど白髪になっていたが眉《まゆ》はふさふさで、まだ黒々としていた。眼鏡と、丁寧で細やかなこだわりを感じさせる立ち居振る舞い、そして年代物の黒いビロードのジャケットを着ているせいで、文学者かはたまた音楽家か、といったようなほのかな知性を醸し出していた。声はか細くも柔らかで、訛《なま》りも大半のプロレたちほど下卑てはいない。

「店先においでなのが、すぐに分かりましたよ」店主がすぐに声をかけてきた。「若いご婦人の形見のアルバムを買った方ですね。あれは見事な紙でございました、ええ本当に。かつてはクリームレイド*と呼ばれていた紙です。あのような紙が作られなくなってかれこれ……そうですね、五十年は経つでしょう」店主は眼鏡の奥からウィンストンをじっと見つめた。「何かお手伝いできることはございますか？　それとも、ただご覧になりますか？」

「ふと通りかかってね」ウィンストンは言葉を濁した。「ちょっと覗《のぞ》いてみただけだよ。これといって欲しいものがあるわけじゃないんだ」

「結構ですとも」店主が答えた。「ご満足いただけるようなものなど、うちにありはしないでしょう」と、柔らかな手のひらを詫《わ》びるように振ってみせる。「ご覧のとおりのありさまでしてね。きっと何もない店だとお思いのことでしょうとも。ここだけの話ですが、骨董《こっとう》のあきないはもはや風前の灯《ともしび》なんですよ。買い手もいないし、在庫もないのです。家具、陶器、ガラス製品、どれもこれもひとつ、またひとつとバラ売りしてしまいました。それに無論、金属製の品はほとんど溶かされてしまいましたよ。真鍮《しんちゅう》の燭台《しょくだい》なんて、もう何年もお目にかかっていません」

狭い店内はむしろ身動きが取れないほど品物でいっぱいだったが、少しでも価値のありそうなものはほとんど何も見当たらなかった。どの壁際にも埃をかぶった無数の額縁が堆《うずたか》く積まれているため、足の踏み場はかなり限られている。ガラス張りの陳列棚にはナットとボルトのトレイ、使い古されたノミ、刃こぼれしたペンナイフ、変色しており見るからにまともには動かない腕時計をはじめ、ありとあらゆるくずものが並んでいた。隅に置かれたテーブルの上にだけは、ひょっとすると何か面白い掘り出し物があるのではないかと思えるようながらくたが、ごちゃごちゃと乗っていた。塗りものの嗅ぎ煙草入れや、瑪瑙《めのう》のブローチや、そうしたものである。ウィンストンはテーブルに近づきながら、ランプの光に柔らかな輝きを放つ丸くなめらかなものに目を留め、手に取ってみた。

それはずっしりとしたガラスの塊だった。片側は曲面で、もう片側は平たく、ほぼ

＊訳注　クリーム色の簀《す》の目紙とも呼ばれる。

半球体になっている。ガラスの色合いにも質感にも、雨水さながらの風変わりな柔らかさがあった。中心にはバラかイソギンチャクを思い起こさせるピンク色をした渦巻状の奇妙な物体があり、ガラスの曲面のせいで拡大されて見えていた。

「これはいったい？」ウィンストンはすっかり魅せられていた。

「珊瑚《さんご》ですよ、そう、珊瑚です」老店主が答えた。「インド洋から来たものでしょうね。かつてはガラスに埋め込んだのですよ。作られて百年は過ぎているでしょう。いや、見たところもっとでしょうな」

「美しいものだね」ウィンストンが言った。

「ええ、美しいものです」店主は楽しげに答えた。「ですが近ごろじゃあ、そうおっしゃって下さる方も大していらっしゃらないんです」彼が咳払《せきばら》いをした。「さて、お買い求めになりたいとおっしゃるのなら、四ドルでお譲りしましょう。この手のものが八ポンドになったころもあったものです……ドルにするといくらになるかはよく分かりませんが、たいそうな額になるはずです。しかし今どき、本物の骨董品になど人は目もくれません……わずかしか出回っていないというのにですよ」

　ウィンストンはすぐに四ドルを払い、生唾《なまつば》ものの品をポケットにしまった。心惹《こころひ》かれたのは美しいからではなく、現代とは掛け離れた時代の産物の空気を醸し出していたからだった。柔らかで雨粒のようなこのガラスは、彼が見たことのあるどんなガラスとも似ていない。なんの役にも立ちそうにないあたりが倍も魅力を高めていたが、きっとかつては文鎮として使われていたに違いないと、ウィンストンは考えた。ポケットの中にずっしりとした重みがあったが、幸いにもぱっと見たかぎりでは大して目立たなかった。党員の持ちものとしては風変わりどころか、物議をかもし兼ねない一品である。古いものはすべて、いや、美しいものはすべて、なんとなく怪しまれるものなのである。四ドルを受け取った老店主は、あからさまにさっきよりご機嫌になった。ウィンストンは、きっと三ドル、いや二ドルでも売ったに違いないと思った。

「二階にもうひと部屋あるのですが、ご覧になったら気に入られるのではと思いますよ」店主が言った。「なに、大したものはありませんよ。ほんのいくつか置いてあるだけでしてね。お連れしていいのなら、灯《あか》りをおつけしましょう」

彼は別のランプに火をともすと背中を丸め、磨《す》り減った急階段をゆっくりとのぼっていった。ふたりが足を踏み入れたのは、通りに面してはいない、丸石の敷かれた裏庭と林立する煙突群を見渡す部屋であった。ウィンストンは、まだ人が暮らせるくらいに家具が揃っているのに気がついた。床には細長いカーペットが敷かれ、壁には何枚か絵画が飾られ、暖炉の前には作りの悪そうな肘掛《ひじか》け椅子が置かれている。マントルピースの上では、十二時間の文字盤をガラスで覆われた昔ながらの置き時計が時を刻んでいる。窓の下には部屋面積の四分の一は占めようかというほどの巨大なベッドが置かれており、まだマットレスが敷かれたままになっている。

「妻が他界するまでは、ここで暮らしておりました」老人は、なかば申し訳なさそうに言った。「当時の家具を、少しずつ売り払っているのですよ。さて、そこにあるマホガニーのベッドですが、美しいものでしょう。いや、そう言うには巣くった虫を退治しなくてはならないかもしれませんが。しかしお客さまには、大きすぎてお邪魔に思われるかもしれませんね」

　部屋全体を照らすよう老人がランプを高く掲げると、仄明《ほのあ》かりに浮かんだその部屋が不思議な魅力を醸し出した。ふと、ウィンストンは閃《ひらめ》いた。あえてリスクを覚悟しさえすれば、週にほんの数ドルも払ってこの部屋を借りることなどたやすいのではないだろうか。思いついたとたんに投げ捨てなくてはならないほどに大それた、ありえない思いつきである。だがこの部屋は彼の心に郷愁の念を、祖先の記憶のようなものを呼び起こしたのだった。こんな部屋に暮らし、炎の前に置いた長椅子に座って炉格子に足をかけ、暖炉の横棚にやかんをかけるのはどんな気持ちになるものか、彼には手に取るように分かる気がした。自分を見張る者もなく、付きまとう声もなく、やかんの歌声と時計の針が打つ心地よい音の他には何も聞こえない。

「テレスクリーンがないとは！」思わず彼は、そう声を漏らしていた。

「ああ」老人が言った。「あんなものは置いたことがありませんよ。値が張りすぎますからね。それに、何と申しますか、必要だと感じたこともないのですよ。さあ、あの隅にある折りたたみテーブルはなかなかいいでしょう。無論、折りたたんで使うには蝶番《ちょうつがい》を新品に替えなくてはいけませんが」

別の隅に小さな本棚がひとつ置かれており、ウィンストンはすでに引き寄せられかけていた。本棚に並べられているのは、がらくたばかりだった。他のあらゆる地域同様、プロレたちの居住区においても、書物の押収と焚書《ふんしょ》が徹底的に行われたのである。今やオセアニア全土をくまなく探したところで、一九六〇年以前に刊行された本はおそらく一冊たりとも見つかるまい。老人はランプを手にしたまま、暖炉を挟んでベッドとは向かいの壁にかかった、ローズウッドの額縁に入れられた絵の前に立っていた。

「さて、もし古い版画にご興味がおありでしたら――」彼が探るような口調で言った。

ウィンストンは版画に歩み寄り、よく眺めてみた。長方形の窓がいくつも付いた円形の建造物を描いた鋼版画で、建物の前には小さな塔が一基立っていた。建物の周囲にはぐるりと手すりが作られており、いちばん奥には彫像らしきものが見える。ウィンストンは、しばらくじっと見つめていた。記憶にあるわけではないが、なんとなくその彫像に見覚えがあるような気がしたのだ。

「その額縁は、壁に取り付けてあります」老人が言った。「ですがよろしければ、取り外してさしあげましょう」

「この建物は知っているぞ」ウィンストンが、ようやく口を開いた。「今は廃墟《はいきょ》になっているね。最高裁判所の表通りのまん中にある建物だ」

「まさしく。王立裁判所《ロー・コーツ》の表通りでございます。爆撃を受けまして……もう何年も昔の話ですが。かつては教会だったのです。名前をセント・クレメント・デーンズと言いまして」老人は、いささか愚かしい話をしたと思ってでもいるかのように、申し訳なさそうな笑みを浮かべてから言い足した。「オレンジとレモン、セント・クレメントの鐘が鳴る！」

「それはいったい？」ウィンストンは首をひねった。

「ああ……『オレンジとレモン、セント・クレメントの鐘が鳴る』ですよ。私どもが幼いころに唄《うた》った童謡でしてね。そこから先はどう続くのか忘れてしまいましたが、最後の部分は憶《おぼ》えていますよ。『ほらロウソクの灯《あか》りが来たよ、おまえをベッドで休ませに。ほら首切り男が来たよ、お前の首をちょん切りに』まあ、お遊戯のようなものでしたよ。みんなが向かいあって掲げた腕の下をくぐっていくわけですが、『お前の首をちょん切りに』のところで腕を振りおろして、くぐっている子を捕まえるわけです。教会の名前を並べただけの歌ですよ。ロンドンじゅうの教会がぜんぶ入っていたんですから……もっとも、主な教会だけですがね」

どの時代にあった教会だろうかと、ウィンストンは漠然と思った。ロンドンに存在した建造物の年代を特定するのは、常に困難である。巨大で目を瞠《みは》るような建物はどれも、外観が間違いなく新しいものであれば、何も考えずに革命以降のものと考えても差し支えないが、革命以前のものであるのが明白な場合には、〈中世〉と呼ばれる漠然とした時代のものとして見なされる。資本主義の時代は、価値のあるものなど何も生み出さなかったと考えられていた。書物から歴史が学べないのと同じく、建築物からも学べはしない。彫像、碑文、記念碑、通りの名称……。過去を知る手がかりに繋《つな》がりかねないものは何もかも、組織的に改変されてしまったのである。

「教会だったなんて、まったく知らなかったよ」ウィンストンは言った。

「実を言うと、そうした建物は多く残っているのですよ」老人が答えた。「別の用途に使われてはいますけれどね。さて、歌の続きはどうだったかな？　ああ！　そうだ、思い出しました！

オレンジとレモン、セント・クレメントの鐘が鳴る
おまえには三ファージングの貸しがある、セント・マーティンの鐘が鳴る——

やれやれ、思い出せるのはここまでです。ファージングというのは小さな銅貨でしてね、今でいう一セントみたいなものですよ」

「セント・マーティンはどこにあったんだね？」

「セント・マーティンですか？ まだ健在ですよ。ヴィクトリー広場の、美術館の隣です。正面が柱の付いた三角形のポーチになっていまして、大きな階段があるんです」

その場所なら、ウィンストンもよく知っていた。さまざまな種類のプロパガンダ展示に使われる博物館だ——ロケット弾や〈浮遊要塞〉の縮尺模型だとか、蠟人形《ろうにんぎょう》を使った敵の残虐行為の再現だとか、そんなものが展示されるのである。

「昔はセント・マーティン・イン・ザ・フィールドと呼ばれていたんですよ」老人は説明を付け加えた。「あのあたりに野原《フィールド》などと呼べるようなものがあった記憶はありませんけれどね」

ウィンストンは、版画を買わないことにした。持ちものとしてはガラスの文鎮などよりさらに不適切だし、額から出さないと自宅まで持ち帰ることすらできないのだ。それでも彼はさらに数分ほど店にとどまり、老人と話をした。そして、老人の名前は実はウィークス——店の正面に掲げた看板からそう思い込む者もいるだろうが——ではなく、チャリントンなのだと知った。チャリントン氏は六十三歳の男やもめで、この店で暮らして三十年になるらしい。その間ずっと窓の上に掲げた店名を変えようと思っていたのだが、結局実行には移せなかったのだという。話をしている間じゅう、ウィンストンの頭ではうろ覚えの童謡がぐるぐると回り続けていた。オレンジとレモン、セント・クレメントの鐘が鳴る！　おまえには三ファージングの貸しがある、セント・マーティンの鐘が鳴る！　奇妙なことに、胸の中で唄ってみると、本当に鐘の音が——今もなお姿を変え、忘れ去られたままどこかに存在する失われたロンドンの鐘の音が——聞こえてくるような幻想に囚《とら》われた。亡霊のようにたたずむ尖塔《せんとう》から次々と鐘の音が響き渡ってくるのである。だが彼が憶えている限り、本当に鐘の音が鳴るのなど、一度たりとも聞いたことがなかった。

ウィンストンはチャリントン氏から離れると、戸口を出る前に表通りに怪しげなものがないか目を光らせる姿を老人に見られぬよう、ひとりで階段をおりていった。心はもう決まっていた。適当な間隔——そう、一ヶ月ほどだろうか——を空け、危険を承知でもう一度この店を訪れるのだと。せいぜい、〈コミュニティ・センター〉での夕べをさぼるのと同程度の危険で済むはずだ。深刻な失態は、そもそもここに戻ってきてしまったことである。あの日記帳を買ったあとであるうえに、店主が信頼するに足る人物かどうかも分からないというのに、である。だがしかし——！

そうとも——彼はもう一度、胸の中で言った——それでも戻ってくるのだ。そして、さらに美しきがらくたを買い求めるのだ。セント・クレメント・デーンズの版画を買い、額縁から出し、ツナギの懐に隠して自宅まで持ち帰るのだ。チャリントン氏の記憶から、あの童謡の残りの部分を引きずり出すのだ。あの二階を借りようという狂気の企てすら、もう一度ちらりと脳裏をよぎった。ものの五秒ほどだろうか、ウィンストンは興奮のあまり警戒心を忘れ、ろくに窓から外のようすを確かめもしないまま歩道に出てしまった。適当に思いつくまま鼻歌まで歌いはじめる。

オレンジとレモン、セント・クレメントの鐘が鳴る！
おまえには三ファージングの貸しがある――

いきなり彼は、心臓が氷に、はらわたが水に変わってしまったような気分に襲われた。歩道の先、十メートルと離れていないところに、こちらに向かってくる青いツナギの人影が見えたのである。それは、創作局で働くあの黒髪の娘だった。日は落ちかけていたが、見分けるのはたやすかった。彼女はウィンストンの顔を直視すると、まるで彼など見えないかのように足早に進み続けた。

ウィンストンは数秒間、強烈な麻痺《まひ》に襲われて動けなくなった。そして右に折れると、自分がでたらめな方向に進んでいることにすら気づきもしないまま、重々しい足取りでしばらく歩いていったのだった。ともあれ、疑問はひとつ解消だ。あの娘が自分を監視していることに、もはや疑う余地はない。ここまで彼を尾《つ》けてきたのだ。単なる偶然であの娘が同じ夕暮れどきに、党員たちが住まう居住区から何キロも離れたいかがわしい裏通りを同じように歩いているなど、とても考えられない。偶然にしては、あまりに奇跡的すぎる。彼女が本当に思想警察の工作員なのか、それとも余計なお世話でちょろちょろしている素人スパイなのか、そんなことはどうでもいい。自分を監視していたというだけでじゅうぶんだ。おそらく、あのパブに入るのも目撃されたのだろう。

　歩くのはひと苦労だった。足を踏み出すたびにポケットにしまったガラスの塊がふとももにぶつかるので、もう取り出して投げ捨ててしまおうかという気持ちすら湧いてくる。何よりつらいのは、腹痛だった。何分かは、すぐにでもトイレに辿《たど》り着けなければ死んでしまうのではないかと思ったほどだ。だが、こんな地区に公衆トイレなどあるはずがない。やがて鈍い痛みだけを残し、発作は治まってくれた。

　通りは袋小路になっていた。ウィンストンは立ち止まり、どうしようかと数秒ほど頭を悩ませたが、踵《きびす》を返して今きた道を戻りはじめた。引き返す彼の頭に、あの娘と行き違ってからまだほんの三分なのだから、走れば追いつけるのではないかという考えがよぎった。どこか人目に付かない場所まで追いかけていって、丸石であの女の頭《ず》蓋骨《がいこつ》を叩《たた》き割ってしまうこともできるはずである。ポケットに入れたガラスの塊も、それができるくらいの重さはじゅうぶんにある。だが彼は、すぐさまそんな考えを頭から追い出した。肉体に何か無理をさせるなど、考えるだけでも耐え難い。走るのも、殴りつけるのも、とても無理だ。それに若く元気なあの娘は、まず立ち向かってくるだろう。ふと、〈コミュニティ・センター〉に駆けつけて閉館まで過ごし、たとえ部分的にでも今夜のアリバイを作るのはどうかという考えが浮かんだ。だが、これもおよそ不可能だった。猛烈な疲労感に襲われていたからである。今はとにかくさっさと自宅に帰り、おとなしく休んでしまいたかった。

帰宅したときには、もう二十二時を回っていた。二十三時半になれば、建物の主電源が落とされてしまう。ウィンストンはキッチンに行き、ティーカップから溢《あふ》れそうなほどのヴィクトリー・ジンを一気に飲み干した。それからアルコーヴのテーブルに行って腰を下ろし、引き出しから日記帳を取り出した。だが、すぐには開かなかった。テレスクリーンからは、ひどく耳障りな声の女が唄う愛国唱歌が流れていた。大理石調の表紙をじっと見つめながら、彼はなんとかその歌声を意識から追い出そうとしていた。

連中が捕らえに来るのは夜、いつも夜である。捕まる前に自ら命を絶つのが正気の行いというものだ。その道を選んだ者たちも、間違いなくいる。失踪《しっそう》した人々の多くは、実は自殺なのだ。だが銃器や、確実に死ねる即効性の毒薬が完全に入手不可能なこの世界で自決するのには、とてつもない勇気が必要なのである。いかに苦痛や恐怖が生物学的に役に立たないものかを思うと、驚嘆すら覚えた。ここぞというまさにその瞬間、人体はいつでも裏切りを働き、使いものにならなくなってしまうのだ。迅速に行動しさえすれば、あの黒髪の娘を黙らせることができたろう。だがまさにその致命的危機のせいで、彼は行動する力を失ってしまったのである。危機が訪れた瞬間、人はいつでも外的な敵とではなく己の肉体と戦うのだと、ウィンストンは気づいた。今も、ジンを飲んでいてもなお、腹に感じる鈍痛のせいで途切れ途切れにしか思考できない。そして彼は悟ったのである。英雄的か、はたまた悲劇的か、どちらに見える状況でもそれはまったく変わらないのだと。戦場だろうと、拷問室の中だろうと、沈みゆく船の上だろうと、人はいつでも、自分がいかなる理由のために戦っているのかを忘却してしまう。それは、人体とは宇宙を満たすほどにまで膨張するもので、恐怖に麻痺したり苦痛に悲鳴をあげたりしていないときであろうとも、生命は飢餓や寒さや不眠を敵に回し、胸焼けや歯痛を敵に回し、たゆまずもがき続けているからである。

彼は日記を開いた。何かを書き留めておくのが重要なのだ。テレスクリーンの女は次の一曲を歌いはじめている。その声がまるで尖《とが》ったガラス片となり、脳みそに突き刺さるかのようだった。オブライエンのことを――彼のために、彼に宛てて書いているのだ――考えようとしたが、頭に浮かぶのは、思想警察に連行されてから我が身に起こるであろうできごとばかりであった。即座に殺されようとも、まったく構いはしない。殺されることなど分かりきっているのだ。だが死の前には(誰も口にすることはないが、誰もが知っている事実である）決して避けることのできない、自白が待ち受けている。床にひれ伏し、慈悲を乞《こ》うて泣き叫び、音を立てて骨が折れ、歯が砕け、血に濡《ぬ》れた髪がべっとりと固まる。結末が決まっているのなら、なぜそんなものに耐えなくてはいけないのだろう？　なぜほんの数日だけ、ほんの数週間だけ、人生を早く切り上げることができないのだろう？　捜査から逃れた者など誰もいないし、自白せずに済んだ者もいはしない。ひとたび思想犯罪を認めたなら、定められた日までに確実な死が訪れるのである。ならば、なんの報いもないのに未来の恐怖を待たなくてはいけない理由など、いったいどこにあるというのだろう？

　気力を振り絞ると、今度は先ほどよりもややはっきりと、オブライエンを脳裏に呼び起こすことができた。「暗闇なきところで会おうじゃないか」と、オブライエンは言った。ウィンストンには彼の意味したところが分かった。いや、分かったと感じた。暗闇なきところとは、人が決して目にすることの叶《かな》わない、しかし知慮を持つ者が神秘的に訪《おとな》うことのできる、想像上の未来なのだと。だがテレスクリーンから流れる声が耳にこびりつき、それ以上思考の先を辿ることはできなかった。煙草を口にくわえる。とたんに煙草の葉の半分が舌の上に落ちた。吐き出しきれないほどの苦味が、口に広がった。ビッグ・ブラザーの顔がオブライエンを追い出し、心の中に入り込んでくる。数日前とまったく同じように、彼はポケットから一枚の硬貨を取り出し、じっと見つめた。自分を見上げる、重々しく、穏やかな、そして庇護《ひご》を与えるかのような顔。だがこの黒い口ひげの奥には、いったいどんな笑みが隠されているのだろうか？重苦しい鐘の音のように、あの言葉が胸に蘇《よみがえ》った。

戦争は平和なり
自由は隷属なり
無知は力なり

第二部

1

昼まではまだずいぶん時間があった。ウィンストンはトイレに行くため、ブースを出た。

煌々《こうこう》と照らされた長い廊下の向こうから、人影がひとつ、彼のほうに近づいてくるのが見えた。あの黒髪の娘だ。がらくた屋の外でばったり出くわしたあの夕暮れから、四日が過ぎていた。近づいてくる彼女を見て、ウィンストンは、娘が右腕を吊《つ》っているのに気づいた。ツナギと同じ色のスリングで吊っているせいで、遠くからは見えなかったのである。おそらくは、小説のプロットのラフ案を作る巨大な万華鏡を回す際に巻き込んだのだろう。創作局ではありがちな事故である。

四メートルほどまで近づいたその瞬間に娘がふらつき、顔面をしたたかに打ち付けそうな勢いで転倒した。鋭い苦痛の悲鳴が、彼女からほとばしった。怪我をした腕の上に全体重が乗ってしまったに違いない。ウィンストンは立ち止まった。娘が膝《ひざ》をつき、上体を起こす。顔は白みを帯びた黄色に変わっており、唇がいつもより赤く際立って見えた。彼女はウィンストンの目を見つめていたが、そのまなざしには苦痛よりも恐怖を強く訴えているのだった。

　ウィンストンの胸に、奇妙な感情が湧いてきた。目の前にいるのは、自分を屠《ほふ》ろうとした敵だ。同時にそれは苦痛と、おそらくは骨折に苦しむひとりの人間の姿なのである。彼は本能的に、彼女を助けようと足を踏み出していた。包帯を巻いた腕を下敷きにして娘が倒れるのを見た瞬間、まるで己の肉体に苦痛を感じたような気がしたのである。

「痛むかい？」

「大丈夫です。腕を怪我していて。すぐ治まります」

　ひどい動悸《どうき》がしているような口ぶりだった。ひと目で分かるくらいに顔が蒼《あお》ざめている。

「どこも折れなかった？」

「ええ、大丈夫。ちょっと痛かったけど、それだけです」

　彼女が無事なほうの手を差し出したので、ウィンストンは助け起こしてやった。いくらか顔色を取り戻し、ずいぶん立ち直ったようである。

「なんでもありませんよ」娘は口早に言った。「手首をちょっと打ってしまっただけ。ありがとう、同志！」

　そしてまるで何ごともなかったかのようにきびきびとした足取りで、向かっていたほうへと歩きだした。すべてまとめても、せいぜい三十秒程度のできごとである。感情を顔に出さない習慣はもはや本能とすらいえるほどになっているし、そのうえ娘が転倒した瞬間、ふたりはテレスクリーンの目の前にいた。それでも、刹那《せつな》の驚嘆を胸に押し込めるのはとてつもなく困難だった。というのは、助け起こしてやったあの二、三秒の間に、娘が何かを彼の手に滑り込ませたからである。娘が故意にやったのは、疑いようがなかった。何か小さく、そして平らなものだ。トイレのドアを抜けながら、彼はそれをポケットにしまい、指先でなぞってみた。それは、四角く折りたたんだ一枚の紙切れであった。

　小便器の前に立ちながら、彼はさらに指を少しだけ動かして紙を開いた。間違いなく、何かメッセージが書かれているはずだ。つかの間、個室に持ち込んですぐに読んでしまいたい衝動に襲われた。だが、それがどうしようもない愚行であるのは、彼もよく理解していた。個室ほど絶え間なくテレスクリーンに監視されている場所など、他にありはしないのだ。

ウィンストンは自分のブースに戻って腰掛けると、机に置かれた書類の中にさりげなく紙切れをまぎれ込ませ、眼鏡をかけてから口述筆記機を引き寄せた。「五分だ」彼は自分に言い聞かせた。「最低でも五分間だ！」胸の中で心臓が、聞こえそうなほどに大きな脈を打った。幸いにも、今彼が従事しているのはいつもの日常業務に過ぎない。大して集中する必要もない、長々とした数字のリストの修正である。紙切れに書かれているのがなんであれ、何か政治的な意味合いを持つことに違いない。彼が思いつくかぎり、可能性はふたつだった。ひとつは——この可能性が高そうだが——彼が恐れていたとおり、あの娘が思想警察の工作員であるということだ。なぜ思想警察があんな方法でメッセージをよこしたのかはともかく、おそらくは理由があってのことだろう。紙に書かれているのは脅迫かもしれないし、召喚、自殺命令、はたまた何らかの謀《はかりごと》かもしれない。だがしかし、どれほど抑えようとしても頭の中に浮かんでくる、あまりにも突飛なもうひとつの可能性があった。もしやこのメッセージは思想警察などではなく、なんらかの地下組織からのものなのではないだろうか。もしや〈ブラザー連合〉は実在するのだろうか！　もしやあの娘も一員なのだろうか！　馬鹿げた考えであるのは明白だが、紙切れを手にした瞬間、ぱっと心に浮かんでしまったのだ。それから数分も経つまで、さらにありえそうな説明はひとつも思い浮かびはしなかったのである。そして今もなお、こいつは死を意味するメッセージだぞと活眼が告げようとも——それでも、彼には信じられないのだった。不条理な希望が居座り続け、胸が激しく高鳴り、口述筆記機に向けてつぶやく声が震えないようにするのもひと苦労であった。

修正を終えた書類の束を丸め、気送管に押し込む。八分が経過していた。鼻の上で眼鏡をかけ直してため息をつき、例の紙切れがいちばん上に乗るよう次の書類の束を引き寄せた。紙切れを広げてみる。そこには大きな、ぎごちない手書き文字で、このように書かれていた。

愛しています。

ウィンストンは唖然《あぜん》とするあまり数秒間、己を罪人にしかねないこの紙切れをメモリー・ホールに放り込むことすら忘れてしまった。投げ込む瞬間にも、自分の興味を覗かせすぎる危険など百も承知だというのに、本当にその言葉が書かれているのか確かめるために、もう一度読まずにはいられなかったのである。

その後は午前中ずっと、仕事をするだけでもやっとだった。次々と舞い込んでくる鬱陶《うっとう》しい仕事に集中し続けなくてはならないことよりも、テレスクリーンから胸の狼《ろう》狽《ばい》を隠さなくてはいけないことのほうが、遥《はる》かにきつい。はらわたの中で炎が燃え盛っているかのようだ。暑くて混み合った、喧騒《けんそう》に包まれた食堂でのランチはまるで拷問だった。昼休みにはせめて少しでもひとりきりになりたいと願っていたというのに、運悪く、能無し男のパーソンズがとなりの席にどかりと陣取ってしまったのである。シチューの安っぽいにおいを打ち消すほどすえた汗のにおいを漂わせているうえに、ひっきりなしに〈ヘイト・ウィーク〉の準備についてべらべらとまくしたてる。〈スパイ団〉に所属する娘の班がこの日のために作っている、ビッグ・ブラザーの顔をかたどった幅二メートルのはりぼてについては、特に熱弁をふるった。なんともいらいらさせられるのは、騒々しい周囲のせいでウィンストンにはパーソンズの話がよく聞こえず、下らない話をもう一度繰り返すよう、しょっちゅう頼まなくてはいけないことだった。一度だけちらりと、奥のテーブルに他の娘ふたりと座っている、あの娘の姿が見えた。彼女はこちらを見ていないようだったし、彼も二度とその方向には視線を向けなかった。

午後になると、状況はましになった。ランチを終えてすぐ、他のことはすべて棚上げして数時間はかけなくてはいけないような、繊細かつ難しい仕事が入ってきたのだ。二年前に作られた一連の生産報告書を、目下疑惑をかけられている党中軸のとある有力者の信用を貶《おとし》めるよう改竄《かいざん》する仕事である。この手の仕事はウィンストンが得意とするところであり、彼は二時間以上にわたり、例の娘を完全に頭から追い出すことができたのであった。しかし終了とともに彼女の顔が脳裏にまた蘇《よみがえ》り、ひとりになりたいという沸き立つような、耐え難い欲求に襲われた。ひとりにならなければ、頭の中でこの新展開を整理することなどできはしない。今夜は〈コミュニティ・センター〉に行かなくてはいけない。彼は食堂で味のしない食事をかき込むとセンターに急ぎ、

〈ディスカッション・グループ〉の真面目くさった茶番に参加し、卓球を二ゲームこなし、ジンを何杯か飲み、三十分ほど座って『チェスとイングソックの関連性』なる講義を聞いた。身悶《みもだ》えするほど退屈ではあったが、今夜だけは、センターでの夕べをさぼりたい衝動をまったく感じなかった。「愛しています」という言葉を目にして、彼の中に生き続けたいという欲望が沸き起こり、急につまらないリスクを冒すのが愚かしく思えたのである。ようやく誰にも邪魔されずに考えられるようになったのは、二十三時、帰宅してベッドに——黙ってさえいればテレスクリーンの目も届かない暗闇に——入ってからのことだった。

いかにしてあの娘と接触し、会う手はずを整えるか——この具体的な問題を解決しなくてはならない。もしや彼女がなんらかの罠《わな》を仕掛けているのかもしれないとは、もう考えていなかった。あの紙切れを渡してきたときのあからさまな動揺からして、罠でないのは分かっている。取り乱すほどに怯《おび》えていたのは明白なのだ。そして、彼女の誘いを断ろうなどという思いも、ちらりとすら浮かばなかった。

彼女の頭蓋骨《ずがいこつ》を石で叩《たた》き割ろうと思ったのはつい五日前の晩の話だというのに、そんなことはもうどうでもよかった。夢の中で目にした、彼女の若々しい裸体を思い浮かべる。これまでは彼女を他の者と変わらぬ愚か者だと、頭には嘘と憎悪が詰め込まれた、はらわたが氷漬けになった女なのだと思っていた。彼女を失うかもしれない、白く若々しい肢体を取り逃してしまうかもしれないと思うと、まるで熱病に取り憑《つ》かれたようだ！　何よりも彼を恐れさせるのは、さっさと接触してしまわないと彼女がさっさと心変わりしてしまうのではないかという思いだった。だが、接触の前に立ちはだかる物理的な困難は強大である。すでに詰まれたチェス盤で、駒を動かすようなものだ。どちらに動こうとも、テレスクリーンが見張っているのである。あのメッセージを読んでからものの五分のうちに、どうすれば彼女と接触できるのか、ありとあらゆる方法が心に浮かんだ。今ようやく考える時間を手に入れ、彼はテーブルにひとつひとつ道具を並べていくかのように、その方法をひとつひとつ吟味しはじめたのだった。

今朝起きたような遭遇は、どう考えても二度と繰り返せない。彼女が記録局で働いていたならば話は比較的簡単だろうが、彼は創作局が建物のどこにあるのかごくぼんやりとしか覚えていなかったし、そこに行く口実も持ち合わせてはいなかった。彼女の住まいを、そして何時に退勤するかを知っていたならば、帰宅途中のどこかで会う段取りもつけられるだろう。だが、帰宅する彼女を尾《つ》けるのは危険だ。そのためには省舎の前をうろうろしなければならず、誰かに見咎《みとが》められるに違いないからだ。手紙を書いて郵送するなど論外だ。秘密にすらされていない作業により、すべての手紙が輸送中に開封されるからである。事実、手紙を書く者などほとんどいなかった。たまにメッセージを送る必要に迫られたときには、定型文がずらずらといくつも並んだ葉書が何種類もあるので、不要な定型文を線で消してそれを使うのだった。いずれにせよ、彼は娘の名前はもとより、住所すら知らないのである。あれこれと考えた末にウィンストンは、もっとも安全な場所は食堂だと判断した。食堂の中ほどあたり、テレスクリーンがそばになく、騒がしい会話に囲まれているあたりで彼女との同席が叶《かな》えば——そんな条件が三十秒でも揃いさえすれば、ふたつ三つ言葉を交わすくらいはできるはずだ。

　それからの一週間はまるで、安息なき夢のようであった。翌日、彼女はウィンストンが食堂を立ち去りかけるころまで姿を見せなかった。始業の警笛はもう鳴っていた。おそらく彼女は、遅番のシフトに変わっていたのだろう。ふたりは、ちらりと視線を交わすことすらせずにすれ違った。その翌日にはいつもどおりの時間に食堂に姿を見せたが、他に三人の若い女たちと一緒で、そのうえテレスクリーンの真下の席に座っていた。それから三日にわたり彼女は姿を見せず、苦悶《くもん》の時が過ぎた。心身すべての神経が耐え難いほどに張り詰めて透明体にでもなったかのようで、あらゆる動きが、あらゆる音が、あらゆる接触が、話したり聞いたりするあらゆる言葉が、苦痛に変わってしまったのだった。眠りに落ちても、彼女の幻影からすっかり逃れるのは不可能だった。数日間は、日記帳に指一本触れなかった。安らぎがあるとすれば、それは仕事の中にであった。ときには十分にわたり忘我することもできた。彼女の身に何が起きたのか、彼には想像すらつかなかった。問い合わせなど、できようもなかった。彼女は蒸発させられたのかもしれないし、自殺したのかもしれないし、オセアニアの極地に勤務地を移されたのかもしれない。最悪の、そしてもっともありえそうなのは、彼女がさっさと心変わりをして彼を避けているのではないかということである。

その翌日、彼女はふたたび姿を現した。腕を吊《つ》っていたスリングが消え、手首にぐるりと絆創膏《ばんそうこう》が巻かれていた。その姿を見た安堵《あんど》があまりにも強烈で、ウィンストンは数秒ほど、自分を抑えられずに彼女を直視した。さらにその翌日は、あとひと息で言葉を交わせそうになった。彼が食堂に行ってみると、彼女が壁からたっぷり離れた席に、ひとりきりで座っていたのである。まだ時間も早く、人ごみもひどくはなかった。行列がじりじりと進み、カウンターまでもうひと息というところにウィンストンが差し掛かると、前方で誰かがサッカリンのタブレットを貰《もら》っていないと文句を言い始めたので二分間の足止めを喰《く》らった。だがウィンストンがトレイを確保して彼女のテーブルに向かい始めても、まだ娘はひとりきりのままだった。背後に空いたテーブルでもないかと視線を走らせながら、さり気なく彼女のほうに歩いていく。距離は、もう三メートルほどだろうか。あと二秒も歩けば彼女のところに着く。そのとき、背後から「スミス!」と声がした。彼は聞こえないふりをした。「スミス!」もう一度、もっと大きな声が聞こえた。聞こえないふりはもうできない。彼は振り向いた。ウィルシャーという名前の、金髪で間抜けな顔をした、ウィンストンもほとんど知らない青年がにっこりと笑みを浮かべ、となりの空席に呼んでいる。断るのは危ない。見つかった以上、ひとりきりでテーブルにいる女のとなりに座るわけにはいかない。あまりにも目立ちすぎる。彼は気さくな笑みを浮かべて椅子にかけた。間抜けな金髪頭が、彼の顔を見て楽しげに笑った。ウィンストンは想像の中で、その顔のどまん中にツルハシを叩きつけた。娘のテーブルは、数分後には埋まってしまった。

だが娘も彼が向かってくるのを目にしたに違いないし、彼の意図を察したのではないだろうか。翌日は、あえて早めに食堂に行った。思ったとおり、彼女は同じあたりのテーブルに、またしてもひとりで座っていた。ウィンストンのすぐ前には、小柄で俊敏な動きの、平らな顔と疑い深そうな目を付けた、カブトムシのような男が並んでいた。ウィンストンがトレイを手にカウンターから振り向くと、その小男がまっすぐに娘のテーブルへと向かっていくのが見えた。またしても希望が砕け散った。さらに奥のテーブルにも空席がひとつありはするものの、小男の様子からは何か、くつろぐためにいちばん空《す》いているテーブルに座ろうという、揺るぎない気合のようなものが感じられたのである。氷のように冷え切った心で、ウィンストンは後を追った。彼女がひとりのところを捕まえなくては、なんの意味もないのだ。その瞬間、ものすごい音が響き渡った。小男が床に這《は》いつくばり、トレイが吹き飛んでいる。スープとコーヒーが二本の筋となり、床を流れている。小男は立ち上がりながら、ウィンストンをぎろりと睨《にら》みつけた。自分に足をかけたと疑っているのが、ありありと分かった。だが、まったく構わなかった。五秒後、ウィンストンは胸を高鳴らせながら、いよいよ娘のテーブルに着こうとしていた。

彼女のほうは見ない。トレイをテーブルにおろすと、彼はすぐに食事を始めた。誰か来てしまう前に急いで話しかけることこそ重要だったが、強烈な恐怖に囚《とら》われてしまっていた。最初に彼女が近づいてきてから、一週間が過ぎている。心変わりしてしまったかもしれない、いや、してしまったに違いない！　こんな出会いが実を結ぶことなどありはしない。そんなことは、現実に起こりえる話ではないのだ。この瞬間にトレイを手にしたアンプルフォース――耳にかかるほどの長髪の詩人である――が足をひきずりながら、席を求めて食堂をうろついているのが目に入らなかったなら、ウィンストンは完全にたじろいで、話しかけるのをやめてしまったことだろう。アンプルフォースはなぜだかウィンストンに親しみを抱いているし、もし姿を見つけたりしたら、当然同席しにくるだろう。行動できる時間は、おそらく一分程度である。ウィンストンも娘も、黙々と食事を口に運び続けていた。ふたりが食べているのは、スープと呼ぶほうがふさわしいような、インゲン豆の薄いシチューだった。ウィンストンは、低く囁《ささや》くような声で話しかけた。ふたりとも顔を上げはしなかった。水っぽいシチューをせっせと口に運び、またスプーンですくう合間に抑揚の欠如した小さな声で、必要な言葉を手短に交わし合った。

「退勤時刻は？」

「十八時三十分」

「どこで落ち合える？」

「ヴィクトリー広場。記念碑のそばで」

「テレスクリーンだらけだぞ」

「人混みがあれば問題ないわ」

「目印は？」

「なし。私が人混みに紛れるまで近づかないで。こっちを見るのも駄目。黙って、どこか私のそばにいて」

「何時に？」

「十九」

「了解した」

アンプルフォースはウィンストンに気づかず、別のテーブルに着いた。ふたりはもう言葉を交わすのをやめ、同じテーブルを挟んで向き合ってはいるものの、できるだけ互いの姿を見ないよう努めた。娘は手早くランチを終えると、テーブルで煙草を吸うウィンストンを残して立ち去った。

　ウィンストンは、予定の時刻よりも早くヴィクトリー広場に着いた。縦溝の彫られた巨大な記念柱の下をうろつく。記念柱のてっぺんには、南の空――かつて〈エアストリップ・ワンの戦い〉においてユーラシア空軍（数年前までイースタシア空軍だったが）を撃破した空である――を見つめるビッグ・ブラザーの彫像が立っていた。その前に延びる通りには、オリバー・クロムウェルと思《おぼ》しき人物の騎馬像があった。またしてもウィンストンは、強烈な恐怖に襲われた。彼女は来てくれないのではないだろうか、心変わりしてしまったのではないだろうか！　広場の北端までゆっくりと歩き、セント・マーティン教会を見つけて淡い喜びのようなものを感じた。かつて鐘があったころには、「おまえには三ファージングの貸しがある」と鳴り響いていたのだ。と、記念柱の下に立ち、円柱に螺旋《らせん》を描いて貼られたポスターを読んでいる、もしくは読む振りをしている、あの娘の姿が見えた。いくらか人だかりができるまで、そばに近づくのは危険だ。切妻壁の周囲は、テレスクリーンだらけなのである。だがそのとき、どこか左のほうから、騒々しい叫び声と、何台もの重車両がたてる轟音《ごうおん》が聞こえてきた。人々がとつぜん、あちこちの方角に広場を駆け出す。娘は記念柱の下にあるライオン像をさっと回り込み、人々の怒濤《どとう》に入っていった。ウィンストンも追いかける。走りながら聞こえてくる人々の声に耳を傾けてみると、どうやらユーラシア軍捕虜を乗せた護送車隊が通過するようだ。

すでに黒山の人だかりが、広場の南側をふさいでいた。ウィンストンはいつもなら、どんな小競り合いだろうと遠巻きに見物するタイプの男だったが、人を押しのけ、小突き、もがきながら群衆の中心めがけて進んでいった。やがて手を伸ばせば届く距離まで娘に近づいたのだが、巨漢のプロレと、同じくらいの巨体を持つ女——おそらくは妻であろう——が、何ものも通さぬ肉の壁のように目の前に立ちふさがった。ウィンストンは身をよじって横向きになると猛然と突進し、ふたりの間に肩を割りこませた。刹那《せつな》、ふたりの逞《たくま》しい腰に挟まれて内臓がぐちゃぐちゃに潰《つぶ》れてしまうかと思ったが、やがてうっすらと汗をかきながらも突破した。あの娘がすぐとなりにいた。ふたりは肩を並べて、じっと前方を見つめていた。

サブマシンガンを装備した無表情の衛兵たちを四隅に立たせたトラックの長い列が、ゆっくりと通りを進んでいた。どのトラックの中にも、みすぼらしい緑っぽい軍服をまとった黄色い顔の小柄な男たちが、身を寄せ合うようにしてうずくまっていた。トラックの横腹からは、黄色人種の悲しげな、そしてまったくの無表情な顔が覗《のぞ》いていた。ときおりトラックが揺れると、じゃらじゃらと金属音が響いた。囚人たちはみな、足かせをはめられていたのである。悲しい顔を満載したトラックが、次々と通り過ぎていく。ウィンストンはそれを知っていても、たまに視線を向けるだけだった。娘の肩が、そして二の腕が、自分にくっついている。彼女の頬が、まるでその温《ぬく》もりが届きそうなほどそばにある。食堂のときと同じく、彼女はすぐさま主導権を取った。以前と同じ無表情な声で唇だけをかすかに動かし、人々の喧騒《けんそう》とトラックの轟音に掻《か》き消されそうな声で、彼女が話しだす。

「聞こえる？」

「ああ」

「日曜午後、外に出られる？」

「ああ」

「じゃあよく聞いて。ちゃんと憶《おぼ》えてね。パディントン駅に行って――」

彼が思わず目を瞠《みは》るほどの軍隊じみた正確さで、彼女は辿《たど》るべき順路を説明してみせた。列車で三十分、駅を出たら左に曲がる、道なりに二キロ歩く、てっぺんの横木がなくなった門がある、野原を突っ切る道が見える、草の生えた細い道を進む、茂みに挟まれた小道を進む、苔《こけ》むした枯れ木がある。まるで頭の中に地図でもあるかのような口ぶりだ。「ぜんぶ憶えた？」説明を終えた彼女が言った。

「ああ」

「左折、右折、また左折。そうしたら、てっぺんの横木がない門がある」

「了解だ。時間は？」

「十五時ごろかな。ちょっと待たせるかも。私は別の道から行くわ。本当にぜんぶ憶えたわね？」

「ああ」

「じゃあ、できるだけ早くそばから離れて」

わざわざ言われるまでもなかった。だが、群衆からはすぐに抜け出せそうもなかった。トラックの車列はいまだ途切れず、人々も相変わらず夢中になってそれを見守っている。最初はいくらかブーイングや罵声《ばせい》が飛んでいたものの、どれも群衆に紛れた党員たちからあがったもので、すぐにやんでしまった。大半は、ただ好奇心で見物しているだけだった。ユーラシア人だろうとイースタシア人だろうと、外国人は珍獣のようなもの。捕虜の姿でしか見ることは叶《かな》わないし、捕虜であるにしたところで、ほんの一瞬ちらりと見えるのが関の山である。そして、戦犯として絞首刑に処される数人を別にすれば、彼らがどうなるのかは誰も知らなかった。おそらくは強制労働収容所に送られるのだろうが、何ごともなかったかのように姿を消してしまうのだ。黄色人種の丸顔が、いつしかヨーロッパ系の、薄汚れてひげがぼさぼさに伸びた、くたびれきった顔に変わっていた。哀れに浮き出た頬骨の上についた両目が、ときに妙な力を放ち、そしてふたたびどんよりと輝きを失いながら、ウィンストンの目を見つめている。車列は終わりに近づきつつあった。最後尾のトラックに、年老いた男の姿が見えた。白髪交じりの髪で顔を覆われ、手首を縛られるのなど慣れていると言わんばかりに体の前で重ねて直立している。ウィンストンと娘は、もう別れる潮時だった。しかし最後の瞬間、まだふたりを取り囲んでいる群衆の中、彼女の手が彼の手を見つけ、つかの間きつく握りしめたのだった。十秒にも満たないはずの時間だったが、まるで延々と手を握り合っているかのようだった。彼女の手を隅々まで知るにはじゅうぶんな時間だった。長い指を、綺麗《きれい》な爪を、仕事で肌がこわばりたこが並んだ手のひらを、手首の下についた滑らかな肉を、彼は探った。触れるだけで、本当に見ているかのように分かった。そうしながらふと、娘の目が何色なのか自分が知らないことに、彼は気づいた。おそらくは茶色だろうが、黒髪の人はときおり青い目をしているものだ。横を向いて彼女を見るなど、想像を絶する愚行である。手をしっかりとつなぎ、ひしめく人波に姿を隠されたまま、ふたりはじっと前を見つめていた。そして娘の目の代わりに、あの老囚人の両目が、髪の毛の奥から悲しげにウィンストンを見つめているのだった。

2

ウィンストンは、光と影がまだらに落ちた小道を進んでいた。枝がまばらなところに出るたび、金色の陽だまりに足を踏み入れる。左に並ぶ木立の下にはブルーベルの花が、地面を覆う霞《かすみ》のように咲き乱れていた。大気は肌に口づけをするかのようだった。五月二日だった。どこか森の奥深くから、物憂げな数珠掛鳩《じゅずかけばと》の鳴き声が聞こえていた。

少し早めに着いてしまった。道のりも簡単に分かったし、娘がこうしたことに慣れているのは明白だったので、彼もいつもほどの怯《おび》えは感じなかった。彼女を信用して安全な場所を探してもらってもいいような気がした。一般論を言うのなら、ロンドンよりも田舎のほうがずっと安全とは言えない。無論テレスクリーンがあるわけではないが、声を拾って身元を特定できる、隠しマイクが仕込まれている危険からは逃れられないのだ。それに、人目を引くことなくひとりだけで移動するのは簡単ではない。百キロ以内の移動であればパスポートに裏書きをもらう必要はないが、鉄道駅にはちょくちょくパトロールがいて、党員を見かけると書類を出させてそれを調べ、面倒な質問をしてくるのだ。しかしパトロールの姿は見かけなかったし、駅をあとにして歩きながら、尾《つ》けられていないか警戒して何度も背後をちらちらと確かめてもきた。夏の陽気のせいで、列車は休日気分のプロレたちで満員だった。彼が乗っていた木製座席の車両はものすごい大家族のせいで超満員だった。歯の抜けた曾祖母《そうそぼ》から生後一ヶ月の赤ん坊までずらりと総出で、田舎に住む親戚と午後を過ごそうと出かけてきたのである。ウィンストンにもあけすけに話してくれたところでは、闇バターをいくらか手に入れるのも目的らしい。

道幅が広くなり、娘が話していた小道に出た。茂みの間を抜けていく、なんの変哲もない家畜の通り道である。腕時計はしていないが、まだ十五時前なのは確かだ。足元にはブルーベルが密生しており、踏みつけずに歩くのは不可能だった。彼はかがみこんで、すこし花を摘みはじめた。時間を潰すためでもあったし、娘に会ったら花束を渡したいというほのかな思いもあった。大きな花束を作り、むせ返るようなうっすらとしたにおいを嗅《か》いでいると、背後で物音がしたので彼は凍りついた。間違いなく、枯れ枝を踏む音だ。彼は花を摘み続けた。今はそうするのが最善だ。例の娘かもしれないし、やはり尾行されていたのかもしれない。振り向けば、後ろめたさを認めてしまうことになる。一本、また一本と、ウィンストンは摘んでいった。その肩に、そっと誰かの手が乗った。

　顔を上げる。そこにいたのは、あの娘だった。彼女は首を横に振り、静かにしているよう彼に警告すると、茂みを掻き分け、森の奥へと続く細い道をさっさと進んでいった。当たり前のように小さな湿地を避《よ》けていく姿からして、初めて通る道でないのは間違いない。ウィンストンは花束を握りしめたまま、彼女のあとを追った。初めはほっとしたが、前をゆくすらりとした力強い肢体を、そして真紅のサッシュを巻かれて際立つ腰のくびれを見ていると、劣等感がずっしりとのしかかってくるのだった。今となってもなお、彼女が振り向いて自分の姿を目にするや結局身を引いてしまうに違いないという予感は強烈だった。かぐわしい空気と木々の緑が、彼を萎縮《いしゅく》させた。駅から歩いてきた彼はすでに五月の日差しのせいで、薄汚れたような、しょぼくれた気分になっていた。しょせん自分はロンドンのすすけた埃《ほこり》が毛穴に詰まった、閉じこもりがちの生きものなのだ。ふと、この娘は屋外で、まばゆい陽光のもと彼の姿を見たことなどまだ一度もないのではないか、という思いがよぎった。やがて、娘が話していた倒木に到着した。彼女はひらりとそれを飛び越えると、野原などあるようにはとても見えない藪《やぶ》の中へと、強引に分け入っていった。追いかけていったウィンストンは、自分たちが自然に開けた場所に立っているのに気がついた。高い若木がぐるりと囲んでいるせいで周囲からはまったく見えない、草に覆われた小山のようなところである。娘が立ち止まり、振り返った。

「到着よ」

数歩の距離で、ふたりは向かい合っていた。彼はそれ以上近づこうとはしなかった。

「道では何もしゃべりたくなかったのよ」彼女が続けた。「隠しマイクがあるかもしれなかったから。ないとは思うけれど、あってもおかしくはないしね。あの豚野郎どもの誰かに、声から特定されてしまう危険はいつもあるんだもの。でも、ここなら大丈夫」

彼にはまだ、近づく勇気がなかった。「本当に大丈夫なのかい？」と、間抜けに繰り返す。

「うん。あの木を見て」彼女は、小さなトネリコの木立を指差した。かつて伐採されたがふたたび芽吹いて棒きれのように生長した、手首より太いものが一本たりともない森である。「マイクを隠せるほど大きいものは何もないわ。それに私、ここに来るのは初めてじゃないの」

このままでは、話だけで終わってしまう。彼は意を決して、彼女に近づいていった。彼女はかすかな冷笑とも取れる笑みを浮かべて、どうしてそんなにもたもたしてるの、とでも言うかのように、彼の前に直立していた。ブルーベルの花束が地面に落ちていった。まるで自分から勝手に落ちたかのようであった。ウィンストンは、彼女の手を取った。

「信じてほしいんだ」彼が口を開いた。「僕は今この瞬間まで、君の目がどんな色をしているか知らなかったんだよ」彼女の目が茶色であるのを、彼は確かめた。明るめの茶色で、まつ毛は黒い。「君も僕がどんな男だか初めてちゃんと見たはずだが、それでも後悔しないのかい？」

「うん、ぜんぜん」

「僕は三十九歳だ。妻がいて、離婚もできない。静脈瘤性潰瘍持ちだ。入れ歯が五本ある」

「そんなの気にしないわ」

次の瞬間、どちらからそうしたかも分からないまま、彼女は彼の腕に抱かれていた。初め、彼は信じがたいほどの驚き以外、何も感じなかった。若々しい肉体がこわばりながら自分のそれと密着し、彼女の豊かな黒髪が顔に触れ、そして何ということか！彼女が顔を上に向けて、彼はその豊かな唇にキスをしていたのである。彼女はウィンストンの首に両腕を回し、大事な人と、愛《いと》しい人と呼んだ。彼は娘を地面に押し倒したが彼女はまったくの無抵抗で、思いのままにしてくれと言わんばかりだった。だが実のところ、彼にあるのはただ触れ合っている感覚のみで、肉体的な興奮は皆無であった。信じられないような思いと勝ち誇った気分しか感じない。こうなって嬉《うれ》しいものの、肉欲はまったくなかったのである。話があまりに早すぎ、彼女の若さと愛らしさに怯えてしまっていた。女日照りのまま、長く暮らしすぎてしまった――理由は自分にも分からなかったが。娘は体を起こすと、髪についた一輪のブルーベルを引き抜いた。そして座ったまま彼にもたれかかり、腰に両腕を回してきたのだった。

「気にしないで。急ぐことはないんだもの。まだ夕方までたっぷりあるんだしね。ここ、最高の隠れ家だと思わない？　前に共同ハイキングで道に迷ったときに見つけたの。誰か来たって、百メートル先の足音でも聞こえるわ」

「君の名は？」ウィンストンは訊《たず》ねた。

「ジュリアよ。あなたのは知ってる。ウィンストン……ウィンストン・スミスでしょう？」

「どうやって突き止めたんだい？」

「たぶんあなたよりも、そういう調べ物が得意なのよ。ねえ、あのメモを渡すまで、私のことどう思ってた？」

嘘をつこうという気持ちにはならなかった。最悪の話から始めることこそ、愛情を捧《ささ》げる行為のようにすら思えた。

「目にするのも嫌だったよ」彼が言った。「犯してから殺してやりたいと思ってた。二週間前なんて、石で頭を叩《たた》き割ってやろうと本気で思ったんだよ。下らない話かもしれないが、君は思想警察と何か関係あるんじゃないかと思ってたんだ」

娘はその言葉を、自分の偽装への褒め言葉と受け取ったのか、嬉しそうに笑ってみせた。

「思想警察なわけないじゃない！　本気でそんなこと思ったの？」

「まあ、確信したっていうことじゃないさ。でも普段のようすじゃほら……若く活《い》き活《い》きしてて、健康的だからっていうだけなんだけど、なんていうか……君はたぶん——」

「押しも押されもしない党員なんじゃないか、って思ったわけね。言うことなすこと根っからの党員なんだって。横断幕、行進、スローガン、ゲーム、共同ハイキング、ぜんぶ本気でやってるんだって。で、チャンスさえあればあなたを思想犯として告発して、殺させちゃおうとしてると思ったわけね？」

「まあ、そんな感じだね。ほら、そういう若い女の子はごろごろいるからね」

「それもこれも、こんなものがあるからよ」彼女はそう言うと、〈反性交青年連盟〉の真紅のサッシュをむしり取り、木の枝に放り投げた。そして、腰に触れたことでふと思い出したかのようにツナギのポケットを探り、小さな板チョコを取り出した。それをふたつに割り、片方をウィンストンに差し出す。ウィンストンは受け取りもしないうちから、それがただのチョコレートではないのをにおいから感じ取った。黒々として艶《つや》やかで、銀紙に包まれている。普通のチョコレートはくすんだ茶色でぼろぼろとこぼれやすく、あえて味を言葉にするとしたら、ごみを燃やした煙のようである。しかしいつだったか、彼女がくれたようなチョコレートを味わったことがあった。最初に漂ってきた芳香が漠とした記憶を呼び起こしたのだが、それは強烈な、不安を覚えるような記憶であった。

「どこでこいつを手に入れたんだ？」彼は訊ねた。

「闇市で」彼女はさらりと答えた。「実は私、ごらんのとおり、そういう女なの。駆け引きが得意でね。〈スパイ団〉では部隊長もやったんだから。週三回、夜に〈反性交青年連盟〉のボランティア活動もやってるのよ。何時間もかけて、あいつらのくだらないたわごとをロンドンじゅうに貼って回るの。行進では、いつも横断幕の端っこを持つわ。いつでも明るくして、どんなことでも嫌な顔ひとつしないことにしてる。いつでも群衆と一緒に叫ぶっていうのかな。無事でいたいなら、そうするしかないわ」

チョコレートの最初のひとかけが、ウィンストンの舌の上で溶けた。素晴らしい味だ。だが意識の片隅には、まださっきの記憶がうごめいていた。視界の端に見える何かのように、強烈に感じこそすれはっきりと形にすることができない記憶である。彼はそれを、頭から振り払った。消し去りたいがどうしてもそれができない、何かをしてしまった記憶ということしか分からない。

「君はすごく若い」彼が言った。「僕より十か十五も歳下だ。僕なんかのいったいどこがいいと思ったんだい？」

「表情がなんだか引っかかってね。だから、思い切ってみようと思ったの。私、周りから浮いてる人を見つけるのが得意なんだ。あなたを見た瞬間、あいつらに反感を持ってるって確信したのよ」

どうやらあいつらとは党員を、特に党中軸を指しているようだった。彼女の口ぶりにあからさまに嘲《あざけ》るような憎しみが込められているものだから、ウィンストンは、どこか安全な場所があるとすればここがそうなのだと理解してはいても、不安を掻《か》き立てられた。彼は、彼女の言葉遣いのぞんざいさに、呆気《あっけ》にとられていた。党員は罵《ののし》り言葉を使ってはいけないとされていたし、ウィンストンもそんな言葉を使うことなどほとんどありはしなかった。しかしジュリアはといえば、党、特に党中軸の話をするとなると、じめじめした裏路地の壁に書かれているような言葉を使わないと気がすまないようだった。彼は嫌ではなかった。そんな言葉が出てくるのも、彼女が党とそのやりかたに反感を抱いている徴《しるし》だからにすぎないのだし、腐ったまぐさのにおいを嗅《か》いだ馬がくしゃみをするような、自然で健全なことのように思えるのだった。ふたりは野原をあとにすると、またまだらに陽が落ちる小道をぶらぶらと歩いていった。ふたり並んで歩けるくらい道幅が広くなるたびに、互いの腰に腕を回しながら。サッシュをほどいた彼女の腰がずっと柔らかく感じられるのに、彼は気づいた。ジュリアは、野原を出たら何も話さないほうがいいと言う。まもなく、ふたりは小さな森の端に辿《たど》り着いた。彼女が彼を止める。

「開けたところには出ないで。誰かが見張ってるかもしれないし。木陰にまぎれていれば問題ないわ」

ふたりはハシバミの茂みに隠れて立っていた。無数の葉の合間から漏れ込んでくる陽光が、まだ顔に暖かかった。ウィンストンは先に広がる野原に目をやると、見覚えのあるような奇妙でじわじわとした衝撃に襲われた。確かに知っている光景だ。縫うように小道が延び、そこかしこにぽつぽつとモグラ塚ができた古い牧草地である。向こう側の端にあるみすぼらしい生け垣では、そよ風に吹かれた楡《にれ》の木の枝がざわざわと揺れており、生い茂る葉がかすかに揺れるそのさまは、まるで女の髪のようだった。どこかすぐそばの、ここからは見えないところに小川があり、緑の木々を映す淀《よど》みにウグイでも泳いでいるに違いない。

「近くに小川が流れていないか？」彼は小声で訊ねた。

「うん、小川があるわ。ここっていうか、となりの野原の端なんだけどね。魚もいるのよ、ものすごく大きいのが。柳の木立の下にできた淀みで、しっぽをゆらゆらさせながら休んでるのよ」

「そいつは〈黄金郷〉だ……まるで」彼がつぶやいた。

「いや、大したことじゃないのさ。ときどき夢で見るんだよ」

「〈黄金郷〉？」

「見て！」ジュリアが声を殺した。

五メートルと離れていないところで一羽のツグミが、ふたりの顔とほとんど変わらない高さの枝にとまった。ふたりのことは見えていないだろう。ツグミは陽の光の中に、ふたりは影の中にいるのだ。ツグミは翼を広げ、またゆっくりと畳むと、あたかも太陽におじぎをするかのように頭を下げてから一気にさえずりだした。午後の静寂のなか、驚くほどに大きな鳴き声である。ウィンストンとジュリアはうっとりとしたまま、互いに抱き合っていた。ツグミの歌は延々と、何分にもわたって続いた。みるみる調子を変え、同じ調子は二度と繰り返さず、まるでツグミが自分の神業をひけらかしているかのようであった。ときおり何秒か歌うのをやめ、翼を広げてまた畳み、まだら模様の胸を丸々とふくらませると、また激しく歌いはじめるのである。ウィンストンはそのようすを、ぼんやりとした畏《い》敬《けい》の念を抱いて見つめていた。あの鳥はいったい誰のために、なんのために歌っているのだろう？　友も競争相手も見てなどいないというのに。いったい何があの鳥をこんな侘《わび》しい森の端にとまらせ、虚空に向けて歌わせているのだろう？　ウィンストンは、ひょっとしてやはりどこか近くにマイクが仕込まれているのではないかと訝《いぶか》った。ジュリアとは声を落として囁《ささや》きを交わしているだけだから話を拾われることはないだろうが、ツグミの歌声はまちがいなく拾われてしまうだろう。もしかしたらマイクの向こうでは小さな、カブトムシみたいな男が真剣に耳をそばだてているのかもしれない――あれに耳をそばだてているかもしれないのだ。だが、そんな胸の疑念をさえずりの洪水が少しずつ押し流していった。まるでなんらかの液体が彼の五体を濡《ぬ》らし、葉々の合間から漏れ落ちてくる天日と混ざり合ったようであった。彼は考えるのをやめて、ただ感じた。腕に抱いた娘の腰は、柔らかく、温かだった。彼女に自分のほうを向かせながら彼が引き寄せ、胸と胸が合わさった。彼女の肉体が、自分の肉体に溶け込んでくるみたいだ。肉体のどこを手でなぞっても、水のようになよやかなのである。ふたりの唇がしっかりと重なった。さっきのぎごちないキスとはまったく違う。ふたりはやがて顔を離すと、そろって深い溜息《ためいき》を漏らした。ツグミが驚き、羽音をたてながら飛び去っていった。

　ウィンストンは彼女の耳に唇を付けた。「さあ」と囁く。

「ここじゃ駄目」彼女が囁きを返した。「隠れ家に戻りましょう。あっちのほうが安全だもの」

　ふたりはときおり枝を踏む乾いた音をたてながら、あの野原へと続く道を急ぎ足で辿っていった。そしてぐるりと並ぶ若木の輪の中に入ると、彼女がウィンストンに向き直った。どちらも息を荒らげていたが、彼女の口元にはあの微笑みが戻っていた。

しばし彼を見つめていたかと思うと、娘はツナギのジッパーを手探りした。そうだ、これだ！　夢に見た光景そのものではないか。娘は夢と変わらぬほどに素早く脱いだ。そして、そのまま全文明を消滅させてしまうほどの大胆さで、脱いだ服を地面に投げ捨ててしまった。陽光を浴び、彼女の肢体は白く輝いた。だが彼はまだ、その肉体に目を向けずにいた。かすかな、しかし大胆な笑みを浮かべたそばかす顔に、釘付《くぎづ》けになっていたのである。彼女の前にひざまずくと、ウィンストンは彼女の両手を取った。

「前にもこんなことを？」

「もちろん。何百回……いや、何十回っていうとこかしら」

「党員とか？」

「ええ、いつも相手は党員よ」

「党中軸のやつらかい？」

「あんな豚連中となんて、まさか。でも、少しでも可能性があれば、やりたがるやつなんて腐るほどいるわ。あいつらも、自分で言うほどの聖人君子じゃないってこと」

彼の胸が弾んだ。何十回もしてきたとは。どうせなら何百回……何千回であればよかったのにと思った。堕落をにおわせるものはなんであろうと、いつでも彼を獰猛《どうもう》な希望で満たすのだ。言い切ることはできないものの、もしかしたら党は水面下では腐っており、粉骨砕身の努力も己を捨てた献身も、ただ悪行を隠すためのまがいものかもしれないのである。もしひとり残らずハンセン病か梅毒にでも感染させることができるとしたら、喜んでそうするだろう！　腐敗させ、力を弱め、礎《いしずえ》を揺るがすためになら、なんでもするだろう！　ウィンストンは彼女をひざまずかせると、間近で見つめ合った。

「聞いてくれ。君が寝た男が多ければ多いほど、僕はどんどん深く愛してしまうんだ。分かるかい？」

「ええ、完璧《かんぺき》にね」

「純潔なんて嫌でたまらない、善良さも嫌でたまらない！　善なんてもの、どこにも存在しなければいいんだ。誰も彼も、骨の髄まで腐りきっていてほしいんだよ」

「そういうことなら、私はあなたにお似合いよ。だって骨の髄まで腐ってるもの」

「するのが好きなのかい？　僕とっていうだけじゃなくて。つまり、するの自体がさ？」

「たまらないほどね」

それは、彼が何よりも聞きたい言葉だった。決まった相手に抱く愛というだけでなく、動物的な、相手を問わぬ単純な本能。それこそが、党をばらばらに八つ裂きにする力なのである。彼は草の上に散らばるブルーベルの中に娘を押し倒した。今度はすんなりいった。激しく上下していた胸もやがていつもどおりに落ち着き、ふたりは心地よい虚脱感を覚えながら体を離した。太陽は、さらに熱くなったようだった。ふたりとも、眠気に襲われていた。彼は脱ぎ捨てたツナギに手を伸ばして引き寄せ、彼女の体を少し覆ってやった。そしてほぼ一瞬のうちにそろって睡魔に負け、三十分ほど眠ったのだった。

　ウィンストンが先に目覚めた。体を起こし、手のひらを枕にまだすやすやと眠っている娘のそばかす顔を見つめる。口元を別にすれば、美しいとはいえない顔だ。よく見れば、目の周りにも少し皺《しわ》がある。短く切った黒髪は目を瞠《みは》るほどに豊かで、そして柔らかだった。彼はふと、自分が娘の名字も、どこに住んでいるかも知らないのに気がついた。

　無防備に眠っている若く力強い肉体を見ながら、彼は哀れみと、守ってやるのだという気持ちを覚えた。しかし、ツグミの歌声を聞きながらハシバミの木陰で感じた自由な愛情は、もう戻ってはこなかった。彼はツナギをわきにどかし、滑らかで白い彼女の脇腹を眺めながら考えた。かつては、男が若い娘の肉体を見て欲情を搔《か》き立てられれば、それだけでじゅうぶんだった。だが今は純粋な愛情も純粋な性欲も抱くことができないのだ。すべてに恐怖と憎悪が混じり合う今、純粋な感情など何もないのだ。ふたりの抱擁は戦いであり、絶頂は勝利であった。それは党に叩《たた》き込んだ一撃だった。政治的な行為だったのである。

3

「もう一度、ここを使えるわ」ジュリアが言った。「隠れ家はだいたい、二回安全に使えるの。でも当然、一、二ヶ月は空けなくちゃだけどね」

目覚めるとすぐ、彼女の態度が変わった。素早くてきぱきと服を着て、腰に真紅のサッシュを巻き、帰路の道順を細かく決めはじめた。どうやら彼女に任せるのが自然に思えた。彼女がウィンストンには欠けている実践的な狡猾《こうかつ》さを持ち合わせているのは明白だし、そのうえ幾度となく共同ハイキングに参加して、ロンドン郊外の片田舎を網羅する知識を持っているようだ。彼女が話して聞かせたルートは、ウィンストンが来たときのそれとは大きく違う、別の鉄道駅へと彼を向かわせるものだった。「同じ道を通って帰るのは、絶対に駄目よ」彼女は、まるで重要な一般原理でも説くような口ぶりで言った。まずは彼女が出発し、ウィンストンは三十分待ってから彼女のあとに続く。

四日後に退勤してから落ち合える場所を、彼女は指定した。とある貧民街を走る、いつでも混み合っている騒々しい自由市場がある通りだ。彼女は靴ひもか縫い糸でも探すふりをしながらぶらぶらと露店を覗《のぞ》いているという。危険がないと判断した場合は、彼が近づいていったら洟《はな》をかむ。その合図がない場合、彼は彼女を一瞥《いちべつ》もせずに通り過ぎる。だが運がよければ人混みにまぎれて、十五分くらいであれば安全に立ち話をし、次に会う段取りをつけることもできるだろう。

「さあ、もう行かなくちゃ」彼女はウィンストンが指示を理解すると、すぐに言った。「私は、十九時三十分に戻ることになってるの。〈反性交青年連盟〉で二時間くらい、ビラ配りとかあれこれ仕事があるのよ。うんざりでしょう？　さあ、埃《ほこり》を払うのを手伝って。髪に小枝とか付いてない？　本当に？　じゃあさようなら、好きよ、さようなら！」

彼女は彼の腕に飛び込み熱烈なキスをしたかと思うと、次の刹那《せつな》には若木の合間を抜け、ほとんど音も立てずに森の中に姿を消していった。いまだに彼は、彼女の名字も住所も知らなかった。とはいえ、知ったところで何も変わりはしない。どうせ屋内で会ったり、文字でやり取りしたりなどは、まず考えられないのである。

だが、ふたりが森の野原に戻ることはなかった。五月中、実際に体を重ねることができたのはもう一回だけだった。場所はジュリアが知っている別の隠れ家だった。三十年前に原爆が落とされた、ほぼ人が住まない田舎にある、荒れ果てた教会の鐘楼である。行ってしまえば優れた隠れ家だが、辿《たど》り着くまでの道順は危険極まりなかった。

他の日は夜ごとにそのつど街の別の場所で会うのみで、それも一度に三十分を超えることは決してなかった。横並びにならず、絶対に互いに視線を向けないようにして混雑した歩道を進んでいった。ふたりが交わすとぎれとぎれの奇妙な会話はまるで明滅する灯台の灯《あか》りで、党の制服が近づいてきたりテレスクリーンのそばに差し掛かったりするとぴたりと黙り込み、数分後にまた話の途中から再開し、別れる予定の地点に到着すると唐突に中断され、翌日また、ほとんどなんの前置きもなしに続きが始まるのである。ジュリアはこうした会話にかなり手慣れているようで、「分割会話」と呼んだ。そして唇を動かさずに話すのが、目を丸くするほど上手《うま》いのである。ほとんど一ヶ月にわたるこうした夜な夜なの逢瀬《おうせ》でたった一度だけ、ふたりはキスを交わした。ふたりが黙って裏道を歩いていたときのこと（大通りを離れると、ジュリアは絶対に口をきかなかった）、耳が破れるほどの轟音《ごうおん》に地面が揺れ、大気が暗くなり、ウィンストンは気がつけば横向きに地面に倒れていた。怪我をし、恐怖におののいていた。どこかすぐ近くにロケット弾が落ちたに違いない。ふと、ジュリアの顔が数センチの距離にあるのに気がついた。死んだように白い、チョークと同じくらい白い顔だった。唇まで白くなっていた。死んだのだ！　抱きしめてキスをしたウィンストンは、彼女がまだ生きていて温かいのに気づいた。だが唇の合間に、何か粉っぽいものが入り込んでいた。ふたりとも、顔を分厚く漆喰《しっくい》に覆われていたのだ。

落ち合う場所には到着したものの、パトロールがちょうど角から現れたり、上空にヘリコプターがホバリングしていたりして、なんの合図もしないまますれ違わなくてはいけない夜もいくたびかあった。仮に大した危険がなかったとしても、会う時間を見つけるのは難題だった。ウィンストンは週に六十時間、ジュリアのほうはもっと働いていたし、ふたりの休日は仕事の立て込み具合によってばらばらなせいで、あまり重なることがなかったのである。そうしたことをさておいても、ジュリアには完全に予定のない夜がほとんどなかった。講義やデモに参加したり、〈反性交青年連盟〉のパンフレットを配ったり、〈ヘイト・ウィーク〉の横断幕を準備したり、貯蓄運動に向けて募金を集めたりと、そんな感じの活動に目が回るほどの時間を費やしていたのである。カモフラージュになるのだからやる甲斐《かい》はあるのだ、と彼女は言う。小さなルールを守っていれば、大きなルールを守ることができるのだと。ウィンストンにも、さらにひと晩を党に捧《ささ》げ、熱心な党員たちがボランティアで行く、軍需物資製造のパートをしてはどうかと誘いすらしたのである。そんなわけでウィンストンは毎週ひと晩、風通しが悪く心許《こころもと》ない照明しかない工場で、叩きつけるハンマーの音がテレスクリーンから流れる音楽と陰鬱《いんうつ》に混ざり合うのを聞きながら、爆弾の信管のパーツと思《おぼ》しき小さな金属片をネジ留めしながら過ごしたのだった。

教会の鐘楼で会ったとき、断片的な会話の溝が埋まった。焼け付くような暑さの午後だった。鐘の上にある四角い小部屋の空気は暑くどんよりと淀《よど》んでおり、ハトの糞《ふん》のにおいで鼻が曲がりそうなほどだった。ときおりどちらか片方が矢狭間《やざま》から外を覗いて誰も近づいてこないのを確認しながら、ふたりは埃と小枝にまみれた床に座り込み、何時間も話をした。

ジュリアは二十六歳だった。三十人の娘たち（「いつも女くさいのよ！　もう、女なんて嫌でたまらない！」などという言葉を挟みながら、彼女は説明した）と寮に住んでおり、仕事はウィンストンの予想したとおり、創作局の小説著述機担当であった。主に、強力だが癖のある電気モーターの操作と修理を任されており、彼女はそれを楽しんでいた。彼女は頭こそよくないものの手を使う作業が好きで、機械いじりには熟達していた。小説が作られる過程のことならば、企画委員会からの具体的な指示から推敲《すいこう》班による最終校正にいたるまで、すべてつぶさに説明することができた。しかし、完成された小説にはまったく興味を持たなかった。「本を読むのはあんまり好きじゃないの」と、彼女は言う。本はジャムやブーツの靴ひもと同じ、生産すべき製品というだけなのである。

彼女は、六〇年代初めまでの記憶をひとつも持っておらず、革命以前の話をよくしてくれた人物としてただひとり覚えているのは、彼女が八歳のときに姿を消した祖父のみであった。学校ではホッケー・チームのキャプテンを務めたばかりか、二年連続で体操競技のトロフィーを獲得したという。〈スパイ団〉では部隊長を任され、〈反性交青年連盟〉に加わる前には〈青年団〉の支部秘書官をしていた。ずっと素晴らしい人物であるとの評判であった。さらには、ポルノ課に引き抜かれたこともあった（評判がよいことを物語る絶対的な根拠である）。ポルノ課は、プロレ向きの安っぽいポルノ作品を製造する、〈創作局〉の一部門である。彼女の話によると、そこで働く人々の間では「汚物製造所《マック・ハウス》」とニックネームが付けられているらしい。彼女はそこで一年を過ごし、『お尻《しり》ぺちぺち白書』だとか『女子校の一夜』というタイトルの薄い本を作って封印された小包にする作業を手伝った。それを労働者階級《プロレタリア》の若者たちが、何か違法なものを買っている気持ちになりつつ買い求めるのである。

「どんな内容の本なんだい？」ウィンストンは、好奇心をそそられた。

「そりゃあもう、最低のクズよ。ひとつも面白くないんだから。ストーリーの雛形《ひながた》は六つしかないのだけど、それをちょっとだけ入れ替えて使うの。もちろん私は、万華鏡の業務だけよ。推敲班には、一回も入ったことないんだから。文字の仕事は苦手なのよ……あんなものを作るのも無理なくらい」

ポルノ課で働くのは課長を除いてすべて若い女ばかりなのだと知り、ウィンストンは驚いた。女性に比べて男性は性衝動をコントロールしづらく、みだらな商品を扱うことによって堕落する危険が著しいのだという。

「既婚女性を働かせることすら嫌がるのよ」彼女が続けた。「若い女は、それほど無《む》垢《く》だって思われてるの。まあ、ここにそうじゃないのがひとりいるけどね」

彼女が初めての情事を経験したのは、十六歳のときだった。相手は六十歳の党員だったが、のちに逮捕を逃れるため自殺した。「よく思い切ってくれたわ」ジュリアが言った。「じゃなきゃ自供のとき、私の名前まで吐かされてたはずだもの」それからというもの、彼女はいろんな男たちと情事を重ねた。彼女の人生観は、シンプルそのものだった。人生を楽しみたいと思っても、連中――これは党のことである――はそれを止めようとする。だから全力を尽くしてルールを破るわけである。彼女は、連中が人の快楽を奪おうとするのは、人が捕まるのを避けようとするのと変わらない、自然なことなのだと考えていた。彼女は品性下劣極まりない言葉を尽くして党を罵《ののし》りはしても、いろいろと具体的な批判をしようとはしなかった。自分の人生に直接関わってこないかぎり、党の教義になどまったく関心がないのである。それに、すでに日常に馴染《なじ》んでしまったものを別にすれば、彼女がニュースピークの言葉をまったく口にしないのにも彼は気づいた。〈ブラザー連合〉など聞いたこともなく、存在を信じようとすらしない。党に対するあらゆる組織的反逆は結局失敗に終わる運命であり、彼女にしてみれば愚行であった。ルールを破り、そのうえで生きながらえるのが利口だと思っているのである。革命の世界しか知らずに育った若い世代の中には、彼女のような若者がどれくらいいるのだろうか、とウィンストンは漠然と考えた。他のものは何も知らず、党を天のように不変のものとして受け入れ、その権力に歯向かうことなく、ウサギが犬をかわすように、ただやりすごしているだけの若者たちが。

　結婚の可能性は、どちらも口にしなかった。考える価値すらない突飛な話だ。どうにかしてウィンストンの妻、キャサリンを追い出すことができたところで、そんな結婚を承認してくれる委員会などどこにも存在しない。白日夢としてすら叶《かな》わないのである。

「どんな人だったの、奥さんって？」ジュリアが訊《たず》ねた。

「そうだな……ニュースピークの〈唯良思想《グッドシンクフル》〉という言葉を知っているかい？　根っからの正統派で、悪しき考えなど持つことができない、という意味なんだが」

「ううん、聞いたことないけど、そういう人がいるのは、嫌っていうほど知ってるわ」

　彼は自分の結婚生活がどんなだったかを語りだしたが、不思議なことに、どうも彼女はすでにあれこれとさわりの部分を知っているようだった。彼に触れられた瞬間にキャサリンが見せた身のこわばりや、両腕できつく彼を抱いているそのときでさえ実は全身全霊の力で押しのけようとしていたのだということを、彼女はまるで見たか触れたかしたかのように話してみせたのである。ジュリアが相手だと、そんな話がすらすらとできた。どうせキャサリンはとうの昔につらい思い出ではなく、不愉快でしかない思い出になってしまったのだ。

「あるできごとさえなければ、そんな結婚生活にも耐えられただろうけどね」彼はそう前置きしてから、毎週同じ夜にキャサリンから強要された、身も凍るような下らない儀式の話をして聞かせた。「彼女はあれが嫌いでたまらなかったんだが、やめる気なんてありゃしなかった。なんて呼んでいたか……君には想像もつかないだろうな」

「党への義務、でしょう？」彼女は即答した。

「どうしてそれを？」

「学校くらい、私だって行ったもの。十六歳以上は、月に一度性教育を受けるのよ。あと〈青年運動〉でもね。何年も、うんざりするほど聞かされるの。きっと、かなり効果があるはずよ。まあ、もちろん本当のところは分からないけどね。人間って、ひどい偽善者だもの」

彼女は、話をどんどん大きくしていった。ジュリアにかかると、何もかもが彼女自らの性に回帰してしまう。なんらかの形でそこに触れられたとたん、彼女はものすごい鋭敏さを発揮するのである。ウィンストンとは違い、彼女は党が掲げる性的禁欲主義に秘められた意味を理解していた。それは、性的本能は党に制御できない独自の世界を生み出すがゆえに可能であれば消滅させなくてはならない、というだけの話ではなかった。さらに重要なのは、性的欲求不満はヒステリーを誘発するが、これは戦争熱と指導者崇拝へと変容できるがゆえに望ましいということである。彼女はそれを、次のように語ってみせた。

「セックスをするとエネルギーを使い切って、終わったあとは幸せで、何もかもどうでもよくなっちゃう。連中は、人がそんな気持ちになるのが許せないの。人にはいつでもエネルギーがみなぎった状態でいさせたいのよ。行進したり、歓声をあげたり、旗を振ったりするのは、どれもこれも腐った性欲のせいにすぎないの。心が幸せだったなら、ビッグ・ブラザーだとか三年計画とか〈二分間ヘイト〉みたいな連中の寝言なんかに興奮したりするはずがないでしょう？」

まったく言うとおりだ、と彼は胸の中で言った。禁欲主義と政治的正統性の間には、直接的な濃い結びつきがある。党が党員たちに要求する恐怖心、憎悪、異様な妄信を適度に維持し続けるためには、なんらかの強烈な本能を封じ込め、それを推進力として利用する以外にどんな方法があるだろうか？　党にとっては危険なものである性衝動を、党は己に利をなすものへと変えてしまったのである。党は同じように、親の本能にも同じからくりを仕掛けていた。家族というものを廃止するのは実際問題として無理な話である。そこで、人々はむしろ、昔ながらの方法で子供たちを愛するよう奨励される。一方の子供たちは親に反抗するよう組織的に仕向けられ、両親をスパイし、逸脱行為があれば報告するよう教育されるのである。そうして家族は〈思想警察〉の延長になった。こうして、誰もが昼も夜も自分をよく知る内通者に囲まれる仕組みができたのだった。

いきなり、彼の心がキャサリンに舞い戻った。もしキャサリンが彼の異端的思想を察知できないほどの愚か者でなかったならば、まず間違いなく彼を思想警察に告発していただろう。だが今この瞬間に彼女を思い出させたのは、額に汗がにじむほどの、むせかえるような午後の暑さだった。彼は十一年前の、同じくうだるような暑さの夏の午後に起きたできごとを――起きなかったできごと、と言うべきだろうか――ジュリアに語りはじめた。

結婚して三、四ヶ月が過ぎたころのことだ。ふたりは共同ハイキングで出かけたケント州のどこかで道に迷ってしまった。他の参加者からほんの数分遅れただけだったのだが、間違った道を曲がってしまい、気づいてみれば古い石切り場の縁で行き止まりに出くわしたのだ。底にごろごろと丸石が転がる、十メートルから二十メートルほどの崖《がけ》である。道を訊《き》けるような人は、どこにも見当たらなかった。道に迷ったと気づいた途端、キャサリンはひどく取り乱しはじめた。一瞬であろうとも賑《にぎ》やかなハイカーたちからはぐれただけで、過ちを犯しているような気持ちになったのだ。彼女はさっさと今来た道を戻って、別のほうを探したがった。だがそのとき、自分たちが立っている崖の下に走る裂け目のあちこちに、クサレダマが咲いているのにウィンストンは気づいた。ひと株に赤紫と赤レンガ色、二色の花が咲いており、見たところ同じ根から育っているようだ。そんなクサレダマなど見たことがなかったので、彼はキャサリンにも見に来るよう呼びかけた。

「ほら、キャサリン！　あの花を見てごらん。底のほうに群生しているやつだよ。二色、違う色で咲いてるのが分かるかい？」

彼女はもう引き返しかけていたが、やや苛立《いらだ》ちながら戻ってきた。さらに、彼が指差すほうを見てみようと、崖から身を乗り出した。彼は彼女の背後に立ち、崖から落ちたりしないよう腰を支えていた。その瞬間ウィンストンはふと、今は自分たち以外に誰もいないのだと気づいた。誰ひとりおらず、一枚の葉も揺れず、目覚めている鳥の一羽すらいない。こんな場所に隠しマイクが仕込まれている危険は極めて小さいし、たとえ仕掛けてあったところで、せいぜい音を拾われるだけである。午後の、もっとも暑く、もっとも眠気が強烈な時間帯だった。ふたりの頭上では太陽が照りつけ、汗が顔をつたう。そして彼の脳裏をふと、とある考えがよぎったのだった……。

「なんで突き落としちゃわなかったの？」ジュリアが言った。「私ならやってたな」

「ああ、君ならそうしたろうな。僕だって、今の僕ならやってたさ。じゃなきゃ……いや、どうだろうな」

「やらなかったのを後悔してるの？」

「ああ。まあ後悔してるといえるかな」

ふたりは埃《ほこり》が積もった床に並んで座っていた。彼はジュリアを、さらにそばへと引き寄せた。彼女の頭が肩に寄りかかると、髪から漂う芳香がハトの糞《ふん》の悪臭を打ち消した。この娘はまだ若いんだ、と彼は胸の中で言った。まだ人生に何かを期待しており、邪魔者を崖から突き落としたところでなんの解決にもならないことを知らないのである。

「本当に突き落としても、何も変わらなかったろうさ」彼が言った。

「じゃあどうして、しなかったのを後悔してるの？」

「何もしないより、何かするほうが好きな人間だからってだけさ。僕たちがやってるゲームで、こっちには勝ち目なんてない。ただ、他の敗北よりもましな敗北があるっていうだけの話だよ」

そんなことはないと言いたげに、彼女が肩を動かすのを感じた。彼がこの手の話をすると、彼女はいつでも反論してくるのである。個は常に敗北するということを、自然の摂理として断じて認めようとしないのだ。彼女もどこかでは、自分も破滅の運命を辿《たど》るのだ、遅かれ早かれ思想警察に捕まり殺されるのだと確信を抱いてはいるのだが、心の別の部分では、生きたいように生きられる秘密の世界を作ることは可能なのだと信じているのである。必要なのは、運、狡猾《こうかつ》さ、そして豪胆さ、それだけなのだと。彼女には理解ができなかったのだ——幸せなどというものは存在しないのだ、勝利などというものは己の死からずっと先の遠い未来にしかないのだ、党に対して宣戦布告したその瞬間に自分は死んだと思うべきなのだということを。

「僕たちは死人さ」彼は言った。

「まだ死んでなんかない」ジュリアはそっけなく答えた。

「肉体的にはね。この先も半年、一年……五年は生きられるかもしれない。僕は死ぬのが怖いんだ。君は若いし、たぶん僕よりも怖いだろう。みんな、できるだけ先延ばしにしたいのが当然さ。でも、大した違いなんてありゃしないんだよ。人間が人間であるかぎり、死ぬも生きるも同じことなんだ」

「ああもう、馬鹿馬鹿しい！　私と死体、どっちと寝たいの？　生きてるのが楽しくないの？　感じるのが好きじゃないの？　これが私なんだ、私の手なんだ、私の脚なんだ、私は本物だ、ちゃんとここにいるんだ、生きているんだって！　ほら、これは好きじゃないの？」

彼女は身をねじるように振り向き、彼に胸を押し付けた。熟れてはいるが確かな乳房の感触をツナギごしに感じる。

「ああ、好きだよ」

「じゃあ死ぬなんて話やめて。そんなことよりも、次に会う手はずを決めなくちゃ。

あの森のあそこに行くのもいいわね。だいぶ時間も経ったし。でも、今度は別の道から行かなくちゃ駄目よ。もう計画は立ててあるわ。あなたは列車に乗って――いいわ、地図を描いてあげる」

そして彼女はいつものようにてきぱきと埃を四角い形に集め、ハトの巣から小枝を一本引き抜くと、床に地図を描きはじめたのだった。

4

ウィンストンは、チャリントン氏の店の二階にある粗末な小部屋を見回した。窓辺には、ぼろぼろの毛布とカバーも付けていない長枕でベッドメイクされた、巨大なベッドが置かれていた。マントルピースの上で、昔ながらの十二時間の文字盤がついた置き時計が、時を刻んでいた。隅に置かれた折り畳みテーブルの上では、彼が前回来たときに買ったガラスの文鎮が仄明《ほのあ》かりの中で光を放っていた。

炉格子の中にはチャリントン氏が用意してくれた、おんぼろの石油ストーブと片手鍋《なべ》、そしてカップがふたつ置いてあった。ウィンストンはストーブに火をつけ、湯を沸かそうと鍋をかけた。袋いっぱいのヴィクトリー・コーヒーと、サッカリンのタブレットをいくつか持ってきていた。時計の針は、七時二十分を指している。つまり十九時二十分である。彼女が十九時三十分に来ることになっている。

愚行だ、こんなことは愚行だ、と彼の心が告げていた。明白で、身勝手で、自殺行為にも等しい愚行だと。党員が犯しうるさまざまな犯罪行為の中、最も隠すのが難しい犯罪だ。初め、この思いつきは幻想という形で彼の脳裏に浮かんできた。折り畳みテーブルの表面に映る、ガラスの文鎮が見えたのである。予想通り、チャリントン氏は難色を示すことなく部屋を貸してくれた。家賃として数ドル入るのを歓迎しているようすだった。ウィンストンが女との秘めごとのために部屋を借りようとしているのが分かっても、驚きも咎《とが》めもしなかった。むしろ宙を見つめ、まるで自分が半透明にでもなったかのような繊細な空気をまといながら、一般論を話してみせるのだった。プライバシーというのはとても大きな価値を持つものだ、と彼は言った。ときどきひとりきりになれる場所を、誰もが必要としている。人がそのような場所を手に入れたなら、それを知る者たちは何も知らない顔をしているのが当たり前の礼儀である。そして、さらに存在ごと掻《か》き消えてしまいそうになりながら、この家にはふたつ出入り口があり、片方は裏通りに面した裏庭に続いているとまで教えてくれたのである。

　窓の下で、誰かが歌を唄《うた》っていた。ウィンストンは自分の姿を見られないようモスリンのカーテンに隠れながら、外を覗《のぞ》いてみた。六月の太陽はまだ空高くにあり、陽光のあふれる中庭では怪物級の、ノルマン建築の柱のように頑強な大女が、茶褐色の腕をあらわにして粗末な麻布のエプロンを腰に巻き、洗濯桶《おけ》と物干しロープの間をどしどしと行ったり来たりしながら、四角く白いものを次から次へと運んでいた。ウィンストンの見たところでは、赤ちゃん用のオムツのようである。洗濯バサミを口にくわえていないときに、女は力強いコントラルトで唄っているのだった。

ただの儚《はかな》い夢でした
四月の一日みたいに過ぎちゃった
だけどあの目とあの言葉
そしてざわめくあの夢に
私は心を盗まれたのよ

何週間も、ロンドンじゅうを虜《とりこ》にしている歌である。音楽局のとある部門がプロレたちのためにリリースする、星の数ほどある似たり寄ったりの曲のひとつ、というわけだ。こうした歌の歌詞は人の手にまったく頼らず、作詩機《ヴァーシフィケイター》として知られる機械によって生み出される。それにしてもこの女性はそんな恐ろしいほどのゴミが心地よい歌に聞こえてしまうほど、見事に歌い上げている。女の歌声と彼女の靴が敷石にこすれる音が、通りで遊ぶ子供たちの叫び声が、そしてどこか彼方《かなた》を行き交う車の音が響いてきても、テレスクリーンがないおかげで部屋は不思議と静かだった。

愚行、愚行、愚行！　彼はまた胸の中で叫んだ。何週間にもわたり誰にも気づかれぬままふたりで足繁くこんな場所に通うなど、とてもありえる話ではない。だがしかし、本当にふたりだけの隠れ家を、屋内に、そして手近なところに持ちたいという誘惑は、ふたりにとってあまりにも抗《あらが》いがたいものであった。例の教会の鐘楼を訪れて短い逢瀬《おうせ》を持って以来しばらく、まだ次に会う手はずは整えられずにいた。〈ヘイト・ウイーク〉を前に、労働時間が著しく増やされていた。一ヶ月以上も先の話なのだが、膨大かつ込み入った準備のせいで、誰もが余分な労働を課せられていたのである。やっとのことでふたりは同じ日の午後を非番にすることができた。森にある例の野原に行こうという話になっていた。前日の夕方、ふたりは街なかで少しだけ会った。いつもどおり、人混みに流されて互いの距離を詰めながらもウィンストンはほとんどジュリアに視線を向けなかったが、ちらりと目をやってみると、彼女の顔色が普段より悪いように思えた。

「ぜんぶ中止よ」安全を確認すると、彼女がすぐに囁《ささや》いた。「ぜんぶっていうのは、明日《あした》のこと」

「なんだって?」

「明日の午後よ。行けなくなったの」

「どうして?」

「いつものアレよ。今回は早めに始まっちゃったの」

刹那《せつな》、彼はすさまじい怒りを覚えた。彼女を知って一ヶ月、彼女に感じる欲望の本質は変化していた。初めのころは、本物の性欲などほとんど感じなかった。初めてのセックスは、単にしようと思ってしただけだったのである。だが二度目以降はがらりと変わった。彼女のにおい、唇の味わい、素肌の感触が彼の中に、あるいは彼を取り囲む空気の中に染み込んでしまったようなのである。彼女は肉体的に必要なものへと、そしてただ欲するばかりか我がものとする権利があると思う存在へと変わっていたのだった。彼女に行けないと言われた彼は、何か言えない理由があるのだと感じた。だがこの瞬間、人混みに押されて偶然ふたりの手が触れ合った。ふとウィンストンは、女と住んでいればこんな失望などごくありきたりの、日常的に起こるものだと思った。そしてとつぜん、以前は彼女に感じたことのない深い慈しみの情に心を鷲掴《わしづか》みにされていたのだった。自分たちが結婚十年目の夫婦だったら、と彼は願った。今こうしているのと同じように、しかし恐怖からは解放され、あれこれと無駄話に興じ、家で使う日用品でも買ったりしながら歩いていられたら、と願った。そして何よりも、会うたびにセックスしなくてはいけないという義務を感じたりすることなく、ふたりきりでいられる場所がどこかにあれば、と願った。チャリントン氏の部屋を借りようという考えが浮かんだのはそのときではなかったが、それからまもなくのことであった。彼がそれを提案すると、ジュリアは思いもよらぬほどあっさり賛成した。ふたりとも、狂気の沙汰であるのは理解していた。自分から墓穴に向けて足を踏み出すようなものである。ベッドのふちに腰掛けながら、彼はまた〈愛情省〉の地下施設を思い出した。

逃れようのないこの恐怖が意識の中に浮かんだり消えたりするというのは妙なものだ。これは将来に待ち受ける、百の前に九十九があるのと同じくらい確実な死である。避けることは不可能だが、先延ばしにすることはおそらく可能だ。にもかかわらず人はときに自ら、それもわざわざ、その運命の訪れを近くに引き寄せてしまうのだ。

そのとき階段に、ばたばたと慌ただしい足音が響いた。ジュリアが部屋に飛び込んでくる。ときどき省内で彼女が持っているのを彼も見かけたことがある、粗雑な茶色いカンバス生地で作られた工具袋を持っている。彼はジュリアを抱こうと足を踏み出したが、まだ工具袋を持っていたこともあり、彼女はやや慌てたようにその腕から逃れた。

「ちょっと待って」彼女が口を開いた。「何を持ってきたと思う？　あなたはどうせ、あのまずいヴィクトリー・コーヒーでも持ってきたんでしょう？　そうなると思ってたわ。そんなの捨てちゃいなさいよ、もう必要ないもの。ほら見て」

彼女は床に膝《ひざ》をついて袋の口を開け、いちばん上に載っていたスパナ数本とドライバーを一本取り出した。その下から、きっちりと封をされた紙袋がいくつも出てきた。ウィンストンはひとつめの袋を手渡され、見慣れぬような、それでいてぼんやりと親しみを覚えるような、そんな気持ちになった。中にぎっしり詰まっているのは何かずっしりとした、砂のようなもので、指で触れると跡がついた。

「砂糖かい？」彼は首をひねった。

「本物の砂糖よ。サッカリンなんかじゃなくて、砂糖。それにパンと――いつも食べてるあのくそまずいやつじゃなくて、本物のホワイト・ブレッドよ――ジャムの小瓶もあるわ。で、こっちはミルクの缶……でもこれを見てよ！　本当に自慢なのはこっちなんだから。麻布でくるまなくちゃだったんだけどね、ていうのも……」

だが、くるんだ理由をそれ以上説明する必要など、ありはしなかった。あたかも彼の幼少期から立ち上ったかのような芳醇《ほうじゅん》で刺激的な香りが、すでに部屋を満たしていたからだ。今もときおり、乱暴に閉まるドアの合間から通路に吹き出してきたり、混雑した街なかにどこからか広がってきたかと思うとほんの一瞬、人の鼻に入り込んですぐさま立ち消えてしまったりする、そんな香りなのである。

「コーヒーか」彼がつぶやいた。「本物のコーヒーなのか」

「党中軸で使われてるコーヒーよ。なんと、まるまる一キロあるんだから」彼女が答えた。

「そんなもの、いったいどうやって手に入れたんだ？」

「ぜんぶ党中軸のものよ。あの豚野郎どもはなんでも持ってるの、なんでもよ。だけど当然、給仕とか召使いとかが、あれこれとちょろまかすわけよ……ほら、紅茶もひと袋持ってきちゃった」

ウィンストンはとなりにかがみ込んでいた。袋の端を破って開けてみる。

「本物の紅茶だ。ブラックベリーの葉じゃない」

「このごろ、紅茶がやたら出回っててね。なんでもインドを攻略したからとかなんとかで」彼女が曖昧《あいまい》な口ぶりで言った。「だけど聞いて。三分間、こっちに背中を向けてほしいの。ベッドの向こう側に行って、そこで座ってて。あんまり窓には近づかないでね。私がいいって言うまでこっちを見ないこと」

ウィンストンは、モスリンのカーテンの先をぼんやりと見つめた。下の庭ではあの赤い腕の女が相変わらず洗濯桶と物干しロープの間を行ったり来たりしていた。口にくわえていた洗濯バサミをふたつ取り、感情を込めて唄い出す。

時間が癒《い》やしてくれるって人は言うわ
いつか忘れられるって人は言うわ
だけどあの笑顔と涙はいつまでも
この心の糸を震わせるの

どうやら彼女は、このつまらない歌詞をすべて暗記しているようだ。その声が気持ちのいい夏の空へとのぼっていく。心地よい哀愁のようなものを帯びた、とても美しい旋律だ。もしも六月の夕暮れが果てしなく続き、洗濯物が無限にあったなら、彼女は完全に満たされて千年でもオムツを干しながら安っぽい歌を唄い続けているのではないかと感じる者もいるだろう。彼はふと、そういえば党員が自らひとりで唄っているのを一度も聞いたことがないのを思い出し、不思議に感じた。もしかしたら、ひとりごとと同じように、やや異端的で物騒な奇行にさえ見られかねないのだろう。もしかすると人は飢餓に近づいたときに初めて、歌うべき何かを見出《みいだ》すのかもしれない。

「こっちを向いていいわよ」ジュリアの声がした。

振り向いたウィンストンは一瞬、彼女が誰なのか分からなかった。てっきり裸になっているものだとばかり思っていた。だが彼女は、脱いでなどいなかったのだ。彼女の変貌《へんぼう》振りを見た驚きは、それどころではなかった。なんと化粧していたのである。彼女プロレタリア居住区のどこかでこっそりと店に入り、メイクアップ道具一式を買ってきたに違いない。唇は深い赤に塗られ、頬は薔薇色《ばらいろ》になり、鼻にはファンデーションを塗っている。瞳《ひとみ》を引き立たせるため、目の下にまで何かつけている。大して上手《うま》いメイクではなかったが、ウィンストンは、その手のことはよく分からなかった。顔に化粧品を塗った女性党員など、いまだかつて想像したこともないのだ。彼女は目を瞠《みは》るほど、美しく変身していた。必要な部分にほんのいくつか色を塗るだけで、ずっと愛らしくなったばかりか、遥《はる》かに女らしくなっていたのである。ショートカットもボーイッシュなツナギも、今やそれを引き立たせるだけだった。彼女を腕に抱くと、合成すみれの芳香が鼻腔《びこう》いっぱいに入り込んできた。地下のキッチンを包む薄暗がりと、洞窟《どうくつ》のようなあの女の口を思い出した。あの女もまったく同じ香水をつけていたが、今この瞬間、そんなことはどうでもよかった。

「香水まであるのか！」彼が叫んだ。

「ええ、香水もよ。次に私が何しようと思ってるか分かる？　本物のドレスをどこかで手に入れて、大嫌いなこのズボンの代わりに着るの。シルクのストッキングとハイヒールをはくのよ！　この部屋で女になるんだから、党の同志なんかじゃなくてね」

ふたりは投げ捨てるようにして服を脱ぎ、大きなマホガニーのベッドに潜り込んだ。彼女の前で自分から裸になるのは、これが初めてだった。これまでは、ふくらはぎに突き出た静脈瘤性潰瘍と変色した足首が目立つ青白く貧弱な体が、あまりにも恥ずかしかったのだ。シーツこそなかったが、身を横たえる毛布は擦り切れてすべすべしていたし、ベッドの大きさと弾力はふたりが目を瞠るほどだった。「虫だらけだろうけど、どうでもいいわ」ジュリアが言った。今やダブルベッドなど、プロレたちの家を除けばどこに行ってもお目にかかれはしない。少年時代、ウィンストンはたまにダブルベッドで寝たことがあった。ジュリアのほうはといえば記憶にある限り、一度もそんな経験をしたことがなかった。

やがて、ふたりはしばらく居眠りをした。ウィンストンが目を覚ましてみると、時計の針はそろそろ九時に近づきつつあった。曲げた腕を枕にしてジュリアが眠っているので、彼は身じろぎしなかった。化粧はほとんど彼の顔や長枕に移ってしまっていたが、ほのかに残る薔薇色が、彼女の頬骨をまだ美しく際立たせていた。舂《うすづ》く太陽の黄色い光がベッドの足元に落ち、沸騰した湯を湛《たた》える片手鍋《なべ》をかけた暖炉を照らしていた。庭の女はもう唄うのをやめていたが、通りから子供たちの叫び声が響いてきていた。彼はぼんやりと、消された過去ではこうして裸でベッドで寝転がるのが当たり前のことだったのだろうか、と考えた。夏の薄暮れの清涼に包まれて男も女も一糸まとわず、気が向けば愛を交わし合い、好きなことを話し、起きなくてはという強迫的な衝動に駆られもせず、ただ身を横たえながら穏やかな外の物音に聞き入るのである。そんなことが当たり前であった時代は、本当に存在しなかったのだろうか？　ジュリアがまぶたを開いて目をこすると、肘《ひじ》をついて体を起こし、石油ストーブを見つめた。

「水が半分も蒸発しちゃったわね」彼女が言った。「起きて、さっさとコーヒーを淹《い》れちゃうわね。まだ一時間ここにいられるもの。あなたのところは、何時に電源を落とされるの？」

「二十三時半だよ」

「うちの寮は二十三時よ。でもそれより早く帰らないとならないの。ていうのは――

ちょっと！　出ていきなさいよ、こいつめ！」

いきなり彼女がベッドで身をよじって床から靴を片方取ると、男のように腕を振り下ろしてそれを部屋の隅めがけて投げつけた。あの朝、〈二分間ヘイト〉でゴールドスタインめがけて彼女が辞書を投げつけるのを見たが、まさしくそのままだ。

「どうしたんだい？」彼は目を丸くした。

「ネズミよ。羽目板から汚い鼻先を突き出してるのが見えたの。穴が開いてるんだわ。まあ、たっぷり驚かせてやったけどね」

「ネズミだって！」ウィンストンは声を殺して言った。「この部屋にか！」

「そこらじゅうにいるわよ」ジュリアはまたごろりと横になりながら、そっけなく答えた。「うちの寮のキッチンにだっているもの。ロンドンのどこかじゃ、ネズミだらけって話よ。ねえ、ネズミが子供を襲うって知ってる？　本当なんだから。地域によっちゃ、母親が二分と子供をひとりにさせておけないらしいのよ。子供を襲うのは、茶色くて馬鹿でかいやつなの。気持ち悪いのは、その獣《けだもの》がいつも――」

「やめてくれ！」ウィンストンは、固く目をつぶった。

「大変！　まっ青になってるじゃない。どうしたの？　ネズミのせいで気分が悪くなっちゃったの？」

「この世でいちばん恐ろしいのは……ネズミだよ！」

彼女は自分の温《ぬく》もりで落ち着かせようとでもするかのように、彼に体を密着させて手脚を巻きつけた。彼はしばらくまぶたを開けられずにいた。これまでの人生でときどき襲われた悪夢の中に戻ってしまったような気持ちが、なかなか抜けてくれなかったのだ。悪夢はいつもだいたい同じだった。自分は暗闇の壁の前に立っており、壁の向こうには耐え難いような何かが、恐ろしくて直視できないような何かがいるのだ。その夢の中でもっとも深く覚える感情は、己を欺いているという気持ちであった。というのも、暗闇の壁の背後にいるものの正体を、彼も本当は知っていたからである。自分の脳の一部をむしり取るほど必死にがんばれば、その何かを明るみに引きずり出すことすらできたかもしれない。彼は決まって、正体を確かめる前に目を覚ました。だがしかし、それは彼が遮ってしまったジュリアの話となんらかの結びつきがあったのである。

「ごめん」彼は謝った。「なんでもないんだよ。ネズミが嫌いでね、それだけなんだ」

「心配しないで。あんな汚らわしい獣、もうここに入れたりしないもの。帰る前に、袋の端切れを穴に詰め込んでおく。で、次に来るときちょっと石膏《せっこう》を持ってきて、がっちり塞《ふさ》いじゃう」

パニックになった黒い瞬間のことは、なかば忘れていた。ウィンストンは少しばつの悪い気持ちで体を起こし、ベッドの頭板にもたれた。ジュリアはベッドを出てツナギを着ると、コーヒーを淹れた。鍋から立ちのぼるにおいがあまりにもかぐわしかったので、ふたりは外にいる誰かが気づいて詮索《せんさく》したりしないよう、窓を閉めた。コーヒーの味よりもさらに素晴らしいのは、砂糖が生み出すシルクのような舌触りであった。何年もサッカリンを使ってきたウィンストンが、ほとんど忘れかけていた感触である。ジュリアは片手をポケットに突っ込み、もう一方の手にジャムを塗ったパンをひときれ持ち、何気なく本棚を一瞥《いちべつ》したり、折り畳みテーブルを修理するにはどうするのが最良かを調べたり、肘掛《ひじか》け椅子にどさりとかけて座り心地を確かめたり、奇妙奇《き》天《て》烈《れつ》な十二時間表示の時計をさも面白そうにじろじろ眺めたりしながら部屋を歩き回った。そして、明るいところでもっとよく見ようと、ガラスの文鎮をベッドに持ってきた。彼は彼女の手からそれを取ると、柔らかな、雨水のつぶのようなガラス球の姿に、いつものようにうっとりと見とれた。

「それ、なんだと思う?」ジュリアが言った。

「これといってなんでもないんじゃないかな……というのは、実際に使われていたものじゃないと思うんだ。僕は、そこが気に入ってるのさ。連中が変えそびれた歴史の小さなひとかけらってとこかな。こいつは百年前からのメッセージなんだよ、まあ読める人がいればの話だけどね」

「あと、あっちの絵も」彼女は向かいの壁にかけられた、例の版画をあごでしゃくった。「あれも百年前のやつなの？」

「もっとだろう。二百年ってところかな。はっきりしたことは言えないけどね。今どき、何がいつの年代のものなのか特定するのなんて、不可能だからな」

彼女は版画を見ようと歩み寄った。「あの獣が鼻を突き出してたの、ここだわ」版画のすぐ下の羽目板を蹴《け》りながら言う。「どこの絵なの？　どこかで見たことある気がする」

「教会だよ、昔はってことだけどね。セント・クレメント・デーンズっていう名前だよ」頭の中にチャリントン氏に教わった童謡の断片が蘇《よみがえ》り、どこか懐かしいような気持ちになった。「オレンジとレモン、セント・クレメントの鐘が鳴る！」

すると彼女が続きを唄《うた》いだしたので、彼は仰天した。

おまえには三ファージングの貸しがある、セント・マーティンの鐘が鳴る
いつになったら返すんだ？　オールド・ベイリーの鐘が鳴る――

「このあとは思い出せないわ。でも最後は確か『ほらロウソクの灯《あか》りが来たよ、おまえをベッドで休ませに。ほら首切り男が来たよ、お前の首をちょん切りに！』だったっけ」

まるでふたつの合言葉みたいだった。だが、『オールド・ベイリーの鐘が鳴る』のあとにまだ続きがあるはずだ。もし上手《うま》く思い出させてやることができたなら、チャリントン氏の記憶から掘り出せるのではないだろうか。

「誰に教わったんだい？」彼は訊《たず》ねた。

「おじいちゃんよ。子供だったころ、いつも唄ってくれたの。私が八歳のときに蒸発させられたけどね……あとかたもなく消えちゃったの。レモンって何かしら」彼女はなんの脈絡もなく言った。「オレンジなら見たことあるんだけど。皮が厚くて丸い、黄色いやつよね」

「レモンなら憶《おぼ》えてるよ」ウィンストンが口を開いた。「五〇年代には普通にあったからね。死ぬほど酸っぱくて、においを嗅《か》いだだけでくらくらするんだよ」

「あの絵の裏、絶対に虫がいるわね」ジュリアが言った。「いつか壁からはずして綺《き》麗《れい》にしてやるわ。さあ、そろそろ帰る時間だわ。メイクを落とさなくちゃ。ああもう、うんざり！　終わったら、あなたの顔についた口紅も取ってあげる」

ウィンストンはさらに何分か、ごろごろしていた。部屋は暗くなりかけていた。灯りのほうに寝返りを打ち、寝転がったままガラスの文鎮を見つめる。とめどない興味をそそられるのは珊瑚《さんご》のかけらではなく、ガラスの内部そのものであった。こんなにも深みを感じるというのに、空気みたいにほとんど透明なのだ。ガラスの表面はまるで、大気もろとも小さな世界を閉じ込めた天球のようだ。中に入ってしまえるような気がした。いや、マホガニーのベッドや折り畳みテーブル、そして時計、版画、文鎮そのものも携えて、本当に中に入ってしまったような気がした。文鎮はこの部屋、そして珊瑚はジュリアと彼自身の命。それが水晶の中心で永久《とこしえ》を過ごしているのである。

5

サイムが消えた。ある朝、仕事に出てこなかったのだ。思慮の浅い連中が何人か、彼の欠勤についてあれこれ話していた。しかし翌日にはもう誰も、彼の話などしなくなっていた。三日目、ウィンストンは掲示板を見るため記録局のロビーに行ってみた。何枚もの掲示の中に、サイムも所属していたチェス委員会の名簿を印刷したものがあった。以前とまったく変わっていないように見えた——何かが消去された痕跡《こんせき》もない——が、名前ひとつ分だけ短くなっている。それで十分だった。サイムは存在しなくなったのだ。一度たりとも存在したことがないのだ。

身を焼かれるような暑さだった。迷宮のように入り組んだ省内では、窓のないエアコン付きの部屋でこそ平常の温度が保たれていたが、外に出れば歩道が足を焦がすほどに熱く、ラッシュ・アワーの地下鉄は耐え難いような悪臭に包まれていた。〈ヘイト・ウィーク〉の準備はいよいよ大詰めに入り、全省の職員たちが総出で残業させられていた。行進、集会、軍事パレード、公演、蠟人形《ろうにんぎょう》を使った展示、さまざまな陳列、映画の上映、テレスクリーンの番組、すべての準備を整えなくてはならない。観覧席の建造、敵の像の用意、スローガンの考案、歌の制作、デマの流布、写真の合成。創作局でジュリアが属する班は小説の制作を一時棚上げし、敵の残虐行為を解説するシリーズもののパンフレット作りでてんやわんやしていた。ウィンストンは通常業務に加え、毎日長時間をかけて〈タイムズ〉紙のバック・ナンバーを漁《あさ》り、スピーチに引用すべくニュース記事を修正したり、脚色したりしていた。夜が更け、騒がしいプロレの群衆がうろつくころになると、街の空気が妙に熱を帯びる。ロケット弾はかつてないほど頻繁に落ち、時にはずっと遠方で誰にも詳細の分からない大爆発が起きて、ありえないような噂話が飛び交った。

〈ヘイト・ウイーク〉のテーマ・ソングとなるはずの新曲（『ヘイト・ソング』と呼ばれる歌である）はすでに完成し、テレスクリーンからひっきりなしに流れている。音楽と呼ぶのもはばかられるような野蛮でがなりたてるようなリズムで、まるで太鼓を乱打しているかのようだった。行進の足音に合わせて何百もの人々が大声でそれを唄うさまは、そら恐ろしいものがあった。プロレたちはすっかりこの歌に夢中で、真夜中になると街なかには、まだヒットしている『ただの儚《はかな》い夢でした』と競い合うように歌声が響くのだった。パーソンズ家の子供たちが夜もなく昼もなく、櫛《くし》とトイレット・ペーパーを使ってこの曲を演奏するものだから、耐え難いほどであった。ウィンストンの夜は、かつてないほどの多忙を極めていた。パーソンズがまとめたボランティア部隊の数々が、横断幕を縫い、ポスターを描き、屋根屋根に旗竿《はたざお》を立て、吹き流しをかけるためのワイヤーを危なっかしげに通りの上に渡したりして、〈ヘイト・ウイーク〉のための街の準備をしていた。ヴィクトリー・マンションだけが計四百メートルの旗布を飾るのだと、パーソンズは鼻高々であった。天分を発揮する彼は、ヒバリのように楽しげだった。暑さと手仕事のおかげで、夕方には半ズボンと開襟シャツ姿に戻る口実すら手に入れたのである。彼は人々にいかにも同志らしい励ましの言葉をかけて士気を上げたり、体のあちらこちらから鼻を突く刺激臭を放つ汗を尽きることなく分泌させたりしながら、そこかしこで押したり、引いたり、のこぎりで切ったり、ハンマーで叩《たた》いたりと、神出鬼没、当意即妙の働きを見せていた。突如ロンドンじゅうに、新たなポスターが出現していた。一文字のコピーもない、ただ怪物じみたひとりのユーラシア兵が描かれたポスターである。背丈が三、四メートル、いかにも黄色人種的といった無表情で、大きなブーツをはき、腰にサブマシンガンを構えながら大股《おおまた》で前進してくる。どの角度からポスターを眺めても、遠近法のせいででかでかと描かれたサブマシンガンの銃口が、いつでもまっすぐ自分に向けられているように見えるのである。このポスターが壁という壁の空いているところにべたべたと、ビッグ・ブラザーの肖像を上回るほど貼りまくられているのである。いつもならば戦争に無関心なプロレたちも、定期的な愛国心の狂乱へと駆り立てられていた。こうした世間のムードと調子を合わせるかのように、ロケット弾は普段を上回る死者を出し続けていた。ステプニーの映画館に落ちた一発は、瓦礫《がれき》の山に数百人の犠牲者を埋めてしまった。近隣住民が総出となって何時間も続く長い葬列を作ったが、実質的にいえば、これは抗議集会であった。さらにもう一発、運動場として利用されていた荒れ地にロケット弾が落ち、数十人の子供たちが木端《こっぱ》微塵《みじん》に吹き飛ばされた。怒りのデモはさらに数を増し、ゴールドスタイン人形が燃やされ、ユーラシア兵を描いた例のポスターが何百枚と引き裂かれてその炎に投げ込まれ、その騒ぎに紛れてたくさんの店が略奪の憂き目に遭った。そうこうしているうちにスパイがロケット弾を無線誘導しているとの噂が流れ、外国人の血筋であると疑われた老夫婦の家が放火に遭い、ふたりとも窒息死してしまった。

チャリントン氏の店の上階に行けるときには、ジュリアもウィンストンも涼を取ろうと裸になり、開け放った窓の下、毛布を剝《は》いだベッドに並んで横たわっていた。ネズミはもう姿を見せなかったが、暑さのせいで虫のほうは恐ろしいほどに増殖していた。だが、そんなことはどうでもよかった。汚かろうと綺麗だろうと、部屋は天国だった。いつも部屋に着くやいなや、ふたりは闇市で買った胡椒《こしょう》をあらゆるものに振りかけ、剝ぎ取るように服を脱ぎ、汗ばんだ体で愛し合った。そして眠りに落ちて目を覚ましてみれば、虫が再び集結し、反撃に出ようと群れをなしているのだった。

六月の間にふたりは四回、五回、六回——そして七回の密会をした。四六時中ジンを飲《や》らずにいられないウィンストンの性癖は消え去っていた。どうやら、欲求そのものがなくなったようであった。以前よりも肉付きがよくなり、静脈瘤性潰瘍は足首の上の皮膚に茶色い染みだけを残して治まり、早朝に起きていた咳《せき》の発作も影を潜めた。日々は耐えがたきものではなくなり、テレスクリーンを目にしても、顔をしかめたり声をかぎりに罵《ののし》りの言葉を吐いたりしたい衝動を感じなくなった。家と言っても過言ではない安全な隠れ家を手に入れた今、しょっちゅう会えるわけでもなく、会えるにしても一度にほんの数時間のみだということも、つらくは思わなかった。重要なのは、古道具屋の上階にあの部屋が確かに存在するという事実なのである。あの部屋が無傷のままそこにあるのだと思うと、もう本当に部屋にいるのとほとんど変わらなかった。いつも彼は二階に上がる前に足を止め、数分ほどチャリントン氏と立ち話に興じた。老人は滅多《めった》に、もしくはまったく外出などしないようで、来店する客もほぼ皆無であった。狭く薄暗い店舗と、その奥にあるさらに狭苦しいキッチン——ここで煮炊きをしているのだが、さまざまなものに混ざって、巨大なラッパが付いた目を疑うほどに古めかしい蓄音機が置かれている——を行き来しながら亡霊さながらの暮らしを送っている。話ができる機会を、老人は歓迎しているようすであった。長い鼻に分厚い眼鏡をかけ、ビロードのジャケットを羽織った肩を丸めて価値もない在庫品の合間をうろつく彼の姿はいつ見ても、商売人というよりもむしろ蒐集家《しゅうしゅうか》といった風情であった。情熱も覚めてしまったかのような佇《たたず》まいで、あれこれとがらくた——陶器の栓や、壊れた嗅《か》ぎ煙草入れに付いていた塗装の施された蓋《ふた》や、ずっと昔に死んだ赤ん坊の髪がひとたば入った安もののロケットなど——を手に取るのだが、ウィンストンに購入を勧めることは決してなく、単に品物を褒めてほしいだけのようだった。老人と話すのは、使い古したオルゴールの音色を聞くのに似ていた。彼は記憶の片隅から、忘れられた童謡の断片をいくつか引きずり出してみせた。その中に、二十四羽のツグミの歌、ねじれた角の雌牛の歌、哀れな死んだコマドリの歌もあった。新たな一節を披露するたびに、老人は「ひょっとしたらご興味がおありじゃないかと思ってね」と申し訳なさそうに小さく笑ってみせた。だがどの歌も、ほんの数行しか思い出せないのだった。

ウィンストンもジュリアも分かっていた——こんなことはいつまでも続かないのだという思いは、常に頭のどこかに居座っていた。ときには迫りくる死が自分たちの寝ているベッドと変わらぬほど確かに感じられ、ふたりは絶望的な官能に身を任せて互いにしがみつき合った。まるで地獄堕《お》ちを待つ魂が最後の五分間に、残された一握の快楽にしがみつこうとするかのようだった。またときには、安寧のみならず悠久をも手に入れる幻想すら抱いた。この部屋の中にいさえすれば自分たちに害をなすものなど訪れるはずがないと、ふたりとも感じた。部屋に辿《たど》り着くまでは困難かつ危険であろうとも、室内は聖域であった。その感覚は、ウィンストンがあのガラスの文鎮の中心をじっと見つめながら感じる気持ちに似ていた。この中には入ることができるのだ、入ってさえしまえば時の流れを止めることができるのだ、という気持ちである。ふたりはよく、ともに逃げ切る白日夢にのめり込んだ。自分たちの運は永久《とこしえ》に続くものであり、やがておのずと命が尽きるそのときまで、こうした密通を続けていくのだと。いや、ともすればキャサリンが死に、ウィンストンとジュリアは巧妙に画策して結婚を成し遂げることができるのではないか。それとも、ふたりで心中してしまうか。いや、ともに行方をくらまし、見分けがつかぬほどに外見を変え、プロレ訛《なま》りを身に付け、工場での仕事にありつき、誰に知られることもなく裏町で暮らすというのはどうだろう。だがふたりとも、そんなのはくだらない夢物語だと分かっていた。現実には、逃げ切ることなど絶対にできはしない。ただひとつ実行できる計画があるとすれば自殺だけであったが、彼らにはそんな気はさらさらなかった。今日から明日へ、今週から来週へと、未来もない今をぐずぐずと引き延ばして行くのは、吸える空気があるかぎり肺が呼吸を続けようとするのと何ら変わることのない、克服できぬ本能だったのである。

　またときには、現存する党への反逆活動にふたりで加わってみようかと話し合うこともあったが、第一歩をどう踏み出せばいいのかはまるで分からなかった。伝説的な

〈ブラザー連合〉が本当に存在しているとしても、参加する方法を見つけ出すのはひと筋縄でいくことではない。ウィンストンは彼女に、自分とオブライエンとの間には妙な親密さがあるのだと、あるような気がするのだと打ち明けた。そして、ただオブライエンの前に歩み出て、自分は党の敵なのだ、君の助けが必要なのだと告げてしまいたい衝動にときどき駆られるのだと。意外なことに彼女はそれを聞いても、ありえないほど軽はずみな行動だとは捉《とら》えなかった。顔を見て人を見極めるのに慣れている彼女は、ウィンストンがオブライエンの刹那《せつな》の目のきらめきを見て彼を信頼できる人物だと確信したのを、自然なことだと受け止めていた。それだけではない。誰もが、というのは言い過ぎにせよ、ほとんど全員が密《ひそ》かに党を忌み嫌っており、ばれないと思えばルールを破るのも当然だと考えていたのである。だが、大規模な組織的抵抗勢力の話となると、存在することはおろか存在する可能性すらも信じようとはしなかった。ゴールドスタインと、彼の地下軍隊の話などというものは党が策略として作り出したろくでもない戯言《ざれごと》であり、こちらは信じているふりしかしてはいけないのだというのである。党の大決起集会や自発的なデモには数え切れないほど参加してきたし、名前など聞いたこともない、掛けられた嫌疑が本当だとは微塵《みじん》も思っていない人々の処刑を求め、彼女も声をかぎりに叫んできた。公開裁判が開かれるときには、朝から晩まで法廷をぐるりと取り囲む〈青年団〉の分隊に加わり、何度も何度も「裏切者に死を！」と唱和した。〈二分間ヘイト〉ではいつでも、誰よりも激しい罵声《ばせい》をゴールドスタインに浴びせた。にもかかわらずジュリアはゴールドスタインとは誰なのかも、彼が掲げているとされる教義についても、ほとんど何も知らなかった。革命後に育った彼女は、五〇年代と六〇年代のイデオロギー闘争当時はまだあまりに幼く、記憶は何もない。独自の政治運動などというものは想像すらつかないし、いずれにせよ党は無敵なのである。消えることも、変わることもありはしないのだ。反逆するといっても、こっそり不服従を誓うか、せいぜい誰かを屠《ほふ》ったり何かを爆破したりという単発の暴力行為に出るくらいしかできはしない。

見ようによっては彼女はウィンストンより遥《はる》かに鋭敏で、党のプロパガンダにも感化されにくかった。一度、話の流れで彼がユーラシアとの戦争の話に触れると、彼女はそんな戦争など起きていないと思っているとさらりと言ってのけ、彼を驚かせた。毎日ロンドンに落ちてくるロケット弾は、おそらくオセアニア政府が「人々を怯《おび》えさせ続けるためだけに」発射しているものだと言うのである。これはウィンストンの頭にまったく浮かんだことのない考えだった。そのうえ彼女は、〈二分間ヘイト〉でいちばん大変なのは、笑いだしてしまわないよう我慢することなのだと言って、彼の羨《せん》望《ぼう》を掻《か》き立てた。しかし彼女は自分自身の暮らしに触れてこないかぎり、党の教えには疑問を抱かないのだった。神話めいた党の公式発表をすんなり受け入れることも珍しくはなかったが、これはただ単に、真偽がどうあれ彼女には大して重要には思えないからであった。例をあげるならば、彼女は学校で党が飛行機を発明したと学び、それをすっかり信じている（ウィンストンの記憶によると、五〇年代後半に過ごした小学生時代、党が発明したと主張していたのはヘリコプターだけであった。それから十年後、ジュリアの小学生時代にはすでに飛行機を発明したと言い張っているのだ。一世代後には、蒸気機関も党の発明だと言っていることだろう）。彼は、彼女が生まれる以前、革命のずっと前から存在していたのだと話して聞かせたが、その事実にも彼女はまったく関心を示さなかった。突き詰めて考えれば、飛行機を発明したのが誰であろうが関係ないではないか？　だがウィンストンがさらに衝撃を受けたのは、ちょっとしたひとことから、オセアニアが四年前にはイースタシアと戦争しており、ユーラシアとは平和状態にあったのを彼女が憶《おぼ》えていないことであった。確かに彼女はそもそも、この戦争はすべて偽りなのだと考えていた。しかしどうも、敵国の名前が変わってしまったことには気づいてすらいないようなのである。「ずっとユーラシアと戦争してる気がしてたわ」彼女がぼんやりと言った。彼は少し恐ろしくなった。飛行機の発明は彼女の生まれるずっと以前にまで遡《さかのぼ》るが、戦争の敵国が入れ替わったのは彼女がじゅうぶんに成長した後の話である。このことについて、彼女とおそらく十五分ほど話しただろうか。最後には彼女の記憶を無理やり呼び戻し、かつては敵国がユーラシアではなくイースタシアであったのをぼんやり思い出させることができたのだった。だがそれでもやはり、彼女には大したことではなかった。「どうでもいいじゃない？」彼女が苛立《いらだ》ちを声に浮かべた。「どうせ次から次へとむかつく戦争が起こるんだし、ニュースが嘘っぱちだなんてみんな知ってるじゃない」

たまに、記録局の話や、そこで自分が従事している、口に出すのも憚《はばか》られるような捏造《ねつぞう》行為の話をした。そんな話にも、彼女は怯えるようすなどちらりとも見せなかった。嘘が真実になっていることを考えても、足元に奈落《ならく》が口を開けているようには感じないのである。ジョーンズ、アーロンソン、ラザフォード、そしてほんの刹那だけ手にしたあの重要な紙片の話について、彼は話して聞かせた。それでも彼女は、ほとんど動じなかった。むしろ初めは、なんの話かさえ分からなかったのである。

「その三人、あなたの友達なの？」

「違うよ、会ったこともない。党中軸のメンバーなんだ。それに、僕よりもずっと年上の人たちさ。革命前の、ずっと昔の人たちだよ。僕は、見たことすらほとんどないんだ」

「じゃあ、なんで心配なんかするの？　人がどんどん殺されるのなんて、普通のことじゃない？」

ウィンストンは、彼女に分からせようとした。「こいつは例外なんだよ。誰かが殺されようとしているってだけの話じゃないんだ。昨日から遡る過去がすべて、実際に消されてしまっているのが分からないのかい？　過去がどこかで生き延びているとすれば、言葉とは無関係の物体の中だろう、たとえばそこのガラス玉みたいなね。革命のことも、革命以前のことも、僕たちはもうほとんどきれいさっぱり何も知りやしない。あらゆる記録は消去か捏造され、あらゆる本は改訂され、あらゆる絵画は描き直され、あらゆる彫像や通りや道は名前が変えられ、日付だってすべて変えられてしまった。そのうえこの作業は毎日毎日、毎分毎分続いているんだよ。歴史は止まってしまったんだ。党だけが常に正義である今という永遠以外、何も存在しちゃいないんだよ。もちろん過去が捏造されているのは知ってるけど、僕には証明することなんてとても無理だ。この手で捏造していたとしてもだよ。捏造作業が終われば、証拠は綺麗《きれい》に葬られてしまう。証拠のありかは僕のこの頭の中だけというわけだが、この記憶を共有してくれる人間がいるのか、僕にはまったく分からないのさ。あのできごとの後に……それも何年も後に、僕はれっきとした証拠を手にしたけれど、あんなのは生涯にたった一度きりなんだよ」

「で、それがなんの役に立ったの？」

「なんの役にも立たなかったよ、ほんの何分か後に捨てちまったからね。でも今日また同じことが起きたら、今度はちゃんと取っておくさ」

「私なら、そんなことしないな！」ジュリアが言った。「リスクを負うのは構わないけど、そうする価値があるもののためにだけよ。古新聞の切れ端なんかじゃなくてね。取っておけたとしたって、そんなもので何ができたっていうの？」

「たぶん、大したことはできなかったろうね。でも、あれは証拠さ。僕が勇気を出して人に見せていたなら、あちこちに疑念を植え付けることができたかもしれない。生きてる間に何かを変えられるなんて思っちゃいないさ。だけど、ちょっとしたレジスタンスの集団があちこちにできるくらいは、考えられる話だろう。小さな集団が手を取り合って、だんだんと成長し、わずかでも記録を残すようになり、次の世代が僕たちの続きを引き受けてくれるっていうわけさ」

「次の世代なんて、私は興味ないな。興味があるのは、私たちのことよ」

「君は、下半身だけの反逆者なんだな」ウィンストンが言った。

彼女は最高に面白いことを言われたように、顔を輝かせながら彼に抱きついた。彼が党の教義から派生するさまざまな問題にも、彼女はまったく無関心であった。彼がイングソックの原理や二重思考《ダブルシンク》、過去の可変性、そして客観的事実の否定について話したり、ニュースピークの言葉を口にしたりすると、彼女はうんざりし、戸惑い、そんなことを気にしたことは一度もないと言うのである。何もかも戯言《たわごと》だと知っているのに、どうして頭を悩ませる必要があるのだ、と。いつ歓声をあげ、いつ野次を飛ばせばいいかは分かっているのだから、それで十分なのだと。彼が頑としてそんな話をし続けていると、彼女は決まって居眠りをし、彼をまごつかせる。彼女はいつ、どんな姿勢でも寝ることができてしまう人間なのだ。ジュリアと話をしていると、正統の意味など微塵も理解していないのに正統であるかのごとく振る舞うのがいかにたやすいかが、彼にはよく分かった。ある意味、党が押し付ける世界観は、それを理解できない人々にもっとも奏功しているのだ。そうした人々は自分たちがどれほどの非道を働かれているかをちゃんと理解することもできず、実際には何が起きているのかに気づけるほど社会のできごとに目を向けることもない。だから、党がどれほど乱暴に現実を歪《ゆが》めようとも、それを受け入れることができるのだ。彼らは理解力が乏しいおかげで、正気を保っているのである。彼らは黙ってすべて鵜《う》呑《の》みにするものの、鵜呑みにしたものに害されることはない。それは、トウモロコシの粒が消化されぬまま鳥の体内を素通りしていくのと同じように、あとに何も残らないからである。

6

ついに現実になった。待ちわびていたメッセージが届いたのだ。ウィンストンは、自分が人生を通してこのときを待ち続けていたような気分だった。

省内に延びる長い廊下を歩いていた彼は、ジュリアから自分の手にメモを忍ばせられたあたりに差し掛かったとき、自分よりも大柄な何者かがすぐ後ろを歩いてくるのに気がついた。誰かは分からないが、これから何か話そうとしているのだろう、小さく咳払《せきばら》いをしている。ウィンストンはだしぬけに足を止め、振り返った。そこにいたのは、オブライエンであった。

ついに面と向かいあったとたん、彼はひたすら走って逃げ出したい衝動しか感じなくなった。心臓は暴力的に激しく打っている。言葉を発することなど、とても無理に思えた。しかしオブライエンは変わらぬ足取りで進んでくると、ウィンストンの腕に親しげなようすで手をかけ、ふたり肩を並べて進みだした。オブライエンは、大多数の党中軸の人々とはまったく違う、一風変わった重厚で慇懃《いんぎん》な口ぶりで話しはじめた。

「お話ができるチャンスをずっと待っていましたよ」彼が言った。「前にヘタイムズ〉紙に君が書いた、ニュースピークについての記事を読みましてね。どうやらニュースピークに対して学術的な興味をお持ちのようだと感じたんですよ」

ウィンストンは、やや落ち着きを取り戻した。「学術的だなんて、とてもとても。ただの素人ですよ。僕の専門じゃない。言語の構築については、実際の作業に関わったこともないんです」

「それにしては、実に的確に書いておられた」オブライエンが言った。「そう感じたのは私だけじゃありませんよ。近ごろ、君のお知り合いでもある専門家の方とお話ししましてね。ちょっと今、名前をど忘れしてしまったのですが」

　またしても、ウィンストンの心臓が痛いほどに大きく脈打った。サイムのことを言っているとしか考えようがない。サイムはただ死んだのではなく、蒸発させられた、否在人物なのである。彼へと繋《つな》がるような発言は、どんなものであろうと命取りの危険になりかねない。オブライエンの言葉はまず間違いなくサイン、もしくは暗号として口にされたものだ。些《さ》細《さい》な思想犯罪に巻き込むことで、オブライエンは自分を共犯者に仕立ててあげたのだ。ふたりはゆっくりと廊下を進んでいったが、ふとオブライエンが足を止めた。そして普段どおりの、奇妙な、人の警戒心を解くような親しみを込めた物腰で、鼻にかけた眼鏡を直した。彼が言葉を続ける。

「本当に言いたかったのは、君があの記事の中で、もはや使われなくなった言葉をふたつ使っているのに気づいたことですよ。まあ、使われなくなったといってもごく最近のことですがね。ニュースピーク辞典の第十版をご覧になったことは？」

「ありませんね」ウィンストンは、首を横に振った。「もう出版されているのも知りませんでしたよ。記録局では、まだ第九版を使っていましてね」

「第十版が出るのはまだ数ヶ月先でしょう。だけど見本刷りが何冊か出回っておりましてね。私も一冊持っているんですよ。もしかして、君もご覧になってみたいのでは？」

「ええ、ぜひ見てみたいものですね」ウィンストンは、すぐにことの次第を見抜いてそう答えた。

「新たな改訂の中には、かなり独創的なものもちらほらあるんです。たとえば動詞の削減ですが……きっとあなたも気になるところだと思いますよ。さてさて、誰かに辞書を持たせて使いに出したほうがよろしいですか？　でも私はあいにく、そういうことについてはひどく忘れっぽい男でしてね。ご都合のよろしいときに私の部屋に取りに来ていただくというのはどうでしょう？　ちょっとお待ちを。今住所をお教えするので」

ふたりは、テレスクリーンの目の前に立っていた。オブライエンはどこか上の空といったようすでふたつのポケットを手探りし、革表紙の付いた小さなメモ帳をひとつと、金色のインク・ペンシルを一本取り出した。テレスクリーンの真下、つまり装置の向こう側にいる人物にも彼の書いたものが読めてしまうような位置で、彼は住所を書いてページを破り取ると、それをウィンストンに手渡したのだった。

「いつもたいてい夜には家にいますので」彼が言った。「いなかったら、召使いから辞書を受け取ってください」

オブライエンが立ち去ると、メモ帳のページを手にしたウィンストンはひとり取り残された。今回は、隠す必要もない。それでも彼は住所を入念に記憶すると、数時間後、他の書類の山と一緒にメモリー・ホールに放り込んでしまった。

ふたりが話をしていたのは、長く見積もってもせいぜい数分であった。このやりとりに意味があるとするならば、たったひとつしか考えられない。オブライエンの住所をウィンストンに教えるための策略だ。しかたのない策略だった。直接質問しないかぎり、誰かの住所を知ることなど絶対にできないのだ。住所録のようなものは、何も存在しない。オブライエンは「私に会いたければ、ここに来ればいる」と言っていたのである。ともすれば、辞書のどこかにメッセージが隠されているのかもしれない。なにはともあれ、ひとつだけ確かなことがある。夢にまで見た陰謀は本当に存在しており、彼は今、その端に辿《たど》り着いたのだ。

オブライエンの呼び出しに応じることになるのも時間の問題だと、ウィンストンには確信があった。明日だろうか、それともずっと先の話だろうか……それは彼にも分からない。今起きていることは、何年も前に始まった流れの、ほんの一段階にすぎない。最初の段階は人知れず頭に浮かんだ思念であり、第二段階は日記をつけ始めたことだ。思念を言葉に移し、今度は言葉を行動に移そうとしているのである。最後の段階は何か、〈愛情省〉で起こることになるだろう。彼はそれを受け入れていた。終わりは、始まりに内包されているのだ。だが、それは恐ろしいことであった。さらに正確を期すならば、生命がわずかにしなびたかのような、死の予兆にも似た感覚であった。オブライエンと言葉を交わしている間ですら、言葉の意味に気づいたその瞬間、凍りつくようなおののきが全身を走ったのである。まるでじめじめとした墓地に踏み込んだような思いがした。ずっと墓穴がそこで自分を待っていると分かっているウィンストンにとって、気持ちのいいものではなかった。

7

ウィンストンは両目に涙をあふれさせながら目を覚ました。ジュリアがまどろみながら彼のほうに寝返りを打ち、まだおぼつかない口でもごもごと何かつぶやいた。「どうしたの？」と訊《たず》ねたように聞こえた。

「夢を見たんだよ――」彼は言いかけて、すぐにやめてしまった。言葉にするにはややこしすぎる。夢のほうはさておき、目覚めてものの数秒のうちに、それにちなんだ記憶が心に流れ込んできてしまったのである。

彼はまだ夢の余韻にひたったまま目を閉じ、身を横たえていた。雨上がりの夏の夕べの景色のように目の前に彼が送ってきた全人生が広がるような、広漠としてまばゆい夢であった。夢の舞台はすべてガラスの文鎮の中だったが、ガラスの表面は蒼穹《そうきゅう》のドームとなり、どこまでも遥《はる》かに見渡せるほど澄み渡った柔らかな光で、内側にある万物を包んでいるのだった。また、その夢は彼の母親が見せた腕の仕草に抱かれていた――いや、ある意味ではその中に存在していたと言ってもいい。三十年後に彼が観たニュース映像に出てきた、自分たちを吹き飛ばそうと襲ってくるヘリコプターを前に幼い息子を銃弾から守ろうと、あのユダヤ人の母親が再現してみせた腕の仕草である。

「聞いてほしいんだ」彼が口を開いた。「僕は今この瞬間まで、自分が母親を殺してしまったと思っていたんだよ」

「どうして殺しちゃったの？」ジュリアは、今にも眠りに落ちそうになりながら言った。

「本当に殺したわけじゃないんだ」

　夢の中で、最後にちらりと目にした母親の姿を思い出すと、目覚めるやいなや、その姿を取り巻いていた小さなできごとが一群となって脳裏に蘇《よみがえ》ってきた。何年にもわたってずっと彼が意識から意図的に追い出し続けてきた記憶に違いなかった。いつのことかは分からないが、確かこのできごとは十歳にはなっていたはずで、もしかしたら十二歳だったろうか。

　父親はしばらく前に姿を消してしまっていたが、どのくらい前かは憶《おぼ》えていなかった。当時のどうなるか分からない不安な状況のほうが、強く記憶に残っていた。定期的に訪れる空襲のパニックや地下鉄駅への避難、いたるところに積もった瓦礫《がれき》の山、あちこちの街頭に貼られた意味の分からない檄文《げきぶん》、同じ色のシャツで揃えた若者のギャング集団、パン屋の外にできたものすごい長蛇の列、ときおり遠くから響いてくるマシンガンの銃撃音——そして何よりも、じゅうぶんな食料にありつけなかった事実である。長い午後を他の少年たちとゴミ箱やくずの山を漁《あさ》りながら、キャベツの芯《しん》やジャガイモの皮を拾ったり、はたまたかちかちに固くなったパンの耳を見つけては焦げをていねいに削《そ》ぎ落としたりしたのを憶えている。そして、いつも決まったルートを通る家畜用の飼料を積んだトラックの車列を待っていたことも憶えていた。道の荒れたところを通ると、たまに油かすをぼろぼろと落としていくことがあるのだった。

　父親が失踪《しっそう》しても、母親は驚きも激しい悲哀も顔には出さなかったが、突然の変化が彼女に訪れた。まるで魂が完全に抜けたようになってしまったのである。母親が何か、確実に起こるはずだと予期しているできごとを待っているのは、ウィンストンの目にも明らかだった。料理、洗濯、裁縫、ベッドメイキング、床の掃き掃除、マントルピースのすす払いなど、必要な家事はすべてしてはいたが、いつでもひどくゆっくりと、まるで芸術家が使う人体模型がひとりでに動いているかと思わせる奇妙なほどに無駄のない仕草でこなしていった。大柄で形のいいその体が、ふたたび停止するのを待っているかのようであった。時には何時間もほとんど身じろぎひとつせずベッドに腰掛けていた。そうして当時二歳か三歳だった、小さく、体を病み、ひどく静かで、痩《や》せこけたせいで猿のような顔になった妹をあやしていたのだった。ごくたまに母親はウィンストンを腕に抱き、何も言わぬまま長いことときつく抱きしめた。まだ幼くわがままだった彼も、これは母親が何も言わずにただ起きるのを待っているできごとと関係があるのだと分かっていた。

一家の住む部屋も彼は憶えていた。白いシーツをかけたベッドが半分を占領した、むんと立ち込めるようなにおいの暗い部屋である。炉格子に囲まれたガスコンロと、食べものをしまった棚があり、外の踊り場に出ると、そこに他の部屋と共用の茶色い陶器の流し台があった。彫像のように優雅な母親の肉体が、鍋《なべ》の中身をかき混ぜようとガスコンロの上にかがみ込んでいたのを憶えている。そして何より強烈に憶えているのは、絶えることなき空腹と、食事どきに起きる激しく浅ましい諍《いさか》いであった。彼は何度も何度も、どうしてもっとごはんがないのかと母親に口うるさく質問し、彼女に向けて叫んだり怒鳴ったりし（いちはやく声変わり期に突入し、ときおり奇妙に響いた自分の声の調子まで憶えていた）、自分の分よりたくさんもらえないかと悲愴《ひそう》感たっぷりの涙声を出したりもした。母親はいつでも彼に、本来よりたくさん食べさせてくれた。男の子はいちばんたくさん食べなくてはだめだと思っていたからなのだが、いくら分けてやっても、ウィンストンはいつでもさらに欲しがるのだった。食事のたびに彼女は、病気の妹にもごはんが必要なのだからといって、わがままを言わないよう彼に頼むのだが、まったくの無駄であった。母親が食べものを取ってくれるのをやめてしまうと怒りの叫び声をあげ、その手から鍋とスプーンをもぎ取ったり、妹の皿からなけなしの食べものを横取りしようとしたりしたのである。母と妹が空腹を抱えたままになると知ってはいても、自分を止めることはできなかった。自分にはそうする権利があるとすら思っていた。腹に根付いた空腹感が騒ぎ立て、それが正義だと彼に思わせていたのだった。食事の合間に母親が目を離すようなことがあれば、棚にしまわれたなけなしの食料をこっそり食べてやろうと、ずっと目を光らせていた。

ある日、チョコレートの配給が行われた。何週間か、いや、何ヶ月かぶりの配給である。かけがえのない小さなチョコレートのことを、彼ははっきりと憶えていた。一家三人に対して二オンスの板チョコが一枚（当時はまだオンスという単位が使われていた）。それを三等分しなくてはいけないのは、考えるまでもなかった。不意に、誰かの声でも聞いているかのように、ぜんぶ僕が食べるのが当たり前だと言っている自分の大声が耳に飛び込んできた。母親は、欲張りを言うなと彼をたしなめた。悲鳴や泣き声、涙、説教、交渉がごちゃ混ぜになった、長く騒々しい言い合いがぐるぐると続いた。幼い妹はまるで猿の赤ん坊のように両手でひしと母親の背中にしがみ付き、哀しみを湛《たた》えた大きな瞳《ひとみ》で彼を見つめていた。結局、母親はチョコレートを四分の三に割ってそれをウィンストンに渡し、残った四分の一を妹に与えた。幼い妹はチョコレートを手に取ると、おそらく何なのか分からなかったのだろう、ぼんやりと見つめた。ウィンストンはしばらく、立ったままそのようすを眺めていた。そしてだしぬけにものすごい素早さで妹の手からチョコレートを摑《つか》み取ると、ドアに向けて駆け出したのだった。

「ウィンストン、ウィンストン！」背後から、母親が大声で呼びかけた。「戻ってらっしゃい！　妹にチョコレートを返しなさい！」

　彼は立ち止まったが、引き返しはしなかった。不安げな母親の目が、じっと彼の顔を見つめていた。それでもなお彼はチョコレートのことしか考えられず、今から何が起ころうとしているかなど、ちらりとも頭には浮かばなかった。自分は何かを奪われたのだと気づいた妹が、めそめそと泣き出した。母親は彼女を両腕で抱くと、その顔を胸に押し付けた。その仕草の何かが、妹は死にかけているのだとウィンストンに告げた。彼はまた前に向き直ると、べとべとに溶け始めたチョコレートを握りしめたまま、階段を駆け下りていった。

　それが母の姿を見た最後であった。チョコレートを貪《むさぼ》った彼は自分が恥ずかしくなり何時間か街をぶらつき回り、やがて空腹に耐えかねて家に戻った。帰宅してみると、母は消えていた。当時はもうそんなことが日常茶飯事になりつつあった。母親と妹の他に、なくなっているものは何もなかった。衣類も持ち去ってはおらず、母親のコートすら残されていた。今もなお彼は、母が死んでしまったという確信が持てずにいる。単に強制労働収容所送りにされたということも、じゅうぶんに考えられた。妹のほうはウィンストン自身と同様、内戦のために増えてしまった孤児たちの収容施設（〈更生センター〉と呼ばれている）に移されたか、母親とともに強制労働収容所に送られたか、でなければただどこかに放り出されて死んでしまったのかもしれなかった。

目覚めてもなお、夢は鮮やかに心に残っていた。特にすべての意味を内包しているような、あの包み込んで守護する腕の仕草は鮮烈であった。彼の心は、二ヶ月前に見た別の夢へと舞い戻っていった。自分にしがみつく子供を抱いてみすぼらしい白いキルトをかけたベッドに座っていたのと何も変わらぬ姿で、母親は彼のはるか眼下、沈みゆく船の中に座っていた。刻々と水底《みなそこ》深くへと沈んでいきながらも、暗さを深めていく水の中からずっと彼を見上げていたのだった。

ウィンストンはジュリアに、母が消えてしまった一部始終を話して聞かせた。彼女はまぶたを開きもせずに、もっと寝心地のいい姿勢になろうと寝返りを打った。

「そのころはきっと、手に負えない悪ガキだったんでしょうね」寝ぼけ声で彼女が言った。「子供はみんな、そんなもんだもの」

「ああ、だけど僕が言いたいのはだね――」

息遣いを聞けば、彼女がまた眠りに落ちてしまったのは確かめるまでもなかった。もっと母親の話を続けたかった。憶えているかぎり母親は非凡な女性ではなかったし、ましてや知的だったとも彼には思えなかった。だがそれでも彼女は己の規範に従うことで、ある種の気品と純潔さを宿していた。彼女の感情は自分ただひとりのものであり、外から変えることなどできなかった。結実しない行動など無意味なものであるとは、まったく考えない人であった。誰かを愛するならばただその人を愛し、与えるものが何もないとしても、愛だけは与えるのである。チョコレートの最後のひとかけがなくなってしまったとき、母親は我が子を腕に抱いていた。そんなことをしても意味はなく、何を変えることもできず、チョコレートを生み出すこともできないし、我が子や自分を待ち受ける死から逃れられるわけでもない。だが彼女には、そうするのが自然に思えたのだった。船に乗っていた避難民の女も幼い息子を腕に抱いていたが、銃弾に対しては紙切れ一枚ほどの役にも立ちはしなかった。ただの衝動や感情などはつまらぬものだと人々に信じ込ませつつ、同時に物質世界に対して人が持つ力を奪い取ってしまうことこそ、党の行いの恐ろしいところであった。ひとたび党に支配されてしまうと、何を感じ何を感じなかったか、何をして何をしなかったか、というようなことの間にはまったく違いがなくなってしまう。何かあれば蒸発させられ、行動はおろか本人の存在すら二度と話題にのぼらなくなる。歴史の流れから、跡形もなく消し去られてしまうのである。それでもほんの二世代前の人々にとっては、大して重要なことではなかった。歴史を変えようなどとはしていなかったからだ。彼らは己の忠誠心に支配され、疑いなど持ちはしなかった。個人個人の人間関係を重んじ、完全なる無力感を表す仕草や、抱擁や、涙や、死にゆくものにかける言葉といったもの自体に価値を見出《みいだ》したのである。ウィンストンはふと、プロレたちは今もなおそうした状況の中にあるのではないかと思い至った。彼らは党にも国にも観念にも忠誠など持たず、互いに忠実であろうとする。彼の中でプロレたちへの侮蔑《ぶべつ》の念が、そして、いずれ息吹を取り戻して世界を生き返らせる可能性を秘めてはいても単なる怠惰な連中なのだという思いが、生まれて初めて消え去った。プロレは人間として生き続けているのだ。心を麻痺《まひ》させられてはいないのだ。彼が意図的に労を払って学び直さねばならない原始的な感情を、彼らは持ち続けているのだ。そんなことを考えているうちに、これといった関連性もないのだが、彼は何週間か前に切断された手が歩道に転がっているのを見つけ、キャベツの芯をそうするかのように側溝に蹴《け》り込んだのを思い出していた。

「プロレは人間なんだ」彼が声に出した。「僕たちは人間じゃない」

「なんで違うの？」ふたたび目を覚ましていたジュリアが、首をかしげた。

彼はすこし考えてから口を開いた。「こんなふうに考えたことはないか？　手遅れになる前にさっさとここを出ていって、もう二度と会わないのがいちばんいいんだって」

「ええ、何度かそう思ったわ。でもやっぱり、そんなことする気はないけれどね」

「僕たちは運がよかっただけさ」彼が答えた。「でもそんなもの、そういつまでも続きはしないよ。君はまだ若い。ごく普通の、天真爛漫《らんまん》な人に見える。僕みたいな人間に寄りつきさえしなけりゃ、まだ五十年は生きられるだろうよ」

「ううん。そんなのもうぜんぶ考えたわ。あなたがすることなら、私もするつもりよ。あんまり暗くならないで。私、生きてくのは上手《うま》いほうなんだから」

「はっきりは分からないけど、あと半年か……もしかしたら一年は一緒にいられるかもしれない。でも最後には間違いなく離れ離れになってしまう。僕たちがどれほど孤独になるか、君には分かるかい？　やつらに捕まってしまえば、僕たちが相手のためにできることなんてひとつも、文字通りひとつもなくなっちまうんだぜ？　僕が自白すれば君は射殺されるだろうし、僕が自白を拒んだところで、やっぱり同じように君は射殺されちまう。僕が何を言おうが何をしようが、だんまりを決め込んでいようが、君の死を五分先送りにすることさえできやしないよ。お互いの生死を知ることすらできなくなってしまうんだよ。ありとあらゆる力を、ふたりとも取り上げられるのさ。大事なのは、何ひとつちらりと変えることすらできなくとも、僕たちが互いを裏切らずにいることだよ」

「自白の話をしてるなら」ジュリアが言った。「間違いなくふたりとも自白することになるでしょうね。誰だって必ず自白するのよ。どうしようもないわ。拷問されるんだもの」

「自白の話じゃないよ。自白は裏切りとは違う。君が何を言おうが何をしようが、そんなの大事じゃないのさ。大事なのは気持ちなんだよ。連中のせいで君が僕を愛するのをやめることがあるならば、それが本物の裏切りというものだよ」

彼女はその言葉を頭の中で反芻《はんすう》すると、しばらくして「そんなことできやしないわ」と答えた。「それだけは、あいつらにもできないのよ。人に口を割らせてなんでも――そう、なんでもよ――喋《しゃべ》らせることはできても、本気でそう信じさせたりはできないの。人の中にまで入りこんだりは、あいつらだってできやしないわ」

「そうだな」彼は、やや希望を覚えながらうなずいた。「そうだよ、君の言うとおりだ。人の中になんて、入りこめやしない。もしなんにもならなくとも人間らしく在り続けることには価値があるんだと感じられるのならば、連中に打ち勝ったと同じことだ」

決して眠ることなく耳をそばだてつづけるテレスクリーンを、彼は思い描いた。党は昼夜を問わず人を見張り続けているが、落ち着いてさえいれば、出し抜くこともできるだろう。党が全知力を傾けても、人の考えを覗《のぞ》き込むような方法は確立できていないのである。彼らの手に落ちてしまえば、そうはいかないのかもしれないが。〈愛情省〉の内部で何が起きているのかは誰にも分からないが、想像くらいはつく。拷問、薬物、神経反応を記録するための精密機器、不眠と隔離と絶え間ない質問攻めにより徐々に進んでいく衰弱。どう足掻《あが》こうとも、事実を隠し通すことなどできはしない。尋問で暴かれるかもしれないし、拷問で引きずり出されるかもしれないのだ。だがそうなったところで、生き延びることではなく人間らしく在り続けることが目的なのであれば、最終的になんの違いがあるだろう？　連中にも、人の感情など変えられはしない。自分で望んだところで変えられるものではないのだ。いかに連中が、人の行い、発言、思考をつぶさに並べ立ててみせたところで、本人にすら謎に満ちた働きをする心の奥底というものは、難攻不落のまま揺るぎないのである。

8

やったぞ、ついにやったのだ！　彼らが立っている部屋は細長く、柔らかく照らされていた。テレスクリーンの音量は小さな囁《ささや》き程度まで絞られており、濃紺の高級カーペットはまるでビロードのような踏み心地である。オブライエンは両側に書類の山を積み上げ、部屋の奥にある、緑色のシェイドのランプが置かれたテーブルにかけていた。召使いがジュリアとウィンストンを案内しても、彼は顔を上げようともしなかった。

ウィンストンは、口を聞くことができないのではないかと思うほど、激しく胸を高鳴らせていた。やったぞ、ついにやったのだ、ということしか、もはや考えられなかった。ここを訪れたのは軽率な行為であるし、一緒に来るなどひどい愚行だった。確かにふたり別々のルートを取り、オブライエン宅の戸口までは落ち合わなかった。しかしこのような場所に入るだけでも、かなりの度胸が必要なのである。党中軸用住宅の内部を目にすることはおろか、彼らが住む区画へと足を踏み入れるなど、滅多にあることではないのだ。目に見えるものすべての裕福さと広大さ、上等の食料品と高級煙草のかぎ慣れぬにおい、驚異的なスピードで上へ下へと音もなく移動するエレベーター、急ぎ足で行き来する白いジャケットの召使いたち……。巨大なマンション全体が醸し出す雰囲気のすべてが、足をすくませる。ここを訪れる押しも押されもしない口実があるというのに、もしや黒い制服を着た警備員がとつぜん角から姿を現し、身分証の提示を強要されたあげくにさっさと立ち去るよう命じられるのではないかと、ウィンストンは一歩進むごとに恐怖に取り憑《つ》かれていった。ともあれ、オブライエンの召使いは何も言わずにふたりを招き入れてくれた。黒髪に白いジャケットを着た小柄な男で、中国人と見まがうようなひし形でまったく無表情な顔をしていた。彼に導かれて歩く廊下には柔らかなカーペットが敷かれ、壁にはクリーム色の壁紙と白い羽目板が張られ、すべてが染みひとつないほど綺麗《きれい》だった。これもまた、足をすくませた。人の体が触れて壁がべとべとに汚れていない廊下を最後に目にしたのはいつのことだったか、ウィンストンは憶《おぼ》えてもいなかった。

　オブライエンは指先に紙切れを持ち、じっと見入っていた。俯《うつむ》き加減で鼻筋がくっきりと見えるその重々しい顔つきは、そら恐ろしくも知的にも見えた。おそらく二十秒ほどだろうか、彼は身じろぎひとつせず座っていた。そしてスピークライトを引き寄せると、各省の用語が入り混じった混成語でメッセージを吹き込んだ。

項目第一コンマ第五コンマ第七は全面承認ピリオド項目第六中の提案は倍加愚劣で犯罪思想に近し却下ピリオド機械類経費の超全般見積が出るまで建設工事否進行ピリオド、メッセージ終了

彼は悠々と椅子を立ち、音ひとつ立てないカーペットを歩いてふたりに向かってきた。ニュースピークでの吹き込みを終えるとともに役人の雰囲気もやや薄らいではいたが、その面差しはいつもより険しく、邪魔をされて不愉快だとでも言わんばかりであった。ウィンストンがずっと感じていた恐怖を、とつぜんお馴染《なじ》みの狼狽《ろうばい》が貫いた。もしや自分はただ愚かな勘違いをしただけではないかという気がしてならない。オブライエンが何らかの政治的陰謀を企てている証拠など、自分は何か現実に握っているだろうか？　ちらりと見えた目の光と曖昧《あいまい》な言葉たったひとつ。それを除けば夢想を苗床にした密《ひそ》かな空想でしかないではないか。あくまでも元の話どおり辞書を借りに来た振りもできはしない。ジュリアがとなりにいる理由が、それではとても説明できないからだ。テレスクリーンの前を通り過ぎる瞬間、オブライエンはふと何か思いついたようであった。立ち止まって横を向き、壁のスイッチを押す。短く鋭い音が響く。声が止まる。

ジュリアは悲鳴のような、驚きの小さな叫びをあげた。ウィンストンは狼狽しては

いたが、ぎょっとしてつい口を開いた。

「消せるんですか！」

「ええ」オブライエンがうなずいた。「消せますとも。私たちに与えられた特権ですよ」

もう彼はふたりの真正面にいた。がっしりとした体がふたりの上にそびえ立ち、表情からは相変わらず何も読み取れなかった。ややいかめしい面持ちでウィンストンが口を開くのを待っているが、いったい何を話せというのだろう？　彼はただ単に多忙であって、なぜ邪魔されなくてはいけないのかと苛立《いらだ》っているということも、やはり十分に考えられる。全員が黙り込んでいた。テレスクリーンを切った部屋は、死んだような静寂に包まれていた。過ぎてゆく一秒一秒が、とてつもない長さに感じられた。ウィンストンは必死の思いで、オブライエンと目を合わせ続けていた。と、いかめしい顔が突然崩れ、笑みを浮かべるかのような表情が浮かんだ。彼特有の仕草でオブライエンが、鼻にかけた眼鏡を直す。

「私が話しましょうか、それともあなたが？」彼が口を開いた。

「僕が話しますよ」ウィンストンは間髪を容れずに答えた。「あれは本当に切れているんですね？」

「ええ、すべて切れていますとも。誰にも聞かれませんよ」

「僕たちがここに来たのは——」

自分が来た動機が漠然としていることに初めて気づき、彼は言葉に詰まった。オブライエンにどんな助力を期待していたのかも分かっていない彼にとって、自分が来た理由を言葉にするのは簡単ではなかったのである。弱々しく、もったいぶったように聞こえてしまうに違いないと思いながら、彼は先を続けた。

「僕たちは、陰謀めいたものが実在すると信じています。党に反逆する秘密組織のようなものがあり、あなたもそこに加担しているのだとね。それに加わり、反逆の力になりたいんです。僕たちは、党の敵です。イングソックの原理なんて、信じちゃいません。僕たちは思想犯なんです。姦通《かんつう》罪も犯しています。こんな話をするのは、あなたに僕たちをお好きにしていただきたいからですよ。他の道で罪を贖《あがな》えとおっしゃるなら、ふたりともそうする覚悟です」

彼は話すのをやめ、ちらりと背後を見た。ドアが開いたような気がしたのだ。思ったとおり、黄色い顔をした小柄な召使いが、ノックもせずに入ってきていた。彼が手にしたトレイにデキャンタとグラスが乗っているのが見えた。

「マーティンも我々の一員でしてね」オブライエンが、平坦《へいたん》な声で言った。「マーティン、飲みものをここに持ってきてくれ。円卓に置くんだ。椅子は足りてるかい？　みんなで座って、くつろいで話がしたいからね。おまえも自分の椅子を持っておいで、マーティン。仕事の話だよ。今から十分間は、おまえも召使い面をしなくていいよ」

小柄な男は変わらぬ召使いの雰囲気を——特権を楽しむ従者の雰囲気を——かもしつつも、心底くつろいだようすで椅子にかけた。ウィンストンは目の端で彼を見つめた。そして、この男は人生を通して役柄を演じているのではないか、たとえ一瞬であろうとも本性を見せるのは危険であると思っているのではないか、と感じた。オブライエンはデキャンタの首を摑《つか》むと、深紅の液体でグラスをひとつひとつ満たしていった。それを見ているウィンストンの胸に、ずいぶん前に壁か屋外掲示板で目にした光景が、ぼんやりと蘇《よみがえ》ってきた——たくさんの電球を並べて作られた巨大な酒瓶が、上下に動きながら、中身をグラスに注いでいた光景である。グラスを上から覗《のぞ》くと中身はほとんどまっ黒に見えたが、デキャンタの液体はルビーのようにきらめいていた。甘酸っぱい香りだ。ジュリアがグラスを手に取り、素直な好奇心でにおいを嗅《か》いでいる。

「ワインという飲みものですよ」オブライエンは微笑を浮かべた。「君も本で読んだことくらいあるでしょう。残念ながら党外核にはほとんど出回らないようですがね」彼が真顔に戻り、グラスを掲げた。「まずは乾杯するとしようじゃないですか。我らが指導者、エマニュエル・ゴールドスタインに」

ウィンストンは逸《はや》る気持ちに駆られてグラスを手に取った。ワインといえば、本で読み、夢に見ていた飲みものだ。ガラスの文鎮やチャリントン氏が唄《うた》うろ覚えの童謡と同じく、ワインは消滅してしまったロマンティックな過去——胸の中でこっそり、古《いにしえ》の日と呼ぶのが、彼のお気に入りであった——の一部なのである。理由はともあれウィンストンはずっと以前から、ワインはブラックベリー・ジャムのようにとてつもなく甘く、飲めばすぐに酔っ払ってしまうものだとばかり思っていた。だというのについに口にしたそれは、まったく幻滅するような代物であった。これは実をいえば、長年にわたりジンを飲み続けてきたせいで、ワインの味などほぼ分からなくなっていたのだ。彼が空のグラスを置いた。

「では、ゴールドスタインという御仁は実在するわけですね？」

「ええ、そういう人物は実在しますし、生きていますよ。私にも、居場所は分かりませんがね」

「では例の陰謀は……例の組織はどうなんです？　それも実在するんですか？　思想警察のデマなんかではなくて？」

「ええ、実在しますとも。我々は〈ブラザー連合〉と呼んでいます。とはいえ〈ブラザー連合〉については、実在しており自分もそのひとりであるということ以外、ほとんど何も知ることはないのですがね。この話は、またのちほどするとしましょう」彼は腕時計に目をやった。「党中軸の者にとっても、テレスクリーンを三十分以上切っておくのは賢明とは言い難いのですよ。ここにふたりそろって来るべきではなかった。帰りは別々に願いますよ。そちらの同志が」――彼がジュリアに顔を向けてうなずいた――「先に出発しなさい。我々に許された時間はあと二十分。まずは私から質問させていただくのを、お許し願いましょう。大まかに訊《たず》ねますが、君たちはどんなことをする覚悟をお持ちかな？」

「できることならなんでも」ウィンストンは答えた。

オブライエンは椅子にかけたまま体の向きを少し変え、ウィンストンと向き合った。当然ウィンストンがジュリアの分まで話すと感じたのか、彼女のことはほとんど無視している。しばしまぶたを閉じる。そして、まるで答えの大半など先刻承知の、お決まりの教理問答でもするかのように、低く無表情な声で質問を始めたのだった。

「命を捧《ささ》げる覚悟があるかね？」

「あります」

「人を殺す覚悟があるかね？」

「あります」

「無実の市民に何百人という死者を出しかねない破壊活動を働く覚悟はどうかね？」

「あります」

「外国に祖国を売り渡す覚悟は？」

「あります」

「人を騙《だま》し、偽造し、脅迫し、子供らの精神を堕落させ、依存性を持つ薬物を広め、売春を推奨し、性病を蔓延《まんえん》させる……。党の士気を落とし力を弱めるためにどのようなことにでも手を染める覚悟があるかね？」

「あります」

「仮に、子供の顔に硫酸を浴びせることにより我々に何らかの利益がもたらされるとしたら……。君はそうする覚悟があるかな？」

「あります」

「自分の身分を捨て去り、今後の人生をウェイターや港湾労働者として過ごす覚悟は？」

「あります」

「我々に命じられたなら、自ら命を絶つ覚悟があるかね？」

「あります」

「ではふたりに訊《き》くが、離れ離れになり二度と会わない覚悟はあるかな？」

「いやよ！」ジュリアが割って入った。

答えられぬまますいぶん時が過ぎてしまったように、ウィンストンは感じた。刹那《せつな》、話す力を奪われてしまったかにすら思えた。どうにか音を発しようと、何度も何度も舌が虚《むな》しく動いた。言葉が出るまで自分が何を言おうとしているかも分からなかった。そしてやっとのことで「ありません」と答えたのだった。

「よく答えてくれました」オブライエンが言った。「我々は何もかも知っておかなくてはならないのでね」

そしてジュリアに向き直ると、やや感情を浮かべた声で続けた。

「彼が生き延びるにせよ、おそらく別の人間となるのは理解していますか？　彼に新たな身元を与えざるを得なくなることもありえるのですよ。顔も、振る舞いも、手の形も、髪の色も……さらには声すら変わってしまうこともね。そして、あなた自身も別人になるかもしれない。我々の医師は、誰にも分からぬほどに人を変えてしまうことができるんです。ときとして、そんなことが必要になるのです。手脚の切断すらもね」

ウィンストンは思わず今一度、黄色人種風のマーティンの顔を横目でちらりと見た。見るかぎり、傷痕《きずあと》はどこにも見当たらない。ジュリアはやや顔色を失いそばかすが目立つほどに青ざめていたが、なおも臆《おく》さずにオブライエンとまっすぐに向き合っていた。そして、了承したかに聞こえる言葉をもごもごとつぶやいた。

「よろしい。では成立だ」

テーブルに、煙草をしまった銀の箱がひとつ乗っていた。オブライエンはなんでもないような態度でそれをふたりの前に押しやり自ら一本取って椅子を立つと、立っているほうが頭がよく回るとでもいったようすで、ゆっくりと歩き回りはじめた。煙草は上物であった。太く、ぎっしりと葉が詰まっており、シルクのように滑らかな見たこともない紙で巻いてある。オブライエンがまた、腕時計に目をやった。

「マーティン、おまえはそろそろ食料庫に戻ったほうがいいね」彼が言った。「十五分後にスイッチを入れる。行く前に、この同志たちの顔をよく見ておくんだよ。また会うことになるだろうからな。私はもう会わないだろうがね」

小柄な男の目が、玄関でのときとまったく同じように、素早くふたりの顔を行き来した。親しみなど微塵《みじん》たりとも感じられない態度である。ふたりの容姿を記憶はしても興味などまったく持たず、何も感じてなどいない様子だった。ウィンストンはふと、人工の顔は表情を変えることができないのではないかと思った。マーティンは何も言わず、別れの挨拶《あいさつ》のひとつもなく出ていき、音もたてずにドアを閉めた。オブライエンは片手を黒いツナギのポケットに突っ込み、もう一方の手で煙草を持ちながら、うろうろと歩き回っていた。

「お分かりですね」彼が言った。「君たちは闇の中で戦うことになるのですよ。常にずっと闇の中でね。わけも分からぬまま命令を受け、それに従うのです。あとで本を届けさせます。我々が暮らすこの社会の本質が、そしてどのような戦略でそれを破滅させようとしているかが書かれている本をね。その本を読み終えたなら、君たちは正式に〈ブラザー連合〉の一員になるのです。ですが、我々が戦う全体的な目標と目下の任務との繋《つな》がりを、君たちが知ることはありません。〈ブラザー連合〉は確かに存在すると言ってはおきますが、構成員が百人なのか、はたまた一千万人なのかはお教えできません。君たちが得る知識からでは、構成員は十数人程度だけだと言えることすら断じてないでしょう。君たちにコンタクトを取るのは三、四人で、ちょくちょく消えては新しく入れ替わることになります。君にとってこれが初のコンタクトですから、私が入れ替わることはありません。手元に命令が届くとしたら、私からのものになるでしょう。もし君たちと連絡を取る必要が出た場合には、マーティンを通して行います。とうとう捕まってしまったら、君たちは自白することになります。それは回避のしようがない。ですが自白することなどほとんどありはしませんよ、君たち自身の行動を除けばね。ほんの数人、重要でもない人間を告発するくらいがせいぜいですよ。おそらくは、この私すら告発できないでしょうね。そのころには私はもう死んでいるか、別の顔を持つ別人になってしまっているでしょうから」

　柔らかなカーペットの上を、彼は歩き回り続けた。巨体であるにも拘《かかわ》らず、その動きには目を瞠《みは》るほどの優雅さがあった。片手をポケットに入れたり、煙草をくゆらしたりする仕草からさえも、それが漂い出てくるのである。強靭《きょうじん》さもさることながら、自信と、皮肉を帯びた知性の雰囲気とを感じさせる。どれほど真剣になろうとも、狂信者が見せるような一心不乱さは皆無だった。殺人、自殺、性病、手脚切断、顔面の整形の話をしたときにも、かすかに冷やかしの空気を漂わせていた。「これは回避しようのないことだ」とでも言うかのような声だった。「恐れたりせずに、やらねばならぬことなのだ。だがしかし、ふたたび人生が歩むに値するものになったそのときには、そんな必要もなくなるだろう」と。ウィンストンからほとんど崇拝ともいえるほどの賛嘆の波が放たれ、オブライエンに向けて流れていった。須臾《しゅゆ》の間、ゴールドスタインのおぼろげな姿も、彼はすっかり忘れてしまった。オブライエンの逞《たくま》しい双肩と、ひどく醜くも極めて洗練されたぶっきらぼうな顔を見ると、彼が敗北するなど想像すらできなかった。彼に遂行できない戦略など存在しないし、予見できない危険などあるはずもない。ジュリアすらも感銘を受けているようだった。煙草が燃え尽きるのも構わず、熱心に耳を傾けていた。オブライエンは先を続けた。

「君たちも〈ブラザー連合〉の存在についてはあれこれと噂を耳にしているでしょう。きっとご自分なりにどんな組織か思い描いておいででしょうな。おそらくは、秘密裏に地下室で会合し、メッセージを壁に走り書きし、暗号や特別な手信号を使って互いを確認し合うような、陰謀家たちの巨大な地下組織のようなものを想像したことでしょう。ですが、そんなものは存在しちゃいないのです。〈ブラザー連合〉の構成員は互いを確認する手段など持ち合わせてはいませんし、どんな構成員であれ、まず数人程度の素性を知ることしかできないのですよ。仮にゴールドスタイン自身が思想警察の手に落ちたとしても、全構成員のリストを渡すことなどできませんし、全構成員のリストに繋がるような情報を話すこともできはしません。そんなものは存在しないのです。〈ブラザー連合〉は普通の意味で言う組織とは違うので、一掃するなど不可能です。組織の結束を確たるものにしているものは、破壊できぬ思想を除いて何もありはしないのですよ。同志愛も激励も、受けることはできないわけです。ついに囚《とら》われたとしても、誰の助けも得られはしません。我々は、断じて構成員を助けたりしないのですよ。せいぜい、誰かの口を封じる絶対的な必要がある場合に、囚人がいる独房にカミソリの刃が秘密裏に届けられることがたまにある程度のものです。結果もなく、希望もない日々を生きることに、慣れてもらわねばなりません。しばらく働き、いずれ捕まり、自白させられ、そして死ぬ。君たちに見える結果はただそれだけなのです。我々が生きている間に、感じ取れるような変化が何か起こる可能性などありはしません。私たちは死人なのです。唯一の真の人生は未来にあるのです。私たちは一握の塵《ちり》となり、骨の破片となり、その未来に加わるのです。ですがいったいどのくらい遠い未来の話になるか、それはまったく分かりません。千年先かもしれません。今はただ、正気の領域を徐々に広げていくことしかできはしません。集団で行動を起こすなど不可能です。個人から個人へ、世代から世代へ、我々の持つ知識を広めることしかできないのですよ。思想警察が相手では、他にどうしようもありはしません」

彼は足を止め、腕時計に目をやった。これで三度目だ。

「そろそろお帰りの時間ですよ、同志」とジュリアに声をかける。「おっと。まだデキャンタに半分残っている」

彼は三つのグラスを満たすと、ステムを持って自分のグラスを掲げた。

「今度は何に乾杯しましょうか？」相変わらずほのかな皮肉を醸しながら、彼が言った。「思想警察の混乱を願ってにしますか？　ビッグ・ブラザーの死に？　人類に？　未来に？」

「過去に」ウィンストンが答えた。

「過去はさらに重要ですからね」オブライエンが、いかめしくうなずいた。そろってグラスを空にすると、やや間を置いてジュリアが帰ろうと立ち上がった。オブライエンはキャビネットの上から小さな箱を持ってきて彼女に白く平らな錠剤を渡し、舌に乗せるよう伝えた。エレベーターの乗務員がやたらと鋭い男なので、ワインのにおいを消してから行くのが重要なのだという。彼女が出ていきドアが閉まるやいなや、彼は彼女のことなどきれいさっぱり忘れてしまったようであった。さらにしばらく部屋を歩き回り、それから足を止めた。

「確認しておくべき細かな話がいくつかあるんですがね」彼が言った。「君はどこかに隠れ家のようなものをお持ちと見ましたが？」

ウィンストンは、チャリントン氏の店の上階にある例の部屋の話をして聞かせた。

「当分はそこで問題ないでしょう。いずれ我々が別の場所を用意しますよ。ちょくちょく隠れ家を変えるのは大事なことなのです。とりあえず、例の本をお送りするとしましょう」――オブライエンすらも、例の本という言葉をまるで太字で書かれているかのように発音するのに、ウィンストンは気づいた――「念の為に言いますが、ゴールドスタインの本ですよ。可及的すみやかにお送りしますよ。手に入れるのに、数日かかるかもしれません。ご想像かとは思いますが、あまり数がない本なものでね。我々が印刷するやいなや、思想警察が探し出して廃棄しているんですよ。ほとんど徒労ですがね。あの本は不滅ですよ。仮に最後の一冊が消滅したとしても、我々は一言一句たがえることなく再生産できるわけですから。仕事にはいつも、ブリーフケースを持って？」

「普段は、ええ」

「どんなブリーフケースです？」

「色は黒で、もうすっかりぼろぼろですよ。ストラップが二本付いていますね」

「黒、ストラップが二本、すっかりぼろぼろ……結構。ごく近いうちに――日付まではお伝えできないのですが――午前中に届く指示書の中に誤字のあるものが見つかるはずなので、再送付を申請してください。そして翌日は、ブリーフケースを持たずに出勤するのです。その日のうちに、街なかで男がひとりあなたの腕に触り、『ブリーフケースを落としましたよ』と声をかけてきます。その男があなたに渡すブリーフケースに、ゴールドスタインの本が入っています。十四日以内に返却してください」

しばし沈黙が流れた。

「あなたもあと二、三分で出発です」オブライエンが口を開いた。「また会うとしましょう――もしお会いできるならば……」

ウィンストンは顔を上げて彼を見た。「暗闇なきところで、ですか？」躊躇《ちゅうちょ》しながら言う。

オブライエンは、驚いた様子もなくうなずいた。「暗闇なきところで」と、ほのめかしの意味を理解したように言う。「さて、お帰りの前に何かおっしゃりたいことは？　メッセージは？　ご質問は？」

ウィンストンは考えてみた。訊《たず》ねたいことは、これ以上何も思いつかなかった。ましてやこれ見よがしに一般論をぶつような気持ちなどさらさらない。オブライエンや〈ブラザー連合〉に直接結びつくような質問の代わりに、胸の中に一枚の合成写真のような映像が浮かんだ。母親が晩年を過ごした暗い寝室と、チャリントン氏の店の上階にあるあの小部屋と、ガラスの文鎮と、そしてローズウッドの額縁に入ったあの鋼版画の情景である。ほとんど適当に、彼は言った。

「ひょっとして『オレンジとレモン、セント・クレメントの鐘が鳴る』という唄《うた》い出しの童謡を聞いたことはありませんか？」

オブライエンがまたうなずいた。そして厳粛に礼を尽くすかのような顔で、続きを唄ってみせた。

「オレンジとレモン」セント・クレメントの鐘が鳴る
「おまえには三ファージングの貸しがある」セント・マーティンの鐘が鳴る
「いつになったら返すんだ？」オールド・ベイリーの鐘が鳴る
「金持ちになったらそのときに」ショアディッチの鐘が鳴る

「最後の行をご存じとは！」ウィンストンは驚いた。

「ええ、知っていますとも。さあ、申し訳ないけどそろそろお帰りの時間だ。でも、最後にもうひとつだけ。君もさっきの錠剤を持っていったほうがいい」

立ち上がるウィンストンに、オブライエンは片手を差し出した。そして、骨が砕けるかと思うほどの力で、ウィンストンの手を握りしめてきた。ウィンストンは戸口から振り返ってみたが、オブライエンはすでに、彼を頭の中から追い出そうとしはじめている様子だった。テレスクリーンの操作スイッチに手をかけながら、またひとりに戻るのを待っている。彼の向こうには、緑のシェイドが付いたランプとスピークライト、そして書類がぎっしり入った金属の網カゴがいくつか置かれた書きもの机が見えた。この件は終わりなのだ。三十秒もすればオブライエンは中断していた党の重要な仕事を再開しているだろうと、ウィンストンは胸の中で言った。

9

ウィンストンはあまりにもくたくたで、ゼリーにでもなってしまったかのようだった。ゼリーとは、まさにぴったりの言葉だ。頭の中に、ひとりでに浮かんできた。体はゼリーのように脆《もろ》くなってしまっただけでなく、半透明のように感じるところまでそっくりである。手をかざせば、光が透けて見えそうな気がするほどだった。無我夢中で仕事に没頭したせいで血液もリンパ液も完全に干上がり、神経系と骨と皮膚が作る脆い組織だけが残されてしまったかのようだ。感覚という感覚がすべて過敏になっている。両肩にこすれるツナギや、足の裏をくすぐる歩道や、手を開いたり握ったりすることさえも、関節が軋《きし》むほどの辛苦に感じられるのだ。

この五日間で九十時間以上も働いた。省の全員がそうであった。だがようやくそれも終わり、彼にはもうすべきことなどひとつもなかった。明日の朝まで党の仕事は何もないのだ。隠れ家で六時間、さらに自分のベッドで九時間はのんびりできる。のどかな午後の陽射しを浴びながら、彼はチャリントン氏の店があるほうに向かって薄汚れた通りをぶらぶら歩いていった。パトロールへの用心を怠りはしなかったが、根拠こそないものの、この午後は誰かに邪魔される心配はないはずだと確信していた。足を踏み出すたびに手にした重たいブリーフケースが膝《ひざ》にぶつかり、うずくような感覚が脚を上下に駆け回る。ブリーフケースの中には、例の本が入っていた。手に入れて六日目、まだ開いていないどころか実物を見てすらいない。

〈ヘイト・ウィーク〉の六日目、行進、演説、シュプレヒコール、合唱、横断幕、ポスター、映画、蠟人形《ろうにんぎょう》、鳴り渡る太鼓とトランペットの甲高い音色、行進から響いてくる軍靴の音、戦車隊のキャタピラが地面を揺るがす轟音《ごうおん》、編隊を組む飛行機の咆哮《ほうこう》、礼砲の轟《とどろ》き……。そんなものが六日にわたり続いたのち、絶大なオルガズムが震えながらクライマックスに向けて駆け上がり、市民たちが抱くユーラシアへの憎悪は沸騰した。群衆は、もしも最終日に絞首台で公開処刑されるはずのユーラシア人戦争犯罪者二千人を与えられたら、まず間違いなく八つ裂きにするであろうほどの狂乱に陥った――まさしくそんな瞬間に、オセアニアはユーラシアと戦争状態にはないという発表がなされたのだった。オセアニアはイースタシアと戦っているのだと。ユーラシアは同盟国なのだと。

無論、なんらかの変化があったと認めることなど断じてありはしない。ただ恐ろしいほど突然に、そしてあらゆるところで一斉に、敵はユーラシアではなくイースタシアなりと知れ渡るだけの話である。発表が行われたとき、ウィンストンはロンドン中心部のとある広場でデモに参加していた。夜闇の中、無数の白い顔と深紅の横断幕が、投光器の光で不気味に照らされていた。広場は〈スパイ団〉の制服に身を包んだ千人の学童たちを含め、数千人の人々で埋め尽くされていた。深紅の幕がかけられた演壇には党中軸の演説家——がりがりに痩《や》せた小男で、体軀《たいく》に似合わず腕はひょろ長く、大きな禿頭《はげあたま》にちょろちょろとまばらに髪の毛が生えている——が、群衆を相手に仰々しい大演説をぶっていた。ルンペルシュティルツヒェン＊よろしく憎悪に顔を歪《ゆが》めた小男は片手でマイクの首を摑《つか》み、骨ばった腕の先についた巨大なもう片方の手を頭上に振り上げ、威嚇するかのごとく宙に爪を立てていた。大虐殺、国外追放、略奪、強姦《ごうかん》、囚人への拷問、民間人に対する爆撃、嘘にまみれたプロパガンダ、不当な武力侵略、条約の破棄——アンプによって金属質になったその声が、敵国の悪逆非道を次から次へとがなり立てている。男の演説を聞いていると、どうしようもなくそれが真実であるという気持ちになり、続けて憤怒が沸き上がってきてしまった。数秒おきに群衆の怒りが沸騰し、何千もの喉《のど》から抑えきれずに放たれた獣のような咆哮に演説家の声が飲み込まれた。その中でもっとも野蛮な罵《ば》声《せい》をあげていたのは、学童たちであった。

＊訳注　グリム童話に登場する小人。「自分の名前を当てなければ子供を連れていく」と王妃に言うが三日目に当てられてしまい、怒り狂ったあげく我が身を引き裂いてしまう。

演説が始まり二十分が過ぎたころだろうか、使い走りがひとり演壇に走っていくと、一枚の紙切れを演説家にそっと手渡した。小男はそれを広げると、演説を中断せずに中身を読んだ。すると声も態度も、はたまた演説の内容も微塵《みじん》も変わらないというのに、いきなり名前だけが変わってしまった。ひとことも説明されないまま、群衆の中に理解の波紋が広がっていった。オセアニアは、イースタシアと戦争をしているのだ！　次の瞬間、ものすごい騒ぎが始まった。広場を飾る横断幕もポスターも、ぜんぶ間違っている！　たっぷり半分に、誤った顔が描かれている。破壊活動だ！　ゴールドスタインの工作員のしわざだ！　ポスターが壁からちぎり取られ、横断幕はずたずたに引き裂かれて踏みつけられ、暴動のような騒乱になった。〈スパイ団〉は屋根に乗ったり、煙突からはためいていた吹き流しを切ったりと、鬼神のような活躍ぶりであった。だがそんな騒ぎも、ものの数分で収まった。演説家は相変わらずマイクの首を摑み、身を乗り出し、空いた片手で宙に爪を立てながら、脇目も振らずに演説を続けていた。その一分後、凶暴な怒りの咆哮がふたたび群衆から一気に沸き起こった。標的が変わっただけで、ヘイトは以前とまったく変わることなく続いていったのである。

　その場面を振り返ったウィンストンが、もっとも強い感銘を受けたのは、演説家が話の途中だというのに、話を中断しないどころか言い回しの途中で口ごもりもせずに、元の筋書きから新たな筋書きに切り替えてしまったことであった。だがそのとき彼は、他のことに頭の中が囚《とら》われていた。ポスターが次々と引き剝《は》がされる大混乱のさなか、見覚えのない顔の男が彼の肩を叩《たた》き、「失礼、ブリーフケースを落とされたようですよ」と声をかけてきたのだ。ウィンストンは何も答えず、ぼんやりしながらブリーフケースを受け取った。デモが終了するころにはもう二十三時になりかけていたが、すぐさま彼はまっすぐ〈真実省〉に向かった。省では全員が、同じ行動を取っていた。職員には自分の持ち場に戻るよう、すでにテレスクリーンから命令が出ていたが、そんなものはほとんど必要なかった。

　オセアニアはイースタシアと戦争をしている。オセアニアは前からずっとイースタシアと戦争をしている。この五年間に出された政治的文献の大部分は、もはや完全に無用の長物であった。ありとあらゆる報告書や記録、新聞、書物、パンフレット、映像、サウンドトラック、写真……。それらすべてを電光石火で修正しなくてはいけない。とりたてて何か指示が出ているわけではなかったが、各局長が、対ユーラシア戦争やイースタシアとの同盟に関する記述をありとあらゆるところから一週間以内にひとつ残らず抹消する意向であるのは、誰もが知るところであった。作業は過酷を極めたが、それに関わる作業工程を本来の名称で呼ぶことができないので、なおさら過酷であった。記録局では誰もが二十四時間に、三時間の仮眠を二度取りながら十八時間働いていた。廊下のそこかしこに、地下から持ってきたマットレスが敷かれていた。食堂の係員たちがサンドイッチとヴィクトリー・コーヒーの軽食をカートに載せ、配って回っていた。ウィンストンは仮眠の前には必ず机の上の仕事をきれいに片付けてから行くようにしていたが、目やにで霞《かす》む目と痛む体を引きずるようにして戻ってくるたびに、円筒形に丸めた書類が積雪のように机を覆い尽くし、スピークライトをほとんど飲み込んで床にまで溢《あふ》れてしまっているものだから、まずはそれをきちんと積み上げて作業スペースを確保するところから着手しなくてはならなかった。何よりも最悪なのは、完全に機械的な処理だけではどうにもならないことだった。ただ名前を別の名前に書き換えれば済むようなものもそこそこあるのだが、さまざまなできごとの詳細な報告書となると、注意深さと想像力がなくてはとても処理できない。どこかの戦場を別の場所へと移すには、膨大な地理的知識さえ要求されるのである。

　三日目になるころには目が耐え難いほど痛くなり、何分かごとに眼鏡を拭《ふ》かないとどうしようもなくなってしまった。まるで、拒否する権利こそあるものの達成しないと神経症のような不安に苛《さいな》まれてしまう肉体労働と、取っ組み合いをしているかのようであった。気持ちに余裕がないのでほとんど記憶はないのだが、断片的に思い出す限りでは、スピークライトに吹き込んだどの言葉も、インク・ペンシルで書いたどの文もまったくの手が込んだ嘘だというのに、彼はまったく気にもならなかった。局内にいるすべての人々に負けず劣らず、捏造《ねつぞう》作業を完璧《かんぺき》にしなくてはと不安だったのである。六日目の朝、筒が落ちてくる頻度が少なくなってきた。三十分ほど気送管から何も出てこないまま時が過ぎ、ひとつだけ落ちてきたかと思うと、また沈黙するといった具合である。このころにはどこの業務もゆるやかになっていた。深く、そして密《ひそ》かなため息が局じゅうから聞こえた。決して口に出されることのない金字塔が打ち立てられたのだ。もはやユーラシアとの間に戦争が起きたことを文書的証拠を使って証明することは、誰にも不可能となったのである。十二時、省の全職員は翌朝まで自由にしてよいという不意の発表が出された。ウィンストンは、作業の間には足の間に、仮眠中は体の下敷きにしていた、例の本が入ったブリーフケースを家に持ち帰ると、ひげを剃《そ》り、ほとんどぬるま湯しか出ないというのに風呂《ふろ》で眠りに落ちそうになってしまった。

官能的とも感じられる軋みを関節に感じながら、チャリントン氏の店の上階に続く階段をのぼった。くたびれてはいるものの、もう眠くはない。彼は窓を開け放ち、汚れた小さな石油ストーブをつけ、コーヒーを淹《い》れるために水を入れた鍋《なべ》を火にかけた。ジュリアもそのうち来るだろう。とりあえず、例の本だ。彼は汚い椅子にかけると、ブリーフケースのベルトをはずした。

ずっしりとした黒い本は素人仕事のように不器用に綴《と》じられており、表紙には著者名もタイトルも書かれていなかった。印刷のほうも、少々たどたどしく思えた。まるで数多《あまた》の手を渡ってきたかのようにページの端は擦り切れており、ちょっとしたことでばらばらになってしまいそうだ。扉のページには、次のように印刷されていた。

少数独裁制集産主義の理論と実践

エマニュエル・ゴールドスタイン著

ウィンストンは読み始めた。

第一章

無知は力なり

人類の歩みが記録されはじめて以降、そしておそらくは新石器時代の終焉《しゅうえん》以降、世界には上層、中層、下層、三種の人々が存在してきた。この三者はさらに多くの種別に細分化され、無数の異なる呼称を持ち、相対的な数や相関図は時代によって変遷し続けた。だがしかし、根本的な社会構造は一度たりとも変わっていない。凄《すさ》まじい激動や、後戻りができぬと思えるような変化が生じようとも、常にこのパターンが再び起きてきた。ジャイロスコープをどれほど左右に押そうとも、必ず均衡を取り戻すのとまったく同じである。

この三つの集団が持つ目的は、まったく相容《あいい》れない——

ウィンストンは読み進めるのをやめた。とにかく、自分は本当に読んでいるのだ、しかもくつろぎながら身を案じる必要もない場所で読んでいるのだ、という事実を噛《か》み締めたかった。部屋には自分しかいない。テレスクリーンもなく、鍵穴《かぎあな》で盗み聞きする者もなく、背後を振り向いたりページを手で覆ってしまったりしたくなるような臆病《おくびょう》な衝動もない。気持ちいい夏の空気が頬をくすぐった。どこか彼方《かなた》から、子供たちが騒いでいる声がかすかに聞こえてくる。一方、部屋の中には、虫の音にも似た時計の音以外には何も聞こえない。彼は肘掛《ひじか》け椅子に深く座り直し、炉格子に片足をかけた。至福を、そして永遠を感じる。不意に——いずれ一言一句たりとも漏らさず何度も読み返すと分かっている本をそうするように——彼はさっきとは違うページを開いてみた。第三章。彼はそこからふたたび読みはじめた。

第三章
戦争は平和なり

世界が三つの超大国へと分裂するのは二〇世紀半ばには予見できたことであり、実際に予見されていた。ヨーロッパがロシアに、そして大英帝国がアメリカ合衆国に統合されたことにより、現存する三強国のうち二国、ユーラシアとオセアニアは、当時すでに事実上存在していたのである。残す一国であるイースタシアがようやく明確な国家の形となったのは、さらに混乱と戦争の十年を経てのことであった。この三大国の国境線は、場所によっては任意に決められており、そして他の場所では戦況の風向きによって変動するものの、概して地理学的な境界線に応じて定められている。ユーラシアはヨーロッパ及びアジア大陸の北部全域、要するにポルトガルからベーリング海峡までで成っている。オセアニアは北中南アメリカ、イギリス諸島を含む大西洋の島々、オーストラレーシア、そしてアフリカ南部から成り立っている。イースタシアは他国より小さく西の国境線も明確に定められてはおらず、中国および以南の国々、日本列島、そして巨大ではあるが国境の変動が激しい満州、モンゴル、チベットから成る。

三超大国は敵味方を変えながら延々と戦争状態にあり、これを過去二十五年にわたり続けている。とはいえこの戦争はもはや、二〇世紀初頭の数十年に見られたような決死かつ壊滅的な争いではない。決して互いを破滅させることのない、れっきとした戦争目的も持たない、純粋なイデオロギー的な相違も持たない国同士による、限定的な目的しか存在しない武力衝突なのである。とはいえ戦争という行為そのものや、戦争に対する支配的な考えが、以前に比べて残忍ではなくなったり、より騎士道的なものになったりしたわけではない。むしろ戦争への熱狂は三国の全土を覆い続けており、強姦《ごうかん》、略奪、児童の殺戮《さつりく》、全国民の奴隷化、そして釜茹《かまゆ》でや生き埋めにまで及ぶ捕虜への報復行為といったものは日常的なものと見なされ、敵国ではなく自国がこのような行為に及ぶと賞賛の的となるのである。だが物理的な意味では戦争に関与する人口はごくわずか、ほとんどは高度に訓練された専門家であり、死者数は比較的少ない。戦闘行為がある場合でも、戦場となるのは一般人には想像するしかない曖昧《あいまい》な国境線か、航路上の戦略拠点を防衛する〈浮遊要塞〉の周辺である。文明の中心地において戦争は、消費財の恒久的な不足や、しばしば数人の死者を出すロケット弾の爆発程度の意味しか持ちはしない。つまり、戦争の性質が変化したのである。さらに正確に記すならば、戦争が遂行されるための数々の目的が重要度の序列を変えたのだ。二〇世紀初頭の大戦においてすでにわずかに存在していた動機が今や支配的となり、意識的に選ばれ、行動原理になっているのである。

　現代の戦争――数年ごとに敵味方の組み合わせが変わることはあれ、常に同じ戦争である――が持つ本質を理解するには、まず第一に、勝敗の決定は不可能なものであると理解しなくてはならない。三超大国のうち二国が手を組もうとも、残る一国を完全に征服することはできない。三国の力は極めて拮抗《きっこう》しているうえに、自然の防壁があまりにも堅牢《けんろう》なのだ。ユーラシアは広大な陸地に、オセアニアは大西洋と太平洋の大海原に、イースタシアは市民の繁殖力と勤勉さに、それぞれ守られている。第二に、物質的な意味で、もはや戦う必要が何もないことだ。生産と消費が互いに連動し合う自給自足の経済が確立されたことにより、以前の戦争では主たる要因となっていた市場の奪い合いは終焉を迎え、さらには資源の争奪も死活問題ではなくなった。三超大国は極めて広大であるため、いかなる場合であろうと、資源が必要となれば、ほぼなんでも自国領土内で調達できてしまうのである。この戦争に率直な経済的意図があるとするならば、それは労働力を巡る闘争だ。三超大国の国境間はどれか一国の恒久的な領土ではなく、そこにタンジール、ブラザヴィル、ダーウィン、香港を四隅とする大まかな四辺形があり、地上に暮らす全人口のおよそ五分の一を有している。三超大国が絶え間なく争い続けているのは、人口密度の高いこの地域と、北部に位置する氷雪地帯の所有権を手にするためである。現実は、どれか一国がこの係争地域のすべてを支配するに及んだことは一度たりともない。この地域の所有国は常に変わり続けており、三国ともに不意の裏切りを働き、いずれかの一角を我が物としようとするものだから、いつ果てるともなく同盟関係がころころと変わり続けているのだ。

すべての係争地域には貴重な鉱物資源が眠っているし、いくつかの地域からは、たとえばゴムの木のような貴重な植物が産出される。寒冷地では比較的高コストの製法によりゴムの合成をしなくてはならないのだ。しかし何より重要なのは、こうした地域が有する底なしの安い労働力であった。いずれかの超大国が赤道アフリカ、もしくは中東の国々、または南インド、はたまたインドネシア諸島を掌握したとなれば、同時に安い賃金で重労働を請け負う苦力《クーリー》を何億人と手に入れることができるわけである。こうした地域の住民たちは、ほぼ公然と奴隷の立場にまで貶《おとし》められ、征服者の手から次の征服者の手へと延々と受け継がれ、軍備の拡張、領土の拡大、さらなる労働力の支配などを求める競い合いの中で、石炭や石油のように際限なく使い捨てにされていく。戦闘が係争地域外にまで及ぶことが決してないことは、特筆しておくべきだろう。ユーラシアの国境線はコンゴ川流域と地中海沿岸の間を流動し、インド洋および太平洋の島々はオセアニアとイースタシアによって奪い奪われを続けていたし、モンゴルにおいてはユーラシア領とイースタシア領の分断線がきちんと定まったためしがなかった。極地については三国すべてが、大半が無人で未開発になっている広大な領土の支配権を主張している。だが三国の勢力は常にほぼ等しく、各国の核心地域を形成する領土が侵略を受けたことはまずない。そのうえ、赤道周辺に住む被搾取民の労働力は、世界経済にとって必要不可欠というわけではない。そうした人々が世界の富に寄与することは皆無と言ってよい。なぜなら、彼らが産出するものはすべて戦争のために使われるわけであり、戦争を行う目的とは、常に新たな戦争に及ぶために有利な立場を獲得することだからである。奴隷民は己の労働力によって、絶え間ない戦争のテンポを速める一助になっているというわけだ。だがしかし、仮に彼らが存在しなかったにせよ、世界の社会構造も、それを維持するためのプロセスも、本質的に変わることはないであろう。

　現代の戦争行為における第一の目的は（〈二重思考《ダブルシンク》〉の原則に則《のっと》るとすれば、この目的は、党中軸を監督する中枢部に認識されていると同時に認識されていないといえる）全体的な生活水準を上げることなく機械による生産物を消費し尽くすことにある。一九世紀の終わり以降、消費財の余剰をどう処理するかという問題は、工業社会に潜在し続けてきた。ほとんどの人々がじゅうぶんな食料に恵まれぬ現代において、この問題が緊急のものでないことは明白であるし、人為的な破壊行為がまったく行われていなかったとしても、おそらくそれは変わるまい。現代世界は一九一四年以前に存在した世界と比べれば殺風景で飢餓がはびこり荒涼としており、当時の人々が楽しみに描いていた想像上の未来像と比較すると、なおさらそのように見えるであろう。二〇世紀初頭、信じがたいほど豊かで、時間的ゆとりに恵まれ、秩序があり、能率的な未来社会——ガラスと鋼鉄と純白のコンクリートが作り上げる、きらめく無菌世界である——という想像図は、読み書きのできる者ならばほぼ全員が意識の中に抱くものであった。科学技術は驚異的なスピードで発展の一途を辿《たど》っており、それがまだ続いていくものと考えるのが当然のことに思われていたのである。これが実現しそこねた理由のひとつは、長きにわたり続いてきた戦争と革命に起因する貧困化であり、さらには科学技術の進歩が、厳しく統制された社会では生き残りえない経験的な思考習慣に依存していたからでもあった。この世界は概して、五十年前よりも原始的なのだ。一部の後進地域は発展し、さまざまな装置——常になんらかの形で戦争や警察の偵察行為と関係している——は発達し続けてきたが、実験や発明はもはやほとんど行われず、一九五〇年代の核戦争が残した爪痕《つめあと》は、いまだ完全に修復されてはいない。だがしかし、機械特有の危険はどれも、相変わらず手つかずのまま残されている。初めて機械が世に現れたその瞬間から、人間が苦役を負う必要が消失し、それゆえ人間の不平等がおおむね解消されたことは疑いようもないと、識者たちは考えてきた。もし機械がそうした目的のために使われたなら、飢餓、過労、不潔、無学、病魔などは数世代のうちに消滅していただろう。だが実際には、そのような目的のために使われることなく、むしろ機械は自動的なプロセスを経て——ときには分配せねばならないものを含めて富を生み出すことにより——一九世紀から二〇世紀初頭にかけての五十年間に、平均的な人々の生活水準を飛躍的に向上させたのである。

　しかし全体的な富の増大が、社会のヒエラルキーを破壊する脅威——事実、ある意味でこれは破壊であった——となることもまた明白だった。人々の労働時間が短く、食料に不自由せず、バスルームと冷蔵庫のある家に暮らし、自動車や、さらには飛行機すらも所持している世界が作られていたなら、最も明確な、そしておそらくは最も重要な不平等の構造は早々に消滅してしまっていたはずだ。ひとたびそれが一般化してしまえば、富はなんの差異も生み出さなくなってしまうであろう。無論、私有財産や贅沢《ぜいたく》という意味での富が公平に分配され、一方ごく限られた特権階級の手中に権力が握られた社会を想像することは、間違いなく可能である。だが実際には、そのような社会が長期にわたり安定し続けるのは不可能だ。仮に誰もが等しく余暇と安全とを謳歌《おうか》することができるとしたら、本来は貧困によって身動きを封じられていた大多数の人々が読み書きを覚え、自ら考えることを学ぶようになるからである。そうなれば、少数の特権階級はなんの機能も果たしていないと人々が気づき、これを駆逐してしまうのは時間の問題といえよう。長期的に考えれば、貧困と無知という土台がなくては、ヒエラルキー的社会の実現は不可能なのだ。二〇世紀初頭の思想家が夢想したような太古の農耕社会への回帰は、現実的な解決策とは言えなかった。そのような社会は、今やほぼ全世界においてもはや本能とも言えるような機械化の潮流とは相容《あいい》れぬものであり、さらに言えば、工業的な後進国は軍備がろくに整わず、先進的な敵対国によって直接的にか間接的にか支配を受けるしかなくなるからだ。

しかし、大衆を貧困から脱け出させぬために物資の生産を制限するというのも、満足のいく解決策とはいえなかった。これは、資本主義の終末期である一九二〇年から一九四〇年にかけて広く採られた政策だった。そして数多《あまた》の国々において経済が停滞し、大地は耕されず、資本設備の追加もなされず、人口の大部分が労働を取り上げられ、国家の慈善政策により生殺しにされ続けたのである。だがこれに伴う必然として軍隊が弱体化したうえに、政策が引き起こす貧困が不必要であることも明白であったことから、否応《いやおう》なく反対が起こった。問題は、世界の富を増やすことなく、いかに産業の車輪を回し続けるかであった。生産物は生み出さなくてはならないが、断じてその財貨を分配するわけにはいかない。そしてこれを成就させるには事実上、戦火を絶やさぬことしかなかったのである。

　戦争の本質は破壊行為にあるものだが、それは必ずしも人間の生命のみならず、人間の労働力が生み出す生産物に対する破壊行為でもある。戦争とは、民衆に過度の安寧を与え、長い目で見れば過度の知性をも与えかねない生産物を粉砕し、成層圏に捨て去り、海底深くに沈めるための一手段なのだ。たとえ兵器が実際には破壊されていない場合においても、兵器の製造は、消費財を何ひとつ生産することなく労働力を消費するための有用な方法である。たとえば浮遊要塞は、貨物船数百隻を建造できるほどの労働力を幽閉してきた。そして最終的には誰かに実際的な利益をもたらすこともないまま、時代遅れのものとして解体され、さらに膨大な労働力を投じて新たな浮遊要塞が建造されるのである。戦争努力というものは原則的に、民衆の最低限の需要を満たしたあとの余剰物資をすべて食いつぶすよう計画される。実際は、民衆の需要は常に低く見積もられ、結果として生活必需品の半数は慢性的な不足続きとなっている。だが、それは利益とみなされる。これは、上級国民すらも困窮と紙一重の状態にさせておくための、周到な政策なのだ。困窮が日常化することで、些細《ささい》な特権の重要性が増大し、それにより各集団の区別がより明確になるからである。二〇世紀初頭の基準では、〈党中軸〉のメンバーであろうと質素で苦しい生活を送っていた。にも拘《かかわ》らず、彼らが享受していたいくばくかの贅沢品《ぜいたくひん》――設備の整った大きなアパート、上等の生地で作られた衣服、上質な食料と飲料と煙草、数人の召使い、私用の自動車およびヘリコプター――によって、党外核のメンバーとは異世界の住人になっていたのだ。そして党外核のメンバーたちは同様に、「プロレ」と呼ばれる下層階級の人々に対して似たような特権を与えられるわけである。この社会的雰囲気は、馬肉ひと塊《くれ》が貧富の差を分ける、包囲され補給路を断たれた街の雰囲気と同じだといえよう。同時に、今は戦時中であり、危険に脅かされているのだから全権を特権階級に委《ゆだ》ねるべきであるという意識が、生存に欠かせない条件に思えてくるわけである。

いずれ判明するであろうが、戦争とは不可欠な破壊を達成するだけでなく、それを心理的に容認しうる形で達成するものだ。原則として、寺院やピラミッドを建てたり、穴を掘りまた埋め立てたり、大量の物資を生産してから焼却したりして、余剰の労働力を空費するのは実に容易である。しかしそれではヒエラルキー的社会に経済的な基盤を与えることはできても、感情的な基盤を与えることはできない。ここで問題となるのは、大衆の士気ではなく――堅実に働き続けてくれさえいれば、彼らがどのような姿勢であろうと重要ではない――党そのものの士気である。最低級の党員だろうと、限られた範囲の中で有能かつ勤勉であること、そのうえ知的であることが求められるわけだが、それのみならず、恐怖、憎悪、服従、そして勝利の熱狂を支配的な感情として抱く、妄信的で無知な狂信者でなくてはならない。言い換えるなら、戦争状態に適した精神状態でいることが不可欠なわけだ。実際に戦争が起きているかは重要ではないし、明確な勝利を得ることが不可能である以上、戦況の有利不利も重要ではない。重要なのは、戦争状態が存在していることなのだ。党員たちに対して党が求める知的分裂――戦時下においてのほうがより容易に達成できる――は、今やほぼ普遍的なものだといえるが、党内の地位が高くなればなるほど、さらに顕著になる。戦争の狂乱と敵へのヘイトがもっとも強烈なのは、まさしく党中軸なのだ。管理者である党中軸のメンバーにしてみれば、戦争を報じるニュースのあれこれがでたらめであると知っておかねばならない場合も少なからずあるし、さらには戦争そのものが偽りであるか、もしくは起きてなどいないか、はたまた宣戦布告されたものとはまったく異なる目的のために行われているということに、気づくこともありうるだろう。だが、そのような知識は二重思考《ダブルシンク》の技術により、簡単に中和されてしまうのである。一方、戦争は現実のものであり、まごうかたなき世界の覇者であるオセアニアの勝利に終わるのだという神秘的信念を、ちらりとでも揺るがす党中軸のメンバーは、ひとりたりとも存在しない。

　党中軸の人々はすべて、来たるべき世界制覇をひとつの信条として信奉している。この世界制覇は、段階的に領土を広げていき圧倒的に優位となる力を獲得するか、決定的な新兵器を開発するかで成就する。新兵器の開発は休むことなく続けられており、発明や投機の才を持つ人々にとってごく限られた生きがいのひとつとなっている。現在のオセアニアにおいて古い意味での科学は、もはやほぼ存在していない。ニュースピークには「科学」に相当する言葉がない。すべての科学的偉業が礎《いしずえ》としていた経験主義的な思考法は、イングソックの最も根本的な原理と相反するのだ。技術開発ですら、その成果物が人間の自由をなんらかの形で縮小させられる場合に限ってしか行われない。実用的な技術はすべて停止するか退行している。田畑は馬耕され、書物は機械により執筆されるのである。しかし極めて重要な問題——事実上、戦争および警察組織による諜報《ちょうほう》活動を意味している――については、この経験主義的なアプローチが今もなお推奨されるか、最低でも容認されている。党が標榜《ひょうぼう》する二つの目標とは、地球上の全土を征服すること、そして独立した思想が生じる可能性を永遠に消し去ることである。ゆえに、党は二つの大問題を解決すべく尽力せざるをえない。ひとつは、意思に関係なく本人の思考をつまびらかにする方法、もうひとつは事前に警戒されることなく数秒のうちに数百万人を殺害する方法である。科学的研究が存続する限り、これは主要な課題となろう。現代の科学者は心理学者と異端審問官の混成であり、顔の表情、身じろぎ、声の抑揚などを異様なほどの綿密さで観察し、薬品、電気ショック、催眠術、肉体的な拷問などにより真実を聞き出す効果を試験する。もしくは、命を奪うことに関連する専門分野のみを研究する科学者や、物理学者、生物学者である。〈平和省〉内の巨大な研究所で、またブラジルの熱帯雨林に隠された数々の実験施設で、そしてオーストラリアの砂漠地帯や南極圏の忘れ去られた島々で、いくつもの専門家の集団が疲れを忘れて研究に従事しているのだ。ある者は未来の戦争に投入される後方支援の計画のみに関わり、他の者たちはより巨大なロケット弾の、より強力な爆発物の、そしてより堅牢《けんろう》な装甲板の開発に携わる。また他にも、従来のものより強い殺傷力を持つ新型ガスや、全大陸の植物を死滅させる力を持つほど大量生産が可能な可溶性毒物や、あらゆる抗体に対して免疫性を持つ病原菌の培養を研究する者たち、さらには海中の潜水艦さながらに地中を進むことのできる乗り物や、帆船のように基地を必要としない飛行機を作り出そうと懸命の努力を続ける者たち、そして、高度数千キロの宇宙空間に展開されたレンズを通して太陽光線を収束させたり、地殻の熱を解放することで人工的に地震や津波を生み出したりするような、実現する可能性の低い研究に従事する者たちもいる。

だがしかし、これらの計画はどれも実現へと近づいたことすらなく、三超大国ともに、他国を顕著にリードしたこともない。さらに特筆すべきは、この三国すべてがすでに保有している核爆弾が、目下の研究により開発可能ないかなる武器をも遥《はる》かに超越するほど強力なものであるという点だ。党は例のごとく自らが発明者であると主張しているが、原子爆弾は一九四〇年代にはすでに出現しており、初めて大規模に使用されたのは、それからおよそ十年後の話である。当時、産業の中心地、主にヨーロッパ・ロシア、西ヨーロッパ、北アメリカに、何百発という爆弾が投下された。その狙いは各国の支配集団に対し、あと数発も原爆が落ちれば、組織化された社会が、要するに彼らの権力が終わるのだと観念させることであった。それ以降、公式な合意が結ばれることもほのめかされることもなかったものの、爆弾は一発たりとも投下されていない。三超大国ともに原子爆弾を生産し続け、遅かれ早かれ訪れると確信していた決定的機会に備えて備蓄し続けているのみである。その間、軍事技術は三十年から四十年にわたりほぼ停滞している。ヘリコプターの使用頻度は以前よりも増し、爆撃機はほとんど自動推進式のロケット弾に取って代わられ、脆弱《ぜいじゃく》な機動戦艦はほぼ不沈の機動要塞にその座を明け渡した。だが、それ以外に大した進歩は見受けられない。戦車、潜水艦、魚雷、マシンガン、そしてライフルや手榴弾《しゅりゅうだん》まで現役で使用されている。そして、新聞やテレスクリーンで果てしなき虐殺劇が報じられてはいても、以前の戦争で見られたような、わずか数週のうちに何十万、何百万の死者を出すような血みどろの戦いが繰り返されることはなくなっている。

三超大国はいずれも、深刻な敗北のリスクを負うような作戦を採ったことは一度たりともない。大規模な作戦が行われるのは通常、同盟国に対する奇襲のみである。三国が追従している戦略、もしくは追従している振りをしている戦略は、まったく同じものだ。その戦略とは、戦闘、交渉、適時適切の裏切りを組み合わせたものである。敵国のどれかを円形に完全包囲する基地を獲得し、その敵国との友好条約に調印し、疑念をあやして眠りにつかせるほどの長きにわたる友好関係を続ける。その間に核弾頭を搭載したロケット弾を全戦略拠点に配備する。最終的にこれらを一斉発射し、報復が不可能となるほどに壊滅させるわけである。次に新たな攻撃への準備をすべく、残るもうひとつの超大国との友好条約に調印する。説明するまでもないだろうが、このような計画は実現不可能な白日夢にすぎない。のみならず、これまでに赤道と極地あたりの係争地域以外で戦闘が起きたことはないし、敵地に対する侵略が実行された試しもないのだ。こうしたことから、いくつかの地域においては超大国間の国境線が恣意的《しいてき》に決められているという事実は明白である。たとえばユーラシアは、地理的にヨーロッパの一部であるイギリス諸島を楽々と征服できるし、オセアニアがライン川か、ビスワ川にまで国境線を広げることも可能である。だがそんなことをすれば、明文化されてこそいないものの三国すべてが遵奉している文化保全の原則を破棄することになってしまう。もしオセアニアがかつてはフランス、ドイツとして知られていた地域を征服するとなれば、住民を皆殺しにするという極度な物理的困難をともなう行為を遂行するか、あるいはテクノロジーの進歩に関して言えば、およそオセアニアと同等のレベルにある約一億人という人口を吸収する必要が生じてくる。この問題は、三超大国すべてにとって同様だ。戦争捕虜や有色人種の奴隷など限られた例外を除き、外国人との接触を持たないことは、どの国にも絶対に必要である。その時点における公式な同盟国ですら、常にこのうえなく強烈な疑いの目で見られるのである。戦争捕虜は別として、オセアニアの一般市民はユーラシア市民やイースタシア市民を目の当たりにすることは皆無であり、外国語を学ぶことも禁じられている。誰であれ、仮に外国人との接触を許可されたなら、彼らも自分と同じ人間であり、今まで聞かされてきた話の大半は嘘なのだと気づくことだろう。自分が住んでいた封印された世界は崩壊し、士気の拠《よ》り所となっていた恐怖、憎悪、独善は、霧散してしまうことだろう。それゆえ、イラン、エジプト、ジャワ島、セイロンなどの領有権がころころ変わろうが三国とも気にはしないが、ミサイル以外に主要な国境線を越えるものがあっては断じてならないのである。

この裏には、決して公に口にされることはないが暗黙のうちに理解され行動の動機になっている、とある事実がある。それは、三超大国における生活状態はほとんど変わらないということである。オセアニアではイングソックという哲学が支配的であり、これはユーラシアでネオ・ボルシェヴィズムと呼ばれている。イースタシアにおいては中国語の名前をつけられ、通常は「死の崇拝」と翻訳されるのだが、おそらくは「滅私」とするほうが適切であろう。オセアニア市民はこれら三国の哲学の教義をひとひらたりとも学ぶことを禁じられ、道徳や常識を蹂躙《じゆうりん》する野蛮なものとして憎悪するよう教えられる。実際のところこの三哲学はほとんど区別不能であり、これらが支える社会制度は完全に区別不能である。どの国にも同じピラミッド構造が、半ば神格化された指導者が、そして戦争の継続に依存しかつ寄与する経済が、存在するのである。つまり、三超大国は互いを征服できないばかりか、仮に征服したところでなんの利も得られぬということになる。それどころかこの三超大国は争い続けている限り、三束の麦よろしく互いを支え合っているわけである。そして案の定、各国の支配集団は自分たちが何をしているのか、自覚していると同時に自覚していない。彼らは世界征服に献身してはいても、勝利なき戦争が永遠に続くことこそ必要なのだと知っている。一方、征服される危険が存在しないという事実によって現実を否定することが可能となり、これがイングソックおよびライバル国の思想体系の特有性となっているのだ。ここで今一度、先述したことを繰り返しておかねばなるまい。要するに戦争は永続化することにより、その性質を根本的に変化させたわけである。

　過去の時代における戦争とは通常はっきり勝敗が付き、いずれ終焉《しゅうえん》を迎えるものであった。また同じく過去において、戦争は人間社会が物理的現実との接触を持ち続けるために用いる重要手段のひとつであった。あらゆる時代のあらゆる支配者たちは歪《ゆが》めた世界観を大衆に植え付けようとしたが、軍事力を損ない兼ねないような幻想を抱かせるようなゆとりはなかった。敗北が、独立性の喪失や、もしくは一般的に望ましいものではないとされる結果を意味しているかぎり、敗北に対する備えは万全である必要があったのである。物理的な事実も無視はできなかった。哲学や宗教、倫理、政治の分野では二足す二は五になりえる、だが銃器や航空機の設計においては四にならなくてはならない。非効率的な国家は遅かれ早かれ例外なく征服されてきたし、効率を高めるための苦心は幻想と相容《あいい》れぬものである。のみならず、効率を上げるには過去から学ばなくてはならず、つまりは過去のできごとをごく正確に理解することが必要なのだ。新聞や歴史書は当然粉飾され、バイアスがかけられていたが、現在のような捏造《ねつぞう》工作までは行われていなかったことだろう。戦争とは正気を保護する安全装置であり、支配者階級に関するかぎり、あらゆる安全装置の中でもそれこそが最重要のひとつだった。戦争に勝敗が付いて回る以上、どの支配者階級もまったく責任を取らないわけにはいかなかったのである。

だがしかし、戦争が実際に延々と続くとなれば、危険なものでもなくなってしまう。戦争が続くということは、軍事的必要性などというものもなくなるのである。技術開発も中断できるし、このうえなく明々白々の事実だろうと、否定したり、無視したりもできる。すでに見てきたとおり、科学的とされうる研究はいまだに戦争のために行われているが、こうしたものは本質的に白日夢のようなものであり、結果を出せなくとも、それは重要なことではない。効率とは、軍事的な効率すらも、もはや必要なものではないのだ。オセアニアには、思想警察の他に効率的なものは何ひとつ存在しない。三超大国がどれも征服不能なものであるため、それぞれは事実上、いかなる思想の曲解であろうと安全に実践できる独立した宇宙なのだといえる。現実は日常生活から生じる必要性——飲食する必要性、住居と衣服を得る必要性、毒を飲んだり最上階の窓から足を踏み外したりするのを避ける必要性など——を通してのみ、のしかかってくる。生と死の間、そして肉体的快楽と肉体的苦痛の間にはまだ区別があるが、それしかない。外界から、そして過去から切り離されたオセアニア市民は宇宙で、どちらが上でどちらが下かも分からぬままに、ぽつねんと星々の間をたゆたうひとりの人間のようなものだ。そうした国家の支配者たちは、ファラオやローマ皇帝も敵《かな》わぬ独裁者である。不都合が出るほど大勢の死者が出ないよう市民を飢えから守ってやらねばならず、敵国と対等程度の軍事技術も保持せねばならない。だがその最低限さえ達成できれば、あとは己が選ぶままに現実を歪めることができるというわけだ。

ゆえに、過去の戦争行為を基準として判断するならば、現代の戦争は単なる贋物《がんぶつ》にすぎない。いわば、互いを傷つけることのできぬ角度で角を生やした、反芻《はんすう》動物同士の戦いのようなものである。だが、非現実的だから無意味だというわけではない。戦争は消費財の余剰を使い尽くすし、ヒエラルキー的社会が必要とする特殊な心理的状態を維持してくれるからだ。いずれ明らかになるだろうが、現代の戦争とは、純粋な内政問題なのである。過去において、あらゆる国家の支配集団は自分たちに共通する利益を認識し、それゆえに戦争による破壊行為の制限はしても互いに殺し合い、勝者は必ず敗者から略奪した。だが我々の生きる現代、国々は互いの国と戦うことなどまったくしていない。戦争とは、各国の支配集団が自国の民衆を相手に行うものであり、その目的は領土を侵略したり侵略を防いだりすることではなく、社会構造を無傷のまま保つことだ。従って、「戦争」という言葉自体がミスリードとなっているわけである。あるいは、継続的なものとなることで、戦争は存在しなくなったというほうが正確かもしれない。新石器時代から二〇世紀初頭まで戦争が人間にかけ続けてきた特異な圧力は消え去り、何かまったく別のものと入れ替わったのだ。仮に三超大国が互いに争い合うのをやめ、他国の国境を侵すことなく永久平和の中で生きていこうと合意したところで、結果は似たりよったりだろう。仮にそうなったところで、三国がどれも、ひやりとさせられるような外界の危険からは永遠に解放された、自己完結型の世界であることに変わりはない。真の永久平和は、永久戦争と同じであろう。これこそが、党のスローガン――ほとんどの党員はごく浅くしか理解していないが――「戦争は平和なり」に秘められた意味なのである。

ウィンストンはしばし、読むのをやめた。どこか彼方《かなた》から、ロケット弾の轟《とどろ》きが響いてきた。テレスクリーンもない部屋でひとり禁書を読む無上の幸福感は、まだ消えてはいなかった。孤独感と安息感とが肉体の疲労と椅子の柔らかさ、そして窓からそよいで頬をくすぐるそよ風と混ざり合い、体に触れるかのように感じられた。手中の本は彼を虜《とりこ》にした。いや、安堵《あんど》させた。知らぬことなど何も書かれていないともいえるが、それがまた心を惹《ひ》き付ける。自分のちらばった思考をまとめることができるとするなら、この本はまさしく彼の代弁をしている。彼とよく似た精神の持ち主が生み出した本だが、遥《はる》かに力強く、ずっと筋道が立ち、恐怖に囚《とら》われてもいない。最高の本とはすでに知っていることを物語ってくれる本なのだ、と彼は確信した。第一章を開き直そうとした途端、ジュリアの足音が階段から響いてきたので、ぱっと椅子から立ち上がり出迎えた。彼女は茶色い工具袋をどさりと床に放り出し、彼の腕に飛び込んできた。最後に会ってから、もう一週間以上になる。

「例の本を手に入れたんだ」

「へえ、そうなの？ よかったじゃない」彼女は大した興味もなさそうに言うと、さっさとコーヒーを淹《い》れようと石油ストーブのとなりにしゃがんでしまった。

ふたりがその話題に戻ったのは、ベッドの中で三十分過ごしてからだった。夕方は、ベッドカバーに身を包んでちょうどいいくらいに冷え込んだ。下からはいつものように、歌声や敷石に擦《こす》れるブーツの音が聞こえてきていた。初めてここに来たときにウィンストンが見かけた筋骨たくましい赤い腕の女は、あたかも庭に作り付けられているかのようであった。陽光の照る間は片時も休むことなく洗濯桶《おけ》と物干しロープを行ったり来たりしながら、洗濯バサミをくわえて黙り込んだかと思えば明るい歌を元気よく唄《うた》いだす。ジュリアは横向きに寝転がり、今にも眠りに落ちかけていた。彼は床に置きっぱなしになっていた本を手に取り体を起こし、ベッドの頭板にもたれかかった。

「こいつを読まなくちゃいけない」彼が言った。「君もだよ。〈ブラザー連合〉の全メンバーが読むべきだ」

「あなたが読んでよ」ジュリアはまぶたを閉じたまま言った。「読んで聞かせて。それがいちばんだわ。そうすれば、読みながら私に説明できるじゃない」

時計の針は六時を、つまり十八時を指している。まだ三、四時間はこうしていられる。彼は膝《ひざ》の上に本を広げて読み始めた。

第一章
無知は力なり

人類の歩みが記録されはじめて以降、そしておそらくは新石器時代の終焉以降、世界には上層、中層、下層、三種の人々が存在してきた。この三者はさらに多くの種別に細分化され、無数の異なる呼称を持ち、相対的な数や相関図は時代によって変遷し続けた。だがしかし、根本的な社会構造は一度たりとも変わっていない。凄《すさ》まじい激動や、後戻りができぬと思えるような変化が生じようとも、常にこのパターンが再び起きてきた。ジャイロスコープをどれほど左右に押そうとも、必ず均衡を取り戻すのとまったく同じである。

「ジュリア、起きてるかい？」ウィンストンが言った。

「うん、ちゃんと聞いてるわ。続けて。最高に面白いわ」

彼は先を読み続けた。


　この三つの集団が持つ目的は、まったく相容《あいい》れない。上層の目的は現在の身分に留《とど》まること。中層の目的は上層と入れ替わること。下層の目的は、というよりも目的があればの話だが——日々のこと以外はろくに考えられないほど苦役で酷使され続けるのが、下層の人々が持つ不変の性質なのである——すべての差別をなくし、万人平等の社会を創り出すことである。それゆえに歴史を通し、主たる輪郭を同じくした闘争が、幾度となく繰り返されてきたのである。上層は長期にわたって権力を堅持しているようにも思えるが、遅かれ早かれ必ず、自分たちへの信念か、効率的に統治する能力か、はたまたその両方を失うときがいずれ必ず訪れる。自由と正義のために戦うような顔をして下層を味方に付けた中層によって、撃砕されるのである。中層は目的を果たすと、すぐさま下層の民を元どおりの奴隷状態に戻し、自分たちは上層に成り上がる。やがて新たな中層が上下層どちらか、もしくは両方から分離し、また同じ争いが始まる。三集団のうち下層だけは、自分たちの目標を一時的にすら達成したことがない。歴史を通して物質的進歩が皆無であったと言えば誇張になる。衰亡期である現在ですら、一般市民は数世紀前よりも物質的には豊かなのである。しかしいかに富が膨れ、社会が洗練され、改革や革命が起きようと、人々の平等は一ミリたりとも前進しなかった。下層の人々から見れば、いかなる歴史的な変化であろうとも、支配者の名が変わる程度の意味しか持たなかったのである。

一九世紀後半を迎えるころになると、このパターンは多くの人々の目にも明白となっていた。やがてそこに、歴史というものを周期的な循環のプロセスであると解釈し、不平等は人々の生活が持つ不変の法則なのだと確言する思想家たちが出現した。無論、こうした思想を持つ者は常にいたわけだが、この思想家たちが提唱する方法は大いに変化していた。過去において、社会のヒエラルキー構造の必要性はつねに、とりわけ上層民が信奉する教義だった。国王、貴族、聖職者、法律家、そしてその構造に寄生する人々がこれを説き、死後の空想世界において必ずや報われるという確約によって人々を懐柔してきたのである。中層は権力を求めて争うとなると、常に自由、正義、友愛の言葉を利用した。しかし現代において、人類の兄弟愛という概念は、まだ統治者の地位にはないが遠からぬ将来その座に就きたいと欲するだけの人々によって、攻撃されはじめたのである。かつての中層は平等の旗のもとに革命を起こし、古き強権者が打倒されるやいなや、新たな独裁制を樹立させた。一方、新たな中層は事実上、自分たちが敷く専制政治を前もって宣言した。社会主義——一九世紀初頭に出現した思想にして、古代に起きた奴隷の反乱から連綿と続いてきた思想の最後の一環である——は依然として、過去世界の空想社会主義《ユートピアニズム》に深く影響を受けていた。だがしかし、一九〇〇年ごろを境に出現しはじめた社会主義の変種からはいずれも、自由と平等を打ち立てる目的は公然と捨て去られていった。今世紀中期に台頭した新たな運動、つまりオセアニアのイングソック、ユーラシアのネオ・ボルシェヴィズム、そしてイースタシアの通称「死の崇拝」においては、否自由と不平等を存続させるという目的が重んじられた。こうした新たな運動は無論、古い運動から育ったものであり、名称をそのまま保持し、古きイデオロギーに口先ばかりの敬意を表する傾向を持つ。だがそれらすべての運動の狙いは、好きなときに進歩を阻み、歴史を凍結させることであった。すっかりお馴染《なじ》みの振り子運動がまた始まっても、ここで止まるというわけだ。例のごとく上層は中層によって駆逐され、中層が上層となる。だが今度は巧妙な戦略により、上層は永久的に己の地位を保つことができるようになるのだ。

一九世紀以前にはほとんど存在しなかった歴史的知識の蓄積と、歴史感覚の発達による寄与も、こうした新たな教義が生じた一因である。歴史の循環運動は解明されうるものとなった——とりあえずそう見える程度にはなった——わけだが、解明できるのであれば、すなわち変えられるということである。だがもっとも基本的な要因は、二〇世紀初頭には、人類の平等が実質的に可能となっていたことであろう。無論、人が生まれ持つ才能は平等ではなく、数人を特別扱いするような形で職務を専門化せねばならなかったことも、また事実だ。しかし階級を区別したり、富に大きな差異を付けたりする真の必要性は、もはや皆無であった。さらに昔には、階級による区別は避けられぬものではあったが、同時に望ましいものだともいえた。不平等は文明化の代償だったからである。しかし機械生産の発達により、事態は変化する。人により仕事の種類が異なることに変わりはないが、違う社会的階級、経済的階級で暮らす必要がなくなったのだ。そうして人類の平等は、権力を掌握しようとしている新たな集団にとっては、もはや努力しながら追い求めるべきものではなく、回避すべき危険となったのだ。より原始的な時代、平等で平和な社会など事実上不可能であった時代には、人々はやすやすとそれを信じた。法も過酷な労働も存在しない、人々が兄弟愛で結ばれて生きる地上の楽園という思想は、数千年にわたり人々の空想に取り憑《つ》き続けた。そして、歴史的変革が起こるたびに実際的な利益を受けた人々の心をも、少なからず捕《とら》えてきたのだった。フランス革命、イギリス革命、そしてアメリカ革命の後継者たちは、人権、言論の自由、法のもとの平等といったものを語る己の言葉をある面では信じ、そうした言葉に行動が何らかの影響を受けることもよしとした。だが二〇世紀となり四十年が経つ頃には、政治思想の主流はひとつ残らず権威主義的なものとなった。地上の楽園は実現可能になったまさしくその刹那《せつな》に、人々から信じられなくなってしまったのである。いかなる名称であろうと、新たな政治理論はどれもこれも、ヒエラルキーと厳しい統制に回帰するものばかりであった。また、一九三〇年ごろを境に全般的な展望が厳しくなっていく中、長期にわたり放棄され続けてきた数々の営み――裁判を経ぬ投獄、自白を引き出すための拷問、捕虜の利用、そして全人口の強制移動など。中には百年単位で行われていなかったものもある――が再び広く行われるようになり、しかも博識、進歩的を自称する人々からも黙認され、さらには支持すらされるようになったのである。

　完全に練り上げられた政治理論としてイングソックが、そして競合する教義が出現したのは、世界各地で国家間の戦争や内戦、革命、そして反革命が十年にわたり続いてからのことであった。だがいずれも今世紀初めに台頭した、一般的に全体主義と呼ばれる数々の体制から予見されていたものであり、長く蔓延《まんえん》を続ける混沌《こんとん》から生ずるであろう世界の概観も遥《はる》か以前から明白であった。どのような者たちがその世界を牛耳るのかも、同じく明々白々としていた。新たな貴族階級の大半は、官僚、科学者、技術者、労働組合の組織者、広報の専門家、社会学者、教師、ジャーナリスト、そして職業政治家たちだった。もとは中産階級の給与所得者や、労働者階級の上層であるそれらの人々が、独占化された産業と中央集権的支配が生み出す不毛な世界によって形作られ、融合させられたのである。過去に同等の立場にあった人々と比較して、彼らは寡欲で、贅沢《ぜいたく》に目を眩《くら》ませることもなく、純然たる権力を渇望し、何より己の行動にはっきりと自覚を持ち、反対勢力を粉砕しようという意思も強烈であった。この最後の差異は決定的だった。現存する専制政治と比較して、過去のそれらはすべて生半可で、非効率的なものだった。どの支配集団もリベラルな思想から多少は影響を受けているのが常であり、解決もしていない問題をそこかしこに放置し、明白な問題のみに目を向け、民衆の考えには無関心であった。中世のカトリック教会でさえ、現代的な基準で鑑《かんが》みれば寛容と言えた。その理由としては、過去には市民を常時監視下に置いておく力を持つ政府が皆無だったこともあるだろう。しかし印刷技術の発明により世論を操ることが容易となり、映画やラジオがさらにそれを容易にしていった。テレビが開発され、技術の進歩によりひとつの機器で受信と発信を同時に行うことが可能になると、プライバシーのある生活は終わりを迎えた。すべての市民、少なくとも監視に値する重要な市民を一日二十四時間つねに警察の監視下に置き、あらゆる通信チャンネルを閉じ、政府公式のプロパガンダだけを聞かせられるようになったのである。国家の意思に完全服従させるのみならず、あらゆる問題に関する意見を完璧《かんぺき》に統一できる可能性が、初めて現実のものとなったのだ。

　革命の時代であった一九五〇年代、六〇年代が終わると、社会は例のごとく、上層、中層、下層に再編成された。しかしこの新たな上層民たちは先人たちと違って本能任せで行動したりすることはなく、己の地位を守るには何が必要かを自覚していた。少数独裁制にとって唯一安全な基盤が集産主義であるというのは、長きにわたり知られてきたことである。富と特権は共同保有されることで、最も守りやすくなる。今世紀なかばに実施されたいわゆる「私有財産廃絶」は事実上、それまでよりも遥かに少ない人々の手に富を集中させるものだった。とはいえ、新たな所有者は多数の個人ではなくひとつの集団である、という違いはあったのだが。個人的には、党員たちは些《さ》細《さい》な私物を除き何も所有していない。集団的には、党がオセアニアのすべてを所有している。これは、党がすべてを支配し、そうするのが適切と判断すれば生産物の処分まで行うからである。党は革命後の数年間で現在の支配的地位をすんなりものにしたわけだが、ほぼなんの抵抗も受けなかったのは、その全過程を集団主義の一行為と装ったからである。もし資本家階級が富を没収されるようなことがあれば次に続くのは社会主義であるべきだと、かねて推察されてきた。そして紛れもなくその資本家階級が、富を没収されたのである。工場、炭鉱、土地、家屋、輸送機——ありとあらゆるものが没収された。そして、もはや私有財産でなくなった以上は公共財産とすべきであるとされたのである。初期の社会主義運動の中から生じ、その運動で使われた用語を継承したイングソックは、実際に社会主義計画の主要項目を実践した。その結果、予見され、意図されたように、経済的不平等が恒久的なものになったのである。

だがしかし、ヒエラルキー的社会の永続化に関する諸問題は、これよりもさらに根深い。支配集団が権力の座から墜《お》ちる道筋は、四通りしかない。外部から征服されるか、無能な統治が大衆を刺激して反乱を起こさせるか、不満を抱く強力な中層の出現を許してしまうか、支配者としての自信と意欲を喪失してしまうかである。これらの事態は単独で起こることはなく、原則として四つすべてがある程度ずつ同時に生じる。四つの要因すべてから身を守ることのできる支配階級は、恒久的に支配の座に就き続けられるだろう。突き詰めれば、支配階級自体の心的姿勢が決定的要因となるわけである。

今世紀中盤以降、第一の要因が生じる危険性は消滅した。今や世界を分断する三超大国は事実上征服不可能であり、人口統計的な緩やかな変化のみによって征服可能となりうるが、これは大規模な権力を持つ政府であればやすやすと回避できることである。第二の危機もまた、理論上のものでしかない。民衆が自ら反乱を起こすことはなく、抑圧だけを理由に反乱を起こすことなどありえないからだ。むしろ、比較する対象を持つことが許されない限り、己が抑圧されていることに気づきすらしないのである。過去に繰り返された経済危機はまったく不要なものであり、今や起きる余地のないものだが、民衆が不満を明示する方法がないため、同様の規模を持つ大きな混乱は政治的な問題を生ずることなく起こりうるし、また生じてもいる。機械技術の発展以来、我々の社会に潜んできた過剰生産の問題に関しては、戦争の継続という策略（第三章を参照）――大衆の士気を必要程度に高めるのにも有用な策略である――により解決されている。それゆえ現在の支配勢力の立場から見れば、懸念すべき深刻な危機とは、有能ではあるがその能力を活《い》かす場を与えられていない、権力に飢えた人々が作る新たな集団が形成されること、そして各階層の中に自由主義と懐疑主義が育ってしまうことのみなのだ。突き詰めればこれは、教育的な問題である。支配集団と、その直下にあるさらに大きな執行集団の双方を、いかに整え続けていくかの問題なのだ。民衆の意識は、昂揚《こうよう》せぬよう力を加えておきさえすれば、それでいいのである。

　こうした背景を鑑みれば、予備知識を持たぬ者であろうとも、オセアニア社会の全体構造を察することができる。ピラミッドの頂点には、ビッグ・ブラザーがいるのだと。ビッグ・ブラザーは完全無欠であり全能である。すべての成功、すべての功績、すべての勝利、すべての科学的発見、すべての知識、すべての叡智《えいち》、すべての幸福、すべての美徳は、彼のリーダーシップとインスピレーションから直接生じたものとされている。ビッグ・ブラザーの姿を見た者は、誰もいない。あちらこちらの掲示板に貼られた顔と、テレスクリーンから聞こえる声だけの存在である。彼が不死であると信ずる者がいたとしても不思議な話ではないし、出生時期についてはもはやかなりぼやけてしまっている。ビッグ・ブラザーとは、党が世界に向けて自らを誇示するために選んだ偽装なのだ。彼の役割は、組織よりもむしろ個人に対して抱きやすい、愛情、恐怖、尊敬といった感情を集中させる一点となることである。ビッグ・ブラザーの下には、党中軸がある。その人数は六百万人、オセアニア総人口の二パーセント以下に限定されている。党中軸の下には党外核があるが、仮に党中軸を国家の頭脳とするならば、こちらはちょうど両手といったところだろう。その下には我々が慣習的に「プロレ」と呼称する声を持たぬ集団がおり、これはおそらく人口の八十五パーセントほどである。先述の分類で言うなら、プロレは下層に当たる。というのも、征服者から征服者へと延々渡り続ける赤道付近の奴隷人口は、国家という枠組みの中で恒久的なものでも必要不可欠なものでもないからである。

　原則的には、三層のうちのどれに属するかは世襲で決まるものではない。党中軸の両親を持つ子供だろうと、党中軸に生まれついたという理屈にはならないのだ。党のいずれかの部門に入るには、十六歳で試験を受ける必要がある。これには人種差別もなく、特定地域の出身者が他地域の出身者より有利になるようなこともない。ユダヤ人、黒人、純粋なインディオの血を引く南米人が党内最高位に任じられることもあるし、いかなる地域の行政官であろうと、必ず当該地域の住人の中から選ばれるのだ。オセアニアのどの地域を見ても、彼方《かなた》の首都から支配されている植民地の住人であるという意識を持つ人々などいない。そもそもオセアニアに首都はなく、名ばかりの君主は誰も居所を知らぬ人物である。英語が共通語《リングワ・フランカ》でニュースピークが公用語であること以外に、中央集権化されたところは何ひとつないのだ。支配者層は血縁によってではなく、共通の教義に対する信奉によって結ばれている。我々の社会が、一見したところ世襲制とも思える形で階層に分けられている――それも、非常に厳格に分けられている――ことは事実である。各層間における入れ替わりは、資本主義体制下はもとより産業革命以前と比較しても遥かに少ない。二集団の間でこそある程度の入れ替わりはあるものの、それは党中軸から弱者を排斥すること、そして党外核の野心家に昇格を許して人畜無害に変容させることを、確実に為《な》すために行われるだけの話なのである。プロレタリアは実態として、党員への昇格を認められていない。彼らの中で高度な才気に恵まれ、不満分子の中核となる見込みが高い者は、思想警察にマークされ、消されてしまうのみである。ともあれこの手の状況は必ずしも不変のものではなく、原則的になされるものでもない。党は、古い意味での階級とは別物である。我が子だからといって権力を受け継がせることを目的としてはおらず、もっとも優秀な人材をてっぺんに据える方法がないとなれば、プロレタリアの中からまったく新たな世代を登用する用意も完全に整っているのだ。苦難の時代、党が世襲的な組織ではないという事実は反対勢力を黙らせるための大きな一助となった。「階級的特権」と称されるものと戦うよう訓練されてきた古き社会主義者たちは、世襲的でないものが永続するなどありえないと考えた。少数独裁制の継続のために肉体的継続性は必ずしも必要ではないことが理解できず、世襲制の貴族政治が例外なく短命である一方、カトリック教会のように選出制を持つ組織がときには何百年、何千年と存続するのだという事実を、立ち止まって熟慮することもなかったのである。少数独裁制による支配の本質とは父から子への継承ではなく、死者が生者に負わせるある種の世界観、そしてある種の生きかたの継続である。支配集団は、後継者を指名できる限り、支配集団であり続ける。党は血筋を生き長らえさせることではなく、党自体を生き長らえさせることを目的とする。ヒエラルキー的構造が常に不変のままであれば、誰が権力を掌握しようが問題ではないのである。

　我々の時代を特色づけるあらゆる信念、習慣、嗜好《しこう》、感情、心的姿勢は、党の神秘性を持続させ、今日の社会が持つ本質が看破されるのを防ぐための目論《もくろ》みだ。物理的な反乱、あるいは反乱のさきがけとなるいかなる行動も、現代ではまず起こりえない。プロレタリアを恐れる理由など、何もありはしないのである。放っておいても彼らは、反旗を翻す衝動など何も感じないだけでなく、こことは別の世界が存在しうるのだと理解する力を持つこともなく、世代を超え、世紀を超え、働き、子を産み、死んでゆくのだ。彼らが危険になるとすれば、工業技術が進歩して彼らに教育を施さなくてはいけなくなったときしかない。しかし軍事、商業ともに競争がもはや重要視されなくなった今、大衆の教育水準は下降線を辿《たど》っている。彼らがいかなる意見を持っていようが、あるいは意見など持っていまいが、それは関心を持つほどの問題ではないのである。彼らには知性がないがゆえに、知的自由が与えられる。一方党員の場合は、ごく些《さ》細《さい》な問題に対するごくつまらない意見の逸脱すら許されることがないのだ。

党員は生まれてから死ぬまで、思想警察の監視下で生きる。ひとりでいるときですら、本当にひとりであるという確信が持てることはない。どこにいようと、寝ていようと起きていようと、働いていようと休んでいようと、風呂《ふろ》にいようとベッドにいようと、なんの警告もなく、調べられているという自覚もないままに、調べられているかもしれないのだ。彼の行動はすべて、党の関心の対象である。交友関係、娯楽、妻子への接しかた、ひとりでいるときに顔に浮かべる表情、寝言、特徴的な身体的動作、何もかもが入念に精査される。実際に犯した軽犯罪のみならず、どれほど些細な奇行であろうと、習慣の変化も、心的苦悩の表れと受け取れるぴりぴりした態度も、確実に見つけ出されるのだ。どちらを向こうとも、選択の自由などありはしない。一方、行動のほうは法や定式化されたなんらかの行動基準に規制されたりはしない。オセアニアには、法というものが存在しないのである。見つかれば確実に死をもたらす思想や行動も公式に禁じられているわけではなく、いつ終わるともしれぬ粛清、逮捕、拷問、投獄、蒸発は、実際に犯された罪への罰として科せられるのではなく、いずれなんらかのタイミングで罪を犯しえる人物を消し去る手段なのだ。党員は正しい意見のみならず、正しい本能を持つよう求められる。いかなる信念を持ち、いかなる姿勢でいるべきか、その多くが説明されることは決してない。イングソックが内包する矛盾を晒《さら》すことなく説明するのは不可能なのである。生まれながらの正統派の党員（ニュースピークでは良思想者《グッドシンカー》と呼ばれる）であればどのような状況下であろうとも、いちいち考えるまでもなく、真の信念や望ましい感情が分かるものだ。だがどのような場合であれ徹底的な精神訓練――幼少期に行われ、ニュースピークで言う〈犯罪中止《クライムストップ》〉〈黒白《ブラックホワイト》〉〈二重思考《ダブルシンク》〉を中心に行われる――により、どんな問題に対しても深く考えようという気持ちを持たない、そして考えることができない人間にされるのである。

　党員は個人的感情を持ってはならず、かつ熱狂から醒《さ》めないよう求められる。外敵や党内の裏切者への憎悪と勝利への歓喜、そして党の権力と叡智への畏怖《いふ》を激しく抱き続けて生きるべきであるとされる。満ち足りない粗末な暮らしから生じる不満は意図的に外へと向けられ、〈二分間ヘイト〉のような手段で消散させる。そして疑念や反骨心を誘うような推論は、かつて身につけた内なる規律により事前に消されてしまうのだ。その規律の、幼い子どもたちにまで教えられる最初の、そしてもっとも単純な段階は、ニュースピークで〈犯罪中止《クライムストップ》〉と呼ばれる。クライムストップとは、なんらかの危険思想を抱きかけた途端、まるで本能のようにそれを止めてしまう心的機能である。この機能には、類推しない能力、論理的破綻《はたん》を看破しない能力、イングソックにとって好ましくないものならごく些細な議論であれ誤解する能力、そして異端へと繋《つな》がりうる一連の思想に対して退屈さや反発を感じる能力が含まれる。端的に言えば、クライムストップは防御的愚鈍である。だが、愚鈍だけでは十分とはいえない。むしろあらゆる意味での正統派とは、軽業師が己の肉体を自由自在に操れるのと同様、自分の精神機能に対する完全支配が求められるのだ。オセアニア社会は究極的に、ビッグ・ブラザーは全能であり党は完全無欠であるという信念の上に存在している。だが実際にはビッグ・ブラザーは全能ではなく党も完全無欠ではないため、事実を処理するとなると絶えず当意即妙の柔軟性が欠かせない。ここでのキーワードは、ブラックホワイトである。数多《あまた》のニュースピークの言葉と同じく、この言葉も互いに矛盾し合うふたつの意味を備えている。敵に対して用いる場合、純然たる事実とは裏腹に黒は白であると図々《ずうずう》しく主張する性癖を意味する。党員に対して用いる場合、党の規律に求められれば黒を白と言う忠実なる意思を意味する。だがそれだけではなく、黒は白だと信じる能力、さらに言えば黒は白だと知覚する能力であり、かつては逆だと信じていたことを忘却する能力である。そのためには果てしない過去の改変が求められる。この改変は、他のすべてを包有する思考法によって可能となる。ニュースピークでは、〈二重思考《ダブルシンク》〉として知られる思考法である。

過去の改変はふたつの理由から必要なわけだが、ひとつは補助的な、そしていわば予防的なものである。つまり党員が現在の状況を容認している理由は、プロレタリアと同じく比較の対象となる基準を持たぬからとも言える。党員は外国から遮断されるのとまさしく同じように過去からも遮断されなくてはならない。これは、自分が祖先よりも豊かな暮らしをしており、物質的な豊かさは常に上向きであると信じる必要があるからだ。しかし過去の再調整を行うはるかに重要な理由は、党の絶対的正義を守る必要性である。党の予見は全局面において正しいのだと示すために、あらゆる演説や統計、そして記録などを最新のものに更新し続けなくてはならないだけではない。これは同時に、教義や政治的立場の変更を断じて認めないという意味でもあるのだ。ひとつの考えを、たとえポリシー程度のものであれ変えることは、弱さを晒すことだからである。たとえばユーラシアかイースタシアのどちらかが（どちらでもかまわない）現在の敵国であるとしたら、その国は過去からずっと変わらぬ敵国でなければならないのだ。事実がその逆を伝えているのであれば、事実を変えなくてはならない。このようにして歴史は、連綿と書き換えられ続けているのだ。真実省が日常的に行っているこうした過去改変は、愛情省が行う抑圧行為やスパイ行為と同様に、体制の安定にとって必要不可欠なものなのである。

過去改変は、イングソックの中心的な教義である。党は、過去の事象は客観的な実体を持たず、文書記録と人間の記憶の中にのみ在ると主張しているのだ。記録と記憶とが重なるものがあれば、いかなるものであれ、それが過去なのだと。そして党はすべての記憶を完全に手中に収め、同様に党員の精神をも完全に掌握しているわけで、要するに過去など好きなように作ってしまえるのである。そのことはまた、過去が改変可能だとしても、特定の場合に改変されたことは一度たりともないということにもなる。というのも、そのときに必要な形へと変造された新たな過去こそが本物の過去となり、異なる過去など存在しなかったことになるからだ。これは――しばしば生じる事態なのだが――一年のうちに同じできごとを何度も人知れず改変しなくてはいけない場合にも同じことである。党は常に絶対的真実を握っており、その絶対的真実が現在のありようと違うことなどは断じてありえないのだ。過去のコントロールが何にも増して記憶の訓練に依存しているということは、いずれ理解されるだろう。あらゆる文書記録がその時々の正統的思想と合致していることを確認するのは、単なる機械的な作業である。だが、できごとが望み通りの形で起きたのだと憶えることもまた、必要なことだ。そして、記憶の再調整や文書記録の改竄《かいざん》が必要となる場合には、それを行ったことを忘れる必要がある。そのための方法は他の精神的技術と同じく、学んで身につけられるものである。党員のほとんどが、そして正統派であり知的である人々全員が習得しているのだ。オールドスピークにおいて、これは実に率直に「現実コントロール」と称される。ニュースピークでは二重思考《ダブルシンク》と呼ばれている。もっとも二重思考とは、ふたつの矛盾する信念を同時に心の中に持ち、どちらも受け入れる能力のことである。党の知識人たちは、どの方向に己の記憶を改変すべきかを理解している。要するに現実を弄《もてあそ》んでいることを理解しているのだ。だがしかし、二重思考の実践により、現実は冒瀆《ぼうとく》されていないと満足するのである。このプロセスは意識的に行われなくてはならず、さもなくば十分な正確さで実践されなくなってしまう。だが同時に、無意識的に行われなくてはならず、さもなくば偽りを働いた気持ちが生じ、それゆえに罪悪感を抱いてしまう。二重思考はまさにイングソックの核心である。というのは、心から誠実な盤石《ばんじゃく》の目的意識を保ちつつも、意図的なごまかしを行うことが、党にとっては必要不可欠だからだ。本心から信じながらも意図的に嘘をつくこと、都合の悪くなったあらゆる事実を忘却すること、それから再び必要となったときには必要な期間だけそれを忘却の彼方《かなた》から呼び戻すこと、客観的な現実の存在を否定すること、そしてその間、自ら否定した現実を考慮に入れておくこと——これらはどれも、必要不可欠である。二重思考という言葉を使うにも、二重思考を実践しなくてはならない。なぜなら、この言葉を使うということは、現実を改変していると認めることだからだ。新たに二重思考を行使し、この認知を消去する。そして常に嘘が真実に一歩先行しながら、これが無限に続いていくのだ。党が歴史の流れを止めてしまうことができたのは——そしておそらくは今後何千年にもわたり止め続けられるかもしれぬのは——突き詰めていえば二重思考という手段あってのことなのである。

過去に存在した少数独裁国家はどれも、硬化したか、それとも軟化したか、いずれかの理由で権力の座から墜《お》ちた。愚かしく傲慢《ごうまん》になって状況の変化に対応できずに転覆させられたか、リベラルで臆病《おくびょう》になって権力を行使すべきときに譲歩し、これまた転覆させられたかだ。いわば、意識を通して、あるいは無意識を通して倒されたわけである。両方の状態が同時に存在しうる思考法を作り出したのは、党の偉業だといえよう。そして党の支配を永久的なものにするのは、他のどんな知的基盤を使ったとしても不可能だったであろう。支配し、そして支配し続けるには、現実感覚を狂わせることが不可欠である。支配者たる秘訣《ひけつ》とは、自分は絶対過ちなど犯さぬという信念と過去の過ちに学ぶ力とを併せ持つことだからである。

説明の必要すらないことだが、二重思考の最も巧妙な実践者は、二重思考を発明した本人たちであり、彼らはそれが精神的ペテンを行うための遠大なシステムであると知っている。我々の社会では、何が起きているかをもっとも知り尽くしている者たちが、同時に、世界をありのままに見ることからもっとも遠い者たちでもあるのだ。おしなべて言えば、理解が深くなるほど迷妄も深くなり、知的であるほど正気ではなくなっていく。これをはっきり物語る一例は、社会的地位が高い人ほど強烈な戦争ヒステリーを持つようになることである。戦争に対する意識がもっともまともと言えるのは、紛争地域で虐げられた当事者たちだ。そうした人々にとって戦争とは、自分たちの肉体をあちらこちらに押し流す津波のような、いつ果てるとも知らぬ災害のようなものだ。彼らにしてみれば、どちらが勝利するかなどまったく興味のない問題なのである。支配者が変わるということは、自分たちを古い主人と同じように扱う新たな主人のために以前と同じ仕事を続けていくだけの話だと彼らは理解している。我々が「プロレ」と呼ぶ、いくらか恵まれた環境に暮らす労働者たちも、たまにしか戦争を意識しないのである。必要とあらば恐怖と憎悪の狂乱へと駆り立てることもできるが、何もせず放っておけば、戦争が起きているという事実をも長期にわたり忘れていることができるのだ。真の戦争ヒステリーは党内、特に党中軸において見受けられる。世界制覇を最も強く信じているのは、それが不可能であると知っている者たちである。相反する二者の奇妙な結合——知識と無知、皮肉と狂信——は、オセアニア社会の顕著な特徴のひとつである。公式のイデオロギーは、その必要がないところに至るまで、矛盾に満ちている。こうして党は社会主義運動が本来掲げてきた原則をひとつ残らず排除し、非難するばかりか、それをわざわざ社会主義の名のもとに行っているのである。何世紀にもわたり例を見なかったような労働者階級への侮蔑《ぶべつ》を説き、かつては肉体労働者のものであった制服を、まさしくその理由で採り入れ、党員に着せているのだ。党は組織的に家族の団結を壊しつつ、党のリーダーのことは、家族の忠誠心に直接訴えかけるような名前で呼ぶのだ。我々を支配する四つの省の名前も、事実を意図的に裏返すような、ある種のふてぶてしさが表れている。平和省は戦争に、真実省は虚偽に、愛情省は拷問に、豊穣省は飢餓に関与する。こうした矛盾は偶然でも、ありがちな偽善の結果でもない。意図的に実践された二重思考なのだ。矛盾を調和させることによってのみ権力は永続できるゆえに、こうしたことが行われるのである。太古から続く循環を打ち壊すのに、他の方法など何もありはしないのだ。もし人間の平等が永遠に回避されるべきものであるならば——もし我々の言う上層が、とこしえに己の立場に留《とど》まりたいと言うならば——世の人々の精神状態は、制御された狂気でなくてはならないのだ。

　だが、我々が今この瞬間までほとんど無視し続けてきた問題がひとつある。それは、なぜ人間の平等を回避しなくてはならないのか、という問題である。これまで党のメカニズムが正確に述べられてきたとするならば、歴史を特定の時期で停止させようとするこの巨大で綿密に計画された取り組みは、果たしていかなる動機によるものなのであろう?

ここで我々は、核となる秘密に到達する。先述してきたように、党の神秘性は、中でも党中軸の神秘性は、二重思考によるものである。だがこれよりもさらに深いところに本来の動機が、つまり、まず権力を掌握するように導いたのち、二重思考、思想警察、途切れることのない戦争状態、そして他に必要な小道具をすべて作り出した、疑問を抱くことなど断じて許されぬ本能が潜んでいるのだ。この動機を実際に作り上げているのは……

ウィンストンは、新たな物音に気づくかのように、静寂に気づいた。どうやらジュリアはずいぶん前から、すっかり静かになっていたようだ。体を横向きにして上半身は裸で、片手を枕代わりにし、黒髪がひと房、両目にかかっている。彼女の胸がゆっくりと、一定のリズムで上下していた。

「ジュリア」

返事はない。

「ジュリア、起きてるかい？」

返事はない。眠っているのだ。彼は本を閉じてそっと床に置くと横になり、ベッドカバーで自分たちをくるんだ。

そして考えた。自分はまだ究極的な秘密を知らない。方法は理解したが、理由が分からないのだ。第一章にも第三章と同様、彼が知らないことは何も書かれておらず、単に彼が持っていた知識を体系化してくれただけであった。だが読み終えてみると、自分は狂ってなどいないのだという確信はいっそう強くなっていた。マイノリティであろうと、さらにはたったひとりだけのマイノリティであろうと、だから狂っているというわけではないのだ。世には真実があり、また虚偽もある。そして、世界を敵に回して真実にしがみついたとしても、それは狂っているのとは違う。沈みゆく太陽が放つ黄色い光が窓から斜めに差し込み、枕に落ちていた。彼はまぶたを閉じた。顔に感じる太陽と、自分の体に触れるジュリアの滑らかな肢体が、心強さを、睡魔を、そして自信を感じさせた。自分は安全だし、万事順調なのだ。「正気かどうか、統計で決まったりするものか」とつぶやき、彼は眠りに落ちていった。この言葉に深遠な叡《えい》智《ち》が宿っているように感じながら。

10

目が覚めてみるとずっと長い間眠っていたような気持ちだったが、古びた置き時計に目をやると、まだ二十時三十分だった。うとうとしながらしばらく寝転がっているうちに、いつものよく通る歌声が、窓の下から響いてきた。

ただの儚《はかな》い夢でした
四月の一日みたいに過ぎちゃった
だけどあの目とあの言葉
そしてざわめくあの夢に
私は心を盗まれたのよ

この安っぽい歌は、どうやらまだ流行《はや》っているらしい。相変わらずいたるところで流れているのだ。『ヘイト・ソング』よりも息が長い。歌声にジュリアが目を覚まして優雅に伸びをすると、ベッドを抜け出した。

「おなかすいちゃった」彼女が言った。「もうちょっとコーヒーを淹《い》れましょ。ああもう！　ストーブが消えて、お湯が冷めちゃってるじゃない」ストーブを持ち上げ、彼女が揺する。「石油が切れてるわ」

「チャリントンの爺《じい》さんから、ちょっと分けてもらえると思うよ」

「変ね、確かに満タンだったのに。服を着るわ」彼女が言い足した。「なんだか寒くなってきたみたい」

ウィンストンも起き出し、服を着た。疲れを知らぬ歌声が続く。

時間が癒《い》やしてくれるって人は言うわ
いつか忘れられるって人は言うわ
だけどあの笑顔と涙はいつまでも
この心の糸を震わせるの

ツナギのベルトを締めながら、彼は窓辺に歩み寄った。太陽は家々の陰に入ってしまったのだろう、陽光はもう庭に差し込んではいない。敷石は洗いたてのように濡《ぬ》れており、立ち並ぶ煙突の合間に覗《のぞ》く淡い空もまた、まるで洗われたばかりのように感じられた。例の女は洗濯バサミをくわえては離し、そのたびに唄《うた》ったりまた黙ったりしながら、疲れ知らずのように次から次へとオムツを干していく。彼女は暮らしを立てるために洗濯をしているのだろうか、それとも二、三十人もいる孫のために奴隷同然の働きをしているのだろうか、とウィンストンは考えた。ジュリアがとなりにやってきた。ふたりは肩を並べ、感銘にも似た気持ちを覚えながら、眼下の逞《たくま》しい姿をじっと見つめていた。物干しロープに伸びる太い腕、牝馬《ひんば》のように力強く突き出た尻《しり》。女を見ながらウィンストンはふと初めて、彼女を美しいと感じた。出産を重ねて怪物じみた大きさにまで膨れ上がり、働きどおしでこわばったうえ、熟しすぎたカブのように粗い五十女の肉体がよもや美しいなどとは、一度たりとも思ったことなどなかった。だが確かに美しかったし、美しくないわけがないと確かに彼は感じたのである。花崗岩《かこうがん》の塊のようにこわばった、輪郭の崩れた体と、ざらついた赤い肌。それを若い娘の肉体と比べるのは、バラの実をバラの花と比べるのと何も変わらない。実が花よりも劣る理屈など、どこにあろうか？

「美しい人だね」彼がつぶやいた。

「あのお尻、余裕で一メートルはあるわね」ジュリアが言った。

「それがあの人なりの美しさなのさ」ウィンストンは答えた。

彼はジュリアのしなやかな腰にらくらくと腕を回した。ふたりの腰から膝《ひざ》まで、ぴったりと密着する。ふたりの肉体から子供が生まれることはない。そればかりは、どうしてもかなわない。口づてに、意識から意識へ、ふたりは秘密を伝えるしかないのである。下の女は意識を宿さず、持っているものといえば、逞しい両腕と温かな心、そして次々と子供を宿す腹だけだ。いったいどれだけ子供を産んだのだろうか、とウィンストンは考えた。十五人はらくらく超えているだろう。おそらくは彼女にも一年くらいは、野バラのような美しさを花開かせた須臾《しゅゆ》があったろう。その後いきなり受粉した果物のように膨張し、固く、赤く、粗くなり、それからは洗濯、拭《ふ》き掃除、裁縫、料理、掃き掃除、磨きもの、繕いもの、洗濯の日々を送ってきたのである。最初は子供たちのために、それからは孫のために、休むことなく三十年以上もだ。それを終えてなおも、彼女は唄い続けているのである。ウィンストンが彼女に抱いた神秘的な畏《い》敬《けい》の念は、煙突群の先に果てしなく広がる雲ひとつない淡い空と混ざり合っていた。ユーラシアでもイースタシアでも、そしてここでも空は誰にとっても同じなのだと思うと、不思議な気分だった。そして、空の下に暮らす人々にも、ほとんど違いなどありはしない――世界じゅういたるところで、自分と同じような何億、何十億という人々が、互いの存在を知らぬ人々が、憎悪と偽りの壁によって隔てられているというのに、やはりほとんど違いなどありはしないのだ。考えることなど学んだことすらない人々が、心の中に、腹の中に、筋肉の中に、いつの日か世界をひっくり返す力を蓄えているのである。希望があるとするならば、それはプロレたちの中にある！　例、の本を読破したわけではなくとも、それこそがゴールドスタインの最終的なメッセージなのだと、彼には分かっていた。未来はプロレたちのものである。しかし彼らの時代が訪れたそのとき、彼らが作り出した世界は党が支配する世界と同じように、自分と、ウィンストン・スミスと相容《あいい》れぬ世界ではないのだと、確信できるだろうか？ できる。なにせ少なくとも、正気の世界ではあるのだから。平等の存在するところになら、正気も存在しえる。力が意識へと変わるのも、時間の問題なのだ。プロレは不死身である。庭に立つ勇猛な姿を見れば、疑いを抱く余地はない。いずれ、彼らが目覚めるときがくる。たとえそれが千年先になろうとも、彼らはあらゆる困難を乗り越え、党が持たぬ、そして消し去ることもできぬ生命力を鳥たちのように肉体から肉体へと伝えながら、生き抜いていくのである。

「憶《おぼ》えてるかい？」ウィンストンは声をかけた。「初めてふたりきりで会った日に、森のはずれで唄ってくれたツグミがいたろう？」

「私たちに唄ってたわけじゃないわ」ジュリアが答えた。「自分が楽しいから唄ってたのよ。ううん、それも言い過ぎなくらい。ただ唄ってただけよ」

鳥は唄い、プロレも唄う。しかし党は唄わない。世界じゅういたるところに――ロンドンにもニューヨークにも、アフリカにもブラジルにも、国境線の遥《はる》か彼方《かなた》にある神秘に包まれた禁断の国にも、パリやベルリンの街なかにも、果てしなく広がるロシアの平原の村にも、中国や日本の市場にも——同じく頑強で、征服することのできぬあの姿が立っている。仕事と出産で怪物じみた巨体となり、生まれて死ぬまであくせく働きながら、なおも唄い続けるあの姿が。あの逞しき股《また》の間からいつの日か、意識を持つ者たちの種族が出現するに違いない。自分たちは骸《むくろ》であり、その者たちが未来なのである。だが彼らが肉体を生かすように精神を生かし続け、二足す二は四となる秘密の教義を伝えることができるなら、自分たちもその未来に加わることができよう。

「僕たちは死んだも同然だよ」彼が言った。

「私たちは死んだも同然ね」ジュリアが従順に繰り返した。

「諸君は死んだも同然だ」背後から、鋼鉄のような声が聞こえた。

ふたりは、ぱっと身を離した。ウィンストンのはらわたが凍りつく。目を見開いたジュリアの虹彩《こうさい》を囲む白目がありありと見える。濃いミルクのような黄色みを帯びた顔色に変わっていた。頬骨に残っていた紅の名残が、下の肌から浮き上がっているかに見えるほど、くっきりと際立っていた。

「諸君は死んだも同然だ」鋼鉄の声が繰り返した。

「版画の裏よ」ジュリアが声を震わせた。

「そう、版画の裏だ」声が言った。「そこを動くな。命令があるまで動くんじゃない」

始まったのだ、ついに始まってしまったのだ！　ふたりにはただ、互いの目を見つめたまま突っ立っていることしかできはしない。命がけで逃げ出さなくては、手遅れになる前に家から飛び出さなくては――そんな考えなど、ふたりには浮かびもしなかった。壁から響く鋼鉄の声に背くなど、考えられもしない。留め金がはずれるような鋭い音がして、続けてガラスが割れる音が響いた。版画が床に落ち、その裏からテレスクリーンが現れる。

「すっかり丸見えね」ジュリアが言った。

「そう、すっかり丸見えだ」声が言った。「部屋の中央に立て。背中合わせにだ。両手を頭の後ろで組め。互いに触れてはいかん」

触れてこそいなくても、ウィンストンはジュリアの震えを感じられるような思いだった。いや、もしかしたら自分が震えているだけだろうか。がちがちと歯が鳴るのはなんとか堪《こら》えられたが、膝の震えはどうしようもなかった。家の中でも外でも、荒々しいブーツの足音が下から響いてくる。庭いっぱいに男たちが集まっているようだ。石畳を何かが引きずられていく音がする。女の歌声は、ぱたりと止んでいた。洗濯桶《おけ》を庭に放り投げたような、がらがらと転がる長い音が響き、騒々しい怒鳴り声が沸き起こったかと思うと、苦痛の悲鳴とともに静まった。

「家が囲まれたんだ」ウィンストンが口を開いた。

「家は囲まれている」声が言った。

ジュリアの歯が音を立てるのが聞こえた。「私たちもさよならしたほうがよさそうね」

「諸君もさよならしたほうがいい」声が言った。そして今度はまったく違う、ウィンストンも開き覚えのあるように感じる、細く教養を感じさせる声が入り込んできた。「そのような話なら、申し上げておくとしよう。『ほらロウソクの灯《あか》りが来たよ、おまえをベッドで休ませに。ほら首切り男が来たよ、お前の首をちょん切りに！』」

ウィンストンの背後で、何かが大きな音を立ててベッドに落ちた。はしごの先がガラスを突き破り、窓枠から入ってきたのだ。窓から誰かが入り込んでくる。階段を駆け上がってくる荒々しいブーツの足音がする。部屋は、鉄板をかぶせたブーツを履いて棍棒《こんぼう》を手にした、黒い制服姿の屈強な男たちでいっぱいになった。

ウィンストンの震えはもう止んでいた。両目すらほとんど動かさなかった。大事なことはただひとつ。じっとしたまま動かず、殴る口実を連中に与えないことだけだ！賞金稼ぎのボクサーのような平たいあごに、ちょっとした切れ目程度の口を付けた男がウィンストンの正面で立ち止まり、何やら物思いに耽《ふけ》るような顔をしながら、親指と人差し指に載せた棍棒のバランスを取っていた。ウィンストンの目が、男の目と合う。両手を頭のうしろに回して顔も体も無防備にしていると、まるで裸にされているかのような、耐え難い気持ちになった。男は白い舌先をちらりと覗かせ唇があるべき場所をなめると、通り過ぎていった。またしても、何かが砕ける音がした。何者かがテーブルからガラスの文鎮を取り上げ、石炉に投げつけて粉々にしてしまったのだ。珊瑚《さんご》の破片が、ピンク色をしたしわしわの小さな破片が、ケーキからこぼれ落ちた砂糖でできたバラのつぼみのようにマットの上を転がった。なんて小さいんだ、とウィンストンは胸の中で言った。ずっとあんなに小さかったとは！　背後から悲鳴と鈍い音が聞こえたかと思うと、ウィンストンは足首を猛烈に蹴《け》りつけられ、あわやバランスを失いかけた。ジュリアはひとりの男にみぞおちを殴られ、携帯用定規のように体を折り曲げていた。なんとか息をしようと喘《あえ》ぎながら、床を転げ回っている。ウィンストンにはちらりと振り向くような勇気もなかったが、ときおり彼女の土気色をした苦悶《くもん》の顔が、視界の隅に入り込んできた。恐怖に震え上がってはいても、まるで彼女の苦痛が自分の肉体に感じられるかのようであった。凄《すさ》まじいほどの苦痛だが、それよりも苦しさのあまり呼吸を取り戻そうともがかずにはいられないのだ。どんな気分なのかは分かっていた。まったく引いてはくれぬ苦悶の痛みだというのに、何よりもまず呼吸できるようにならなくてはいけないために、苦しんでなどいられないのである。やがて男がふたり、彼女の膝と肩を摑《つか》んでかつぎ上げると、ズタ袋でも持ち去るように部屋から連れ出してしまった。ウィンストンに、ちらりと彼女の顔が見えた。逆さまになり、黄ばんで歪《ゆが》み、まぶたを閉じ、両頬にはまだうっすらと紅が残っている。それが、彼女を見た最後であった。

彼はぴくりとも動かずに立っていた。まだ誰にも殴られてはいない。まったくどうでもいいような考えがひとりでに浮かんでは、次々と脳裏をかすめていく。チャリントン氏も捕まったのだろうか？　庭の女は何をされたのだろうかと、ウィンストンはいぶかった。猛烈に小便がしたくなり、彼は驚いた。つい二、三時間前にしたばかりだったはずである。マントルピースに置かれた時計に目をやると九時、つまり二十一時を指していた。それにしては明るすぎる。八月の夜、二十一時といえば、もう薄暗くなっているのではないだろうか？　自分もジュリアも時間を勘違いしていたのではないかと、彼は胸の中で言った。時計一周分も眠りこけてしまい、本当は翌朝の八時半だというのに二十時半と思い込んでしまったのではないだろうか。だが、それ以上はもう考えなかった。考えたいようなことでもない。

そのとき新たな、軽い足音が廊下から聞こえてきた。チャリントン氏が部屋に入ってくる。黒服の男たちの態度が、いきなりさっとおとなしくなった。チャリントン氏の様子も、どこか変わっていた。ガラスの文鎮の破片に、彼の視線が落ちる。

「破片を拾うんだ」彼が鋭く言い放った。

男がひとり、言われたとおりに屈《かが》み込んだ。チャリントン氏のコックニー*が消えている。ついさっきテレスクリーンから聞こえてきたのが誰の声だったのか、ウィンストンはぱっと気がついた。チャリントン氏は相変わらずあの年代物のビロードのジャケットを着ていたが、ほぼ白髪だった髪はすっかり黒くなっていた。それに、眼鏡もかけていない。彼は本人だと確認するかのようにウィンストンを鋭く一瞥《いちべつ》すると、もう見向きもしなかった。面影こそ残ってはいても、もはや同一人物ではない。背筋がぴんと伸び、まるで前よりも大きくなったかのようだ。顔にはごく小さな変化がいくつかあるだけだったが、それでも完全に違って見えた。黒い眉《まゆ》はすっきりし、皺《しわ》は消え、顔の輪郭そのものが変わったようである。鼻まで短くなったように見える。三十五歳ぐらいの、抜け目のない冷徹な男の顔だ。ウィンストンはふと思った。自分は生まれて初めて思想警察の一員を、それと認識して目の当たりにしているのだと。

＊訳注　ロンドンの労働者階級が使う特有の訛《なま》り。

第三部

1

いったい自分がどこにいるのか分からなかった。おそらくは愛情省の中なのだろうが、確かめる方法などありはしない。彼がいるのは天井が高く窓のない監房で、壁は白く輝くタイルでできていた。隠れた場所に取り付けられたライトが冷たい光で房を満たしており、低く唸《うな》るような音がずっと聞こえているのは、換気装置か何かの一部だろうか。ベンチなのか棚なのか、なんとか座れる広さの板が四方の壁にぐるりと取り付けられており、出入り口のドアと、向かいにある木製便座もついていないトイレのドアのところでだけ途切れていた。四つの壁には一台ずつ、計四台のテレスクリーンが設置されていた。

腹に鈍い痛みがあった。護送車に押し込まれて連れ去られてから、ずっと続いている。だが空腹でもあった。苦悶するほどの、病気になりそうなほどの空腹感である。最後に食べてから二十四時間は経っている、いや、三十六時間だろうか。逮捕されたのが朝だったのか夜だったのか、まだ分からないし、おそらくは一生知ることはないのだろう。逮捕以来、まだ食事は何も与えられていなかった。

彼は膝《ひざ》の上で両手を重ね、できるだけ身じろぎせずに狭いベンチでおとなしくしていた。すでにじっと座っているべきだと思い知らされていた。不意に動いたりすれば、テレスクリーンから連中に怒鳴られるのだ。だが食料への渇望は激しくなる一方だった。何よりも、一枚のパンが欲しくてたまらなかった。ツナギのポケットにパンのかけらがいくつか入っているような気がしていた。もしかしたら――ときどき脚にくすぐられるような違和感があるので気づいたのだが――それなりに大きなかけらが入っている可能性もある。とうとうその誘惑が恐怖に打ち勝つと、彼は片手をポケットに忍び込ませた。

「スミス！」テレスクリーンから怒号が飛んできた。「六〇七九号、スミス・W！監房ではポケットに手を入れるな！」

　また両手を膝の上で重ね、じっと座り直した。ここに入れられる前、他の場所――警備隊が使用している通常の獄舎か留置場に違いない――に連れていかれた。どのくらいそこにいたのかは分からなかった。せいぜい数時間くらいだろうか。時計もなく日光も入らないので、時間を計るのは難しかった。騒々しくて、鼻の曲がるような悪臭が漂う場所だった。今と同じような監房に放り込まれたのだが、耐え難いほどに汚らしく、常に十人から十五人の人々がひしめいていた。ほとんどは普通の犯罪者だったが、数人ほど政治犯が交じっていた。ウィンストンは汚い体にぶつかられながら、おとなしく壁にもたれて座っていた。恐怖と腹痛にすっかり頭を囚《とら》われているせいで周囲にはろくろく目を向ける気にもならなかったが、党員の囚人とそうでない囚人の態度が目を瞠《みは》るほど違うのには、嫌でも気づかずにいられなかった。党員の囚人はずっと無言のまま恐怖におののいているのだが、普通の囚人は相手が誰であろうとまったく気にしていないようなのである。看守に向けて侮辱の言葉を怒鳴り、所持品を没収される際には猛烈に抵抗し、床に卑猥《ひわい》な言葉を落書きし、衣服のどこかに隠し持っていた食料を頬張り、こともあろうに、鎮まらせようと命令を発するテレスクリーンに怒鳴り返す始末なのだ。一方、中には看守とうまくやる者もちらほらおり、彼らをあだ名で呼んでは、ドアの覗《のぞ》き穴から煙草をせしめようとするのだった。看守のほうも普通の犯罪者に対しては、手荒にやらなくてはいけないような場合でも、それなりに手を抜いて接していた。誰もが、ほとんどの囚人が送り込まれるはずの、強制労働収容所の話でもちきりであった。ウィンストンが聞いているかぎりでは、いいコネがあって要領さえ知っていれば、収容所でも「問題ない」とのことらしい。賄賂《わいろ》、贔屓《ひいき》、あらゆるゆすりたかりの類《たぐい》もあれば、同性愛や売春行為もあり、なんとジャガイモから蒸留された密造酒まであるという。責任ある立場となるのは一般犯罪者、特にギャングや殺人犯で、彼らは特権階級のようなものを形成する。汚れ仕事はどれもこれも、政治犯のものらしい。

麻薬の売人、泥棒、強盗、闇商人、酔っぱらい、売春婦。あらゆる種類の犯罪者たちが、引きも切らずに出たり入ったりしていた。中にはあまりにも凶暴で、他の囚人たちが束になって押さえ込まなくてはいけない者もいた。六十歳くらいと思われる女のなれの果てが、四人の看守に囲まれるようにして運び込まれてきた。揺れる巨大な乳房と、もがいたせいでほつれた白髪の束。足を蹴《け》り上げながら叫んでいる。看守たちは自分たちを蹴ろうとしていたブーツを無理やり脱がせ、女をウィンストンの膝の上に投げ下ろした。衝撃で、太ももの骨が折れそうになる。女はぱっと体を起こすと、看守たちの背中に「死んじまえ、豚野郎！」と怒鳴りつけた。そして自分がでこぼこしたところに座っているのに気づき、ウィンストンの膝から尻《しり》をずらし、ベンチに座った。

「おっと、悪かったね」彼女が口を開いた。「あんたの上に座る気はなかったんだけど、あのくずどもに放り出されちまったからさ。まったくあいつら、女の扱いを分かっちゃいないよ」女はそう言うと、胸を叩《たた》いてげっぷをしてから「失礼」と言った。

「どうも調子が悪くていけない」

　女は前かがみになり、胃袋の中身を大量に床に吐き出した。

「ああ、すっきりした」女が壁にもたれ、まぶたを閉じた。「吐きたいときは吐く、それがあたしのやりかたでね。腹に入れたばかりのもんでも吐いちまえ、って感じさ」

彼女が息を吹き返し、もう一度ウィンストンを見ようと振り向くと、ひと目で気に入ったようだった。丸々とした太い腕を彼の肩に回して自分のほうに引き寄せ、ビールとげろのにおいを彼の顔に吐きかける。

「あんた、名前はなんていうんだい？」彼女が訊《たず》ねた。

「スミスですよ」ウィンストンは答えた。

「スミス？」女が首をかしげた。「そいつは面白い。あたしもスミスって名前なんだよ。こりゃあもしかすると」彼女は感傷的な様子で続けた。「あたしがあんたのおふくろさんかもしれないね！」

本当にそうかもしれないと、ウィンストンは思った。年頃も体形もちょうど同じくらいだし、強制労働収容所で二十年も過ごせば、多少は変わろうというものだ。

他には誰ひとり、ウィンストンに話しかけてこなかった。普通の犯罪者たちは驚くほどかたくなに政治犯たちを無視していた。興味もないとばかりに侮辱を込め、「政治犯《ポリッツ》」呼ばわりするのである。党員の囚人たちは人と、特に同じ党員と話すのをひどく恐れているようだった。一度だけ、ベンチに腰かけて身を寄せ合っていた党員ふたり——どちらも女である——が口早に何か囁《ささや》き合うのが、房内の喧騒《けんそう》を縫って聞こえてきた。特に「一〇一号室」と呼ばれる何かについての話をしているのがはっきりと聞こえたが、ウィンストンにはなんの話だかさっぱり分からなかった。

ここに連れてこられてから、二、三時間は過ぎただろうか。腹の鈍痛は相変わらず消えてくれなかったが、ときどき軽くなったりひどくなったりと波があり、彼の思考の幅もそれに応じて広がり、縮まった。痛みがひどくなると、もはや痛みのことと、何か食べものが欲しいことしか考えられなくなる。痛みが軽くなると、今度はパニックに襲われた。この先我が身に起こることが何かにつけてやけにリアルに思い浮かび、心臓が早鐘のように打ち、呼吸ができなくなってしまうのだ。棍棒《こんぼう》で肘《ひじ》をしたたか殴打され、鉄板をかぶせたブーツで脛《すね》を蹴られる衝撃を感じる。床にひれ伏し、折れた歯で必死に慈悲を乞《こ》う己の姿が見える。ジュリアのことは、ほとんど頭に浮かばなかった。どうしても彼女のことに心を集中できなかった。愛していたし、裏切ったりはしない。だがそれは単なる事実であり、いわば算数の公式を理解しているのと何も変わらなかった。彼女への愛情を感じるわけでもなければ、今ごろどんな目に遭っているかと案じることすら皆無に等しいのだ。むしろ、オブライエンのことを、希望のちらつきを胸に抱きながらよく考えた。おそらくオブライエンは、自分が逮捕されたのを知っているだろう。〈ブラザー連合〉がメンバーを助けることは絶対にない、と彼は話していた。だが、例のカミソリだ。可能であれば、おそらくカミソリの刃をよこしてくれるはずだ。看守たちが房になだれ込んでくるまで、おそらく五秒はかかるだろう。刃は焼け付くような冷たさとともに彼に食い込み、それを持つ指すらも骨までざくりと切れてしまうはずだ。すると、ほんの些《さ》細《さい》な痛みに縮み上がって震えている病んだ肉体に、すべてが戻ってきた。たとえチャンスがあろうとも、カミソリを使うことなど自分にできるのだろうか。最後には拷問が待ち受けているのだと覚悟しながらも、あと十分の命と受け入れ、刹那《せつな》から刹那へと生きていくほうが自然なのである。

ときおり、房の壁に張られたタイルを数えようとしてみた。簡単に数えられるはずだが、彼は決まってどこかで数を見失ってしまった。それよりも、今自分がどこにいて時刻は何時なのだろうかと、頻繁に考えた。外に煌々《こうこう》と日が照っていると確信したかと思えば、次の瞬間には、同じくらい強くもう漆黒の闇が広がっていると確信しているのである。この場所では灯《あか》りが落とされることは決してないのだと、彼は本能的に知っていた。ここは、暗闇なきところなのだ。なぜオブライエンがあの暗示を理解しているように思えたのか、彼は今になって分かった。愛情省には窓がひとつもない。彼のいる監房は建物の中心部にあるのかもしれないし、外壁のすぐ内側にあるのかもしれない。地下十階かもしれないし、地上三十階かもしれない。彼は心の中であちこちに移動しながら、自分が天高くにいるのか、地中深くに埋まっているのか、体の感覚で確かめようとした。

外から、行進するブーツの足音が響いてきた。重い音を響かせて、鉄扉が開く。若い将校——すっきりした黒い制服を着て、全身がきらめいて見えるほどに磨き上げられた革の装備を着け、よく整った青白いその顔はまるで蠟《ろう》で作られた仮面のようである――が、つかつかと入ってきた。連れてきた犯罪者を房に入れるよう、看守たちに合図を送る。詩人のアンプルフォースが、よろめきながら房に入ってきた。大きな音をたて、扉がまた閉まる。

アンプルフォースは、あたかも他の出口があるはずだとでも言わんばかりにふらふらと左右に動き回り、それから房内をうろうろしはじめた。ウィンストンの存在には気づいていない。不安げな目が、ウィンストンの頭上一メートルほどの壁を見つめている。彼は靴を履いていなかった。薄汚れた大きなつま先が、靴下の穴から覗いている。それに顔も、数日ほど剃《そ》っていないようであった。みすぼらしい髭《ひげ》が頬骨を覆っており、大柄のくせにひ弱な体つきと怯《おび》えた仕草が不釣り合いで、悪党のような雰囲気を醸し出している。

ウィンストンは絶望感の中から少し自分を引きずり上げた。アンプルフォースと話さなくては。たとえテレスクリーンから怒号を飛ばされるリスクを冒してでも。アンプルフォースがカミソリの運び屋ということだって、あり得るのだ。

「アンプルフォース」彼は声をかけた。

テレスクリーンから怒号は飛んでこない。アンプルフォースは少々驚いた顔をして、ぴたりと動きを止めた。両目の焦点が、ゆっくりとウィンストンに定まる。

「あっ、スミスじゃないか!」彼が言った。「君もか!」

「なんでぶち込まれたんだい?」

「実を言うとだな……」彼は気まずそうに、ウィンストンの向かいのベンチに腰を下ろした。「罪といえば、ひとつだけだろう?」

「そいつを犯したってわけかい?」

「どうやらそうみたいだね」

彼は片手を額にやると、何かを思い出そうとしているかのように、しばしこめかみを押し続けた。

「よくある話さ」彼は、ぼんやりした声で切り出した。「思い当たるとすれば、ひとつだけさ……まあ、多分だけれどね。間違いなく軽率だったよ。キプリング詩集の決定版の制作に携わってたんだ。そこで、最後の行に『神《ゴッド》』という言葉を残すことにしたのさ。残すしかなかったんだよ!」彼は顔を上げてウィンストンを見ながら、憤慨したかのように言った。「あの一行を変えるなんて不可能だったんだ。『ロッド』と韻を踏んでたんだからね。英語全体の中に、『ロッド』と韻を踏む単語はたった十二個しかないんだぜ? 何日も頭を掻《か》きむしったもんだよ。でも、他の単語じゃどうしても無理だったんだ」

彼の表情が変わった。苛立《いらだ》ちが消え失《う》せ、ほんの一瞬、嬉《うれ》しそうな顔すらしてみせる。知的な興奮めいたものが、役にもたたぬ事実を発見した衒学者《げんがくしゃ》の歓喜が、泥とだらしない髭の合間に輝いていた。

「考えたことがあるかい？」アンプルフォースが続けた。「イギリス詩史は、英語が脚韻に乏しい言語であるという事実によって形作られてるんだってことをさ」

初耳であった。そんなこと、ウィンストンは考えたこともなかった。それにこのような状況では、大事な話だとも面白い話だとも思えなかった。

「ところで、今何時だか分かるかい？」ウィンストンは訊ねた。

アンプルフォースは、また驚いた顔をしてみせた。「そんなこと考えてもみなかったよ。捕まったのは……二日前だったか……三日前だったかもしれない」彼の目が、どこかに窓でも見つからないかと半ば期待するかのように、さっと周囲の壁を走った。「ここじゃあ、夜も昼も変わりゃしないよ。時間なんて、誰にも計れっこないさ」

ふたりは数分ほどとりとめもない話に興じていたが、やがてわけもわからないまま、テレスクリーンから怒号が飛んできてふたりを黙らせた。ウィンストンは両手を組んで、音も立てずに座っていた。狭いベンチにおちおち座っていられぬ巨体のアンプルフォースは、左の膝《ひざ》を抱え、すぐに今度は右の膝を抱え、そわそわと左右に体をゆすっていた。テレスクリーンがおとなしくしろと、彼に吠《ほ》え立てた。時間が過ぎていく。二十分か、それとも一時間か……判断するのは困難だった。またしても、外からブーツの足音が響いてきた。ウィンストンの内臓が、きゅっと収縮する。間もなくか、もっと早くか、それとも五分後か、いやもしかしたら今すぐか。ブーツの足音は、自分の番が来たことを告げているかもしれないのだ。

扉が開いた。あの冷たい顔をした青年将校が、房に入ってきた。手を小さく動かし、アンプルフォースを指す。

「一〇一号室」将校が言った。

アンプルフォースは看守たちに挟まれ、ぎくしゃくと歩いていった。曖昧《あいまい》な不安を浮かべてはいるものの、これから何が起きようとしているのか理解している顔ではない。

延々と時間が過ぎたように感じられた。ウィンストンの腹痛が、舞い戻ってきていた。心はまるでずらりと並んだ穴の中に次々と落ちていくボールのように、同じところをぐるぐると堂々巡りしていた。頭の中には、六つのことしかなかった。腹の痛み、ひときれのパン、流血と悲鳴、オブライエン、ジュリア、カミソリの刃だ。またしても内臓がひきつった。重々しいブーツの足音が近づいてきているのだ。扉が開き、その勢いで起きた空気の波に乗り、強烈な汗のにおいが入り込んできた。パーソンズが入ってくる。カーキ色の半ズボンとスポーツ・シャツ姿だ。

これを見たウィンストンは、驚きのあまり我を忘れた。

「君までここに！」彼は叫んだ。

パーソンズは、関心でも驚きでもない、ただ苦悩のみを浮かべたまなざしを、ちらりとウィンストンに向けた。ぎごちなく歩き回りはじめた様子を見れば、じっとしていられないのがひと目で分かった。ずんぐりした膝を伸ばすたびに、震えているのがはっきりと分かる。大きく見開かれたその両目は、やや離れた先にある何かを見ずにはいられないとでもいった様子だった。

「どうして入れられたんだい？」ウィンストンが訊《たず》ねた。

「思想犯罪だよ！」パーソンズは、今にも泣き出しそうな声で言った。その声には、自分の罪を完全に認めながらも、そんな言葉が自分に向けて使われることに対する、想像を絶するほどの恐怖が同時に浮かんでいた。彼はウィンストンの目の前で立ち止まると、必死に訴えはじめた。「まさか、射殺なんてないと思うだろう？　ええ、おい？　実際にゃあ何もしてないやつを撃ち殺したりなんてしないよな……頭に浮かんじまうのは、どうしようもないじゃないか？　そうとも、きっと公平に裁いてくれるさ。ああ、そう信じているよ！　連中も俺の経歴くらい知ってるはずだろう？　あんたは、俺がどんな男か知ってるはずだよ。俺は俺なりに、悪いやつなんかじゃない。そりゃあ頭はよかないが、熱意なら負けるもんか。党のために全力を尽くしてきたんだよ、そうだろ？　喰《く》らっても五年くらいだろう？　それとも十年か？　俺みたいなやつは、強制労働収容所じゃあ使い出があるとも。たった一度やらかしたからって、銃殺なんてされんよな？」

「ほんとに思想犯罪なんかを？」ウィンストンが訊ねた。

「ああ、犯したとも！」パーソンズは、媚《こ》びるようにテレスクリーンを一瞥《いちべつ》しながら叫んだ。「党が無実の人間を捕まえたりなんか、するわけがないだろう？」カエルのようなその顔は落ち着きを取り戻し、かすかに殊勝ぶった表情すら浮かんでいる。「思想犯罪ってのは、おっかないもんさ」説教でもするみたいに、彼が続けた。「まったく油断のならん犯罪だよ。気づきもせんうちにいいようにされちまうんだからな。俺がどんなふうにやられたか、分かるかい？　眠ってる間にだよ！　ああ、本当の話さ。俺は全身全霊、必死に働いてたさ、自分の役目をきっちり果たしてやろうと思ってね……この頭ん中に悪い考えが隠れてるだなんて、まったく知らなかったのさ。それがだよ、俺は寝言を言うようになっちまったんだ。どんな寝言を聞かれたか、分かるかい？」

パーソンズは、医学的理由からわいせつな言葉を口にせざるを得なくなった誰かのように、声を潜めた。

「『ビッグ・ブラザーを打倒せよ！』だよ。ああ、そう言ったのさ！　何度も何度も繰り返したようなんだ。あんたにしか言わないがな、もっと悪くならないうちに捕まって、よかったと思ってるんだよ。裁判に出たら、なんて言うつもりか分かるかい？『ありがとうございました』って言おうと思ってるのさ。『手遅れになる前に助けてくださり、ありがとうございました』ってさ」

「君を告発したのは誰なんだい？」ウィンストンは訊ねた。

「うちの小娘だよ」パーソンズは、物憂げな誇りとでも言うべきものを声音に浮かべた。「鍵穴《かぎあな》から盗み聞きをしてたのさ。俺の寝言を聞いて、次の日さっそくパトロール隊にご報告ってわけだよ。七歳のガキんちょにしちゃ、冴《さ》えてるだろう？ だからってちっとも恨んじゃいないぜ。むしろ誇らしいんだよ。だって俺がちゃんと育てあげたってことなんだからな」

パーソンズはまたぎごちない動きで、ちらちらと物欲しそうな視線を便器に投げかけながら、しばらくうろうろした。そして、だしぬけにズボンをぱっとおろした。

「悪いな。もう辛抱たまらん。ずいぶん待たされちまったからな」

巨大な尻《しり》を、どかりと便座におろす。ウィンストンは、両手で顔を覆った。

「スミス！」テレスクリーンから、怒号が飛んできた。「六〇七九号、スミス・W！　房内では顔を隠すな」

ウィンストンは、顔から両手をどかした。パーソンズはものすごい音をたてながら、おびただしい量の便をひり出した。それから水洗機能が故障しているのが分かり、監房内にはその後数時間にわたり、猛烈な悪臭が立ち込めた。

パーソンズが連れ出されていった。どのような決まりで動いているのかは謎に包まれていたが、その後もさらに囚人たちが連れられてきては、また連れ去られていった。ひとりの女が「一〇一号室」行きを申し渡され、そのとたんに縮み上がって顔色を失ったのに、ウィンストンは気がついた。やがて、彼が連れてこられたのが朝ならば午後、午後であるなら真夜中になったかと思うくらいの時間が過ぎた。監房には男女合わせて六人の囚人がいた。全員、身じろぎひとつせず座っている。ウィンストンの向かいにいるのは、あごが肉に埋もれた、巨大でおとなしいげっ歯類と見紛《みまが》うような出っ歯の男だった。斑点《はんてん》のような染みがある太った頬が垂れ下がっており、どうしても、そこにいくらか食料を隠し持っているのではないかと思えてしまう。男は薄いグレーの目でおずおずと囚人たちの顔を眺め、誰かと目が合うとさっと視線をそらしてしまった。

扉が開いて新たな囚人が入ってきた。その姿を見た瞬間、ウィンストンは全身を寒気に襲われた。整備士か技術者か何かだったと思われる、珍しくもない底意地の悪そうな男である。何よりもぞっとするのは、げっそりと衰えたその顔だった。まるで骸《がい》骨《こつ》だ。痩《や》せこけるあまり口も両目もぎょっとするほど大きく見え、その眼差《まなざ》しには残忍で決して消えることのない、誰か、もしくは何かに対する憎悪が満ち溢《あふ》れていた。

男は、ウィンストンから少し離れたところでベンチに腰掛けた。ウィンストンは二度と男に目を向けなかったが、苦悶《くもん》し、骸骨のようになったその顔は、すぐ目の前にあるかのようにまざまざと心に浮かんでしまうのだった。不意に彼は、何がおかしいのかに気づいた。男は今にも餓死しかけているのだ。房内にいる全員が、ほとんど同時に同じ考えに至ったようであった。かすかな動揺が、ベンチじゅうから伝わってきた。あごなし男は骸骨顔の男のほうをちらちら見ていたかと思うと気まずそうに目をそらし、結局また否応《いやおう》なしに視線を引き寄せられた。やがて彼が、掛けたままもぞもぞと身じろぎをはじめた。そしてついに立ち上がるとぎこちない足取りで房を突っ切り、ツナギのポケットに手を突っ込み、ばつが悪そうな顔で、汚らしいパンをひときれ、骸骨顔の男に差し出したのだった。

テレスクリーンから凄《すさ》まじい、耳を聾《ろう》するような怒号が響き渡った。あごなし男がその場で飛び上がる。骸骨顔の男は、自分は受け取る気などないと世界じゅうに知らしめるかのように両手をさっと背中に回した。

「バムステッド！」怒鳴り声が響いた。「二七一三号、バムステッド・J！　そのパンを捨てろ！」

あごなし男はおとなしく従った。袋のような丸々とした頬が、どうしようもなく震えている。扉が音をたてて開いた。例の青年将校が入ってきて脇にどき、続けて人並みはずれて逞《たくま》しい両腕と肩を持つがっしりとした小柄な看守が姿を現した。看守はあごなし男の正面に立つと、将校の合図を待ってから、全体重を乗せた強烈な一撃を、あごなし男の口に叩《たた》き込んだ。体が宙に浮くほどの威力である。あごなし男が房の反対側まで吹き飛び、便座の土台にぶつかって止まった。男は口からも鼻からもどす黒い血を流しながら、しばらく気を失ったように転がっていた。無意識のものだろうか、すすり泣きのような、苦悶のような、かすかな声が漏れている。男はやがてごろりと転がり、ふらつきながら四つん這《ば》いになった。流れ出る血と唾液《だえき》の中、入れ歯の台がふたつ口からこぼれ出ている。

囚人たちは誰も、両手を膝《ひざ》の上で重ねたまま、じっと座っていた。あごなし男が、元の場所へと這《は》いずり戻る。顔の半分が黒ずみかけている。口は腫《は》れ上がり、まん中に黒い穴が開いた不気味なピンク色の塊に変わり果てていた。ツナギの胸元に、ぽつりぽつりと小さな血の雫《しずく》が滴り落ちていた。グレーの両目は、相変わらず房の面々をさまよっていた。こんな屈辱的な目に遭った自分がどれくらい軽蔑《けいべつ》されているか見抜こうとしているかのような、前にも増して後ろめたそうな様子である。扉が開いた。

将校は小さく手を動かし、骸骨顔の男を指差した。

「一〇一号室だ」彼が言う。

ウィンストンの隣から、息を呑《の》んで狼狽《ろうばい》する気配が伝わってきた。男はぱっと床に身を投げ出してひざまずき、両手をきつく組み合わせた。

「同志！　将校殿！」男が叫んだ。「何もあの部屋行きにしなくてもいいでしょう！　もう何もかも白状したではありませんか！　他に何がお知りになりたいというのですか？　何でも喜んでお話ししますとも、何でもです！　どんなことを白状させたいのかおっしゃってくだされば、すぐに白状しますから。書面にして署名しろと言われればそうしますとも……何だっていたしますとも！　ですから一〇一号室だけは！」

「一〇一号室だ」将校が言った。

すでにまっ青だった男の顔色が変わるのを見て、ウィンストンは目を疑った。明らかに、疑いようもなく、緑がかってきたのである。

「どうかお好きになさってください！」男が叫んだ。「何週間も食事も貰《もら》えませんでした。もうそのまま終わりにして、死なせてください。撃ち殺してください。吊《つ》るし首にしてください。懲役二十五年に処してください。他に誰か、私が告発できる者がいますか？　誰か教えていただければ、どんなことでもお教えしますとも。誰だろうと、あなたがたが何をなさろうと、構いはしません。私には妻と三人の子供がいるんです。いちばん上も、まだ六歳にもなっちゃいません。その妻子をまとめて捕まえ、私の目の前でひとり残らず喉《のど》をかっさばこうとも、私は黙って見ています。ですが、どうか一〇一号室だけはご容赦を！」

「一〇一号室だ」将校が言った。

男は、誰か身代わりにできるのではないかとでも言わんばかりに、必死に囚人たちを見回した。その目が、ぼろぼろになったあごなし男の顔でぴたりと止まる。男は、痩せこけた腕を振り回しはじめた。

「連れてかなきゃいけないのはあの男です、私じゃない！」男が叫んだ。「顔を殴られたあと、あいつがなんて言ったか聞こえなかったんでしょう。よろしければ、ひとこと残らず教えて差し上げますとも。党に反逆してるのはあの男です、私じゃないんです」看守たちが、じわりと一歩距離を詰めた。男の声が悲鳴になる。「あいつがなんて言ったか聞いてなかったんでしょう！」彼が繰り返した。「テレスクリーンがおかしくなってたんだ。捕まえなくちゃいけないのはあいつですよ。私じゃなく、あいつなんですよ！」

屈強な看守がふたり、男の腕を摑《つか》もうと待ち構えていた。だがその瞬間、男は監房の奥に向けて飛び出し、ベンチを支える鉄製の脚にしがみついたのだった。看守たちが捕まえて引き剝《は》がそうとしたが、男はものすごい力でしがみついていた。看守たちは、二十秒ほど男を引っぱり続けた。囚人たちは黙ったまま両手を膝の上で重ね、まっすぐに前を見つめていた。男が騒ぐのをやめた。息を切らして、しがみついているだけで精一杯なのだ。だが、今度は別の色合いの悲鳴があがった。看守の蹴《け》りで、男の片手の指が折れたのだ。看守たちが、男を引きずり上げる。

「一〇一号室だ」将校が言った。

男はふらつく足取りで歩きながら、連れ出されていった。うなだれ、潰《つぶ》された手を押さえ、気力は完全に尽き果ててしまっていた。

かなりの時間が過ぎた。骸骨顔の男が連れていかれたのが深夜だったとすれば、今ごろは朝だ。あれが朝だったなら、今は午後になっているだろう。ウィンストン以外に房には誰もおらず、ひとりになって何時間も経っていた。狭いベンチに座り続ける苦痛に耐えかねて、彼はしょっちゅう立ち上がって歩き回ったが、テレスクリーンから怒声は飛んでこなかった。あごなし男が落としたパンきれは、変わらぬ場所にずっと転がっていた。初めのうちは見ないようにするのも精一杯だったが、やがて空腹よりも喉の渇きが強烈になってきた。口の中がねばつき、不快な味がした。低く唸《うな》るような音と単調な白い光のせいで、気が遠くなるような、頭の中が虚《うつ》ろになったような感覚に襲われていた。ウィンストンは骨の痛みに耐えかねて立ち上がると、ひどい目《め》眩《まい》でしっかり立っていることができず、すぐにまた腰掛けた。体の感覚を少しでも取り戻すと、その度に恐怖が舞い戻ってきた。ときおり、潰《つい》えかける希望を胸に、オブライエンとカミソリの刃のことを思った。食事が出ることがあれば、その中に隠されて届いても不思議ではない。ジュリアのことも、さらにぼんやりとではあるが、考えた。どこかできっと、自分よりも遥《はる》かにつらい目に遭っているのかもしれない。今この瞬間、苦痛に泣き叫んでいるかもしれない。「もし自分の痛みを倍にすることで彼女を救えるとしたら、僕はそうするだろうか？　ああ、そうするとも」と、彼は胸の中で言った。だがそんなものは、それが道義的であると分かっているがゆえの、頭で考えた結論にすぎない。そう感じたわけではないのだ。この場所で感じられるのは苦痛と、苦痛の予感だけなのである。それに、ただでさえ苦痛の責め苦を受けているというのに、己の苦痛をさらに背負おうと望むなど、果たしてありえる話だろうか？　だがこの疑問には、まだ答えようがなかった。

また、ブーツの足音が近づいてきた。扉が開く。オブライエンが入ってきた。ウィンストンは驚いて立ち上がった。あまりの光景に、あらゆる警戒心が消え去ってしまった。長年のうちで初めてウィンストンは、テレスクリーンの存在を忘れていた。

「あなたも捕まったのか！」

「捕まったのはずいぶんと昔の話だよ」オブライエンは静かな、無念そうにすら聞こえる自虐を込めて言った。彼が脇にどいた。背後から逞しい胸の看守がひとり、長く黒い棍棒《こんぼう》を手に姿を現した。

「こうなると分かっていたろう、ウィンストン」オブライエンが言った。「自分をごまかしてはいけない。君には分かっていたんだ……ずっと分かっていたんだよ」

ウィンストンは悟った。そうだ、ずっと前から分かっていたのだと。だが、そんなことを考えているゆとりはなかった。両目は、看守が手にしている棍棒に釘付《くぎづ》けになっていた。どこに振りおろされても不思議ではない。脳天か、耳の先か、上腕か、肘《ひじ》か……。

肘だ！　ウィンストンは感覚をほとんど失い、殴られた肘をもう片手で押さえながら、膝から床に崩れ落ちた。何もかもが爆発し、黄色い光へと変わる。信じられない。たった一発でこんな激痛が生じるとは、とても信じられない！　光が消えると、自分を見下ろしているふたりの姿が視界に映った。看守は、苦悶《くもん》に顔を歪《ゆが》めるウィンストンを見て笑っている。とにもかくにも、ひとつの疑問には答えが出た。どんな理由があろうとも、さらなる苦痛を背負おうと願うなど、断じてありえることではない。苦痛について願うのは、たったひとつ。止んでくれと願うのみである。この世に肉体の苦痛ほどむごいことなど、他に何もありはしない。苦痛を前にしてもなお英雄でいられる者などひとりも、ひとりたりともいるものか。言うことを聞かなくなった左腕を虚《むな》しく押さえて床の上で身悶《みもだ》えしながら、ウィンストンは何度も何度も胸の中で繰り返した。

2

彼はキャンプ用のような寝心地の簡易ベッドに横たわっていた。ただの簡易ベッドよりも高さがあり、彼が身動きできないよう、なんらかの方法で固定されている。通常のものよりも明るいライトが、顔面に照りつけていた。すぐとなりにオブライエンが立ち、じっと彼を見下ろしていた。もう片方の側には、注射器を手にした白衣の男が立っていた。

目を開いても、周囲の様子はゆっくりとしか頭に入ってこなかった。遥か海底の深みにあるまったくの別世界から、この部屋まで浮き上がってきたような感じがしていた。ここにどのくらいいるのか、見当もつかなかった。逮捕されてからというもの、暗闇も陽光も目にしてはいない。そのうえ、記憶もあちらこちらで途切れているのである。意識が——眠っている間に流れている意識すらもが——完全に停止し、しばらく間を置いてからふたたび動き出すようなことが、何度かあった。だがその感覚が数日なのか、数週間なのか、それともほんの数秒なのかは、知るすべもなかった。

肘に喰《く》らった最初の一撃とともに、悪夢が始まった。のちに彼は、あれから起きたことは単なる予備的な、ほぼすべての囚人が受けさせられる規定どおりの尋問であると知ることになる。当然ながら、囚人たちが自供する罪は多岐にわたる――スパイ行為、破壊活動など、さまざまだ。自白は大して重要なものではなかったが、拷問のほうは本気だった。何度殴られたのか、どのくらい殴られ続けたのか、彼には思い出せなかった。常に、黒服の男たちが五、六人、いっせいに襲ってきた。ときには拳《こぶし》で、ときには棍棒で、ときには鉄棒で、ときにはブーツで襲ってくるのだ。しばしば彼は動物のように恥をかなぐり捨て、飛んでくる蹴りを避《よ》けようと、終わりも希望もないまま必死に身をよじったが、そんなことをしてもあばらに、腹に、肘に、すねに、股《こ》間《かん》に、睾丸《こうがん》に、尾骶骨《びていこつ》に、雨あられと蹴りを呼び寄せてしまうばかりだった。そうして暴行を受け続けているうちに、残酷で邪悪で許しがたいのは延々と殴る蹴るを続ける看守たちではなく、自分が無理やりにでも意識を断ち切れないことなのだ、と思い至ることもたびたびあった。完全に気力が尽き果ててしまい、暴行が始まりもしないうちに慈悲を乞《こ》うて泣き叫んでしまうことも、少なくなかった。殴りつけようと拳を構えるのを見ただけで、犯していようがいまいが罪を自白してしまいたくなってしまうのである。かと思えば拷問が始まる前に、絶対に何も話すものかと固く決意し、相手にしてみれば苦痛の悲鳴をあげさせながら無理やり少しずつ吐かせるしかなくなることもあったし、すっかり弱気になって妥協しようと、自分に「自白しちまおう、でもまだ早い。苦痛が耐えられなくなるまでこらえなくては。あと三発、あと二発蹴りを喰らったら、なんでもお望みどおりに話してやろう」と言い聞かせることもあった。ときにはほとんど立てなくなるほどの暴行を受け、独房の床にジャガイモ袋のように放り出され、何時間か体力を回復してからまた連れ出されて打ちのめされることもあった。ときには、それよりも長時間放置され、主に眠ったり、意識を失ったりしたまま過ごすこともあった。板切れのベッド――壁から突き出た棚のようなものだ――やブリキの洗面器、食事で出される温かいスープとパンや、たまに出されるコーヒーを憶《おぼ》えていた。髭剃《ひげそ》りと剃髪《ていはつ》のために来る無愛想な床屋のことも憶えていたし、脈を取り、反射神経を検査し、まぶたをめくり、骨折箇所はないかと全身をぞんざいに触診し、眠らせるために腕に注射を打つ、事務的で冷ややかな白衣の男のことも憶えていた。

　暴行の頻度は徐々に減って、もっぱら脅迫手段、要するに、満足のいかない答えをしようものならいつでも再開してやるぞという脅しになった。尋問官も黒服姿の暴漢からインテリ党員に変わっていた。せかせか動き回り眼鏡をぎらつかせたずんぐりした小男たちで、一度に十時間か十二時間か――はっきりとは分からないが、ウィンストンにはその程度に思えた――にわたり交代制で尋問を行うのである。この尋問官たちは常に軽い痛みをウィンストンに与え続けていたが、主な尋問手段として痛みを利用しているわけではなかった。彼らは顔をひっぱたき、耳をひねりあげ、髪をひっぱり、片足で立たせ、小便を我慢させ、涙がほとばしるまで顔にどぎついライトを当てたりもする。だがそんな行為の目的はただ単に、彼に屈辱を与え、議論したり判断したりする力を破壊することなのだ。彼らの本当の武器は、延々と何時間も続く、容赦ない尋問であった。彼の揚げ足を取り、罠《わな》を仕掛け、自供をことごとく捻《ね》じ曲げ、嘘や矛盾を見つけるたびに罪人扱いする。そんなことが、彼が屈辱と神経衰弱から泣き出してしまうまで延々と続くのである。ときには、一度の尋問で六度も泣き崩れてしまうことすらあった。尋問中、彼らはほとんど大声で彼を恫喝《どうかつ》し、彼が口ごもるたびに、また看守たちに引き渡すと言って脅すのである。だがたまに、彼らはだしぬけに口調を変えて彼を同志呼ばわりし、イングソックとビッグ・ブラザーの名のもとに訴えかけたり、今でも党への忠誠心がいくらかでも残っているなら、犯した悪行を消し去りたいとは思わないのかと、悲しげに問うてきたりするのだ。何時間にもわたり延々と続いた尋問のあとでは、こうして問いかけられただけでも、涙が溢《あふ》れるほどに憔悴《しょうすい》してしまうのだった。最後には、こうしたしつこい声が、看守たちのブーツや拳などよりも彼を完膚なきまでに叩《たた》きのめした。彼はすっかり彼らの要求するままの言葉を発する口となり、署名をする手となっていた。頭にあるのはたったひとつ、彼らが何を白状させようとしているのかを感じ取り、また新たに暴行が始まる前にさっさと白状してしまうことだった。党の高官の暗殺、扇動的なパンフレットの配布、公金横領、軍事機密の売却、そしてさまざまな破壊行為に至るまで、彼は自白していた。一九六八年からイースタシア政府に報酬をもらいスパイ行為を働いていたと自白した。宗教を信仰し、資本主義を崇拝し、性的変質者であると自白した。自分も、そして尋問官も妻の生存を知っているはずだというのに、妻を殺害したと自白した。長年にわたりゴールドスタインと個人的繋《つな》がりを持っており、彼の知人ほぼすべてが所属する地下組織のメンバーであることを自白した。何もかも自白し、誰彼かまわず巻き込んでしまうほうが楽なのである。それに、ある意味すべて事実なのだ。自分がずっと党の敵であったのは事実だし、党から見れば、思想と行為の間にはなんの区別もないのである。

違う種類の記憶もあった。どの記憶も暗闇に囲まれた絵画のように、彼の心の中でばらばらに孤立して浮き上がっているのだった。

彼は監房にいた。一対の目しか見えないものだから、暗いのか明るいのか分からなかった。すぐそばになんらかの機械があり、ゆっくりと、しかし規則正しく、かちかちと音を立てていた。いきなり彼は椅子からふわりと浮き上がって目の中に飛び込み、飲み込まれてしまった。

目が眩《くら》むような照明のもと、彼は計器のついたいろんな装置に囲まれた椅子に拘束されていた。白衣の男がひとり、計器を読んでいた。部屋の外からブーツの重い足音が聞こえた。ドアが音を立てて開いた。蠟《ろう》の仮面のような顔をしたあの将校が、ふたりの看守を引き連れて入ってきた。

「一〇一号室だ」将校が言った。

白衣の男は振り向きもしなかった。ウィンストンのほうすら向かず、一心に計器を睨《にら》んでいた。

幅一キロもある、優雅な光に溢れる広大な廊下を、彼は声を限りに笑い、叫ぶように自白をしながら転がり続けていた。拷問を受けても話さずにこらえきったことも含め、彼は何もかも自白してしまおうとしていた。己の人生をすべて、すでにそれを知っている聴衆を相手に語っていた。看守たちも、尋問官たちも、白衣の男たちも、オブライエンも、ジュリアも、チャリントン氏も、みんなまとめて叫び、笑いながら廊下を転がっていく。未来に待ち受けていたはずの恐怖が、なぜか飛ばされ、起きずに済んでしまった。万事穏やかでもはや苦痛もなく、彼の人生は丸裸にされ、理解され、許されたのである。

オブライエンの声が聞こえたような気がして、板切れのベッドから起き上がろうとした。尋問の最中には一度も姿を見なかったが、すぐそばでオブライエンが見ている感覚があった。すべての指揮を執っているのはオブライエンだ。ウィンストンに看守をけしかけたのも、殺さないよう彼らを止めたのもオブライエンだ。いつウィンストンに苦痛の悲鳴をあげさせ、いつ休ませ、いつ食事を与え、いつ眠らせ、いつ腕に薬品を注射するかを決めるのもオブライエンだ。尋問し、答えを誘導するのもオブライエンだ。そして一度――薬物がもたらす眠りなのか、自然な眠りなのか、それとも覚《かく》醒《せい》していたときなのか判然としないのだが――耳元で囁《ささや》きが聞こえた。「心配することはないよ、ウィンストン。君は私の手のひらの上だ。私は七年間、君を見守ってきた。それが今、ターニング・ポイントを迎えたのだ。私が君を救ってやる、君を完璧《かんぺき》にしてやる」本当にオブライエンの声なのか確信は持てなかったが、七年前に「暗闇なきところで会おうじゃないか」と夢で語りかけてきたのと同じ声であった。

尋問の終わりは、まったく記憶になかった。暗闇の時間が訪れてそれが消えると、今いる監房か部屋がだんだんとはっきりと見えはじめてくるのだった。ほぼ寝たきりのまま、動くことはできなかった。体の要所が、どこもがっちりと拘束されているのだ。後頭部ですら、なんらかの器具で固定されている。オブライエンが険しい、そしてむしろ悲しげな顔で彼を見下ろしていた。下から見上げるその顔は肌が荒れてやつれ、目の下はたるみ、鼻からあごにかけて疲れによって刻まれた皺《しわ》が走っていた。ウィンストンが思っていたよりも歳を取っており、おそらく四十八歳か五十歳ほどだろうか。彼の手の下にはてっぺんにレバーが一本付いた装置があり、画面には数字が丸く並んでいた。

「言ったろう」オブライエンが口を開いた。「また会うとするならば、ここになるだろうと」

「ええ」ウィンストンが答えた。

オブライエンがかすかに手を動かしただけで、ウィンストンの体を苦痛の波が飲み込んだ。恐怖心を掻《か》き立てる苦痛だった。なにせ何が起きているのかも分からないというのに、致命的な怪我を負わされたような感覚に襲われるのだ。ウィンストンにはそれが本当に起きていることなのか、電気が生み出している効果によるものなのか分からなかったが、肉体はいびつによじれ、関節がゆっくりとばらばらになっていった。額に汗が滲《にじ》むほどの苦痛だったが、とにかく最悪なのは、背骨が折れてしまうのではないかという恐怖であった。ウィンストンはなんとしても声を漏らすまいと歯を食いしばり、鼻で呼吸した。

「怖いのだね」オブライエンは、ウィンストンの顔を見ながら言った。「今にもどこかが折れてしまうんじゃないかとね。特に、背骨が折れるのが怖いんだろう。脊髄《せきずい》がばらばらになって髄液がしたたるところが、ありありと目に浮かぶのさ。ウィンストン、そんな想像をしているんだろう？」

ウィンストンは答えなかった。オブライエンが装置のレバーを引いた。苦痛の波が、生じたときと変わらぬ速さで、あっという間に消えた。

「今のがレベル四十だ」オブライエンが言った。「そら、計器に数値が百まで振ってあるのが見えるだろう。私と話をするときには忘れないでおいてほしいのだが、私には好きなときに、好きなレベルの痛みを君に与える力がある。私に嘘をついたり、どうにか言い逃れようとしたり、君の知的レベルに劣るような答えをよこしたりすれば、即座に苦悶《くもん》の悲鳴をあげることになる。理解したか？」

「ええ」ウィンストンは答えた。

オブライエンの態度が、やや和らいだ。物思いに耽《ふけ》るような顔で眼鏡を直し、何度か行ったり来たりする。そして口を開くと、穏やかでおおらかな声になっていた。罰を与えるというよりも諭そうとする、医師や教師、さらに言えば聖職者のような雰囲気である。

「君には私が自ら手をかけるとしようじゃないか、ウィンストン」彼が言った。「君は手をかけるだけの価値がある男だからね。自分の何が問題なのか、よく分かっているだろう。認めまいとして抗《あらが》い続けてはいても、何年も前から分かっていたんだよ。君は精神錯乱なのだ。君を苦しめているのは記憶障害さ。現実のできごとを記憶できず、起きてもいないできごとを記憶していると思い込んでいるんだ。幸い、治療は可能だよ。これまで治らなかったのは、君が治そうとしなかったからなんだ。君が決してする気になることのない、ちょっとした心の努力が必要でね。私には手に取るように分かるぞ、今この瞬間も、君はそうすることこそ美徳と思い、自分の病気にしがみついている。例を挙げてみるとしようか。現在オセアニアと戦争をしているのは、どこの国かね？」

「逮捕されたとき、オセアニアはイースタシアと戦争状態にありました」

「イースタシアとか。よろしい。では、オセアニアはずっとイースタシアと戦争をしてきたということだね？」

ウィンストンは息を吸った。喋《しゃべ》ろうと口を開いたが、言葉は出てこなかった。装置から目を離すことが、どうしてもできない。

「ウィンストン、真実を話したまえ。君の真実をね。自分の記憶だと君が思っているものを、私に聞かせてくれ」

「私の記憶では、逮捕されるほんの一週間前まで、私たちはイースタシアとなど戦争しておりませんでした。むしろ同盟を結んでいたのです。戦争敵国はユーラシアでした。戦争は四年間続いていました。その前は――」

オブライエンはさっと手を挙げ、彼を制した。

「他の例を挙げよう」彼が言った。「数年前、君は極めて深刻な妄想を抱いていた。三人の男たち、ジョーンズ、アーロンソン、ラザフォードという三人の元党員が、疑いの余地もない全面的な自白をしたのちに、反逆罪と破壊工作の罪で処刑されたんだが、君は彼らが冤罪《えんざい》で裁かれたと信じていたんだ。君は、彼らの証言が偽りであることを証明する、間違いない文書的証拠を目にしたと信じ込んでいたのさ。君がそんな幻想を抱いたのは、一枚の写真のせいだ。君はその写真を実際に手にしたと思い込んでしまった。ちょうど、こんな写真をね」

オブライエンは指先に挟み、長細い新聞記事を取り出した。五秒ほど、ウィンストンの視界に入っていただろうか。それは一枚の写真だったが、どんな写真かは考えるまでもなかった。あの写真だ。ジョーンズ、アーロンソン、ラザフォードがニューヨークで党の式典に出席している、ウィンストンが十一年前に偶然目にしてすぐに処分してしまった、あの写真である。見えたのはほんの一瞬で、すぐに視界の外に消えてしまった。だが見たのだ、確かに見たのだ！　彼は上半身を自由にしようと苦悶に顔を歪《ゆが》めながら、必死に身をよじった。しかし、どの方向にも一センチすら動くことはできなかった。刹那《せつな》、彼は装置の存在を忘れていた。あの写真を手に取りたい、せめてひと目見たいということしか考えられなかった。

「本当にあるんだ！」彼は叫んだ。

「いいや」オブライエンは、首を横に振った。そして部屋を突っ切っていった。向かいの壁に、メモリー・ホールがあった。オブライエンが蓋《ふた》を持ち上げる。誰に見られることもなくうすっぺらな紙切れが熱風の流れに乗ってぐるぐると落ちていき、ぱっと炎をあげて消え去ってしまった。オブライエンが、壁から振り向く。

「灰になったよ」彼が言った。「なんだったかも分からぬ灰にね。塵《ちり》になったのさ。存在してなどいない。断じて存在などしていない」

「でも存在していたんだ！　存在しているんだ！　僕の記憶の中にあるんだ。憶《おぼ》えているぞ。あなたも憶えているでしょう」

「私は憶えてなどいないよ」オブライエンは、首を横に振った。

ウィンストンは意気消沈した。これは二重思考《ダブルシンク》だ。どうにもできないほどの無力感を胸に感じる。オブライエンが嘘を言っているのだと確信できるならば、何も問題などないだろう。だがオブライエンが本当にあの写真を忘れてしまったという可能性も、完全にありえるのだ。仮にそうだとすれば彼はすでに、憶えていないと否定したことを忘れており、忘却という行為自体を忘れているということだ。そんなものはただのごまかしだと、誰に断言できるだろう？　もしかすると、頭の中でそんな狂気の波乱が本当に起こったのかもしれない。そう考えて、ウィンストンは絶望した。

オブライエンは、考えを巡らせるような顔でウィンストンを見下ろしていた。以前よりも、言うことを聞かないが有望な子供に手を焼く教師のような雰囲気を醸し出している。

「過去のコントロールについてのスローガンが、党にはあってね」彼が言った。「君にも復唱してもらいたい」

「『過去を支配する者は未来を支配する。今を支配する者は過去を支配する』」ウィンストンはおとなしく復唱した。

「『今を支配する者は過去を支配する』」オブライエンは、それでいいとでもいうかのように、ゆっくりと頷《うなず》いた。「ウィンストン、過去は実在するというのは君の意見かな？」

　またしてもウィンストンに、絶望感がのしかかってきた。両目がさっと、例の装置に向く。「イエス」と「ノー」どちらを答えれば苦痛から逃れられるかが分からないだけではない。どちらの答えを自分が真実と信じているかも分からないのである。

　オブライエンが薄笑いを浮かべた。「君は形而上学《けいじじょうがく》に向いていないな、ウィンストン」彼が言った。「今この瞬間まで、君は存在の意味するものは何か、考えたこともなかった。より正確に言ってあげるとしよう。過去はこの空間に、具象として存在するかね？　過去がいまだに起こり続けている、どこか別の場所が――形ある物の世界が――あるかね？」

「いいえ」

「それでは、仮に過去が存在するとしたら、いったいどこにあるんだ？」

「記録の中に。すべて書き留めてあります」

「記録の中か。それから……？」

「頭の中にです。人間の記憶の中にです」

「記憶の中にか。なるほど、よろしい。我々は……党は、すべての記録をコントロールし、すべての記憶をコントロールする。となると、我々は過去をコントロールしているということでは？」

「しかし、人々がものごとを記憶するのを、どう止められるというのです？」ウィンストンはまたしても刹那、装置の存在を忘れて叫んだ。「記憶は無意識のものです。意思でどうにかできるものではありません。どうやって記憶をコントロールできるのです？　僕の記憶だってコントロールされていないというのに！」

オブライエンはまた厳しい表情になった。装置に手をかける。

「分かっていないな」彼が言った。「君がコントロールしていないのだ。おかげで君は、こんなところに来るはめになったのだよ。君がここに来たのは謙虚さを失い、自己鍛錬に失敗したからだ。君は正気を得るための代償である服従という行いを、決してしなかった。狂者であることを、ひとりきりのマイノリティであることを選んだのだよ。現実を見られるのは、鍛錬された精神だけなのさ、ウィンストン。君は現実というものを、おのずと存在する何か客観的な、外的なものだと信じている。そして、現実の本質とは誰にでも分かる明白なものだと信じてもいる。自分には何かが見えているという錯覚に陥ると、君は誰もが自分と同じものを見ているはずだと思い込んでしまうのだ。だがいいかね、ウィンストン、記憶とは外的なものではないのだよ。現実とは他ならぬ、己の頭の中にしか存在しないものなのだ。個人個人の頭の中にということではないよ。それでは思い違いが生じてしまうし、いずれ消え去ってしまうからね。人々の集合体であり不滅である、党の精神の中にのみ現実は存在するのさ。どんなことであれ、党が真実とするものこそ真実だ。党の目を通さぬかぎり、真実を見ることは不可能なのだよ。君が学び直さねばならんのは、その事実だよ、ウィンストン。そのためには自己破壊、意志による努力が必要となる。正気になる前に、謙虚にならなくてはいかんのだ」

彼は自分の話が腑《ふ》に落ちるのを待つように、しばし口をつぐんだ。

「憶えているか？」彼がまた続けた。「日記に『自由というのは、二足す二は四だといえる自由だ』と書いたろう？」

「ええ」ウィンストンは答えた。

オブライエンはウィンストンに手の甲を向け、親指を他の四本で隠しながら、左手を挙げた。「私は指を何本立てているかな？」

「四本です」

「では、もし党が四本ではなく五本だと言ったなら……何本だね？」

「四本です」

言葉は、激痛による悲鳴で終わった。計器の針は、一気に五十五まで上がっている。ウィンストンの全身から汗が噴き出した。肺を引き裂くようにして空気が入り込み、歯を食い縛ろうとも抑えきれない重い呻《うめ》きとなって吐き出されていく。オブライエンは四本の指を立てたまま、彼を見つめていた。レバーを引いて戻す。今度は、痛みがほんのわずかに和らいだだけであった。

「指は何本だ、ウィンストン？」

「四本」

計器の針が、六十まで上がった。

「指は何本だ、ウィンストン？」

「四本だ！　四本だ！　他にどう言えばいいっていうんです？　四本だ！」

針がまた上がったに違いなかったが、彼は見ていなかった。重苦しくいかめしい顔と四本の指が、彼の視界を占拠していた。指は目の前にまるで柱のように突き立っていた。巨大で、ぼやけ、震えているように見えるが、それでも間違いなく四本である。

「指は何本だ、ウィンストン？」

「四本だ！　やめてくれ、やめてくれ！　なんでこんなことを続けるんだ？　四本だ！　四本だ！」

「指は何本だ、ウィンストン？」

「五本だ！　五本！　五本だ！」

「いいや、ウィンストン。そんな答えなど無駄だ。君は嘘をついている。まだ四本だと思っている。さあ、指は何本だ？」

「四本！　五本！　四本！　何本でも好きにしていい！　もうやめてくれ、痛みを止めてくれ！」

　気づけば、オブライエンの腕に肩を抱かれて体を起こしていた。おそらく何秒か、意識を失ったのだろう。体を押さえつけていた拘束具は、緩められている。ひどい寒気に体はどうしようもなく震え、歯はがちがちと鳴り、とめどない涙が頬を伝い落ちていた。しばらく彼は、肩に回ったずっしりと重い腕に妙な心地よさを覚えながら、赤ん坊のようにオブライエンにしがみついていた。オブライエンは自分の庇護者《ひごしゃ》であり、苦痛は外部から、何か他の根源から来るものであり、オブライエンがその痛みから自分を守ってくれるのだと、彼は感じていた。

「君は飲み込みが悪いな、ウィンストン」オブライエンが、優しく声をかけてきた。

「どうしろと言うんです？」彼は泣き声で答えた。「目の前にあるものは、どうしようもありませんよ。二足す二は四なんです」

「ときにはな、ウィンストン。ときにはそれが五になるのだよ。そしてときには三になる。同時に四本、五本、三本になることもある。君はもっと頑張りたまえ。正気になるのは、ひと筋縄ではいかないものだよ」

彼はウィンストンを、ベッドに横たえた。手脚の拘束がまたきつくなったが、すでに苦痛は引き、震えも止まっており、虚脱感と寒気が残るばかりだった。オブライエンは、その間ずっと身じろぎひとつせず立ち尽くしていた白衣の男に、こくりとうなずいてみせた。白衣の男は屈《かが》み込んでウィンストンの両目をじっくり調べ、脈を取り、胸に耳を付け、あちこちを打診し、オブライエンにうなずき返した。

「もう一度やるぞ」オブライエンが言った。

ウィンストンの体に苦痛が流れ込んできた。針は七十か、七十五に上がっているに違いない。ウィンストンは、今度はまぶたを閉じた。指はまだそこにあり、相変わらず四本なのは分かっていた。なんとしても、この苦痛が去るまでなんとか生き抜かなくては。自分が泣き叫んでいるかどうかも、もう分からなかった。また苦痛が弱まった。まぶたを開ける。オブライエンがレバーを戻したのだ。

「指は何本だ、ウィンストン？」

「四本です。四本だと思います。できることなら、五本見たいです。五本見ようとしているんです」

「どちらがいいか考えるんだ。五本見えていると私に信じさせようと頑張るかね？　それとも本当に五本見たいかね？」

「本当に五本見たいです」

「もう一度だ」オブライエンが言った。

針はおそらく八十だろうか……それとも九十だろうか。ウィンストンはなぜこんな痛みに襲われているのか、とぎれとぎれにしか思い出せなくなった。きつく閉じたまぶたの向こうで、指の森が、絡まり合ってはほどけ、互いの陰となって隠れてはまた姿を現し、踊りでも踊っているように思えた。理由も思い出せぬまま、彼は指を数えようとしていた。分かるのはただ、数えるのは不可能であるということ、そして、数えられないのは五と四の間に横たわる謎めいた同一性ゆえのことなのだ、ということだけであった。また痛みが消え去った。目を開けると、何も変わらぬ光景がまだ広がっていた。動き回る木々のような無数の指が重なり合い、すれ違いながら、別々の方向へと流れていく。ウィンストンはふたたび目を閉じた。

「ウィンストン、私が立てている指は何本だね？」

「分からない。分からない。あれをまたやったら、僕は死んでしまう。四本、五本、六本……誓って分からないんです」

「ましな答えだ」オブライエンがうなずいた。

ウィンストンの腕に、音もなく注射針が刺さった。ほぼその瞬間、至福に満ちた癒《い》やしの温《ぬく》もりが体の隅々にまで広がっていった。苦痛はもう半ば忘れていた。まぶたを開き、感謝を込めてオブライエンを見上げる。陰鬱《いんうつ》で皺《しわ》の刻まれた、あまりに醜くあまりに知的なその顔をひと目見て、心臓が引っくり返りそうになった。もし動けたならば手を伸ばし、オブライエンの腕に置いただろう。今この瞬間ほど彼を深く敬愛したことはなかったが、ただ苦痛を止めてくれたからそう感じるわけではなかった。古い感情が、オブライエンが友であろうと敵であろうと構わないという気持ちが、胸に蘇《よみがえ》っていたのである。オブライエンは、話が分かる人物だ。もしかすると人は、愛されるよりも理解されることを欲するのではないだろうか。オブライエンは拷問により狂気の縁にまで自分を追い込んだし、もう少しすれば確実に、今度は死の淵《ふち》に突き落とすだろう。だが、それでも変わりはしない。ふたりの関係は友情などよりも深く、朋友《ほうゆう》ともいえるものなのである。声に出して言葉を交わすことがなくとも、ふたりが顔を合わせて語らえる場所がどこかにあるのだ。オブライエンは、同じ思いを胸に抱いているのではないかと思えるような表情で、ウィンストンを見下ろしていた。彼が口を開き、打ち解けた、雑談でもするかのような口ぶりで話しかけてきた。

「ウィンストン、自分がどこにいるか分かるかね？」

「分かりません。察することしかできません。愛情省ですか？」

「どのくらいここにいるか分かるかね？」

「さあ。何日か、何週間か、何ヶ月か……たぶん何ヶ月かだと思います」

「我々がこの場所に人を連れてくる理由は、何だと思うかね？」

「自白させるためです」

「いいや、それは理由ではない。もう一度考えるんだ」

「罰するためです」

「違う！」オブライエンが怒鳴った。別人のように声音が変わり、面差しも厳格で気色ばんでいた。「違う！　ただ自白させたり、罰したりするためではない。君をここに連れてきた理由を教えてやろうか？　君を治療するためだ！　正気にするためだ！　いいか、ウィンストン、我々にここに連れてこられた者たちは、治癒もしないまま出ていくことは決してない。我々は、君が犯した下らない罪になど興味を持ちはしないのだ。明白な行為に、党は興味など持たんよ。我々が注意を向けるのは、思想のみなのだ。我々は敵を滅するだけでなく、敵を変容させるのさ。何を言っているのか、意味が分かるかね？」

彼はウィンストンの上に屈み込んでいた。あまりの近さに顔が巨大に見え、下から見るその顔はぞっとするほど醜かった。のみならず、オブライエンの顔にはある種の昂揚《こうよう》が、血走った狂気が溢《あふ》れていた。ウィンストンの心臓が、また縮み上がった。もしできたなら、ベッドに潜り込んで身を丸めてしまっていただろう。オブライエンはただの気まぐれで、今にも装置のダイヤルを回すに違いないと感じた。だがその瞬間、オブライエンが背を向けた。何歩か行ったり来たりする。そして、やや穏やかな声で続けた。

「君がまず理解しておくべきは、この場所には殉教などないということだ。過去の宗教的迫害については、君も読んだことがあるだろう。中世には、異端審問があった。これは失敗だった。異端の断絶を目指して始まったというのに、永続させる結果になってしまったからだ。異端者をひとり火《ひ》炙《あぶ》りに処すたびに、何千という異端者が蜂起《ほうき》したのだよ。なぜだか分かるかね？　異端審問所が敵を公開処刑しただけでなく、悔い改めぬうちに処刑したからさ。いや、むしろ悔い改めぬから殺したのだ。人々は、真の信念を放棄しなかったがゆえに死んでいったのだ。おのずと、栄光はすべて死者のものとなり、恥辱はすべて彼らを火炙りにした審問官のものとなった。二〇世紀になると、いわゆる全体主義者が出現した。ナチス・ドイツ、そしてロシア共産党だよ。ロシア人たちは、異端審問所よりもむごたらしく異端を迫害した。のみならず、自分たちは過去の過ちから学んだなどと思っていた。何はともあれ断じて殉教者を出すべからずということは、知っていたわけさ。犠牲者を公開裁判にかける前に、周到に手を回して彼らの尊厳をぼろぼろにしたんだよ。拷問と隔離で責め苦を与え、言われるままになんでも自白し、己を罵《ののし》り、仲間を告発して責任をなすりつけ、涙を流して慈悲を乞《こ》う、卑劣で臆病《おくびょう》な下衆《げす》に変わり果てるまで消耗させたのさ。だというのに、ものの数年後には、まったく同じことがふたたび繰り返された。死者たちは殉教者となり、彼らの堕落は忘れ去られた。ここでまたしても、同じ問いが浮かぶ。なぜそうなった？　まず第一に、彼らがした自白がどれも、強要された、虚偽のものだったことが一目瞭然《りょうぜん》だったからだ。我々は、そのような過ちを決して犯さない。ここでされる自白はどれも真実なのだよ。我々が真実にするのだよ。何よりも亡者が我々に反逆することなど、断じて許しはしない。後の世の人々が己の正義を証明してくれるなどと夢を見ないことだよ、ウィンストン。彼らが君の行いを知ることなどありはしない。君は歴史の流れから、きれいさっぱり駆逐されるのだ。君は我々の手で気体に変えられ、成層圏に放出されるんだよ。君は跡形もなくなる。どの記録からも名前が消され、生者の脳にひとつの記憶も残りはしない。過去からも未来からも、君は抹殺されることになる。存在などしなかったことになるんだ」

では、なぜ僕を拷問なんてするんだ？　ウィンストンは瞬間、敵意を抱きながら胸の中で言った。オブライエンは、まるでウィンストンが思わず口走ったかのように、ぴたりと足を止めた。やや目を細め、大きく醜い顔を近づけてくる。

「君はこう思っているんだろう」彼が言った。「我々が君を完膚なきまでぼろぼろにし、君が何を言おうが何をしようが何も変わらないというのなら……そうだとするのなら、なぜわざわざ拷問したりする必要があるのだろうか？　そう考えているのだろう？」

「ええ」ウィンストンは答えた。

オブライエンが微笑を浮かべた。「君は模様を乱す傷なんだよ、ウィンストン。拭《ぬぐ》い去るべき汚れなのだ。我々は過去の迫害者とは違うのだと、ついさっき話したろう？　心なき服従でも、最大限に卑屈な降伏でも、我々が満足することはない。いずれ君が降伏するときには、君の自由意志でなくてはならん。我々は、異端者が反逆するから破滅させるんじゃない。抵抗を続けるかぎり、破滅させることはない。我々は彼らを変容させるのだ、内なる心を捕《とら》えるのだ、彼らを再形成するのだ。心にはびこる邪《よこしま》なものと妄想を燃やし尽くし、我々の側に導くのだ。うわべではなく真の、腹心の同胞《はらから》としてね。殺してしまう前に、我らの一員にするということさ。たとえ秘密裏であれ、無力であれ、この世のどこかに誤った思想が存在するなど、耐え難いことだ。今際《いまわ》のきわであろうと、いかなる逸脱も我々は容認しない。古き日の異端者たちは異端者のまま、己の奉ずる異端を高らかに唱え、それに歓喜しながら火刑台へと歩いた。ロシアの大粛清の犠牲者たちですら、銃殺場へと通路を歩きながらも頭蓋《ずがい》の中には反逆心を擁していたのだよ。だが我々は、脳を完全にしてから吹き飛ばすのだよ。古《いにしえ》の独裁君主は『汝《なんじ》、かくあるべからず』と命じた。全体主義者は『汝、かくあるべし』

と命じた。我々は『汝、かくなり』と命じる。我々によってここに連行され、最後まで抵抗を貫いた者は誰もいない。ひとり残らず綺麗《きれい》に浄《きよ》められたのだよ。君が無罪と信じた哀れな反逆者三人も、つまりジョーンズ、アーロンソン、ラザフォードの三人も、最後は我々にひれ伏したのだ。私自身が尋問に加わった。徐々に心をすり減らし、泣きごとを漏らし、ひれ伏し、涙を流す連中の姿をこの目で見てきたんだよ……最後には、苦痛のせいでも恐怖のせいでもなく、純粋に後悔の念からそうなるのさ。尋問が終わるころには、連中はもはや人間の抜け殻になっていた。心の中にあるのは、自分たちがしてきたことへの悲しみと、ビッグ・ブラザーに対する愛情だけだ。彼らがいかにビッグ・ブラザーを愛しているか目の当たりにするのは、実に感動的なものだったとも。自分の心がまだ清らかなうちに死んでしまえるよう、今すぐ射殺してくれと必死に乞うんだよ」

　いつしかその声は、ほとんど夢見るような響きを帯びていた。その顔には昂揚が、狂者の高ぶりがいまだに浮かんでいた。この男は自分が口にする一言一句を信じた振りをしている食わせ者などではない、とウィンストンは思った。彼を最も苦しめるのは、自分は知的に劣るのだという自覚であった。重々しくも優雅なオブライエンの歩き回る姿が、視界を行き来するのをウィンストンは見つめた。オブライエンはあらゆる意味で、自分よりも大きな存在である。自分がこれまで抱いてきた思想はどれひとつ取っても、オブライエンが遥《はる》か昔から知っていて、精査し、排斥したものばかりなのだ。彼の精神は、ウィンストンの精神を包有している。だがそうだとすれば、オブライエンの狂気が本物であるなどと、どうして言えよう？　狂者は自分、ウィンストンのほうに違いない。オブライエンが立ち止まり、彼を見下ろした。その声音がまた、いかめしくなっている。

「どれほど完全に降伏しようとも、命が助かるなどとはくれぐれも思ってくれるなよ、ウィンストン。ひとたび外道に堕《お》ちた者は、決して許されないのだ。そして、仮に我々が君に天寿をまっとうさせる道を選んだとしても、君は絶対に我々から逃げられはしない。ここで君の身に起きることは永遠に続くのだ。今のうちに覚悟しておくんだな。君が二度と引き返せなくなるまで、我々はとことん叩《たた》き潰《つぶ》す。たとえ千年の命を得ようが決して回復できぬほどのことが、君の身に起きるだろう。並の人間と同じ感情は、二度と持てなくなるんだよ。君の中ですべてが死に絶えるのさ。愛することも、友情を抱くことも、生の喜びを感じることも、笑うことも、好奇心を抱くことも、勇気を持つことも、誠実であることも、なにひとつできなくなる。もぬけの殻になるんだ。我々は君のすべてを搾り取って空っぽにし、そこを我々自身で満たすのだよ」

　彼は口を閉じると、白衣の男に合図した。何かどっしりとした器具が頭の下に押し込まれるのが、ウィンストンにも分かった。オブライエンがベッドのとなりに腰掛け、ふたりの顔が同じ高さになる。

「三千だ」彼はウィンストンの頭ごしに、白衣の男に指示を出した。

かすかな湿り気を帯びた柔らかなパッドが二枚、ウィンストンのこめかみに押し当てられた。彼は怖気《おじけ》づいた。痛みが来る、今までとは別の痛みが来るのだ。オブライエンは彼を落ち着かせるような、優しく気遣うかにすら見える様子で、自分の手をウィンストンの手に重ねた。

「今度のは大して痛まんよ」彼が声をかけた。「私から目を離さないでおくんだ」

その瞬間、壊滅的な爆発が起こった。いや、本当に爆発だったのだろうか。本当に何か音が聞こえたのか、判然としない。だが、目のくらむような閃光《せんこう》が走ったのは間違いなかった。痛みはなく、なぎ倒されるのだけを感じた。さっきからずっと仰向《あおむ》けに寝ていたというのに、同じ体勢へと倒される奇妙な感覚があった。凄《すさ》まじい無痛の一撃で、彼は完全に伸びていたのである。それに、頭の中でも何かが起きていた。ふたたび目の焦点が定まってくるにつれて、彼は自分が誰だったのか、ここがどこなのかに気づき、自分の目を覗《のぞ》き込んでいる顔の主も思い出した。だがしかし、あたかも脳の一部を摘出されてしまったかのように、どこかに大きな虚無がぽっかりと空いているのだった。

「じきに慣れるとも」オブライエンが声をかけてきた。「私の目を見なさい。オセアニアは、どこの国と戦争をしているね？」

ウィンストンは考えた。オセアニアという言葉が何を意味するのかも、自分自身がオセアニアの市民であることも分かっている。それに、ユーラシアもイースタシアも思い出せる。だというのに、どの国がどの国と戦争していたかが分からない。それどころか、戦争が起きていることすら分からないのだった。

「思い出せません」

「オセアニアは、イースタシアと戦争中だ。さあ、思い出せたかね？」

「はい」

「オセアニアはずっとイースタシアと戦争をしている。君が生まれたころから、党ができたころから、歴史の始まりから、休むことなく延々と戦争は続いているんだ、常に同じ戦争がね。思い出せたかな？」

「はい」

「十一年前に君は、反逆罪で処刑された三人の人物についてでまかせの話を捏造《ねつぞう》した。三人の無実の証拠となる紙切れを見たと装った。そんな紙など存在してはいなかった。君が話を作り、やがて信じるようになったのだよ。作り話を生み出したまさにその瞬間を、思い出すんだ。思い出せるかね？」

「はい」

「さっき私は、指を立てて君に見せた。君は五本見えたと言った。思い出せるかね？」

「はい」

オブライエンは左手を出すと、親指を隠して指を見せた。

「指が五本ある。五本とも見えるかね？」

「はい」

そして実際、そう見えた。心の風景が変わってしまう前の、一瞬のできごとであった。五本の指が、ぼやけることもなく確かに見えたのである。するとすべてがまた元に戻り、懐かしい恐怖が、憎悪が、狼狽《ろうばい》が、一気に戻ってきた。だが確かにほんのわずかの間とはいえ――どのくらいか分からなかったが、おそらく三十秒ほどであろうか――オブライエンが口にする新たなほのめかしのひとつひとつが胸の虚無を埋めて絶対的真実となり、必要とあらば二足す二がやすやすと五にも三にもなってしまう、輝くほどの確信に満ちた瞬間があったのだ。その瞬間は、オブライエンが手を下ろすよりも早く消え去ってしまった。しかし、もう一度その瞬間を蘇《よみがえ》らせることはできなくとも、記憶することはできた。人が、今とはまったく別人だった遠いある日の鮮やかな記憶を胸に留《とど》めているのと同じように。

「分かったろう」オブライエンが口を開いた。「とにかく、このようなことは可能なのだとね」

「はい」ウィンストンは答えた。

オブライエンは満足げに立ち上がった。左側で、白衣の男がアンプルを折り、中身を注射器に吸い上げていくのが見えた。オブライエンが笑みを浮かべてウィンストンを振り向いた。そして懐かしさすら覚える仕草で、鼻にかけた眼鏡を直した。

「日記に書いたことを憶《おぼ》えているかね？」彼が言った。「私は君を理解し、話を聞いてくれるのだから、味方でも敵でも関係ないと書いていたろう？　そのとおりだとも。君と話をするのは楽しいよ。君の考えは実に興味深い。たまさか正気ではないというだけで、私の考えとよく似ているよ。さて、今日はもう終わりにするが、君さえよければ、その前にいくつか質問を受け付けよう」

「なんでもいいのですか？」

「なんでもいいとも」オブライエンは、ウィンストンの目が例の装置を見ているのに気がついた。「スイッチは切ってある。さあ、最初の質問は？」

「ジュリアには何をなさったんです？」ウィンストンは訊《たず》ねた。

オブライエンが、また微笑んだ。「ウィンストン、あの娘は君を裏切ったよ。すぐさま……完全にね。あれほどすぐ我々の仲間になる者など、私もほとんど見たことがないよ。今君が会ったとしても、あの娘だとは分からないだろう。反抗心も、欺瞞《ぎまん》も、愚かさも、汚れた精神も、何もかも燃やし尽くされて彼女の中から消えてしまったよ。

教科書どおりの、完璧《かんぺき》な変容だった」

「拷問したのですか？」

オブライエンは、答えをよこさなかった。「次の質問だ」

「ビッグ・ブラザーは実在するのですか？」

「もちろん実在するとも。党は実在する。ビッグ・ブラザーは党の化身なのだよ」

「私が実在するように、ビッグ・ブラザーも実在するのですか？」

「君は実在してなどいない」オブライエンが答えた。

　またしても、無力感がウィンストンを襲った。自分自身が存在しないことを証明するためにどのような議論が必要なのかは分かっていた。いや、想像ができた。しかしそんなものはナンセンスであり、単なる言葉遊びでしかない。だいたい「君は実在しない」は論理的破《は》綻《たん》を含んではいないだろうか？　だがそんな指摘をして、どんな意味があるというのだろう？　反論の余地もない狂気の論法でオブライエンにこてんぱんにされるのだと思うと、心が縮み上がった。

「僕は実在していると思います」弱々しい声で、彼は言った。「自分が何者なのかも理解しています。僕は生まれ、そして死んでいくのです。僕には二本の腕と二本の脚があります。空間の、特定の一部を占めているのです。私が占める空間を、他の物質が同時に占めるのは不可能です。そうした意味で、ビッグ・ブラザーも実在してるのでしょうか？」

「それはまったく重要ではない。ビッグ・ブラザーは実在している」

「ビッグ・ブラザーも死ぬのですか？」

「無論、死になどしない。死ぬわけがなかろう？　次の質問だ」

「〈ブラザー連合〉は本当にあるのですか？」

「ウィンストン、それを君が知ることはない。仮に我々が君に手をかけるのをやめて自由の身にすることに決め、君が九十歳まで生きようとも、君はその答えがイエスなのか、はたまたノーなのか、知ることは絶対にないのだよ。生きているかぎり、解けない謎のまま胸に残り続けるだろう」

ウィンストンは無言で横たわっていた。呼吸がやや速くなっている。最初に浮かんだ質問を、まだ訊ねていない。訊ねないわけにはいかないはずが、まるで舌が縛られてしまったかのようだ。オブライエンの顔は、どこか愉快そうであった。彼の眼鏡すらも、皮肉なきらめきをまとっているかに見えた。この男は知っているのだ、とウィンストンははっとした。この男は、自分が何を訊ねようとしているのか知っているのだ！　そう思った途端、弾《はじ》けるように言葉が飛び出していた。

「一〇一号室には、いったい何があるのですか？」

オブライエンは表情ひとつ変えなかった。冷淡な声で、彼が答える。

「一〇一号室に何があるか君は知っているはずだよ、ウィンストン。一〇一号室にあるものは、誰もが知っているんだ」

彼は白衣の男に指を立ててみせた。これで尋問は終わりなのだ。ウィンストンの腕に注射針が刺さる。ほぼ同時に、彼は深い眠りに落ちていた。

3

「君の人格再統合には、三つの段階がある」オブライエンが言った。「まずは学習、次に理解、そして受容だ。もう第二段階に移っていいだろう」

いつもどおり、ウィンストンは仰向《あおむ》けに寝かされていた。だがここのところ、拘束具は前よりも緩くなっていた。相変わらずベッドに固定されてはいるものの、少しなら膝《ひざ》を動かすこともできたし、首を横に動かしたり、肘《ひじ》から先を上げることもできる。装置も、以前に比べて怖くなくなっていた。頭を振り絞ってすぐに答えれば、苦痛を与えられずに済む。オブライエンがレバーを引くのは主に、彼が馬鹿な答えをしたときに限られていた。ときには、一度も装置を使わずに尋問を終えることもあった。これまでに何度尋問されてきたのか、もう憶えていなかった。第二段階はいつ終わるともしれぬほどに長く——おそらく数週間はかかったはずだ——次の尋問まで数日の間を置くこともあれば、数時間だけのこともあった。

「そうして横になりながら」オブライエンが口を開いた。「君は何度も、なぜ愛情省はこれほどの手間暇を自分にかけるのだろうと疑問に思った……私にそう訊ねすらした。そして、自由の身だったころの君を悩ませていたのも、根本的には同じ疑問だ。君は社会のメカニズムは理解できても、潜在する動機が理解できないのだよ。例の日記に『「方法」は分かる。「理由」が分からない』と書いたのを、君は憶えているかな？　その理由について頭を悩ませたとき、君は己の正気を疑ったんだ。君はあの本を、ゴールドスタインの本を読んだ。部分的にかもしれんがね。さて、あれは何か、君が知らなかったことを教えてくれたかね？」

「あなたも読まれたのですか？」

「私が書いたのだよ。正確にいえば、共著だがね。君も知ってるだろうが、ひとりで本は作れないからな」

「真実なのですか、あの本の中身は？」

「解説としては、イエスだ。だがあそこに書かれている将来図はナンセンスさ。秘密裏に行われる知識の蓄積……啓蒙《けいもう》の漸次的拡張……最終的に起こるプロレタリアートの反乱……党の打倒。あの本にそんなことが書かれているのは、君も予見していたろう。あれはすべてナンセンスだ。プロレタリアートが反乱を起こすなど断じてあり得んよ、千年後だろうが、百万年後だろうがね。起こしようがないのだよ。理由は言うまでもないだろう、君もすでに知っているのだからな。凄絶な暴動などという夢を抱いているのなら、そんなものは捨てることだ。党を打倒する方法など、ひとつとしてありはしない。党の支配は永遠なのだ。君はそれを、思想の出発点とするんだ」オブライエンが、さらにベッドへと歩み寄った。「永遠なのだ！」と繰り返す。「では、方法と理由の話に戻るとしようじゃないか。党が権力を維持する方法は、君もよく理解しているだろう。では、我々が権力に固執する理由を言ってごらん。我々の動機はなんだね？　なぜ我々は権力を求めねばならんのかね？　さあ、言ってみたまえ」彼は、黙り続けるウィンストンに向け、そう言い足した。

だがウィンストンは、しばし無言であった。どうしようもない疲労感が彼を飲み込んでいた。オブライエンの顔に、熱狂が放つ狂気の光がほのかに戻っていた。彼が何を言おうとしているのか、ウィンストンにはもう分かっていた。党は自らの利のためにではなく、大多数の利のために権力を求めるのだと言う気である。党が権力を追い求めるのは、大衆とは自由に耐えることも真実と向かい合うこともできぬ弱く臆病《おくびょう》な存在であり、自分たちより強大な力を持つ何者かに支配され、計画的な詭計《きけい》にかけられなくてはならぬからだと言う気である。人類の選択とは自由か幸福かであり、大多数は幸福を好むからだという気である。党は弱者を守るとこしえの守護者であり、己の幸福を他者のための犠牲とし、善を呼び寄せるべく悪行をなす自己犠牲の組織なのだと言う気である。恐ろしいのはここだ、とウィンストンは胸の中で言った。恐ろしいのは、オブライエンにそう言われたら、自分が信じてしまうであろうことなのだ。

顔を見れば分かる。オブライエンは、何もかも知り尽くしている。実際には世界がどのような姿をしているのか、人類の大半がどれほど劣悪な暮らしを送っているのか、どのような嘘と蛮行を働くことにより党が彼らにその暮らしを強いているのかを、オブライエンはウィンストンの千倍もよく知っているのだ。彼はすべてを理解し、すべてを秤《はかり》にかけていたが、なんの違いも生み出しはしなかった。すべては究極的な目的によって正当化されてしまうのだ。ウィンストンは自問した。自分よりも知的に優れた狂者を前にして何ができよう？ 自分の意見にちゃんと耳を傾けながらも己の狂気にひたすら執着する狂者を相手に何ができよう？

「党が私たちを支配するのは、私たちのためです」彼は情けない声で言った。「人間には自分を統治する能力がないと信じておられ、それゆえ――」

彼はぎくりとして、あわや悲鳴をあげかけた。激痛が全身を貫いたのである。オブライエンが、装置のレバーを三十五まで上げていた。

「愚かしいことを言う、ウィンストン、なんと愚かな！」彼が叫んだ。「まさか、そんなことを口にするような愚か者だとは！」

レバーを元に戻し、彼は言葉を続けた。

「では、私が自ら問いの答えを教えてやろう。こうだ。党が権力を求めるのは、ひたすら権力を欲するからだ。我々は他者の利益などに関心はない。関心があるのは、ただ権力のみなのだ。富も、贅沢《ぜいたく》も、長寿も無用。ただ権力、純粋な権力のみなのだよ。純粋な権力が何を意味するものなのか、君にもすぐに分かるだろう。我々は過去のあらゆる独裁勢力とも違い、自分たちが何をしているのかを理解している。他の独裁者たちは、いかに我々と似ていようとも、そろって臆病者か偽善者だった。ナチス・ドイツとロシア共産党は、我々と非常に近い方法を持っていたが、自らの動機を認める勇気を持つことができなかった。しかたなく、ほんの一時的に権力を握っただけで、ひょいと角を曲がれば人類が自由と平等の中で暮らす楽園があるのだという振りをしてみせたのだ……いや、自らそう信じてすらいたのかもしれん。我々は連中とは違う。いずれ手放すつもりで権力を手に入れる者などいないと、理解しているんだよ。権力とは手段ではなく、目的なのだ。革命を防ぐために独裁制を敷くものなどいない。独裁制を確立するために革命を起こすのだ。迫害の目的は迫害だ。拷問の目的は拷問だ。権力の目的は権力だ。さあ、私の言っていることが分かってきたのではないか？」

　ウィンストンは以前と同じく、オブライエンの顔に浮かぶ疲労感に気づいてはっとした。力強く肉厚で、残忍なその顔には、知性と抑圧された情熱が溢《あふ》れ、見ているほうが無力感を覚えるほどだというのに、その顔がくたびれているのである。目の下はたるみ、頬骨から皮膚が垂れ下がっている。オブライエンは彼に覆いかぶさるようにして、疲れた顔をわざと近づけてきた。

「私の顔が老いぼれ、くたびれていると思っているな」オブライエンが言った。「権力を語ってみせる割には我が身の衰えすら食い止められないのかと思っているな。ウィンストン、個人はひとつの細胞にしか過ぎんのだと、君には分からないかね？　細胞が疲弊すれば、それは生命体の活力になる。爪を切ったところで、君は死なんだろう？」

彼はベッドに背を向けて片手をポケットに突っ込み、またうろうろしはじめた。

「我々は権力の司祭だ」彼が言った。「神は権力なんだ。だが今はまだ君にとって、権力はただの言葉に過ぎないだろう。君もそろそろ、権力とは何を意味するのか考えをまとめなくてはな。まず頭に入れるべきは、権力とは集団が生み出すものだということだ。個人というものは、個人でいることをやめて、初めて権力を手中に収めることができるのだよ。党のスローガン、『自由は隷属なり』は知っているだろう。これは逆も言えると思ったことはないか？『隷属は自由なり』とね。孤独である者は――つまり自由である者は――必ず打ち負かされる。そうでなくてはならんのだ。人は必ず死ぬものであり、死とはもっとも巨大な敗北なのだからね。だがしかし、もしまったき完全服従ができるのであれば、もし自分のアイデンティティーを放棄できるのであれば、もし党と融合するほどに専心できるなら、全能かつ不滅になるのだよ。次に頭に入れるべきは、権力とは人を支配する力だということだ。肉体を……いやそれよりも精神を支配する力だよ。物質を——いや、君なら外的現実と呼ぶかもしれんが——支配することなど重要ではない。物質への我々の支配は、すでに完全無欠なのだからね」

刹那《せつな》、ウィンストンは装置の存在を忘れていた。上体を起こそうと猛烈にもがいたが、身をよじっても苦痛を味わうばかりだった。

「しかし、どう物質を統御するというのです？」彼は叫んだ。「天候も、引力の法則も統御できないではありませんか。それに、病や痛み、死も——」

オブライエンが、さっと手を振って彼を制した。「我々は精神を支配する、ゆえに物質をも支配する。現実とは頭蓋《ずがい》の中にあるものなのだ。ウィンストン、君も徐々に分かるだろう。我々に不可能などありはしない。透明にもなれるし、空中浮遊もできる……なんでもだ。望みさえすれば、シャボン玉のようにこの床から浮き上がることもできる。私がそう望まないのは、党がそう望まないからだ。君は、自然界の法則に関する一九世紀風の意識を捨てなくてはならんな。自然の法則は、我々が作っているのだ」

「いや、作ってなどいない！　この惑星すら支配していないでしょう。ユーラシアとイースタシアはどうなんです？　まだ征服できずにいるではありませんか」

「どうでもいいことだ。いずれ征服すべきときにそうするだろう。それに、もし征服しなかったとして、何が変わるというのだね？　連中の存在など黙殺すればよい。オセアニアこそ世界なのだ」

「ですが、世界など一片の塵《ちり》に過ぎません。人間など取るに足らない……無力な存在でしかありません！　人類が出現して、どれほど経ったというのです？　何百万年にもわたり、この地球は無人だったのです」

「くだらん。地球は我々と同齢だ。我々より古きものなどではない。古いなどということが、なぜあり得るんだ？　人の意識を通さずに存在できるものなど、ひとつとしてありはしないというのに」

「ですが岩石からは絶滅した動物の骨がごろごろ出てきます……人類出現の遥《はる》か以前に生きていた、マンモスや、マストドンや、巨大爬虫類《はちゅうるい》の化石が」

「ウィンストン、君はそうした骨を見たことがあるのかね？　いや、ありはしない。一九世紀の生物学者どもがでっちあげたのだからな。人類の前には、何も存在してはいなかった。人類のあとには……もし終焉《しゅうえん》などというものがあればの話だが、何も存在などしない。人類の外部には、何もありはしないのだよ」

「しかし全宇宙は人間の外部にあるではないですか。星々をごらんなさい！　百万光年も彼方《かなた》の星々もある。永遠に人の手など届きはしませんよ」

「星々とは、なんだね？」オブライエンは冷淡に言った。「何キロか先に揺らめくつまらぬ炎と同じだよ。その気になれば手が届く。いや、消し去ることもできる。地球こそ宇宙の中心なのだ。太陽も星々も、地球を周回しているのだよ」

ウィンストンはふたたび、猛烈にもがいた。今度は何も言わなかった。しかしオブライエンは、まるで反論に応じるかのように言葉を続けた。

「無論、目的によっては、真実ではない。大海原を船で渡ったり、日食や月食を予測したりする場合、地球が太陽の周りを周回し、星々が何百万キロの彼方にあると仮定するほうが都合がいいこともよくある話だとも。だが、それがいったいどうしたというのだ？　我々には天文学の二重体系など作れないと思っているのかね？　我々の必要に応じて、星々は近くも遠くもなるのだよ。党の数学者にはそんな計算ができないと思っているんじゃないだろうね？　二重思考を忘れたわけではないだろうな？」

ウィンストンはベッドで縮こまった。何を言おうともすぐに答えが飛んできて、棍《こん》棒《ぼう》のように彼を打ちのめすのだ。それでも彼は自分が正しいのだと分かっていた、歴然と分かっていたのだ。己の外部には何も存在しないなどという信念……そんなものはまやかしだと示す方法が、何かきっとあるはずなのだ。遥か昔にあばかれたまやかしだったはずではないか？　忘れてしまったが、名前すら付いていたはずである。彼を見下ろすオブライエンの唇の端に、歪《ゆが》んだ薄ら笑いが浮かんでいた。

「言ったろう、ウィンストン」彼が言った。「君は形而上学《けいじじょうがく》に向いていないと。今君が思い出そうとしている言葉は、唯我論だよ。だが、君は誤解している。これは唯我論ではない。君さえよければ、集団的唯我論とでも言っておこうか。しかしこのふたつは別ものだ。むしろ正反対だと言ってもいい。こんなのは、すべて余談だがね」彼は声音を変え、先を続けた。「真の権力とは、我々が日夜戦い身を捧《ささ》げる権力とは、物質ではなく、人間を支配する権力だ」彼は言葉を切るとほんの一瞬、有望な生徒に問いかける校長の空気を纏《まと》った。「人は他者に対し、いかに権力を行使するかね、ウィンストン？」

ウィンストンは考えた。「他者を苦しめることによって」

「結構。他者を苦しめることによって、だ。服従だけでは不十分なのだよ。苦しんでもいない相手が本人の意志ではなく君の意志に従っているなどと、どう確信が持てるかね？ 権力とは、苦痛と恥辱を与えることだ。権力とは、人の精神を八つ裂きにし、こちらの思うままの新たな姿に作り直すことだ。さて、我々が創ろうとしている世界の姿が、君も見えてきたのではないか？ その世界とは、昔の改革家たちが思い描いた愚かしい快楽主義的なユートピアとは正反対の世界だよ。恐怖と裏切りと拷問の世界、人を踏みにじり人に踏みにじられる世界、洗練されるに従い慈悲に満ちていくのではなく、さらに慈悲を失っていく世界だ。我らが世界の進歩は、さらなる苦痛へと向かう進歩になろう。古き文明は、愛と正義を礎《いしずえ》に成り立つと確信した。我々は憎悪を礎としたのだ。我々の世界に、恐怖、怒り、勝利の愉悦、自己卑下の他に感情など存在しない。他のものはすべて破壊してやる……何もかもな。我々はもはや、革命以前から生き残る思考習慣を破壊しつつある。子供と両親の、人と人の、そして男と女の間にある結びつきを断った。もはや誰も、妻も子も友も信じようなどとは思わん。だが将来には、妻も友もなくなるのだ。子供は生まれるやいなや、雌鳥から卵を取るようにして取り上げられるだろう。性本能は根絶やしにされる。生殖は、配給カードの更新と同様、年に一度の形式的なものになる。オルガズムも断絶する。今、党の神経学者がその研究に取り組んでいるところだ。党に対する忠誠心を除き、どんな忠誠心も存在しなくなる。ビッグ・ブラザーへの愛を除き、いかなる愛も存在しはしない。敗北した敵を見下ろす勝利の笑い以外、笑いなどは存在しない。芸術も、文学も、科学もなくなる。我々が全知全能となれば、科学などもはや必要なくなるのだからな。美醜の間には、なんの区別もなくなる。人生を歩む楽しみも、喜びも存在しなくなる。競い合う楽しみも、ことごとく破壊される。だが常に――よく聞くんだぞ、ウィンストン――権力のもたらす陶酔は決して消えず、留《とど》まることなくどんどん鋭敏になっていくのさ。いつであろうと、いかなる瞬間であろうと、そこには勝利の興奮が、無力な敵を踏みにじる愉悦があるのだよ。未来を思い描くなら、人の顔を踏みつける一足のブーツを想像してみるといい……永遠に踏みつけ続けるブーツをな」

彼は、ウィンストンが何か言うのを待つように言葉を切った。ウィンストンはまたベッドの上で、身を丸めようとした。言葉など何も出てこなかった。心臓が凍りついてしまったかのようだ。オブライエンが、先を続けた。

「これが永遠に続くのだと、憶《おぼ》えておくんだ。顔というものは常に、踏みつけられるためにそこにあるのだ。社会の敵である異端者は決して根絶やしになることなく、何度でも何度でも敗北し、恥辱を味わい続ける。君が我々の手に落ちてから味わった何もかもが……すべて続いていくのだよ、もっと酷《ひど》い形でな。スパイ活動、裏切り、逮捕、拷問、処刑、失踪《しっそう》、どれもこれも決して止むことはない。この世界は、勝利の世界であると同時に恐怖の世界となるのだよ。党が強大となるほど、世界は寛容でなくなる。敵対者が弱くなるほど、独裁は強固なものとなる。ゴールドスタインとその異端は、とこしえに生き続けるだろう。来る日も来る日も、寝ても覚めても休むことなく敗北し、面目を潰《つぶ》され、嘲笑《ちょうしょう》され、唾棄《だき》され、それでも生き続けていくのだよ。私が七年にわたり君と演じてきた芝居は、いくつもの世代をまたいで何度でも演じられ続けていく、ますます洗練されながらね。我々は常にここに連れてきた異端者どもの命運を握るのだ。連中は苦痛の悲鳴をあげ、壊れ、卑しく変わり果て、最後には心の底から悔い改め、己から救済され、自ら我々の足元にすがりつくようになる。それこそ、我々が創ろうとしている世界だよ、ウィンストン。勝利に次ぐ勝利、制覇に制覇を重ね、さらに制覇を続ける世界さ。片時も休むことなく強く、強く、強く、権力を前に進ませるのだ。分かるぞ、君はその世界がどんなところになるのか、見えてきたのだろう。だが最後には、理解以上のものが君に訪れる。受け入れ、歓迎し、その一部となるのだよ」

ウィンストンは、喋《しゃべ》れる程度には持ち直していた。「できるわけがない！」と、弱々しく声を放つ。

「それはどういう意味かな、ウィンストン？」

「今話されたような世界など作れるわけがありません。そんなものは夢です。不可能です」

「どうしてかね？」

「恐怖と憎悪、そして残虐のうえに文明を築くなど、不可能です。存続しようがない」

「なぜ存続しないのかね？」

「生命力がないからですよ。ばらばらになってしまう。自己崩壊してしまうでしょう」

「ナンセンス。君は憎悪とは愛より人を疲弊させるものだという印象を持っているな。なぜそうだと言えるのだ？　それに、仮にそうだとしても、それがどうしたというのだね？　ひとつ、我々自身がより早く疲弊することを選んだとしよう。三十歳にして老いさらばえるほどに人生の歩みを速めたとしよう。だとしても、それがどうしたというのだね？　個々の死は死などではないと、なぜ理解できないのかね？　党は不滅なのだぞ」

やはり彼の声は、ウィンストンを徹底的に打ちのめした。さらには、このまま反論を続ければオブライエンにまたあのダイヤルを回されるのではないかと、猛烈に恐ろしくなっていた。だがしかし、どうしても黙ってはいられなかった。弱々しく根拠もないまま、オブライエンの話に抱く言葉にならぬ恐怖のみを支えにして、彼はまた言い返した。

「知りません……僕にはどうでもいいことです。あなたがたは、きっと失敗する。何かがあなたがたを打倒する。人生があなたがたを打倒するんです」

「我々は生命を支配しているのだよ、ウィンストン。あらゆるレベルにおいてだ。君は人間性などというものが存在し、それが我々の行いに激怒して反旗を翻すはずだと空想している。だが、我々が人間性を創造しているのだ。人間とは、いかようにも作り変えられるものさ。それとも君は以前抱いていた、プロレタリアートだか奴隷だかが蜂起《ほうき》して我々を転覆させるなどという考えに回帰したのかもしれんな。そんなものは忘れることだ。連中は無力なんだよ、獣のようにね。人類が党なのだ。他のものは関係ない……無価値なのだ」

「どうでもいいです。いずれあなたがたは打倒される。人々が党の正体を見抜き、ずたずたに引き裂くのは時間の問題です」

「そんなことが起こるという根拠はどこにあるんだね？　それとも、そうなるべき理由が何かあるとでも？」

「いいえ。でも僕は信じているんです。あなたがたが敗北すると、知っているんですよ。宇宙には何かがある。精神なのか、それとも原理なのか……ともかくあなたがたが打ち勝つことのできないものがです」

「ウィンストン、君は神を信じるかね？」

「いいえ」

「では、我々を打ち負かすその原理とやらは、いったいなんなのだね？」

「分かりません。人間の精神です」

「そして、君は自分をひとりの人間だと思っていると？」

「はい」

「君が人間だとするならば、ウィンストン、最後の人間だ。君の種は絶滅した。我々が、その後継者なのだ。自分が天涯孤独だというのが、分かるか？　君は歴史外にいるのだ、存在しないのだ」オブライエンの物腰が、より獰猛《どうもう》に変わった。「それで君は、嘘をつき残酷な我々よりも自分のほうが道徳的に優れていると思っているわけか？」

「はい、優れていると思っています」

　オブライエンは何も言わなかった。別の声がふたつ響いていた。しばらくして、片方が自分の声であるのにウィンストンは気づいた。〈ブラザー連合〉に加わったあの夜、オブライエンと交わした会話を録音したものだ。自分の声が、人を騙《だま》し、盗みを働き、脅迫し、麻薬と売春を奨励し、性病を蔓延《まんえん》させ、子供の顔に硫酸をかけると約束するのが聞こえる。オブライエンは、いちいちこのような無意味なことをさせるなとでも言いたげに、かすかに身じろぎをした。そしてスイッチをひねり、声を止めた。

「ベッドから立て」彼が言った。

　拘束具が勝手に緩んだ。ウィンストンは一度床にうずくまり、ふらふらと立ち上がった。

「君は最後の人間だ」オブライエンが言った。「人間の精神の守護者だ。ありのままの自分を見るといい。服を脱ぎたまえ」

　ウィンストンは、ツナギを留めている短い紐《ひも》をほどいた。ファスナーはずっと前にちぎり取られてしまっていた。逮捕されてから服をすべて脱いだことがあったか、ウィンストンには思い出せなかった。ツナギに隠れていた体には、なんとか下着の成れの果てだと判別できる、薄汚く黄ばんだぼろきれが巻き付いていた。床に服を脱ぎ捨てながら、部屋の最奥に三面鏡があるのに気がついた。近づいていき、半ばで足を止める。不意の悲鳴がほとばしっていた。

「進め」オブライエンが命じた。「三面鏡の正面に立つのだ。横姿もしっかりと見るんだぞ」

足を止めたのは、恐怖に襲われたからだった。腰の曲がった灰色の骸骨《がいこつ》のようなものが、自分のほうに向かってきたからだ。見るからにその姿は恐ろしかったが、それは単に自分の姿であるはずだと知っているからではなかった。彼はさらに鏡に近づいていった。腰を曲げているせいで、怪物は顔を突き出しているように見えた。殴られてぼこぼこになった額は禿《は》げ上がった脳天と繋《つな》がり、鼻は曲がり、頬骨はぼろぼろで、その上にはぎろりと警戒心を湛《たた》えた両目が付いている。頬は皺《しわ》だらけで、口は引っ込んでいた。確かに自分の顔には違いなかったが、ウィンストンには、内面以上に変わり果ててしまったように思えた。鏡の男が浮かべた表情は、彼が感じるそれとは違っていた。ところどころ、禿げてしまっている。初めは白髪にまでなってしまったかと思ったのだが、灰色に見えるのは頭皮なのだった。両手と顔を除き、いつとも知れぬほど前にこびりついた汚れで全身が灰色になっていた。汚れの下にはあちこちに赤々とした傷痕《きずあと》があったし、足首の静脈瘤性潰瘍は炎症を起こして膨れあがり、大量に皮膚が剝《は》がれてしまっていた。だが真に恐ろしいのは、やつれ果てた肉体であった。胸回りは骸骨のように痩《や》せこけ、両脚も、腿《もも》より膝《ひざ》のほうが太くなるほどに干からびてしまっている。横姿もしっかりと見ろとオブライエンが言った意味が、やっと分かった。歪《ゆが》んでしまった背骨は、言葉を失うほどであった。がりがりに痩せた両肩は胸に空洞ができるほど前方に丸まり、骨ばった首は頭蓋《ずがい》の重さで曲がったかに見えた。どんな男か当ててみろと言われたなら、彼はきっと、何か極めて重篤な病気に苛《さいな》まれた六十男の肉体だと答えたであろう。

「君はときおり、こう考えたことがある」オブライエンが言った。「私の顔は——党中軸の一員であるこの顔は——なんと老いぼれ、疲れ果てているのだと。では、自分の顔を見てどうだね？」

彼はウィンストンの肩を鷲掴《わしづか》みにし、真正面から自分に向き直らせた。

「自分がどんなざまか、見てみるがいい！」彼が言った。「全身にこびりつく、薄汚い垢《あか》を見てみるがいい。足の指の間に溜《た》まった垢を見てみるがいい。足首のできものから湧き出す、反吐《へど》をもよおすような膿《うみ》を見てみるがいい。自分がヤギのように臭いのに、気づいているか？　おそらく、もう気づけなくなっているのだろうな。分かるかね？　君の二の腕など、私の親指と人さし指を回しても悠々指先が付くほどだ。首だって、ニンジンのようにへし折ってしまえるぞ。我々に捕まってから自分が二十五キロも痩せたのを、君は知っているかね？　髪の毛だって、どんどん抜けている。見たまえ！」彼はウィンストンの頭に手をかけ、髪を束にしてむしり取った。「口を開けてごらん。残った歯は九、十、十一本だけだ。ここに来たときには、何本あった？

そして残ったわずかばかりの歯にしろ、今にも抜け落ちそうだぞ。ほら、見るんだ！」

オブライエンは親指と人さし指で、ウィンストンの残った前歯をがっしりと挟んだ。顎《あご》を苦痛が貫く。ぐらついた歯を、オブライエンが根本から引っこ抜いた。監房の奥に、それを放り出す。

「君はもう腐りかけなのさ」彼が言った。「崩壊寸前なんだよ。君は何者かね？　ただの汚物の詰まった袋と変わらんよ。さあ、もう一度鏡のほうを向いてごらん。君の向かい合ってるものが見えるかね？　それが最後の人間だよ。君が人間だとするのなら、それが人間性なのだ。さあ、また服を着るといい」

ウィンストンは、ゆっくりとぎごちなく服を着はじめた。この瞬間まで、自分がどんなに痩せこけて衰弱してしまったかも、まったく気づかなかった。心に去来する声は、ひとつだけだった。思っていたよりも長い間ここにいるのだ、という声だけであった。そして無残なぼろきれを体に巻きつけながら、自分の変わり果てた肉体に対する猛烈な憐憫《れんびん》に襲われた。そして自分でもわけのわからぬまま、ベッドの横に置かれていた小さな椅子に崩れ落ち、わっと泣き崩れたのだった。自分の姿は醜悪で、不快で、ぎらつく白い光に照らされて泣いている姿は、まるで薄汚い下着にくるまれた大量の骨の塊であった。だが、どうしても自分を抑えられなかった。オブライエンは、優しさとすら取れるような物腰で、彼の肩に手をかけた。

「永遠に続くわけではないよ」彼が口を開いた。「好きなときに逃げることもできる。すべては君の選択次第なのだ」

「あんたがやったんだ！」ウィンストンはむせび泣いた。「あんたが僕をこんな惨めな姿にしたんだ」

「違うな、ウィンストン、それは君自身のしわざだよ。党に歯向かうと心を決めたとき、君はこうなることを受け入れたのだ。あの最初の行為が、すべての始まりだったのさ。予想外のできごとなど、何も起きてはいないだろう」

オブライエンは一度言葉を切り、また続けた。

「ウィンストン、我々は君を打ちのめした。徹底的に、ぼろぼろにした。自分の体がどんなありさまか、目の当たりにしたろう。きっと君の中には、ろくなプライドも残ってはいまい。蹴《け》られ、殴られ、恥辱を受け、苦痛の悲鳴をあげ、自分の血反吐にまみれた床をのたうちまわった。情けなく慈悲を乞《こ》い、誰もかれも、何もかもを裏切った。自分の中に堕落を免れたものが、たったひとつでもあると思うかね？」

ウィンストンは泣き止んでいたが、両目からはまだ涙が滲《にじ》み出ていた。オブライエンを見上げる。

「ジュリアを裏切ってはいません」彼が答えた。

オブライエンは、物思いに耽《ふけ》るような顔で、彼を見下ろした。「そうだ」と首を縦に振る。「まったくそのとおりだ。君はジュリアを裏切ってはいない」

オブライエンに対する、何ものにも壊すことができぬような奇妙な畏敬《いけい》の念が、ふたたびウィンストンの胸に溢《あふ》れた。なんと頭がいいのだろう、なんと頭がいいのだ！　自分に向けられた言葉を理解しそこなったことなど、オブライエンは一度たりともありはしない。この地上の誰もが、お前はジュリアを裏切ったのだと即答しただろう。あんな拷問でも無理やり自白させられなかったものなど、いったい何があるというのだろうか？　習慣も、性格も、過去の人生も、彼女のことはすべて話してしまった。彼女と会ったときに起きたどんなに些細《ささい》なことも、彼女に言ったことも言われたことも、闇市で食料を手に入れたことも、情事のことも、漠然と党への反逆を企てたことも……何もかも話してしまったのである。それでも自分の思う意味に照らし合わせるかぎり、彼はジュリアを裏切ってはいなかった。まだ彼女を愛している。彼女への気持ちは変わってなどいない。オブライエンは説明を求めるまでもなく、彼の言わんとしていることを悟っていたのだった。

「教えてください」ウィンストンは言った。「僕はいつ射殺されるのでしょうか？」

「しばらくかかるだろう」オブライエンが答えた。「君は厄介なケースでな。だが、希望を捨ててはいかん。遅かれ早かれ、誰もが完治するのだ。そして最後に、君は射殺されるのだよ」

4

具合はずいぶんましになっていた。日を単位とするのが適切とするならば、日に日に太り、体力もついてきている。白いライトと低く唸《うな》るような音は相変わらずだったが、今度の監房は前にいたところに比べてやや快適だった。板切れのベッドにはマットレスと枕も載っているし、座れるように椅子も置かれている。一度は風呂《ふろ》にさえ入れてくれたし、金だらいで体を洗うのもちょくちょく許可してくれる。そのための湯や、新しい下着と清潔なツナギまで出してもらえたのである。静脈瘤性潰瘍にも、鎮静作用を持つ軟膏《なんこう》を塗ってくれた。そして、残った歯をすべて抜き、新しい入れ歯を与えてもらうことができたのである。

何週間か、あるいは何ヶ月かが過ぎた。どうやら規則正しい時間に食事が出てくるらしく、彼がその気になりさえすれば、時間の経過をしっかり把握することもできたろう。彼が数えるかぎり、食事は二十四時間に三回だ。ときおり彼は、食事が届くのが昼なのか夜なのか、ぼんやりと考えた。料理は瞠目《どうもく》するほどに上等で、三度目の食事には必ず肉が付いてきた。一度は、煙草がひと箱出てきたこともある。マッチを持ってはいなかったが、食事を運んでくる決して口をきかない看守が火を貸してくれる。最初に吸った一本で気分が悪くなったものの我慢し、食事のたびに一本の半分を吸うようにして、そのひと箱を長持ちさせた。

端に使い古しの鉛筆が縛り付けてある、白い石板も与えられた。最初は使いもしなかった。起きている間ですら、まったく頭が働かなかったのである。食事を終えてから次の食事が来るまではたいてい、ろくろく身じろぎもせず横になったり、眠りこけたり、まぶたを開くのも面倒なときにはぼんやりとした夢想に入り込んだりして過ごした。ぎらつくライトを顔に浴びながら過ごすのにも、とっくに慣れていた。より筋道が立った夢を見る以外には、これといった違いはない。ここに来てから膨大な夢を見たが、どれもこれも幸せな夢ばかりだった。黄金郷にいることもあれば、太陽に照らされた荘厳な巨大遺跡で母親とジュリア、そしてオブライエンとともに座していることもあった——特に何をするでもなく、ただ陽光を浴びながら座り、とりとめのない話をしているのだ。起きている間に頭に浮かぶのは、ほとんどが自分の見た夢のことだった。苦痛による刺激がなくなった今、自ら頭を働かせる力を失ってしまったかのようであった。退屈も感じないし、会話や暇つぶしがしたくなるわけでもない。ひとりきりで、殴打も尋問もされず、食事も十分に与えられ、全身を清潔にできているだけで、完全に心が満ち足りるのだ。

睡眠時間は少しずつ短くなってきていたが、それでもベッドから出たいという欲求は皆無だった。とにかく静かに身を横たえ、体内に力が集まってくるのを感じてだけいたかった。筋肉が丸々と盛り上がり皮膚が張ってきたのが幻想でないのを確かめるため、体のあちこちに指先で触れてみた。やがて、肉が付いてきているのは疑いようのない事実であると確信するに至った。太ももは、確かめるまでもなく膝《ひざ》より太くなっている。それからというもの、最初こそ面倒ではあったものの、彼は規則的に運動を始めた。房内を歩きながら歩数で計算しているうちに、すぐに三キロを踏破できるようになり、丸まっていた肩もまっすぐに張ってきた。そしてより複雑な運動にも挑んでみたのだが、できないことの多さに驚き、屈辱を覚えたのだった。歩く速度以上では動けず、腕を伸ばして椅子を持つこともできず、片足立ちをするときまって倒れてしまうのである。うつ伏せになり、両手で体を押し上げてみようともしたが、無駄であった。一センチたりとも上がりはしなかった。だが何日か経つころには——何度か食事をするころには——そんな曲芸もできるようになっていた。そのうち、六回連続で上げられるようになった。だんだんと自分の肉体に見とれるようになり、きっと顔も元どおりに戻りかけているに違いないと、ときおり思うようになった。そしてふと禿《は》げ上がった頭にうっかり手を触れると、鏡の中から自分を見つめ返していた、あの皺《しわ》だらけになったぼろぼろの顔を思い出すのだった。

心は、どんどん元気を取り戻していた。板切れのベッドに腰掛け、壁にもたれて石板を膝に載せ、自分の再教育という仕事にじっくり取り掛かった。

彼は降伏し、合意を交わした。今思えば、その決断を下す遥《はる》か以前から、降伏する覚悟を抱いてきたのである。愛情省に足を踏み入れた瞬間から――そう、テレスクリーンの鋼鉄の声が指示を告げるのを聞きながら、ジュリアとともに何もできず立ち尽くしていたあのときすらも――党の権力に歯向かおうとするのがいかに軽薄かつ浅薄なことか、彼は理解していたのだった。今はもう、思想警察が七年の長きにわたり、虫眼鏡の下にいるカブトムシのように彼を観察していたのを知っている。どの身動きも、口にしたどの言葉も彼らはことごとく気づいていたし、頭の中に流れる思想もすべて予測されていたのである。日記帳の表紙に載せた白っぽい埃《ほこり》すらも、彼らは注意深く元の位置に戻していたのだった。彼らは彼に盗聴の録音を聞かせ、何枚もの写真を見せた。中には、ジュリアと彼が写っているものもあった。そのうえ彼女と……。もう党に抵抗することなどできはしなかった。それに、正しいのは党のほうなのだ。そうに違いない。不滅の集団的頭脳が過ちを犯すなど、ありえないではないか。党の判断を裏付けてくれる基準など、いったいどこにあるだろう？　正気とは、統計で決まるのだ。重要なのはただひとつ、彼らと同じように考える方法を身につけることのみなのだ。しかし……！

鉛筆は太く、なかなか指が落ち着かなかった。ウィンストンは、頭に浮かぶ思いを書きはじめた。大きくたどたどしい文字で、こう始める。

自由は隷属なり。

そしてほとんど立て続けに、その下に書いた。

二足す二は五である。

だがそのとき、何かが彼の手を止めた。何かからおずおずと引き下がるかのように、集中できなくなってしまったのである。次に何が起きるか自分が知っているのは分かっているのだが、瞬時、どうしてもそれが思い出せなかった。やがて思い出しはしたものの、頭をひねってこれに違いないという推測を導き出したにすぎなかった。自然に思い出したわけではないのである。彼はまた書き始めた。

神は権力なり。

彼はすべてを受け入れた。過去は変えられる。過去が変えられたことは一度たりともない。オセアニアはイースタシアと戦争中だ。オセアニアはずっとイースタシアと戦争を続けている。ジョーンズ、アーロンソン、ラザフォードは告発どおり有罪だった。彼らの有罪を覆す写真など見たこともない。存在すらしない、彼が作り出した記憶なのである。逆の記憶を持っていた記憶はあるが、それは自己欺瞞《ぎまん》から生まれた偽りの記憶なのだ。万事、なんと簡単なのだろう！　降伏さえしてしまえば、すべてはおのずと付いてくるのだ。あたかも、必死に流れに逆らい泳いでも後ろ向きに押し流されるだけだったというのに、ふと逆を向いて流れに乗ろうと決めたかのようである。自分の覚悟以外、何も変わってなどいない。あらかじめ決まっていたことは、いずれにせよ起きるのだ。なぜ自分が反逆などしたのか、ほとんど思い出せなかった。何もかも、実に気楽である。ただし……！

　どのようなものであろうとも、真実でありうる。いわゆる自然の法則など、ナンセンスなのだ。引力の法則など、ナンセンスなのだ。「望みさえすれば、シャボン玉のようにこの床から浮き上がることもできる」とオブライエンは言った。ウィンストンは、必死に考えた。「彼が床から浮いていると思い、私も同時に彼が浮かぶのが見えると思うのなら、それはもう事実として起きているということだ」突如、沈没船の残《ざん》骸《がい》が水面から姿を現すかのように、ひとつの考えがどっと沸き起こった。「現実に起きたりするものか。僕たちが作る幻想だ。幻覚なのだ」その考えを彼はすぐに押しのけた。誤謬《ごびゅう》であるのは明白だ。これは己のどこか外部に現実のできごとが起きる現実世界が存在するという前提あってのものではないか。しかし、そんな世界がどう存在しえるというのだ？　精神を通さぬかぎり、我々がなんの知識を持てるというのだ？　すべては精神の中で起こる。そしてあらゆる精神の中で起きたものはどのようなことであれ、実際に起きるのである。

思いついた誤謬を捨て去るのは容易だったし、その誤謬に屈するような危険もありはしなかった。だがそれでも、そんな考えが浮かんではいけないのだと、彼には分かっていた。危険思想がひとりでに浮かんでくるたびに、精神は盲点を作らなくてはならない。これは、自動的な、本能的な機能だ。ニュースピークで〈犯罪中止《クライムストップ》〉とされるものである。

　ウィンストンは、クライムストップの修練に取り掛かった。複数の命題——「党は地球を平坦《へいたん》であると考える」や「党は氷を水よりも重いものと考える」など——を自分に提示し、それらと矛盾する論拠は無視するよう己を鍛えるのである。簡単な話ではない。極度の推測力と即興力がなくてはならないのである。例を挙げるとするならば、「二足す二は五である」との主張から生じる数学的問題は、彼の知的能力を超越していた。さらには心の体操とでも言うべき、ある瞬間には極めて繊細な理論を駆使し、すぐ次の瞬間にはどれほどがさつな理論的破綻《はたん》であろうと気づかずに済ませる能力が必要だった。愚鈍は知性と同じく必要で、知性と同じく習得が難しいものだ。

その間ずっとウィンストンは頭の片隅で、いつ自分は銃殺されるだろうかと考え続けていた。「すべては君の選択次第なのだ」とオブライエンは言った。だが、銃殺の時期を早める意識的な行為など何もないというのも理解していた。十分後かもしれないし、十年後かもしれない。何年にもわたり独房に監禁されるだろうか、それとも強制労働収容所に送られるのだろうか、はたまたときおり党がそうするように、しばらく自由の身にされるのだろうか。銃殺の前に、逮捕と尋問のドラマがまた初めから再演される可能性も、じゅうぶんにある。唯一確かなのは、予期したとおりのときに己の死が訪れることなど絶対にないということだった。掟《おきて》では——知ってはいても耳にしたことのない、暗黙の掟である——背後からの銃殺である。監房から監房への通路を歩きながら、なんの前触れもなく後頭部を撃たれるという。

ある日——いや、ともすれば真夜中でもありえるのだから「ある日」という表現は適切な表現ではなく、「あるとき」としておこう——ウィンストンは奇妙な、世にも幸せな夢想をした。銃弾を待ちながら、通路を歩いていた。いつ来てもおかしくはないと覚悟していた。万事解決し、何も問題がなくなり、丸く収まったのだった。もはや疑問はなく、議論もなく、苦痛もなく、恐怖もない。肉体は健康で強靭《きょうじん》だった。体を動かす喜びを胸に、陽射しを浴びながら歩く感じがしており、足取りも軽かった。もう愛情省の白く狭い廊下ではなく陽光に照らされた幅一キロもある廊下で、薬物が引き起こすせん妄状態の中で歩いているかのようだった。彼は黄金郷にいて、ウサギが食い荒らした牧草地を突っ切る小道を歩いていた。短い草の弾力を足の裏に感じ、顔には柔らかな陽光が落ちてくる。草原のはずれでは楡《にれ》の木立が小さくそよぎ、どこかその向こうに流れる小川では、柳の木陰の淀《よど》みにウグイが泳いでいる。

不意に彼は恐怖に貫かれてびくりとした。背筋に汗が噴き出す。大声で叫ぶ自分の声が聞こえた。

「ジュリア！　ジュリア！　ジュリア、愛してるんだ！　ジュリア！」

刹那《せつな》、目の前に彼女の幻影が現れ、彼は圧倒された。そばにいるだけでなく、己の内にも彼女を感じた。あたかも彼女が皮膚組織にまで入り込んできたかのようであった。その瞬間、ともに自由を抱いていたときよりも遥かに深く、彼は彼女を愛していた。そして、彼女はまだどこかで生きていて自分を必要としているのだと確信していた。

ベッドに身を横たえたまま、自分を落ち着かせようとする。なんということをしてしまったのだ。弱さを曝《さら》け出したあの瞬間のせいで、この苦役を何年延ばしてしまったのだろう？

すぐにでも、外から荒々しいブーツの足音が聞こえてくるはずだ。あんな感情の爆発を、彼らが罰せずにおくはずがないのだ。これまでは気づいていなかったとしても、彼が党と交わした合意を破ったのは、これで知られてしまう。従ってはいても、彼はまだ党を憎んでいた。かつては服従の仮面の下に、異端の心を隠していた。今の彼は、そこから一歩後退していた。頭は服従しつつも、心の奥底が決して侵されぬよう願っていたのである。自分が誤っているのは知っていたが、誤ったままでいたかったのだ。見抜かれてしまう——オブライエンは必ず見抜くはずだ。あの愚かな叫びたったひとつで、何もかも自供してしまったのだから。

　またはじめからやり直さなくてはならなくなる。何年もかかるだろう。彼は新たな顔の形に慣れようと、片手で撫《な》でた。頬には深い皺《しわ》が何本も刻まれ、骨は鋭く手に刺さるようで、鼻は平らになってしまっている。そのうえ、最後に自分の姿を鏡で見たあの日から、新品の入れ歯を与えられていた。自分の顔がどんなふうに見えるのかも知らなければ、心を読まれぬようにするのは容易ではない。とにかく、表情を抑えるだけでは足りないのである。秘密を守りたければ自分自身からも隠さなくてはいけないのだと、彼は初めて気づいた。そこにあることは知っておかねばならないものの、名前を与えられるような形をなして意識の中に現れるようなことがあっては、決していけないのである。ここから先は正しく思考せねばならないだけでなく、正しく感じ、正しく夢を見なくてはならない。そしてその間はずっと己の憎悪を、自分の一部でありながら他の部分とは繋《つな》がりを持たない球状のなんらかの嚢胞《のうほう》のように、自分の内に閉じ込めておかなくてはいけないのである。

いつの日か、連中は銃殺の決断を下すだろう。いつの話になるかは知りようもないが、数秒前に予測することはできるはずだ。廊下を歩いているときに、背後から撃たれるのが常。十秒あればじゅうぶんだ。それだけあれば、自分の内なる世界を裏返してしまうことができる。そしていきなり、ひとことも発さず、歩みも止めず、顔の皺もぴくりとすら動かさぬうちに——とつぜんカモフラージュが剝《は》がれ落ち、バン！　憎悪のエネルギーがすべて爆発する。燃え盛る巨大な焰《ほむら》のように憎悪が自分を満たすのである。そしてほぼ時をたがわず銃弾が、バン！　遅すぎるか、それとも早すぎるか。連中に更生される前に、脳みそがばらばらに吹き飛ぶのだ。異端思想は罰せられることも悔い改められることもないまま、永遠に連中の手を逃れる。連中は自らの完全無欠に、自分の手で穴を穿《うが》つのだ。連中への憎悪を抱き死ぬ、それこそが自由なのだ。

彼はまぶたを閉じた。これは知的修練を受け入れるよりも困難なことだ。自分を堕落させ、骨抜きにするような話なのだ。あらゆる汚れより、遥《はる》かにひどい汚れに飛び込まなくてはならない。もっとも恐ろしく、吐き気をもよおすようなものは、いったいなんだろうか？　彼はビッグ・ブラザーのことを思った。黒く濃い口ひげを生やしてこちらを目で追いかけてくる巨大な顔が、彼の胸の中にひとりでに浮かんできた（ずっとポスターで見てきたものだから、いつも幅一メートルの顔を思い浮かべてしまうのである）。ビッグ・ブラザーに対して自分が抱いている本心は、いったいどんなものなのだろう？

　廊下から、荒々しいブーツの足音が聞こえてきた。大きな音を響かせ、鉄扉が開く。オブライエンが、房に入ってきた。背後から、蠟《ろう》の仮面のような顔をしたあの将校と、黒服の看守たちも続く。

「立て」オブライエンが言った。「こっちに来るんだ」

　ウィンストンは、彼と向かい合って立った。オブライエンは屈強な両手でウィンストンの肩を摑《つか》み、じっと目を覗《のぞ》き込んだ。

「私を騙《だま》そうと、密《ひそ》かに企《たくら》んでいたな。まったく愚かな。もっと姿勢を正さないか。私の顔をよく見るんだ」

　彼は一度間を置き、口調を和らげて先を続けた。

「君は前進している。知的な面に関しては、誤った部分はわずかしかない。進歩しそこなったのは、感情面だけだ。教えてもらうよ、ウィンストン――言っておくが、嘘はつくなよ。私がどんな嘘でも見抜けるのは、君も知ってるだろう――さあ、ビッグ・ブラザーに対する本当の気持ちは、どんななのだ？」

「憎んでいます」

「憎んでいるか。結構。ならば、最後の一歩を踏み出すときが来たようだ。ビッグ・ブラザーを愛さなくてはいかん。服従するだけでは駄目だ。愛さなくてはならんのだよ」

彼は肩を摑んでいた手を離し、ウィンストンを看守のほうに押した。

「一〇一号室だ」彼が言った。

5

収監されてからというもの、ウィンストンは新たな展開を迎えても、自分が窓ひとつない建物のどこにいるのかを把握していた。むしろ、把握していると感じていた、と言うべきだろうか。気圧が微妙に違う気がするのだ。看守たちに暴行を受けた監房は地下にあった。オブライエンの尋問を受けたのはもっと上の、屋上あたりの部屋だ。そして今いるのは、何メートルもの地中、これ以上は進めないほど深い地の底だった。

今まで過ごしてきたどの監房よりも大きかった。だが周囲の様子はほとんど分からなかった。目に入るのは、目の前にふたつ並べられた、緑のクロスをかけられた小さなテーブルのみである。彼は椅子にかけたまままきつく拘束されており微動だにできず、頭を動かすことすらできなかった。背後から頭にパッドのようなものがはめられており、無理やり前を向かされているのだ。

しばらくひとりきりだったが、やがてドアが開いてオブライエンがやって来た。

「いつか君はこう質問したな」オブライエンは口を開いた。「一〇一号室にはいったい何があるのかと。私は、何があるか君は知っているはずだと答えた。誰もが知っているのだとね。一〇一号室にあるのは、世界でもっとも恐ろしいものだ」

またドアが開いた。箱なのか、それともカゴなのか、針金で作られた何かを手にした看守がひとり入ってきた。それを奥側のテーブルにおろす。立っているオブライエンが邪魔になって、ウィンストンには何が置かれたのか分からなかった。

「世界でもっとも恐ろしいものは、人によって違う」オブライエンが言った。「生き埋め、火炙《ひあぶ》り、水責め、串刺《くしざ》し、さらに五十通りもの死がある。中にはごくつまらない、命取りと思えぬものすらある」

彼がやや脇に動いたので、ウィンストンにもテーブル上のものがよく見えるようになった。てっぺんに取っ手が付いた、金網で作られた長方形のケージが置かれている。正面には何か、くぼんだ側を表に向けたフェンシングのマスクのようなものが取り付けられている。三、四メートル離れてはいたが、内部がふたつに仕切られてあり、どちらにもなんらかの生物が入れられているのが分かった。ネズミである。

「君の場合は」オブライエンが言った。「世界でもっとも恐ろしいのは、どうやらネズミのようだな」

最初にケージを見るやいなやウィンストンは、不吉な震えに、中身の正体が分からぬことへの恐怖に貫かれていた。だがこの瞬間、ケージの正面に付いたマスク状の装置がなんなのか、とつぜん腑《ふ》に落ちたのだった。はらわたが溶け出していくような感覚に襲われる。

「やめてくれ！」彼は、しゃがれた声を張り上げた。「ひどい、ひどすぎる！ なんてことを！」

「憶《おぼ》えているかね？」オブライエンが言った。「夢の中でパニックに襲われた瞬間のことだ。目の前には黒々とした壁があり、耳に轟音《ごうおん》が鳴っていた。壁の向こうには、何やら恐ろしいものがいた。君は正体を知っていたが、こちらに引きずり出すような度胸はなかった。壁の向こうにいたのは、ネズミだよ」

「オブライエン！」ウィンストンは、必死に声を抑えようとした。「こんなことをする必要がないのは、あなたも知ってるだろう。僕に何をさせようというんだ？」

オブライエンは、直接的に答えはしなかった。口を開くと、ときおり見せる、あの校長のような口ぶりになった。ウィンストンの背後にいる群衆に語りかけるかのように、何か思うような目で遠くを見つめる。

「痛みとは、それだけではじゅうぶんとは言えぬこともあるものだ。ときに、人は苦痛を耐え抜くことがあるものなのだよ、そのために死に至ろうともな。だがどんな人間にでも、耐え難いものは存在する……考えることすらできんものがね。勇敢だろうが臆病《おくびょう》だろうが関係ない。高みから転落する者がロープを摑んだとしても、それは臆病とは言えん。水底《みなそこ》深くから浮き上がったものがいっぱいに空気を吸い込むのは、臆病とは言えん。それは、壊すことのできない本能に過ぎないのだよ。ネズミだろうと同じことさ。君にとってネズミは、耐え難いものだ。耐えようと願ったところで耐えることなどできぬ、ある種の威圧なのだ」

「どうしろというのです？　どうしろというのです？　何をさせようとしているかも分からないというのに、僕にどうできるというのですか？」

オブライエンはケージを手に取り、近くのテーブルへと運んできた。クロスの上に、そっとそれをおろす。ウィンストンの耳の中で、どくどくと血管が脈打っていた。まったき孤独のうちに座している気持ちであった。あらゆる音が彼方《かなた》から響くように聞こえる、何もない見渡すかぎりの広野——陽光を浴びる平らな砂漠である——に、ぽつねんといるかのようだった。しかし、ネズミのケージは二メートルと離れていないところにある。途《と》轍《てつ》もない巨大ネズミだ。鼻は丸まっていて獰猛《どうもう》で、灰色の代わりに茶色い毛皮をまとった成獣である。

「そのネズミどもは」オブライエンは、相変わらず見えない聴衆に語るように言った。「齧歯《げっし》類《るい》ではあるが肉を食らう。君も知っているはずだよ。この街の貧民街でどんなことが起きているか、耳にしてはいるだろうからな。どこかの通りでは、母親はたとえ五分間といえども、ひとりきりで子供を家に置いておかないという話だ。必ずネズミどもに襲われるからさ。ものの数分のうちに、骨だけにされてしまうのだそうだ。

それに、病める者や瀕死《ひんし》の者も餌食《えじき》になる。ネズミは感動的とすらいえるほどの知能を発揮して、人間が無力になる瞬間を察知するのだよ」

ケージの中から、猛烈な鳴き声が起こった。ウィンストンには、彼方から響いてくるように感じられた。ネズミが喧嘩《けんか》をしている。仕切りを突き抜け相手に飛びかかろうとしているのだ。そして、絶望のうめきも聞こえた。そのうめきも、彼とは関係のないところから聞こえてくるかに思えた。

オブライエンはケージに手をかけ、持ち上げながら何かを押した。かちりと鋭い音がした。ウィンストンは椅子の拘束から逃れようと、死にものぐるいでもがいた。だが、どうしようもなかった。全身が、頭までもが、ぴくりとも動かせないほど固定されているのである。オブライエンがケージを近づけてきた。ウィンストンの顔から、もう一メートルもない。

「ひとつめのレバーを押したぞ」オブライエンは、口を開いた。「君も、このケージの仕組みが理解できるだろう。マスクが君の頭部にぴったりはまり、出口がふさがれる。私がもう一本のレバーを押すと、ケージのドアが上がる。すると飢えた獣どもが、銃弾のように飛び出してくる。宙に跳躍するネズミを、君は見たことがあるかね？　こいつらは君の顔面に飛びかかり、ひと息に食いついてくるのだよ。ときには、目から食らうこともある。ときには、頬を食い破ってから舌を貪《むさぼ》るのだ」

ケージが近づいてくる。もう目の前だ。立て続けに響く甲高い鳴き声が、まるで頭上から聞こえてくるかのようだった。だが彼は、狼狽《ろうばい》と必死に闘っていた。考えろ、考えろ、たとえほんの一瞬しか残されていなくとも……考えることだけが、唯一の希望なのだ。とつぜん、カビ臭い獣《けだもの》が放つおぞましい悪臭が、鼻に襲いかかってきた。暴力的な吐き気が込み上げ、ウィンストンは意識を失いかけた。すべてが暗転する。刹那《せつな》、彼は狂気となり、悲鳴をあげる動物と化していた。だが彼は、ある思いにしがみつき、その暗晦《あんかい》から抜け出した。我が身を救う方法がひとつだけ、たったひとつだけある。自分とネズミの間に他の人間を、他の人間の肉体を挟むしかない。

マスクは今やその大きさで彼の視界を完全に遮断するほど近づいていた。金網のドアは、もう目と鼻の先だ。ネズミたちも、これから何が起ころうとしているのかを悟っている。片方のネズミがぴょんぴょん飛び跳ねており、もう片方の、さながら下水道の主といった貫禄《かんろく》の、全身汚れまみれの老ネズミは、ピンク色の両手をケージの骨組みにかけて立ち上がり、ひたむきにあたりのにおいを嗅いでいた。髭《ひげ》と黄色い歯が見える。ウィンストンはふたたび、恐ろしいパニックに飲み込まれた。何も見えず、無力で、頭も働かない。

「これは、古代中国でよく行われていた懲罰でね」オブライエンは、相変わらず教師のような口調で言った。

マスクが顔に迫ってくる。金網が頬に触れる。そのとき――いや、安堵《あんど》ではない。希望だ、小さな希望の破片を彼は感じたのだ。手遅れだ、もう手遅れかもしれない。しかし彼は、はたと気づいたのである。彼がこの懲罰を押し付けられる人間が、全世界にたったひとりだけいるのだと――自分とネズミの間に突き出せる肉体がひとつだけあるのだと。彼は何度も何度も、狂ったように叫んだ。

「ジュリアにしろ！　ジュリアにしろ！　僕じゃない！　ジュリアだ！　あんな女、どうなろうが構うもんか！　顔を引き裂こうが、肉を剝《は》がして骨だけにしようが好きにしろ。僕じゃない！　ジュリアだ！　僕じゃないんだ！」

ウィンストンはネズミから離れ、底知れぬ深潭《しんたん》へと仰向《あおむ》けに落ちていった。まだ椅子に拘束されたままだというのに床を抜け、壁という壁を抜け、大地を、海原を、大気圏を突き抜けて、宇宙へと、星々の合間に広がる虚無へと落ちていった――止まることなく、みるみる、みるみる、みるみる、ネズミたちから遠ざかっていった。そして何光年も離れたというのに、オブライエンはそれでもすぐそばに立っていた。頬にはまだ金網がひんやりと触れていた。しかし彼を包み込む闇の向こうからまたかちりと金属音が響いた。そして彼は、ケージは開かれたのではなく、閉じられたのだと悟ったのだった。

6

〈栗の木カフェ〉は、ほとんどが空席だった。窓から斜めに差し込んでくる陽光が、埃《ほこり》をかぶったテーブルに黄色く落ちている。あまり人けのない、十五時のことだった。

テレスクリーンからは、安っぽい音で音楽が流れていた。

ウィンストンはいつもの隅の席で、空のグラスをじっと眺めていた。ときおり、向かい側の壁から自分を見つめる巨大な顔に視線をあげる。「ビッグ・ブラザーが見ている」とコピーが書かれていた。呼んでもいないのにウェイターがやってきて彼のグラスをヴィクトリー・ジンで満たすと、コルクに管を通した別の瓶を振って中身を何滴かそこに落とした。カフェの名物、クローヴ風味のサッカリンだ。

ウィンストンは、テレスクリーンに聞き耳を立てた。今のところ音楽が流れているだけだが、平和省からの特報がいつ流れ出しても不思議ではない。アフリカ戦線から届いた戦況は、極めて不穏なものであった。日がな一日、彼はそれがちょくちょく気になっているのである。ユーラシア軍は、ものすごい速度で南へと進軍していた（オセアニアはユーラシアと戦争をしている。オセアニアはずっとユーラシアと戦争状態にあるのだ）。正午の速報では特定地域に触れてはいなかったが、おそらくコンゴ川の河口はすでに戦場になっているのではないだろうか。ブラザヴィルとレオポルドヴィルも今や危険である。地図を眺めるまでもなく、理由は明白だ。中央アフリカを失うか否かの問題というだけではない。開戦してから初めて、オセアニア領そのものが脅かされているのだ。

凄烈《せいれつ》な感情が——恐怖とはいえない、言い知れぬ興奮が——彼の中で燃え上がり、また消えていった。彼は、戦争について考えるのをやめた。近ごろは、一度にほんの短い間しか、ひとつのものごとに意識が集中できなくなっているのだ。グラスを取り、ひと息に飲み干す。いつものように震えに襲われ、軽い吐き気まで覚える。恐ろしいほどにひどい酒である。クローヴとサッカリンだけでも具合が悪くなるほどだというのに、それでも淡白で油臭いジンのにおいをごまかすには足りないのである。そしてとにかく最悪なのは、夜も昼も彼にまとわりつくジンの悪臭が、どうしようもなく混ざり合ってしまうことであった。そう、あのにおいと——。

たとえ心の中であろうとも彼は断じてその名を呼ばず、可能な限り姿形を想像しないようにもしていた。その何かを、彼はうっすらと意識していた。顔のそばにたゆたい、においが鼻の穴にこびりついていた。ジンが胃の底から込み上げてくると、彼は紫に変色した唇を開いてげっぷした。釈放されてからぐんと太り、顔色も取り戻していた——いや、それ以上であった。顔の肉付きは厚くなり、鼻と頰の肌は下卑た赤に変わり、禿《は》げ上がった脳天まで濃いピンクに染まっている。またしてもウェイターが、呼びもしないというのに、チェス盤と、チェス・プロブレム*のページに折り目をつけた〈タイムズ〉紙の最新号を持ってきた。そしてウィンストンのグラスが空になっているのに気づくと、ジンのボトルを持ってきてグラスを満たした。いちいち注文する必要はなかった。店は、ウィンストンの過ごしかたを熟知している。チェス盤はいつでも彼を待っているし、隅のテーブルはいつも彼のために空けてあるのだ。彼と同席しているのを人に見られたいとは誰も思わないので、店が満員のときですら、このテーブルは彼ひとりのものだった。自分が何杯飲んだか、数える必要すらなかった。不意に薄汚れた紙を見せられ、これが伝票だと言われることがちょくちょくあるのだが、いつも少なめに書かれているように感じていた。だが、多めに書かれていたとしても、どうでもいい話だった。彼は今や、いつでもたんまり金を持っているからである。仕事も手に入れ、閑職ではあるものの、かつての仕事よりもかなりの高給を得ているのだった。

テレスクリーンの音楽が止まり、声が流れだした。ウィンストンは顔を上げ、耳をそばだてた。だが前線からの速報は何もなかった。豊穣省からの、ごく短いただの発表であった。先の四半期における見込みによると、第十次三年計画におけるブーツ用靴紐《くつひも》の産出量は目標を九十八パーセント上回るとのことである。

　彼はチェス・プロブレムを熟読し、駒を並べた。ナイトふたつを用いる、いやらしい問題だ。「白の先手で、二手でチェック・メイトせよ」ウィンストンは、ビッグ・ブラザーの肖像を見上げた。ぼやけた神秘主義めいたものを感じつつ、チェック・メイトするのは常に白なのだ、と胸の中で言う。世界の黎明《れいめい》以来、黒が勝利するチェス・プロブレムはひとつたりとも存在しない。これは永遠の、そして決して変わることのない、悪に対する善の勝利を象徴するものなのか？　巨大な顔は静かな力を湛《たた》えて彼を見つめ返していた。チェック・メイトするのは、常に白なのだ。

　テレスクリーンの声が一度途切れ、がらりと違う遥《はる》かに重々しい声音で続けた。「十五時三十分に重大発表を行いますので、待機願います。十五時三十分です！　これは、最重要のニュースになります。お聞き逃しのないようにしてください。十五時三十分です！」軽快な音楽が、また流れはじめた。

　ウィンストンは、胸をざわめかせた。前線からの報告だ。悪報に違いないと直感が告げる。かすかな興奮のほとばしりを胸に、彼は一日じゅう、アフリカで徹底的敗北を喫するところを何度も想像した。一度たりとも破られたことのない国境線をユーラ

＊訳注　特定の配置に駒を並べてそれをクリアする、いわゆる詰め将棋のようなパズル。

シア軍が突き破り、アリの群れのようにアフリカ南端へと押し寄せていく様子が、目に見えるようだ。なぜ、なんらかの方法で連中を出し抜くことができなかったのだろう？　彼は白のナイトをつまみ上げ、盤上を動かした。ここしかない、という場所はある。黒の大群が怒《ど》濤《とう》のように南下している間に、ひそかに集結した別動隊が突如その背後に出現し、海陸どちらの補給線も遮断してしまう。強く想いさえすれば、その別動隊を顕現させられるのではないかと彼は感じた。だが、急いで行動しなくてはならない。連中がアフリカ全土を掌握し、喜《き》望《ぼう》峰《ほう》に飛行場と潜水艦基地を作ってしまえば、オセアニアはまっぷたつに分断されてしまうのだ。結果、何が起きても不思議ではない。敗北、崩壊、世界の再分割、党の壊滅！　彼は深々と息をついた。ありとあらゆる感情がめまぐるしく飛び交い——いや、正確には飛び交っていたのではない。何層にも折り重なり、最下層が見えないほどにまで積み上がり——彼の中で争っていた。

　彼は、はたと我に返った。白のナイトを元の位置に戻したが、しばらくはチェス・プロブレムとじっくり向き合うこともできなかった。ふたたび思考がさまよいはじめる。無意識のうちに指先を使い、埃の積もるテーブルにこう書いていた。

2＋2＝5

「人の中にまで入りこんだりは、あいつらだってできやしないわ」彼女はそう言った。しかし、入り込めるのだ。オブライエンは「ここで君の身に起きることは永遠に続くのだ」と言っていた。その言葉は真実だった。どうしても取り返しのつかないものが、自分の行動がある。胸の中で何かが殺される。燃え尽き、麻痺《まひ》して消えてしまうのである。

彼女と会ったこともあった。言葉を交わしすらした。そうしても危険などありはしなかった。自分の行動に彼らが興味などほぼ持っていないのを、彼は本能のように悟っていた。お互いにそうしたければ、ふたたび会う段取りを付けることもできるのだ。とはいえ、ふたりが顔を合わせたのは偶然だった。あれは凍《い》てつくほどに寒い三月の公園で、地面は鉄のように固く、芝生は死んだように枯れ、ようやく首をもたげてちぎれんばかりに風に吹かれている数本のクロッカスを除き、つぼみなどひとつとして見当たらなかった。両手がかじかみ、目に涙を溜《た》めながら彼が急ぎ足で歩いていると、十メートルと離れていないところに彼女の姿が見えた。ひと目見て、口では言い表すことこそできないが、彼女は変わってしまったのだと感じた。ふたりは合図もなくすれ違ってしまうところだったが、彼は踵《きびす》を返すと、ぶらぶらと彼女のあとを追いはじめた。危険もなく、彼に関心を持つ者もいないのは分かっていた。彼女はひとことも発しなかった。そして彼を撒《ま》こうとでもいうかのように芝生を斜めに突っ切っていったが、やがて観念し、彼がとなりに並んでも逃げる素振りも見せなかった。やがてふたりはすっかり葉が落ちた、身を守ることも風を防ぐこともできない、みすぼらしい低木の茂みに入っていった。そして、立ち止まった。凶悪な寒さである。枝を揺らしてびゅうびゅうと風が吹きすぎ、ところどころで汚れた花を咲かせたクロッカスを翻《ほん》弄《ろう》していた。ウィンストンは、彼女の腰に腕を回した。

テレスクリーンこそないものの、どこかに隠しマイクがあるのは確実である。そのうえ、人に見られるかもしれない。だがそんなのは関係なかった、何も関係なかった。しようと思えばふたり地面に身を横たえ、あれをすることすらできる。そう思った途端、彼は恐ろしさに凍りついた。腕を回されても彼女はなんの反応もせず、振りほどこうとすらしなかった。彼女の何が変わってしまったのか、彼は理解した。顔は土気色になり、額とこめかみにはところどころ髪の毛に隠れた長い傷痕《きずあと》が残ってはいるが、それは変化というほどのものではない。変化というべきはすっかり太くなり、ぎょっとするほど固くなった腰であった。かつて、ロケット弾の爆発が残した瓦礫《がれき》の山から死体を引きずり出すのを手伝った際、死体が信じがたいほどにずっしりと重いばかりか硬直していて思うようにならず、人体というより岩石であるかのように感じられて目を瞠《みは》ったのを思い出した。彼女の肉体も、同じ感触なのであった。肌の手触りも以前とはまったく変わってしまった気がした。

彼はキスしようともせず、ふたりとも黙りこくっていた。ふたりで芝生を引き返していきながら、彼女が初めてまっすぐに彼を見た。軽蔑《けいべつ》と嫌悪に満ちた、刹那《せつな》の一瞥《いちべつ》であった。単に過去のあれこれから生まれた嫌悪なのか、それとも肥大した自分の顔面や、吹き付ける風のせいで滲《にじ》んでしまう涙のせいもあるのかと、彼は訝《いぶか》った。ふたりは鉄のベンチに、やや離れて腰掛けた。彼女が口を開こうとしているのが分かった。彼女はだらしなく型崩れした靴をすこし動かし、わざと小枝を踏み折った。以前より足幅が広くなって見えるのに、彼は目を留めた。

「あなたを裏切ったわ」ジュリアがあけすけに言った。

「僕も君を裏切ったよ」彼が答えた。

彼女がもう一度、嫌悪のまなざしをちらりと彼に向けた。

「あいつらはたまに」彼女が言った。「何かを使って脅しをかけてくるのよ……耐えられない何か、考えるのも嫌な何かを使ってね。それで『私にはやめて、誰か他の人にして、私じゃなくて誰々に』って言ってしまうのよ。で、あとになってから多分、あんなのはただのごまかしで、やめて欲しいから適当なこと言っただけなんだっていう振りをするんだわ。でも、そんなの嘘よ。そのときは本気で言ってるのよ。他に助かる方法はない、そうすればきっと助かるって思い込んじゃうの。誰かを身代わりにしてやりたいって、本気で思うのよ。その人がどうなろうが、知ったことじゃないってね。大事なのは自分のことだけ」

「大事なのは自分のことだけ」ウィンストンは繰り返した。

「そうしたら、もう相手に同じ気持ちなんて持てなくなっちゃう」

「そうだな」彼がうなずいた。「もう同じ気持ちなんて持てやしない」

それ以上、話すことは何もなさそうであった。風が吹き付け、ふたりの体に薄っぺらなツナギを貼りつかせていた。突然、沈黙しながら座っているのが気まずくなってきた。それに、動かずにじっとしていると凍えてしまいそうだ。彼女は地下鉄に乗るとか言って立ち上がった。

「また会おう」彼が言った。

「ええ」彼女が答えた。「また会いましょう」

ウィンストンは少しの間、煮えきらない様子で彼女の半歩あとを付いていった。もう言葉を交わすことはなかった。彼女は彼を振り切ろうとはしなかったが、追いつけないよう早足で歩き続けた。彼は地下鉄駅まで彼女に付いていこうと決めていたのだが、とつぜん、こんな寒さの中をだらだら付いていくのが無意味で耐え難いことに思えてきた。ジュリアから離れてしまいたかったというよりも、今までそんな気持ちになったことなど一度もないというのに、〈栗の木カフェ〉に戻りたい欲求に飲み込まれていたのだった。新聞とチェス盤といつもなみなみとジンが注がれたグラスが乗った隅のテーブルが、懐かしく目に浮かんだ。何より、あそこはきっと暖かいのだ。次の瞬間——完全な偶然というわけでもなかったのだが——数人の人々がふたりを隔てるように間に入ってきた。ウィンストンは心を決めかねているような足取りで彼女に追いつこうと歩き続けたが、やがてペースを落として踵を返すと、反対方向に向かって歩き出した。五十メートル進み、振り返る。通りに人はまばらだったが、彼女はもうどこにいるのか分からなくなっていた。急ぎ足の人影が十ほど見えたが、どれが彼女であってもおかしくはなかった。太って強張《こわば》った彼女の肉体は、もはや背後から見分けが付かなくなってしまったのだろう。

「そのときは本気で言ってるのよ」と彼女は言った。彼も本気で言ったのだった。言っただけではなく、願ったのだった。自分ではなく彼女をあそこに——。

テレスクリーンから小さく漏れてくる音楽が変わった。ひび割れたおちょくるような音、黄色い音楽が流れてきたのである。そして——もしかすると現実ではなく、記憶が音となって聞こえただけかもしれないが——歌声が聞こえてきた。

　大きな栗の木の下で
　あたしとあなたは裏切り合った——

彼の目に涙が込み上げた。通りすがりのウェイターが空のグラスに気が付き、ジンのボトルを手に戻ってきた。

ウィンストンはグラスを手に取ってにおいを嗅《か》いだ。ひと口飲むごとに、慣れるどころかますますおぞましい味になっていく。しかし彼はもう、これに浸らずにはいられなくなっていた。これは彼の生であり、死であり、復活なのである。夜な夜な彼を混迷に沈めるのも、毎朝彼の活力を蘇《よみがえ》らせるのも、ジンなのだ。十一時前に目覚めることはほとんどないのだが、目を覚ますとまぶたは目やにでくっつき、口内は燃えるように干上がり、背骨は折れたかと思うほど痛くなっており、寝る前にジンのボトルとティーカップをベッドの横に用意しておかなくては、横たえた体を起こすことも叶《かな》わなかった。日中は生気の抜けた顔をし、ボトルを手元に置いて腰掛け、テレスクリーンから流れてくるものを聴きながら過ごした。十五時からは〈栗の木カフェ〉で、閉店まで居座った。彼が何をしていようと気にする者などもはやひとりもいなかったし、警笛で起こされることも、テレスクリーンから警告が飛んでくることもない。ときおり、週に二度くらいだろうか、彼は真実省にある埃《ほこり》まみれの、忘れ去られたかのようなオフィスに出向いては、つまらない仕事を——仕事と呼ばれていることを——こなした。ニュースピーク辞典第十一版の編纂《へんさん》作業で生じた些《さ》細《さい》な問題の数々を扱う無数の委員会のひとつから発生した小委員会の下にあるさらにまた別の小委員会で委員に任命されているのである。その小委員会は中間報告書と呼ばれるものの作成に従事しているのだが、自分たちがいったい何を報告しているのか、彼は一度もはっきりと把握したことがない。コンマを括弧の中と外どちらに打つべきか、というような問題と関係のある報告書だ。この小委員会には他に四人がいたが、全員ウィンストンと大して変わらない者ばかりであった。集まってはみたものの、すべきことが特に何もないことを互いに確認し合ってすぐ解散してしまうこともあった。しかし日によっては、大仰な議事録や、一度たりとも完成したためしのない長ったらしい覚書の草案の作成に熱心に打ち込むこともあった。自分たちがどのような件を議論すべきかという議論は異様なまでの熱気を帯びて凄絶に入り組み、語の定義を巡る細々とした押し問答や、凄《すさ》まじい脱線や、言い合いにまで発展するばかりか、上層部に訴えるという脅迫まで飛び出す始末なのであった。そして突如、全員がぱたりと活気を失い、雄鶏《おんどり》のひと鳴きとともに消え去っていく幽霊よろしく、くたびれた目でテーブルに着いた面々を見回すのである。

テレスクリーンはしばし沈黙した。ウィンストンが、また顔を上げた。戦況速報が来るのだ！　だがそうではなく、ただ新しい歌が流れ始めただけであった。彼はまぶたの裏に、アフリカ地図を思い浮かべた。両軍の動きが図解されている。黒い矢印が垂直に地図を引き裂くように南下し、白い矢印は前者後方を突っ切り東へと水平に向かっている。彼は不安を打ち消そうとするかのように顔を上げ、肖像画に描かれた泰然自若とした顔を見上げた。この二本目の矢印が存在すらしていないなどということが、果たしてあり得るだろうか？

　彼の関心が、ふたたびしなびた。もうひとロジンを飲んでから白のナイトを手に取り、ためらいがちに動かす。チェック。だが、正しい一手でないのは明白だった。なぜなら——。

　呼び寄せてもいないというのに、ひとつの記憶が心に浮かび上がってきた。ロウソクの炎に照らされた、白いカバーをかけた大きなベッドが置かれた部屋と、床に座り込んでサイコロの筒を振りながら、夢中になって大笑いしている九歳か十歳の彼自身が見えた。彼の向かいには母親が座り、一緒に笑っていた。

　確かに、母親が姿を消す一ヶ月ほど前だ。腹に抱えた鬱陶《うっとう》しい空腹感を忘れた彼が、かつて抱いていた母親への愛情がつかの間蘇ったときだ。その日を彼はよく憶《おぼ》えていた。土砂降りの雨が窓ガラスを流れ落ち、屋内のライトは文字も読めないほどに薄暗かった。暗く狭苦しい寝室から出られないふたりの子供たちは、もう退屈で耐えきれないほどだった。ウィンストンはときどきめそめそと泣き出す妹をよそに、駄々をこね、ぐずり、ありもしないというのに食べものをねだり、いらいらと部屋をうろつき回ってあれこれ引っ張り出したり羽目板を蹴《け》ったりしており、最後には痺《しび》れを切らした隣人が壁を殴りつけてきた。ついに母親は根負けし、「さあ、おもちゃを買ってあげるから、いい子にしてちょうだい。素敵なおもちゃだから、あなたも気に入るわよ」と言った。そして雨が降りしきる中まだ近所でいくつか営業していた小さな日用品店に出かけていき、『蛇とハシゴ』*が入った段ボール箱を持ち帰ってきたのであった。あの湿った段ボール箱のにおいを、ウィンストンは今でも憶えていた。なんともみすぼらしい品だった。盤はひび割れていたし、木を削って作られた小さなサイコロは仕事が雑でちゃんと転がってくれないのだ。ウィンストンはふくれっ面をして、興味なげにそれを見つめた。しかし母親がロウソクに火を点《とも》すと、一緒に床に座り込んでゲームを始めたのだった。すぐに彼は大興奮し、小さく丸い駒が必死にハシゴをのぼっていたはずが、また振り出しのすぐそばまで蛇の上をずるずると滑り落ちていくと、叫び声をあげて大笑いした。ふたりは八回遊び、戦績は四勝四敗であった。幼い妹はどんなゲームなのか理解できずにいたが、体を起こして枕にもたれ、母と兄が笑っているので自分も笑っていた。そうして三人は、まだ彼がとても幼かったころのように、暗くなるまで幸せに過ごしたのだった。

*訳注　欧米では昔から、子供向けボードゲームの定番になっている。インド発祥のゲーム。

その思い出を、彼は頭から追い出した。これは偽りの記憶なのだ。彼はときおり、偽りの記憶に悩まされていた。記憶の正体が分かっているのなら、何も問題はない。実際に起きたことも、起きなかったこともある。彼はまたチェス盤に向き直り、白のナイトを手に取った。ナイトはほぼその瞬間、音を立ててチェス盤に落ちた。ウィンストンは、鋲《びょう》で刺されたようにびくりとした。

けたたましいトランペットの音が空気を引き裂いた。戦況速報だ！　勝利したのだ！　速報に先駆けてトランペットが鳴るときは、決まって勝利の報《しら》せなのである。電気に打たれたようなざわめきが店内に広がった。ウェイターたちまで足を止め、耳をそばだてている。

トランペットの音を聞きつけ、耳を聾《ろう》するような騒ぎが起こった。テレスクリーンからは興奮した声が流れはじめていたが、その声すら、表から聞こえてくる大歓声に掻《か》き消されそうであった。速報は、魔法のように通りから通りへと駆け巡った。何が起きたのか分かる程度には、ウィンストンにもテレスクリーンから流れる声が聞こえた。彼が予期したとおり、大艦隊が秘密裏に編制され敵を背後から奇襲したのだ。白い矢印が黒の後方を切り裂いたのである。「大規模の作戦行動……完璧《かんぺき》に足並みをそろえ……敵は完全敗北……五十万人の捕虜……完全に戦意を喪失し……アフリカ全土を掌握……戦争を一気に終焉《しゅうえん》へと近づけ……勝利……人類史上最大の勝利……勝利、勝利、勝利！」

テーブルの下、ウィンストンの足が痙攣《けいれん》するように動いた。座ったまま動きこそしなかったが、心の中で駆け出し、猛然と駆け出し、表の群衆とともに何も聞こえなくなるほどの大歓声をあげていたのだった。もう一度、ビッグ・ブラザーの肖像を見上げた。世界を支配する巨人だ！　打ち寄せるアジア人の大群を砕く巨岩だ！　十分前――そう、ほんの十分前――前線からは勝利と敗北どちらの速報が舞い込むのか思いを巡らせながら、自分はまだどちらを望んでいるか分からない、曖昧《あいまい》な気持ちだった。ああ、破滅したのはユーラシア軍だけではなかったのだ！　愛情省に連行された初日から彼の中には大きな変化があったものの、今この瞬間まで、究極的な、必要不可欠な、治癒という変化は起きていなかったのである。

テレスクリーンはまだ、捕虜や戦利品、そして虐殺の状況を報じ続けていたが、表の歓声はわずかに収まっていた。ウェイターたちが仕事にもどっていく。ひとりのウェイターが、ジンのボトルを手に近づいてきた。至福の夢に浸っていたウィンストンは、満たされていくグラスに目も向けなかった。もう駆け出しても、歓声を上げてもいない。すべてを許され、雪のような純白の魂となり、愛情省に戻っていた。公開裁判の被告席で、手当り次第に人を巻き込み自供していた。背後を武装した看守たちに固められ、陽光を浴びて歩くような気持ちで、白いタイル張りの廊下を歩いていた。

長く待ちわびた銃弾が、脳を貫こうとしているのだ。

ウィンストンは、巨大な顔を見上げた。あの黒い口ひげの奥にどんな笑みがかくされているのか、それを知るのに四十年もかかってしまった。なんと惨めな、なんと下らない思い違いをしていたのだ！ ああ、なんと頑固に、傲慢《ごうまん》に、愛に満ちたあの胸に背いてしまったのだろう！ ジンくさい涙がふた雫《しずく》、鼻の両側を伝い落ちていく。だが、大丈夫だ。何もかも大丈夫なのだ。闘いは終わったのだ。ウィンストンは、自分自身に勝利したのである。彼はビッグ・ブラザーを愛していた。

完

付録
ニュースピークの諸原理

ニュースピークはイングソック、つまり英国社会主義《イングリッシュ・ソーシャリズム》のイデオロギー的必要性に応じるべく考案された、オセアニアの公用語である。一九八四年当時、会話および読み書きをするための唯一の手段としてニュースピークを用いる者は、まだ皆無であった。〈タイムズ〉紙の社説はニュースピークのみで書かれていたが、これはひとりの専門家のみがやり抜くことのできる離れ業《トウール・ドゥ・フォルス》であった。ニュースピークは、二〇五〇年ごろにはオールドスピーク（つまり世に言われる標準英語である）に取って代わると予測されていた。その間、ニュースピークは着々と普及を続け、全党員が日常会話においてニュースピークの語句および文法構造を用いるようになっていった。一九八四年に使われていた言語はニュースピーク辞典第九版、第十版にまとめられているが、両者はいずれ排除される膨大な数の不要単語と古風な表現を含んだ暫定的なものであった。この付録で扱うのは、辞典第十一版にまとめられている最終形、つまり決定版である。

ニュースピークの目的は、イングソックの世界観や精神的習慣を表現する伝達手段を信奉者に与えるのみならず、ありとあらゆる他の思考様式を完全に排除することであった。いずれニュースピークが定着してオールドスピークが忘れ去られてしまえば、異端思想――イングソックの諸原理から逸脱する思想――はとりあえず思考が言語に依存しているかぎりは文字通り想起されなくなるはず、と意図されたものである。ニュースピークの語彙《ごい》は、党員が表現したいという正当な希望を覚えると考えられるあらゆる意味に対して、的確な、そしてしばしば実に巧妙な表現を与えるべく構築されている。一方、それ以外の意味はことごとく排除され、間接的な経路でそこに辿《たど》り着く可能性も潰《つぶ》されているのである。これは、新語を作ることでなされている部分もあったが、望ましくない語句の廃棄や異端的な意味の削除、そして副次的な意味の最大限の排除によってなされているところが大きかった。端的な例を挙げるとしよう。「free（自由、含まない）」という単語はニュースピークにも存在しているが、これはたとえば「この犬はシラミから自由だ、この犬はシラミを含まない」だとか、「この畑は雑草から自由だ、この畑は雑草を含まない」などの言及においてのみ使用できるものだ。「政治的に自由な」や「知的に自由な」など、古い用法を使うことはできないのだが、これは政治的および知的自由はもはや概念としてすら存在しておらず、必然的に名称を持たなくなったためである。異端であることが一目瞭然《りょうぜん》である言葉の削除とは別に、語彙の削減そのものが目的とみなされており、なくても困らない言葉は断じて生存を許されなかった。ニュースピークは思想の範囲を広げることではなく、縮小することを目的として設計されており、言葉の選択を最小限にまで減らすことが、その目的の間接的な助力となっていたのである。

ニュースピークは、今我々が英語として知る言語を基礎として作られたものではある。しかし、たとえ新たに作られた単語を含んでいないにしても、現代の英語話者にはほとんど理解できないニュースピークの文は多い。ニュースピークの単語は三つの語彙群に分類される。A語彙、B語彙（複合語とも呼ばれる）、そしてC語彙である。これらの語彙群を別々に論じるほうが分かりやすいだろうが、ニュースピークの文法的特性についてはA語彙のセクションで解説するのがよかろう。同じ規則が三つの語彙群すべてに共通するからである。

A語彙群

A語彙群は日常生活における用途に必要な語から成り立っていた。食べる、飲む、働く、服を着る、階段をのぼりおりする、乗りものに乗る、庭仕事をする、料理をする、といった事柄である。この語彙群はほぼ、我々がすでに所持していた「hit（打つ）」「run（走る）」「dog（犬）」「sugar（砂糖）」「house（家）」「field（畑）」などの語から成り立っているが、現代の英語の語彙と比較するとその数は極端に少なく、語の意味は遥《はる》かに厳しく限定されている。曖昧さや間接的なニュアンスが、すべて取り払われているのである。この語彙群に含まれるニュースピークの単語は可能な限り、明確に理解できるひとつの概念を表現する断続的な音になっている。このA語彙を文学的目的や、政治的もしくは哲学的な議論に用いるのはまったく不可能なことであった。一般的には具体的な対象や身体的行動などを含む、単純で目的にかなった思考を言い表すことのみを意図したものなのである。

ニュースピークの文法には、ふたつの際立った特性があった。ひとつは、異なる品詞同士がほぼ完璧な互換性を備えていたことである。あらゆる語が（原則的に、これは「if（もしも）」や「when（いつ）」といった、非常に抽象的な言葉にすら当てはまる）動詞、名詞、形容詞、副詞などとしても使えたのである。動詞形と名詞形が同じ語源を持つ場合にはいかなる活用も行われず、この規則によって多くの古い語形を消滅させることになった。たとえば「thought（思考）」という単語は、ニュースピークには存在しない。代わりに「think（考える）」が、名詞としても動詞としても用いられたわけだ。ここでは、語源学的な原則は適用されなかった。元となる名詞が選ばれて残ることもあれば、動詞が選ばれることもあったのである。名詞と、同性質の意味を持つ動詞があり、これらが語源的な繋《つな》がりを持たなかった場合でも、どちらかが消去されるのは珍しいことではなかった。たとえば「cut（切る）」という単語はニュースピークには存在しないが、これは「knife（ナイフ）」という名詞・動詞によって十分に意味が補えるからであった。形容詞は名詞・動詞に接尾語である「-ful（〜に満ちた）」を付けて作られ、副詞は「-wise（〜方式で）」を付けて作られた。たとえば「speedful」は「速い」を、「speedwise」は「速く」を意味するわけである。「good（良い）」「strong（強い）」「big（大きい）」「black（黒い）」「soft（柔らかい）」など、今も使われているような形容詞も残されるには残されたが、総数は非常に少なかった。しかし、これらの単語が使われることはほぼなかった。それは、名詞・動詞に「-ful」を付け足すことにより、ほぼどのような形容もできたからである。副詞については元から「-wise」の付いていたものを除き、現存するものはどれも残されず、結果的にすべて末尾が「-wise」となった。たとえば「well（良く）」は「goodwise（良い方式で）」に入れ替えられたのである。

　さらに——これもまた、原則的にニュースピークのすべての語に当てはまるわけだが——どのような語であれ、接頭語「un-（否）」をつけることにより否定形となり、接頭語「plus-（加）」をつけることで強調形に、「doubleplus-（倍加）」を付けることでさらにその度合を強めることができた。よって、たとえば「uncold（否寒い）」は「warm（暖かい）」の意となり、「pluscold」「doublepluscold（倍加寒い）」はそれぞれ「very cold（とても寒い）」「superlatively cold（最高に寒い）」の意となるわけである。現代の英語と同じく、「ante-（前）」「post-（後）」「up-（上）」「down-（下）」などの前置詞的な接頭語を付け足すことにより、ほぼすべての語の意味を変化させることが可能であった。こうした方法により、膨大な語彙の削減が可能となったのだった。たとえば「good（良い）」という単語があれば、「bad（悪い）」は不要となる。これは、「ungood（否良い）」によって、必要な意味が同等に——むしろさらに的確に——表現されるからである。ふたつの単語がひと組の対義語を成している場合は、どちらを排除するかを決定しさえすればよかったのだ。たとえば好みに応じ、「dark（暗い）」を「unlight（否明るい）」と置き換えることも、「light（明るい）」を「undark（否暗い）」と置き換えることもできたわけである。

　ニュースピークの文法が持つ第二の特性は、その規則性にあった。以下に挙げる少数の例外を除き、語形変化はすべて同一の規則に準じていたのである。たとえばあらゆる動詞の過去形と過去分詞形は同一であり、どちらも同じく末尾に「-ed」が付いた。「steal（盗む）」の過去形は「stealed」に、「think（考える）」の過去形は「thinked」になり、ニュースピークでは、「swam（泳いだ）」「gave（あげた）」「brought（運んだ）」「spoke（話した）」「taken（取った）」などの形はすべて排除されたのである。複数形は、「-s」や「-es」を付け加えることで作られた。「man」 「ox」「life」の複数形は、「mans」「oxes」「lifes」となったのである。形容詞の比較級および最上級も、一貫して「-er」「-est」を付け加えることで作られ（good、gooder、goodest など）、たとえば「more」や「most」などイレギュラーなものは排除された。

それでも不規則な語形変化が認められていたのは、代名詞、関係代名詞、指示代名詞、そして助動詞のみであった。これらはどれも古い用法に準じて使われたが、whom は不要なものとして排除され、shall と should はその用法を will と would により網羅するものとして、これも排除された。また、手短な会話や気楽な会話での必要性から生じた語形変化にも、ある程度の不規則性が見受けられた。発音が困難な言葉や、よく聞き間違えられる言葉は、その理由によって悪い単語とされた。そのため、ときには響きの心地よさを得るために余分な文字が単語の中に組み込まれたり、昔ながらの語形がそのまま残されたりすることもあった。だがしかし、そうする必要が出てくるのは主にB語彙《ごい》に関連してであった。発音のしやすさがなぜそれほどまでに重視されたのかは、本付録の後半において詳述したい。

B語彙群

B語彙は、政治的な目的のため入念に構築された言葉から成り立っていた。言うなれば、どのような場合でも政治的暗示を含むのみならず、言葉を使う本人に望ましい心的な姿勢を強いることを意図した言葉ということである。イングソックの原理を完全に理解していないと、これらの語彙を正しく用いるのは困難である。ときにはオールドスピークに翻訳したり、A語彙群の言葉と置き換えることも可能であった。だがその場合には長々とした言い換えが必要となり、言外のニュアンスが損なわれてしまうのが常であった。B語彙はいわば口頭で用いられる速記語のようなもので、ごく短い語の中に概念そのものをまるまる包有し、同時に一般的な言葉よりも正確で強制的であった。

B語彙群の言葉はあらゆる意味で複合語であった。* ふたつ以上の単語や単語の一部を、発音が容易な形に組み合わせたものなのだ。こうした合成の結果として生まれるのは常に名詞・動詞であり、一般的な規則に準じて語形変化した。ひとつ例をあげるとしよう。「goodthink」はごく大まかに「正統」を、そして動詞として使う場合には「正統派的に思考する」を意味する。語形変化は次のとおりである。名詞・動詞形、goodthink。過去形・過去分詞形、goodthinked。現在分詞、goodthinking。形容詞、goodthinkful。副詞、goodthinkwise。動詞的名詞、goodthinker。

B語彙は、語源学的な計画によって構築されたわけではない。これを構成する単語はどの品詞だろうと関係なく、並べる順序も問われず、また発音しやすくするため、語源が分かる範囲内であればどこで切断するのも自由であった。たとえば「crimethink（犯罪思考）」という言葉では「think」が後ろに来ているが、「thinkpol（思想警察）」では先に来ており、「police」の第二音節が削除されている。発音の分かりやすさを保つのが大いに困難であるため、B語彙においては、A語彙よりもイレギュラーな語形成がより一般的に行われた。たとえば「Minitrue（真実省）」「Minipax（平和省）」「Miniluv（愛情省）」の形容詞形は、それぞれMinitruthful、Minipeaceful、Minilovelyであったが、これは単に「-trueful」「-paxful」「-loveful」がやや発音しづらいからであった。だがしかし、原則的にすべてのB語彙は語形変化させることが可能であり、事実すべての単語がまったく同じ形で語形変化していたのである。

　B語彙の中には、ニュースピークを全体的にマスターした者以外にはほとんど理解できないような、繊細な意味を持つ言葉が少なからず存在した。〈タイムズ〉紙にありがちな、「Oldthinkers unbellyfeel Ingsoc.」という一文を見てみよう。オールドスピークを用いてこれを可能な限り短く表現すると、「Those whose ideas were formed before the Revolution cannot have a full emotional understanding of the principles of English Socialism.（革命以前に思想が形成された人々は、イギリス社会主義の諸原

＊原注　たとえば「スピークライト」のような複合語は無論A語彙群にも見つかるが、これらはただ便宜的理由で省略されているのであり、特段のイデオロギー的要素を持っているわけではない。

理に対する完全な感情的理解を得ることはできない)」というところであろう。だがしかし、これも適当な翻訳ではない。まず第一に、先に引用したニュースピークの一文を完全に理解するには、Ingsoc が何を意味しているのかを明確に把握している必要があるからだ。そのうえ、イングソックに関する徹底した知識を持つ者でなくては、現代では想像しがたい「盲目的かつ熱狂的な信奉」を意味する bellyfeel という言葉を完全に理解することができないのである。もしくは、邪悪さや堕落という概念と密接な結びつきを持つ「oldthink（旧思考）」という言葉についても同様だろう。だがしかし、ニュースピークの中には——oldthink もそうなのだが——意味を表現するというよりも、意味を破壊する特殊な機能を持つ語が存在した。このような語は必然的に数が少なかったものの、意味を拡大していくことで語群全体の意味を包有するに至った。そしてひとつの語によって十二分に意味を表されるその語群は、排除され、忘れ去られたとしても問題がなくなったのである。ニュースピーク辞書の編纂者《へんさんしゃ》が直面する最大の問題は新語を発明することではなく、発明した新語の意味をいかにして確定するかであった。要するに、新語の存在によって、既存の語がどの程度排除されるかという問題である。

　free という語のケースで論じたように、異端的な意味合いを持つ語の中には便宜的な理由から残されたものもあるのだが、これは不穏な意味を削除できたものに限られた。「honour（名誉）」「justice（正義）」「morality（道徳）」「internationalism（国際主義）」「democracy（民主主義）」「science（科学）」「religion（宗教）」をはじめ、姿を消してしまった語は数しれない。これらの意味をカバーする語の登場により、包括され、消えてしまったのである。たとえば自由や平等などの概念の周辺にあった語はどれも「crimethink（犯罪思想）」の一語に取り込まれ、また、客観性や合理主義などの概念を取り巻いていた語は「oldthink（旧思考）」の一語に取り込まれたわけである。それよりも精度を上げるのは、危険なことであった。党員に求められるのは、自国以外の国々の民は「邪神」を崇拝しているということを除きほぼ何も知らなかった、古代のヘブライ人と同様の観念を持つことだった。そうした邪神の名がバールだろうとオシリスだろうとモレクだろうとアスタロトだろうと知る必要などなかったし、知らなければ知らないほど、正統的信仰が深まったのではないだろうか。党員はエホバおよびエホバの十戒を知っており、それゆえに、他の名前や属性を持つ神々がすべて邪神であることも知っていたのである。これと似たような話として、党員は正しい行動とは何が形作るものなのかを理解していたし、極めて漠然とした一般論的な形ではあるものの、どのような形での逸脱なら許されるのかもまた理解していた。たとえば党員の性生活は「sexcrime（性犯罪）」と「goodsex（良性交）」というニュースピークの二語により、完全に統御された。sexcrime は、ありとあらゆる性的悪行を言い表した。密通、不貞、同性愛、その他の性的倒錯を網羅したうえに、行為自体を目的とする通常の性交すらもこれに含まれた。というのも、これらはすべて等しく罪に問われるべきであり、原則的にすべて死刑に値するものであったため、個別に論じる必要がなかったのである。科学用語や専門用語からなるC語彙群であれば、ある種の性的倒錯に呼称をつける必要もあるだろうが、一般市民にはそのようなものは不必要だった。一般市民は goodsex の意味するところ——これは子供をもうけることのみを目的として男性と妻の間で行われる、女性側には肉体的な快楽を伴うことのない正常な性行為であり、それ以外はすべて sexcrime に値する——を理解していた。ニュースピークにおいては、「異端思想は異端である」以上に深く掘り下げることはほぼ不可能であった。掘り下げようにも、必要な言葉が存在していなかったからである。

B語彙群には、イデオロギー的に中立の語は存在しない。大多数は婉曲語《えんきょくご》なのである。たとえば「joycamp（強制労働収容所）」や「Minipax（平和省、事実上は戦争省）」は、外見とはほぼ正反対の意味を持っていたのである。一方、オセアニア社会の真の本質を率直かつ侮蔑《ぶべつ》的に表す言葉も存在した。たとえば「prolefeed（プロレの餌）」という語は、党が大衆に当てるくだらない娯楽や偽ニュースを意味していた。また、党に対して使われるときには「良い」の、敵に対して使われるときには「悪い」の含みを持つ、両義的な言葉も存在した。だが、一見ただの略語のように見えながら、意味ではなく語の構造自体からイデオロギー的な色合いを伝える語は、さらに大量にあったのである。

何らかの政治的意味を持つ語、そして持つと考えられる語は、可能な限りの創意工夫の末にB語彙群に割り当てられた。あらゆる組織、人体、競技、国、機関、公共建造物といったものはすべて例外なく、馴染《なじ》みやすい形へと簡略化された。要するに、元となる語を損なうことなく、最小限の音節だけを維持した発音のしやすい一語に変えられたわけである。たとえばウィンストン・スミスが働いていた真実省の「Records Department（記録局）」はRecdepと呼ばれたし、「Fiction Department（創作局）」はFicdepと、「Teleprogrammes Department（テレスクリーン番組制作局）」はTeledepと呼ばれたのであった。こうしたことは、時間の節約のみを目的として行われたわけではない。二〇世紀初頭の数十年においても、言葉の短縮は政治言語の特徴に数えられたのである。そして、こうした略を用いる傾向は、全体主義の国々や全体主義の組織においてもっとも顕著であった。たとえば、「Nazi（ナチ）」、「Gestapo（ゲシュタポ）」、「Comintern（コミンテルン）」、「Inprecorr（インプレコール）」、「Agitprop（アジプロ）」などがそうである。当初こうした簡略は本能的なものであったが、ニュースピークでは特定の目的のために行われた。このように名称を略すことにより、語に付着していた連想のほとんどを削除し、語の意味を限定したり巧妙に変化させたりすることができると見做《みな》されたのである。たとえば「Communist International（共産主義インターナショナル）」という言葉は、普遍的な人類の兄弟愛と、赤旗、バリケード、カール・マルクス、そしてパリ・コミューンなどの合成写真を思い起こさせる。一方、「Comintern（コミンテルン）」は緊密な結びつきを持つ組織と、明確に定義された教義をほのめかしているに過ぎない。椅子やテーブルのように容易に認識でき、用途も限定的なものを指している。「コミンテルン」はほぼ何も考えずに口にできる言葉であったが、「共産主義インターナショナル」のほうは、最低でも一瞬はためらわなくてはいけないような言葉だ。これと同様に「ミニトゥルー」という言葉から連想されるものは、「真実省」から連想されるものに比べて少なく、制御も容易である。こうしたことから、省略できるものは省略するという習慣のみならず、ほぼすべての言葉を発音しやすい形に変えることに、大げさとすらいえるほどの力が注がれたのであった。

ニュースピークでは、発音の心地よさが、意味の正確さ以外の何よりも優先された。必要とあらば、文法の規則性もまず犠牲となった。しかし、これは適切なことであった。というのは、特に政治的な目的においては、早口で発音でき、話者の心に最低限の響きしか残さない、短く切り詰められた、意味を間違いようがない言葉だったからである。B語彙群の語彙《ごい》は、ほぼすべてが非常に酷似しているという事実からも強大な力を得ていた。goodthink、Minipax、prolefeed、sexcrime、joycamp、Ingsoc、bellyfeel、thinkpol をはじめ無数の言葉はほとんど例外なく二音節か三音節の言葉であり、アクセントは第一音節と最終音節に等しく配分された。これらの語を使用すると、音は細切れで単調となり、アヒルの鳴き声のような話しぶりになった。そして、それはまさしく思惑どおりなのであった。ニュースピークの意図は会話において――特に、イデオロギー的に無色とはいえない話題において――可能な限り言葉を意識から切り離すことであった。日常生活においては、言葉を口にする前に熟慮することは間違いなく――控えめに言っても、ときには――必要なことだった。だがしかし、政治的判断や倫理的判断を求められる党員は、銃弾を掃射するマシンガンのように自動的に、正しい意見を掃射できなくてはならないのである。党員は訓練によってこれができるようになり、ニュースピークはおよそ誰にでも扱える道具となった。そして、耳障りな発音と、イングソックの精神と重なり合う意図的な醜悪さにより、話法が持つこの性質はいっそう強まったのである。

　選択できる語の非常に少ないのも、話法の力となる要素だった。我々の言語と比較してニュースピークの語彙は実に少なく、さらに削減するための新たな方法がひっきりなしに考案され続けていた。ニュースピークは他の言語と異なり、年々語彙が増えるのではなく、減少し続けていたのである。選択範囲が狭まれば狭まるほど人を熟考へと誘《いざな》う力も弱まるのだから、語彙の減少はすなわち利益であった。究極的には、高次の頭脳中枢をまったく関与させることなく、明瞭《めいりょう》な演説を口頭のみで行うことが望まれた。この理念は、「duckspeak（アヒル語り）」という、「アヒルのようにガアガア話す」を意味するニュースピークの単語に認められる。他のさまざまなB語彙と同様、duckspeak も両義的な言葉であった。ガアガアというアヒルの声のように発された言葉が正統的なものであれば、これには称賛以外の含みはなく、たとえば〈タイムズ〉紙が党の演説家を「doubleplusgood duckspeaker」と書いたなら、それは温かな賛辞となっていたのである。

C語彙群

C語彙群は他語彙群の補助的なものであり、科学用語と技術用語のみで成り立っていた。これらの用語は今日使われている科学用語と類似しており、同じ語源から構築されてはいたが、厳密に定義し望ましくない意味を削除するため、通常どおりの管理が行われた。C語彙群も、他のふたつの語彙群と同じ文法規則に則《のっと》っていた。C語彙群には、日常会話や政治的な演説で使われる語がほとんどなかった。科学関連の労働者や技術者は自らの専門に特化したリストの中から必要となる語をすべて見つけることができたが、他のリストに掲載されている語については、せいぜい付け焼き刃程度にしか分からなかった。全リストに共通して含まれていた語はごくわずかであり、特定分野とは関係なく、科学的な機能を精神的習慣や思考法として表現するような語はひとつもなかった。むしろ「科学」に相当する語もなく、この語が表しえる意味はすべて「イングソック」で完全にカバーされていたのだった。

以上の説明から、ニュースピークを用いて非正統的な意見を表現するのは、極度に簡単なもの以外はほとんど不可能であったのがお分かりいただけたことだろう。無論、極めて下品な異端の——ある種の冒瀆《ぼうとく》的な——言葉を口にするのは可能であった。たとえば「ビッグ・ブラザーは ungood である」と言うことはできたのである。だがこのような発言は正統派の耳には自明の戯言《ざれごと》としてしか届かなかったし、必要な語が存在しないため、理路整然とした議論によって裏付けることも不可能であった。イングソックにとって不都合な思想は、言葉にならない曖昧《あいまい》な形で保持する以外になかった。そしてこうした思想を呼称するとなると、異端とはいかなるものか定義しないまま全体をまとめて批判するような広義の意味を持つ言葉しかなかったのである。実際、ニュースピークを非正統的な目的で使用するには、いくつかの語を非合法的にオールドスピークへと翻訳しなくてはいけなかった。たとえば、ニュースピークで「All mans are equal（すべての人間は平等である）」と言うのは可能であるが、これはオールドスピークで「All men are redhaired（すべての人間は赤毛である）」というのが可能であるのと同じ意味でのみ可能、ということだ。文法的なエラーこそ見当たらないものの、たとえば「すべての人間は同じ身長、体重、体力の持ち主だ」というのと変わらない、明確な不真実を表しているにすぎなかったのである。政治的平等という概念はもはや存在しておらず、それゆえ equal という単語からは、この二次的な意味が削除された。一九八四年はまだオールドスピークが日常会話に使用されており、ニュースピークの表現を使うことにより本来の意味を人が思い出す危険性が、理論上存在していた。実際には、二重思考《ダブルシンク》を使いこなす者にとってはこのような危険を避けるのは難しいことではなかったが、数世代も経れば、そのような過ちを犯す可能性すら消滅してしまったことだろう。ニュースピークを唯一の言語として育った者は、equal にかつて「政治的平等」という第二の意味があったことも、free にかつて「知的自由」という意味があったことも知らないであろう。チェスを知らない人間がクイーンやルークに第二の意味があるのを知らないのと同じことだ。こうした者には犯すことのできない犯罪や過ちが多く存在するわけだが、これは、それらが名前を持たないがゆえに想像すらできないからである。そして、時が経つに従いニュースピークの特性がますます顕著になるであろうことは、容易に予見できた。語彙はどんどん減少し、意味はどんどん限定され、不適当な使途に用いられる可能性はどんどん削除されていくことだろう。

オールドスピークが完全にニュースピークと入れ替わってしまえば、過去へと繋《つな》がる最後のリンクは断ち切られていくはずだ。歴史はすでに書き換えられていたが、検閲から漏れた過去の文献の断片はあちらこちらに残っており、オールドスピークの知識を持つものであればそうした文献を読むことは可能であった。しかし未来には、そのようなものが生き長らえていたとしても、解読も翻訳もできなくなってしまうのである。オールドスピークをニュースピークに翻訳することは、それがなにか技術的プロセスやごく単純な日常のできごとについての言及、もしくは元より正統派の意味合いを持つもの（ニュースピークで言うならば、唯良思想《グッドシンクフル》である）でなければ、翻訳は不可能であった。要するに、およそ一九六〇年より前に書かれた本は全体を翻訳することができない、ということである。革命以前に書かれた文献の翻訳は、どうしてもイデオロギー的変容を伴う形となった。要するに、言語と同様に意味まで変わってしまうということである。有名な独立宣言の一部を例にあげるとしよう。

我々は、以下の真理を自明のことと信じる。すなわち、すべての人間は平等に創造されたものであり、創造主によって、生命、自由、および幸福の追求を含む不可侵の権利を与えられているということ。これらの権利を確保するため人々の間に政府が樹立され、政府は統治される者の合意に基づき正当な権力を得る。そして、いかなる形態の政府であろうと、政府がこれらの目的に反するようになった場合には、その政府を改造または廃止し、新たな政府を樹立する権利を人民は有するということ──

原文と同じ意味を確保しながらこれをニュースピークに翻訳するのは、完全に不可能だったであろう。もっとも原文に近いのは、全文を「crimethink（思想犯罪）」の一語に包括してしまうことだと思える。全文を翻訳するとなるとイデオロギーの変容は不可避であり、ジェファーソンの言葉は絶対的な政府に向けられた称賛に様変わりしてしまうはずである。

事実、かなりの数にのぼる過去の文学作品は、このように変容させられるに至った。名声という観点から特定の歴史的人物の記憶を保持しながら、一方で、彼らの偉業をイングソックの哲学と調和させることが望ましかったのである。そのため、シェイクスピア、スウィフト、バイロン、ディケンズをはじめとする様々な作家たちの翻訳が進められていた。そして訳了されたならば原本は、過去から生き残っている他の文学作品とともに消滅させられるはずだったのである。しかしこのような翻訳はゆっくりとしか進められない困難なものであり、二一世紀初頭の十年ないし二十年以内に終わ

ると は考えられなかった。というのも、他に膨大な量の実用的文書——必要不可欠な技術的マニュアルのようなものである——があり、同様の作業をしなくてはならなかったからである。ニュースピークの最終的な採用時期が二〇五〇年という遅い時期に定められたのは、主に翻訳の予備作業に使われる時間を確保するためであった。

訳者あとがき

本書は、一九四九年に刊行された世界的名著『1984』（ジョージ・オーウェル著）の全訳である。

まずは、著者について少し触れておきたい。

オーウェルは一九〇三年イギリス統治領インドで生まれて、一九五〇年にロンドンで亡くなった。その間の世界情勢を見ると、一九一四年には第一次世界大戦が、一九三九年には第二次世界大戦が勃発《ぼっぱつ》し、その後東ヨーロッパ諸国が次々と社会主義化。さらには一九二九年に起きた世界恐慌を境に、ドイツ、イタリア、日本といった持たざる国が世界再分割を求めて軍事力を付けていき、ファシズムが台頭した時代でもあった。さらには通信手段やマスメディア、さらには武器の発達などといった要素から国家による国民の監視やプロパガンダによる扇動が可能となり、本書のテーマともなっている全体主義が生まれたのもこのころである。ちなみに「全体主義」という言葉自体は一九二三年、イタリアのジャーナリストであり政治家であった、ジョヴァンニ・アメンドラにより生み出されたようだ。

かいつまんで言えばオーウェルは、政治的な激流に世界が翻弄《ほんろう》された時代を生きた作家なのだといえる。イデオロギーの対立の中、彼自身も一九三七年、マルクス主義統一労働者党アラゴン戦線分遣隊のひとりとしてスペイン内戦を戦い、その翌年、内戦のルポルタージュである『カタロニア讃歌《さんか》』を発表している。そして自らの執筆活動については、動機のひとつは政治的目的であるとし、反全体主義を明言している。『1984』は刊行から七十年が過ぎた今日《こんにち》においてもなお、同じく彼の代表作である『動物農場』とともに反全体主義のバイブルとして脚光を浴び続け、分野を問わず様々な芸術作品にも影響を与え続けている。ドナルド・トランプの大統領就任後、アメリカでベストセラーとなったのはまだ記憶に新しいところだが、この日本でも国民間の政治に対する思想的対立を受けて新たに注目を浴びている。「色褪《いろあ》せることなく読みつがれ続ける名作」といえば響きはいいが、読みつがれる理由を思うと、少々やるせなさを感じざるをえない状況だといえる。

本書を訳すにあたり、非常に感慨深く感じられたのは、「hate」という言葉の扱いである。過去の邦訳版では「憎悪」と訳されているが、おそらく今訳すとなると「ヘイト」とするのが妥当ではないかと思い、本書ではそのようにしている。ハヤカワepi文庫版は二〇〇九年の刊行だが、それから十年少々の間に「ヘイト」はポリティカルな意味合いを持つ外来語として日本に定着し、「憎悪」との間に明確な意味の違いができたといえる。今やSNSを覗《のぞ》けば目にしない日がないほど頻繁に使われているような常用語となったわけだが、このような新たな概念や、「ヘイト」という言葉で表すべき感情、そして行動が日常的なものとして浸透したというのは実に悲しい事実だと感じさせられてしまった。おそらく、十年前の読者と現在の読者とでは、〈二分間ヘイト〉や〈ヘイト・ウィーク〉の受け取りかたも、そうしたイベントが人に対して及ぼしえる作用に対する理解度も、想像の具体性も、大きく違うのではないだろうか。

　さて、ここから先は少々のネタバレも含むので、そうしたものを嫌う方はここで一《いっ》旦《たん》このあとがきを閉じ、まず本編からお読みいただきたい。

　本書が全体主義を批判することをテーマとして書かれた小説であるのは今さら書くほどのことでもない。しかし、テレスクリーンという非常に象徴的な設備を登場させることにより、全体主義体制下における大衆の集団洗脳にもまた、ことさらにフォーカスを当てられているように感じられる。SNSが隆盛を極める現代とこの小説を重ねた場合、訳者個人としてもっともぞっとさせられるのが、この部分だった。テレスクリーンは権力者に都合のよい情報だけを流して国民を操作するツールであるわけだが、今我々が毎日のように触れているSNSなども、ある意味これに非常に近いといえる。というのも、「自分に都合のよい情報しか読まない、認めない」というのであれば、それは片側の情報を完全排除し自らに偏った洗脳を施しているのと何も変わらないわけだが、実際問題としてそのように利用されている感が非常に強いからだ。そうして自ら無意識のうちに情報の取捨選択をした人々による、敵対者に対する罵詈《ばり》雑《ぞう》言《ごん》が日々SNSを流れていくのを見るにつけ、これは〈二分間ヘイト〉どころではないなという気持ちになり、恐ろしくなってきてしまう。

　実際、SNSによる社会の分断については各国で研究が行われているところであり、数々の異論こそあるものの、「SNSが社会の分断を加速させる」は通説となりつつある雰囲気はいなめない。もっとも、このあとがきにおいて社会的風潮や思想の善悪など語るつもりはないのだが、イギリスでテレビの放送が開始されたのが一九三六年であることを思えば、それから十年少々だというのに、情報と大衆という構図をこうも的確に捉《とら》えて小説化したオーウェルの洞察力には驚嘆せざるをえない。

　そうした意味で、個人的にものすごく面白く感じたのは、党の主張する歴史が捏造《ねつぞう》であることを示す証拠をウィンストンが手にするシーンである。これもまた現代のインターネット・メディアというか、ユーザーの情報に対するリテラシーの問題に深く通じるところがあるのだが、多数派が信じる「真実」と矛盾する情報を手にすると、なんの根拠もなく「世間が知らない重大な真実を見つけた」という気持ちになり、それをきっかけにして極端な思想を持つに至る人も少なくないものだ。そういう意味では、主人公であるウィンストンもまた、ある意味滑稽《こっけい》に描かれているといってもいいように感じられる。三人の男たちが写った写真を発見するシーンでは、「平らに伸ばしてみた瞬間、彼はその紙が持つ重大な意味を悟った」とウィンストンの姿が描写されているわけだが、本来ならばそのように重要な情報を見つけると、まず裏を取るものだろう。どういう新聞社がどういう文脈で掲載した記事かも分からないのに、記事を見た瞬間に意味を悟るというのは、どう考えても擁護できない。

この場面には情報に対する彼のリテラシーの低さと思慮の浅さが露骨に描かれていると受け取っていいように思えるし、それを表現するため、オーウェルもわざわざ「瞬間（The instant）」と書いたのではないだろうか。要するに、自分の疑念を肯定する情報、矛盾しない情報を目にした瞬間にいわゆる確証バイアスが働き、正誤など気にせず「やっぱりそうだったか！」という気持ちになってしまったというわけである。結局彼は、その短絡的な性質によって自ら破滅に追い込まれていってしまう。〈ブラザー連合〉の存在を疑わずにオブライエンの手中に落ちてしまうのも、無理のない話なのである。特に、心の拠《よ》りどころをすべて破壊されて街に戻ったウィンストンが、恥も誇りもなくビッグ・ブラザーを新たな拠りどころとする鮮烈なシーンは、もはや

「悪しき体制に抗う正しき主人公」などとはとても呼ぶことができない。

　個人的にこの本でいちばん可哀想に思えてならないのは、ジュリアである。政治や国際情勢にはほとんど興味はなく、「長いものには巻かれろ」の精神でうわべを取り繕ってこっそり楽しく人生を享受していたのに、うっかりウィンストンに関わってしまったせいで人生を台無しにしてしまうのだから、本当に可哀想だ。人生を楽しみたいがために密《ひそ》かに開拓してきた密会場所、そこに行くための極秘ルート、会話の手段、闇物資の入手ルート。ガラスの文鎮ひとつ持ち帰るのにも緊張するような社会情勢の中、そうしたものを確立するには、彼女も相応の危険に遭遇しているのに違いない。そんな苦心の産物が、瞬く間に水泡に帰してしまったのである。そして、このように政治的意味合いが強い作品を書くうえでも、彼女のような政治的無関心者の層を決して蔑視《べっし》的に描かないオーウェルの理性には、称賛を禁じえない。むしろ、ベッドの上で反体制を語るウィンストンのほうが鬱陶《うっとう》しいように描かれているきらいもあり、また、そのおかげでジュリアの自由な魅力がひときわ際立っているように感じられる。

　なお本作にはハンセン病や人種について、現代の科学的知識や人権意識に照らして不適切と思われる表現がある。しかし原作が書かれた当時、ハンセン病の感染についての知識はまだ不正確で、深刻な偏見や差別の対象となっていた。肌の色や外見的な特徴もまた、差別的に扱われることが多かったのも確かである。そういった当時の歴史的背景、偏見や差別意識の事実を伝えるためにも、原文を変えることはせずに訳出したことを、ここでお断りしておきたい。

本書を翻訳するにあたっては、二〇〇八年刊のPenguin版、そして一九八三年刊のHoughton Mifflin Harcourtキンドル版を使用した。次に新訳されるのがいつになるかは不明だが、そのころの訳者が「うーん、ヘイトって今はなんて訳せばいいんだろうか」と頭を悩ませるような時代になっているよう、深く願う。最後になったが、本書を訳すにあたり大変お世話になった、ＫＡＤＯＫＡＷＡの菅原哲也さん、安田沙絵さんに心からの感謝を記しておきたい。ありがとうございました！

二〇二一年二月

田内志文

解説

内《うち》田《だ》樹《たつる》

最初に読んだのは高校生の時だった。たまたま『動物農場』が高１の英語のリーダーの教科書だったので、オーウェルのことを「教科書になるような作家」だと思い込んだ。子どもの頃から「読んではいけない」と言われるものばかり選択的に読んできたので、「読め」と大人が薦める『１９８４』はそれほど過激な小説ではないのだろうと思っていた。実際に、そういういささかの猜疑《さいぎ》心を以《もっ》て読んだせいか、中学生の頃に耽読《たんどく》した妄想的なディストピアＳＦの描写に比べると暗く、理屈っぽく感じられた。それきり手に取らなかった。九〇年代にスターリン主義のソ連が崩壊した。もうオーウェルに取り憑《つ》いた悪夢のようなディストピアは地上から消えたと思った。だから、『１９８４』もその歴史的使命を失って、しだいに読まれなくなるのだろうと思っていた。ところが、二一世紀に入って、人々が繰り返し『１９８４』に言及するようになった。先見性があり過ぎるという評価である。ほんとうかしらと思って、半世紀ぶりに新訳を読んでほんとうに驚いた。ジョージ・オーウェルは未来予知能力があったのではないかという気がしてきた。いつのまにか、この小説に書かれていることと日本の現実の境目がわからなくなってきていたのである。不思議なことがあるものだ。というのは、想像力を駆使して未来について書いた小説は、どんなにすぐれたものでも、時間が経つにつれてしだいに非現実的になるものだからである。いま一九五〇年代に書かれたＳＦを読むと、そこに出てくるタイムマシンや宇宙船についての細部の描写に私たちがリアリティを感じるということはまずない。でも、『１９８４』は違う。むしろ細部のリアリティが際立ってくる。オーウェルがこれを書き上げたのは１９４８年である。オーウェルが想像力だけを駆使して造形した１９８４年のディストピアの細部は、それから七十年以上を閲《けみ》して、むしろリアリティを増した。どうしてそんなことが起きるのだろう。

それはオーウェルがこの小説を「頭で」書いたのではないからだと思う。彼はこの小説を書いているうちに、どこかで「鉱脈」を掘り当ててしまったのだ。そこから「何か」が噴出してきたのである。

オーウェルがスターリン主義を徹底的に戯画化した『動物農場』は「おとぎばなし」であった。スペイン内戦におけるスターリン主義者のふるまいを活写した『カタロニア讃歌』はドキュメントであった。むろん「おとぎばなし」や「ドキュメント」にも固有の力はある。すぐれた作品は（この二つはいずれもそれぞれのジャンルにおいて例外的にすぐれた作品である）読者を揺り動かす力を持っている。けれども、「鉱脈」を掘り当ててしまった小説の力はそれとはまた異質のものである。岩盤を鑿《のみ》と金槌《かなづち》を使って掘り下げるところまでは作家の意識的な作業である。自分が何を書くべきなのか、それがどのような効果をもたらすものかを作家はわかった上で作業している。けれども、鑿が最後の岩盤を突き破ってしまうと、そのあとは怒《ど》濤《とう》のような物語の流れが小説を支配する。もう物語は作家の統御を離れてしまう。

物語の冒頭、ウィンストン・スミスの日常生活を描写しているところには作為があり、つくりもの感がある。「テレスクリーン」も「思想警察」も「真実省」も「ニュースピーク」も「二重思考《ダブルシンク》」も「二分間ヘイト」も、アイディアとしては卓越している。けれども、これらはオーウェルが脳内でこしらえたものである。現実のソ連にも英国にもそんなものは存在しなかった。しかし、それらの虚構がある時点から作家の手を離れて固有のリアリティを持ち始めて、自律的に動き始める。よく物語作家が「作中人物が勝手に動き始めて……」ということを自作について語るけれど、『１９８４』でもある時点からそれが始まる。

物語がぐんと加速するのは、本書の69頁、ウィンストンが「朝の大仕事」を始めるところである。たぶんこのあたりから岩盤の向こうに「鉱脈」の気配がしてきて、オーウェルの筆も走り始める。真実省で公文書の改竄《かいざん》を本務としているウィンストンのところに「数学の問題に没頭するのと同じように我を忘れてしまうような、複雑で入り組んだ仕事」が来る。かつてビッグ・ブラザーから叙勲されたウィザーズ同志という人物が「否在人物《アンパーソン》」にカテゴリー変更されたために、ビッグ・ブラザーが彼に言及した演説から彼の痕跡《こんせき》を消すという仕事である。

どうしてウィザーズが「存在しない」ことになったのか、理由はわからない。汚職か無能か嫉妬《しっと》か異端か、わからない。とにかくこの人物が存在した痕跡をあとかたもなく公文書から取り除かなければならない。ウィンストンはそのための「繊細極まる捏造《ねつぞう》作業」にとりかかる。そして、この作業を進めているウィンストンの手際に集中しているうちに、気が付くと、読者である私たちもまた、ウィンストンとともに、この世界の思考習慣に沿って思考し始めているのである。

ウィンストンの捏造作業には職業的な精妙さが要求される。ビッグ・ブラザーがウィザーズについて言及した箇所を「普段どおり反逆者や思想犯の糾弾へと変えることもできる」が、それは「少々露骨すぎる」。かといって前線での戦果や経済活動の成功についての自画自賛演説をでっち上げると、話のつじつまを合わせるために関連文書まで書き換えなければならなくなる。そこでウィンストンは「純然たる作り話」を作ることにする。ウィンストンは「オグルヴィ同志」なる虚構の人物について物語を書くというアイディアを思いつく。「確かに、オグルヴィ同志という人物はどこにもいないが、数行の記事と写真が何枚かありさえすれば、すぐにでも彼を実在させられるだろう。」（73頁）

なるほど、その手があったか。この箇所を読み進めているうちに、私たちはいつのまにかウィンストンがこれから行う精密な公文書偽造を一種の知的ゲームのように楽しみ始めている。どうやって精密な公文書偽造を行うのが「よいこと」なのか、それをウィンストンと一緒になって考え始めている。ウィンストンがオグルヴィ同志についてどんな偽りの物語を書いたかということはどうでもいいのである。大事なのは、私たちがいつのまにかウィンストンの捏造作業にひそやかな応援を送っているということである。彼が改竄を終えて、同時並行して書かれている複数の改竄原稿の中から自分のものが選ばれるだろうと「確固たる自信を感じた」ときに、私たちは彼とともにいささかの満足を感じる。「ほんの一時間前には想像の中にすら存在しなかったオグルヴィ同志」が今や「１９８４の世界」に実在し始めたように、捏造作業のプロセスを眺めているうちに、私たちもまた「１９８４の世界」の中に引きずりこまれているのである。一度物語の世界に片足を突っ込んだら、あとはもう流れに身を任せるしかない。頁をめくるごとに物語のリアリティが濃密になり、臭いや手触りがたしかなものになってくる。

その次の章で言語学者であり「ニュースピークの専門家」であるサイムが「ニュースピーク」について長広舌をふるうとき、彼の言葉はいまここで私に向けて語られている言葉のように生々しい。

ニュースピークは新しい言語の発明ではない。言語の破壊である。それは極限まで言語を切り詰める企てだからである。「良い」という単語があるから、もう「悪」は要らない。「否良い」で十分だ。「良い」を強調したければ「加良い」でいい。もっと強調したければ「倍加良い」でいい。これを限界まで突き詰めてゆけば、最終的に善悪はたった六語ですべて済ませることが可能になる。サイムはそう豪語する。

「ニュースピークの目的は総じて、思考の範囲を狭めることにあるというのが分からないか？ 最終的には思想を表現する言葉がなくなるわけだから、従って〈思想犯罪〉を犯すのも文字通り不可能になる。（…）年々言葉の数は減っていき、意識の範囲も延々と縮小し続けていくんだ。（…）二〇五〇年までには、僕たちが今しているような会話を理解できる人間は、ひとり残らず死んでしまっている」とサイムは予測する（82－83頁）。そのとき革命は完了する。なぜなら人々はもう思考しなくなるからだ。

このサイムの言語の破壊にかかわる長い演説をオーウェルは本気で書いている。これは作り話ではないのだ。「ニュースピーク」は作家の想像の産物ではない。これは

『１９８４』を書いている時点で英国に（予兆的にではあるけれども）すでに存在し始めていた現象であり、私がこの物語を読んでいる時点で、日本でもすでに不可避的に広まっている言語の解体を指し示しているからだ。

「思想を表現する言葉がなくなりつつある」というのは一九四八年のオーウェルの偽らざる実感だった。言語の危機はこの時点ではまだオーウェルのような例外的な人たちにしか感知されていない。でも、いずれ、言語の危機は全体化する。人々は新しい言語の創造より、言語の破壊に、意識の範囲の拡大よりも縮小に熱心に取り組むようになるだろう。オーウェルはそう確信していた。サイムの言葉が確信に満ちているのは、それがオーウェルの実感だったからである。

『１９８４』の物語はここからあと疾走するように展開してゆく。私は『１９８４』がこれほどドライブ感のある物語だと以前読んだときには気づかなかった。もちろんそれは新訳の手柄であるわけだけれど、何よりもオーウェルが「１９８４の世界」は遠からず到来するというつよい確信を持っていたからだと思う。そして、それを徹底的にリアルに描くことによってそのような世界の到来を阻止することをオーウェルは目指していた。たぶん、そうだと思う。作家がディストピア小説を書く動機は自虐や冷笑ではない。「そういう世界が到来しないように」という希望が物語の細部にリアリティを与えるのだ。
しかし、『１９８４』はディストピアの到来を阻止することができなかった。だから、これは例外的な小説なのである。それからあとの世界は（少なくともその一部は）まるで魅入られたように、オーウェルが描いた通りのディストピアに向かっていった。それは精密に予言された未来はそうでない未来よりも実現しやすいということなのかも知れないし、人間の本性のうちには『１９８４』的ディストピアに進んで向かう根源的な趨向《すうこう》性が含まれているからかも知れない。私にはわからない。

正直に言うが、私はオーウェルの『カタロニア讃歌』はすぐれたノンフィクションとして文学史を生き延びるだろうけれど、『１９８４』や『動物農場』はあまりに定型的な物語なので歴史の風雪に耐えられないだろうと思っていた。そう思ったおのれの不明を恥じなければならない。『１９８４』も『動物農場』も、スターリン主義のディストピアが遠い昔の話になった今でも十分に怖い。昔読んだときよりもむしろ怖い。人間は歴史から何も学習しない生き物ではないのかと思って慄然《りつぜん》とするのである。

本書は訳し下ろしです。

1984

ジョージ・オーウェル　田《た》内《うち》志《し》文《もん》＝訳

令和３年　３月25日　初版発行
令和６年　10月15日　22版発行

発行者●山下直久

発行●株式会社KADOKAWA
〒102-8177　東京都千代田区富士見2-13-3
電話　0570-002-301（ナビダイヤル）

角川文庫 22562

印刷所●株式会社KADOKAWA
製本所●株式会社KADOKAWA

表紙画●和田三造

ISBN 978-4-04-109245-3　C0197

◆◇◇